中宣部 2024 年主题出版重点出版物选题

2023 年中国作家协会重点作品扶持项目

飞 流 之 上

FEI LIU ZHI SHANG

阿彩 ❖ 著

百花洲文艺出版社
BAIHUAZHOU LITERATURE AND ART PRESS

图书在版编目（CIP）数据

飞流之上 / 阿彩著. — 南昌：百花洲文艺出版社，
2024.12

ISBN 978-7-5500-5642-8

Ⅰ. ①飞… Ⅱ. ①阿… Ⅲ. ①长篇小说－中国－当代
Ⅳ. ①I247.5

中国国家版本馆CIP数据核字（2024）第086130号

飞流之上

阿彩 / 著

出 版 人	陈　波	
策　　划	陈　波　张　越	
责任编辑	李梦琦	
责任校对	钟雪英	
书籍设计	黄敏俊	
制　　作	许晨婕　杨　露	
出版发行	百花洲文艺出版社	
社　　址	南昌市红谷滩区世贸路898号博能中心Ⅰ期A座20楼	
邮　　编	330038	
经　　销	全国新华书店	
印　　刷	湖北金港彩印有限公司	
开　　本	787 mm×1092 mm　1/16　　印张　27	
版　　次	2024年12月第1版	
印　　次	2024年12月第1次印刷	
字　　数	368千字	
书　　号	978-7-5500-5642-8	
定　　价	58.00元	

赣版权登字　05-2024-302

版权所有，盗版必究

邮购联系　0791-86895108

网　　址　http://www.bhzwy.com

图书若有印装错误，影响阅读，可与承印厂联系调换。

你的生命里有即使奋不顾身，也必须完成的梦想吗？

你愿意为你所执着的梦想，舍命不顾，奋斗无悔吗？

女果你是拥有坚定信念的人，

我猜，你的人生，必然不会枯燥无味。

致敬为了梦想步履不停的你。

目　录

第一章 | 向南而行

星期六，南飞凡每周唯一的休息日，亦是南家父母情绪最崩溃的日子，周周如此。

通常前一晚南飞凡会熬夜到很晚，隔天早晨一定会睡懒觉，他的生活非常简单有规律：周六要睡满一整个上午，中午十二点起床，洗漱之后，早、中餐合成一顿，吃完后去车库里捣鼓他的"泥巴"。半夜回来时已是弄得一身脏，头发、脸和衣服上全是洗不掉的污渍，他走过的路，全都是水渍泥痕，很是狼狈。

南爸南妈则是另一种更为传统的简单、有规律，六点半起床，七点开饭，饭后一个人收拾厨房，一个人打扫房间，协力将家里恢复成整洁干净的状态后，他们会结伴去公园运动一小时。上午十点买菜，三餐规律，作息固定，生物钟奇准无比，通常在夜里十点，他们一定已经躺在床上，调整情绪，准备入睡。

换句话说，南飞凡只要在家，基本上是无时无刻不在打扰南爸南妈的生活，制造各种混乱，不断挑战父母忍耐的底线，并且丝毫不觉得有什么不对。

一方大大咧咧无所顾忌，一方步步忍让积怨在心。

那一天的争吵，便早已有迹可循。

南飞凡夜里回来得就很晚。开门关门的声音砰砰巨响，洗澡时把音乐的音量开得极大，洗完澡后踩着拖鞋在客厅、餐厅、厨房和卧室之间来回地走。一直到了晚上十二点还没睡着的南妈妈直接犯了神经衰弱，头皮突突地疼，南爸来了脾气，隔着门骂了他几句，南飞凡习惯性回嘴，但也终于收敛了些，还深夜该有的宁静。

隔天南爸南妈清早起床，看着餐桌上的外卖，杂乱的厨房，地面已经干掉的泥水鞋印，以及被直接丢在沙发上全是土全是灰的脏衣服，顿时脑子轰隆隆，眼前直发黑。

此时的南飞凡并不知道自己已成功点燃父母的怒火，他正沉浸在一场美梦中无法自拔。梦里，他穿着厚重的防护服站在砖窑的边上，熊熊烈火已燃烧了三天三夜，而在这漫长的时间里，他透过厚实的墙，仿佛能看到火焰的深处，他亲手制作的小壶、碗碟、水杯、摆件等精巧的物件，一点点褪去了泥土的颜色，露出了晶莹剔透、圆润如玉的内在。

这一窑，他制作得极为精心，完全沿袭古法，将瓷土、玛瑙、珍珠、石英等数十种天然矿物混入浆水之中，希望烧制出釉色温润如玉，承袭"雨过天青"之美的绝世好瓷。

他不断告诫自己，一定要多点耐心，让泥坯充分接受高温的洗礼，从平平无奇的"丑小鸭"，化身为展翅高飞的"白天鹅"。火焰宛若拥有神奇的魔力，它能点石成金，化腐朽为神奇。

"快成了。"南飞凡嘴角流下了一股晶莹的津液，似梦呓一般，喊出了声。

就在这时，他身上裹着的毛毯被人用最粗鲁的方式掀起。骤然闯入的冷空气直接把南飞凡吓得一激灵，他迷迷瞪瞪地跳起来，嘴里嚷嚷着："温度降了，继续加温，千万不要开窑。"

啪——

南爸一巴掌抽过去，砖窑碎了，火焰化为飞星，火光中仿佛能看到一点烟雨蓝的颜色，但很快就消失得无影无踪。

南飞凡睡意全无，一脸蒙，他看了看周围，原来自己并不是在砖窑旁边，而是在自己的卧室之内。

好可惜，他差一点就烧出一炉极品汝瓷。真是的，他爸要是晚点出手该多好，至少让他看看自己梦里的成果。

"爸，你能不能懂点礼貌，不要随随便便地往别人房间里闯，尊重一下个人隐私吧。"

南妈恰好从门外走进来，听到这话，立即拆下拖把头将杆子递给南爸。南爸有了称手的"武器"，对着南飞凡开抽。"二十好几了，一天到晚地不务正业，不想着出去找份正经工作，天天脑子里全是玩泥巴。与其将来有天我和你妈活活被你气死，还不如今天我亲手打死你。混账孩子，岁数渐长脑子不长，你瞧瞧你这邋遢样子，将来谁愿意跟你结婚生子，忍受你这个天天就知道造，不知道学着懂事的家伙。"

南爸年轻时是当兵的，在部队里练得一身功夫，哪怕岁数大了，每天也都保持着锻炼的习惯。

南飞凡哪里顶得住这通揍，本来是想寻得他妈妈的庇护，但这次一向宠着儿子的南妈也十分嫌弃，不仅不帮南飞凡，还在南爸把拖把杆打折了以后，又把扫帚递了过去。

南飞凡最后是被二老给打跑的，从头到尾，他甚至一点儿不知道发生了什么事，只记得自己睡了个懒觉，就被看不惯自己的父母给揍了。

1998年出生的他，今年已经26岁了。26岁的他还要被父母痛揍，说出去谁能信？

想起这几年和父母住在一起时产生的种种矛盾，南飞凡越想越委屈。做父母的总是爱把自己的孩子与别人家的孩子作比较，上学的时候比学习，上班了比工资，上班久了比奖金、比社会地位、比前途。仿佛生下一个小孩，不是为了爱和责任，纯粹就是看这个孩子能给自己带来多大的荣耀。

在这一点上，南飞凡也承认自己做得很不好。读书时贪玩，成绩一般，勉勉强强考了个二本，大学四年也不知道学的专业究竟讲的是什么。毕业即失业，近几年来，勉强打过几次工，上班加一起的时间都不如在家宅的时间多，也难怪父母那么讨厌他了。

"这个家是容不下我了。"南飞凡清晰地认识到了这件事，然后他就做了一个90后的"熊孩子"会做的最叛逆的事——趁着父母固定出去锻炼的时间，回家简单收拾行李，带齐了证件，来一次说走就走的旅行，离家出走，浪迹天涯。

高铁向南，高速而行，很快便看到了连绵起伏的远山，以及近处青葱碧绿的水田。车过隧道，陡然车窗外一暗，车子与轨道发出的轻轻的撞击声也只有在这时候才能听得清晰一些。

这一路上，全都是山。高铁从山中过，隧道一个接一个。

南飞凡此刻思绪万千，怪不得许多网友给祖国起了个"基建狂魔"的外号。新中国成立初期还是一无所有呢，几十年的发展，如今，硬是给许多位置偏僻的省份通路、通航班、通高铁。这些建造高铁的工人多厉害啊，实实在在是遇山挖洞、遇水搭桥，上至高原，下到深海，就没他们解决不了的地形地貌。

干一行爱一行，爱一行精一行。若不是有着十分的热情，哪里能有如此瞩目的成就？

他喜欢瓷器，刻骨铭心地喜欢，那么这一趟绝对没有错，必定得兴之所至，满载而归才是。

南飞凡的目的地是景德镇，是有着千年瓷都的美誉，全世界制瓷业最发达的地方，也是所有瓷器收藏爱好者的天堂。它位于江西省东北部，山环水绕，因得天独厚的地理条件、丰富的矿产资源和历代高超的制瓷技艺而享誉世界。南飞凡查过相关资料，在古代，以御窑厂为中心，形成了环状的城市布局，工匠们世世代代生活在景德镇。到了现代，景德镇由封闭到开放，接入了市场经济，景德镇已是远近闻名，几乎聚集了全球最顶尖的匠人以及陶瓷鉴赏家。

在喜欢玩"泥巴"的人眼中，景德镇便是陶瓷业的圣地，是一生中一定要去一次，去过一次就念念不忘，去了想再去的地方。

南飞凡有这个念头也不是一天两天了，只不过一直没有合适的机会。前几年他在上学，学业繁重，父母管得也严，根本不会允许他为了这些爱好，出去到处疯跑。毕业之后，又面临着就业，其实南飞凡本来也想跟同龄人一样，找一份差不多的工作，过着差不多的生活，并且也不排斥早早结婚生孩子，过踏实的日子，不让父母操心。

可是，他的学历一般，所学的专业也一般，没什么竞争力，在找工作这件事上没少碰壁，反复几次失业。虽然有各种原因，但还是有点打击到他了。

南飞凡排解压力的方式，就是躲在自家车库改装成的工作间里研究制瓷，这爱好他是喜欢到心里去了。因此即使没有老师教，他靠着一点点查找资料、翻看书本研究，竟也学得有模有样，时不时还要烧一窑试试，失败的时候居多，偶尔成功了便获得巨大的喜悦，那是越玩越上瘾，根本放不下。

南飞凡是真的喜爱瓷器，平时赚的那点工资全搭在这项爱好上了，本来长得高高的个子，相貌相当不错，可就是因为练和泥、揉泥、摔泥，每天都灰头土脸的。

这次失业以后，南飞凡足足四个月没去想找工作的事，他早出晚归，一门心思地提高创作技艺，有时间总和几个朋友凑在一起讨论。唯有周六这天肯定是要回家跟父母住的，那是一个儿子的孝心。

谁能想到这份孝心直接成了压倒亲情的最后一根稻草呢？他爸妈本来就觉得他是在玩物丧志，日常生活里又是矛盾重重，小事累积得多了，终有爆发的一天。

瞧，他这不就被赶出门了吗？

南飞凡沮丧了一会儿，突然想到了什么，他怒目圆睁，跟自己强调：不对，这次是他离家出走，绝不是因为挨了揍没面子，而是在家里真的住不下去了。

内心活动过于丰富，南飞凡根本没注意到，高铁不知在什么时候开始减速，缓缓在某个不出名的小站停了下来。上下车的旅客并不多，高铁只停留了两分钟便继续前行，他身边那个浑身都是呛人烟味的大爷，也换成了一位穿着休闲装，戴着贝雷帽，还架着太阳镜的年轻女孩。

女孩背着个双肩包，手里拎着一只布袋。她一落座，立即从布袋里取出了素描本，翻开其中一页，拿着本子里夹着的铅笔，继续她的绘画。

两人紧挨着坐，距离非常近。哪怕南飞凡没有刻意去看，也能从偶尔掠过去的余光里，瞥见女孩子画的是一套茶具。

女孩的素描功底非常好，即使只是对照着夹在素描本一侧的照片，她也准确掌握到了其中精髓，将光与影、明与暗，仅用铅笔线条便表达得非常到位。显然，这只是日常简单的控笔练习。

画好了茶具，女孩将素描本直接翻页，又对着另一张欧式设计的餐盘照片，重新画了起来。盘子上有欧洲中世纪风格的贵妇，坐姿端庄，手上捏着羽毛做的帽子，很有气质。静物里藏着人物，难度比之前增加了许多，但这难不倒女孩。她右手握着铅笔，左手习惯性地捏着一块橡皮，素描本是以四十五度角架在了小桌板上，特意垫了两本书，调整成她习惯的高度和角度，以方便她作画。

整个高铁车厢的人似乎都在看手机，唯有女孩，在几十分钟的时间里，注意力始终放在画板上。哪怕已察觉到南飞凡时不时落过来的目光，她也根本不受干扰，专注而忘我地画着。

餐盘画好，女孩似乎并没有要停下来的打算。她又把素描本翻了一页，这一次，夹在本子上方的照片，引起了南飞凡的注意。

那是一块青如天、面如玉的钧瓷断片，只有孩童巴掌大，因而看不出损坏之前的原物。

南飞凡真正惊叹的是这残片的颜色，似乎正应了周杰伦的那首《青花瓷》里最经典的一句："天青色等烟雨，而我在等你。"

南飞凡爱瓷成痴，别的事可以马马虎虎，一笑而过，但真正遇到他的心头好，整个人就来了精气神。他有心想跟画画的女孩聊一聊，借机了解一下女孩拍摄的这款钧瓷断片原物在哪儿，他更想把照片先接过来，端在手上，认认真真、仔仔细细地，从不同角度，全方位地好好欣赏一番。

可女孩子真的是太专注了，她精致漂亮的耳朵内塞了耳机，与帽子、眼镜和浑身高冷的气质一起组成了看不见的屏障，将外界的人和事物完完全全地隔离开来，连一丁点儿搭讪的机会都不留给别人。

南飞凡等了一个多小时，高铁停站了两次，他也没找到合适的机会。眼看着景德镇马上要到了，那是他的终点，他必须下车。若是错过了这次，怕是再找到她就难了。

南飞凡纠结再三，还是决定进行人生的第一次搭讪。

他在内心深处进行了好一番自我鼓励之后，才小心翼翼地抬起手，对着女孩挥了挥："小姐姐，很抱歉打扰你一下，能不能聊几句呀？"

一秒，两秒，三四秒……

女孩画笔不停，全程一点卡顿都没有，仍然在画。也不知道是没注意到挨着窗口而坐的南飞凡正在试图与自己交谈，还是说注意到了，压根就不想搭理这种在高铁上偶遇的陌生人。

高铁广播里已经在报站了，前方即将到达景德镇，请要下车的旅客做好准备。

南飞凡灵机一动，立即抓住机会，轻拍了下女孩的胳膊。女孩吓了一跳，终于望向了他，南飞凡明显感受到了对方被打扰后的不悦。

"景德镇快到了，你如果打算下车的话得提前做准备，要不然很容易坐过站的。"南飞凡拿出了自以为的最和煦的笑容，温柔提醒。

"噢，谢谢。"女孩没有与他多说话的意思，也不收拾东西，继续画画。

南飞凡有点儿尴尬了，见女孩又沉浸在自己的世界里，根本不打算搭理自己。

他盯着素描本上夹着的照片，心痒难耐，越看越觉得那个颜色实在太接近南宋周辉《清波杂志》里所说的那句"汝窑宫中禁烧，内有玛瑙末为油"。宋代的瓷器匠人，奉命用地上的泥土烧制出了宋徽宗梦中的那抹天青色，是最纯正的上品汝瓷，不仅釉层透亮、纯净柔和、平滑细腻，还无限接近"雨过天青云破处，这般颜色做将来"的迷人场景。

南飞凡从未想过自己有天竟然真的能亲眼看到上品天青色的汝瓷，

虽是残片，还是照片，但也觉得这趟远行值回票价了。

不行，他还得想想办法，问一问女孩，哪里能寻到这轻易把他迷得神魂颠倒的瓷片。

高铁突然一顿，停了下来。

景德镇到了。

南飞凡才组织好语言，打算说什么，就见女孩速度极快地站起，素描本一合，往布包里一塞，背上双肩包，大踏步向前走了。

整个动作潇洒利落，且速度无比之快，快到南飞凡都来不及反应。眼见她已经到了车门口，南飞凡下意识地想要冲过去，走到一半才想起来自己的行李还在架子上。等他折返，拿上所有的东西时，站台上人来人往，行色匆匆，哪里还有女孩的身影？

"我天，这姑娘的动作怎么会这么快。"大概是太着急了，他直接冒出了一身汗。

南飞凡不死心，拎着行李快步朝着出站口方向跑去，希望能追上，可直到出站仍是一无所获。

南飞凡只得带着几分沮丧的心情，从车站走出，正式来到了他最最向往的千年瓷都。

景德镇如今已经发展成集陶瓷设计、生产制造、教学、研发、商业运输和文化推广于一体的发达城市。街上熙熙攘攘的人群，忙忙碌碌地奔向他们的目的地，每个人的脸上似乎都带着一种志在必得的神情。这种活力与希望并存的感觉，为这座城市注入了年轻的活力。

南飞凡拉着他的行李箱，找了个街口，茫然地朝着南与北两个方向看。路上公交车、私家车、出租车、电动车和共享单车，组成了一股天然的洪流，有节奏地朝着固定的方向前行。

这座城市并没有多大，南飞凡之前一直居住在南京，与这里相比，南京楼更高，人更多，生活节奏更快。但南飞凡从来没有自己不属于那里，随时可能要被扫地出门的感觉。这会儿到了景德镇，他没缘由地心里发慌，总觉得自己想要在这座城市立足都很不简单。

不过，面对这种彻底离开父母，独自生活，不再受制于人的全新体验，南飞凡很快振奋起来："我一定可以实现目标，得偿所愿，活出自己最想要看到的样子。"

旁边一个扫地的清洁工大妈拎着扫把路过，发现南飞凡正鼓着腮帮子，像是犯了中二病似的握拳宣誓，她默默地弯下身，把他脚边的矿泉水瓶子捡起来了。

南飞凡尴尬了。

清洁工大妈盯着他双肩包里塞着的空瓶子问："给我吧，这里不能乱扔垃圾。"

南飞凡只觉得脸颊发烫，他觉得刚才的自己肯定很傻，大妈是看出了自己的窘迫，所以用捡瓶子的方式，来打破眼前的尴尬。他赶紧把喝得只剩下三分之一的饮料瓶乖乖递过去，然后迅速抓起行李，脚步飞快地跑掉了。

一整个下午的时间，南飞凡都在找房子。他对居住环境没有什么特别的要求，但位置必须紧邻景德镇陶瓷厂，最好是距离几个国内有名的陶瓷工作室近一些，这样才方便他每天跑出去，拜访名师，学习技艺。

找房的事，本来是南飞凡计划中最难解决的部分，尽管他的要求不高，但局限性蛮大的。在他的设想里，在景德镇这样的地方，既想生活在纯粹与陶瓷相关的氛围里，还想要一个较为便宜的价格，缓解他经济上的压力，这已是一件比较矛盾的事。他甚至做好了准备，先去找一家便宜的青年旅馆租张床位住着，然后尽快找到可心的房子搬过去。

让他没想到的是，他一到陶瓷厂附近，居然直接看到了有房出租的广告。在一个类似于展示板的地方，房东将自己的房源信息公布在上面，下方留了电话。若是有需要的话，直接打过去联系就好。

南飞凡打了第一个电话，对方的房子并不在他的理想区域，他正想挂了，再去找别家试试，没想到那个房东竟然听出了他的拒绝，直接询问他的要求。对方太热情，南飞凡不好意思直接挂断电话，勉强把要求说了一遍。

房东一拍大腿，操着当地口音激动地抬高音量："这不是巧了吗？你要的那个地段我也有房子，距离陶瓷厂近，楼下全都是陶瓷工作室，隔壁卖陶瓷的商业街距离我那儿只有200米，不临街，晚上睡觉不会吵，最重要的是便宜，50平方米一个月只要800块钱。"

天上掉馅饼的好事，砸得南飞凡有些晕乎乎。他当时有点儿高兴，甚至忘了怀疑对方是不是骗子，当下就约那房东见面去看房子。

房东如约出现，热情地将南飞凡带到一条小胡同内，在弯弯曲曲的街道里走了挺远，终于来到了一个脏兮兮黑漆漆的小门前。

这明显是在商铺后开的一个后门，站在门口都能看到一条窄得只能容一人通过的楼梯直通高处。

"就是这里？"房子的状况与南飞凡所预想的不太一样，他开始有点怀疑。

房东依然热情，他在前面带路，一个劲儿地要求南飞凡先上去看看房子。"看过之后不租也没关系的啦，既然你来到景德镇，还来找我租房子，那咱们就是很有缘，先交个朋友也不错。我姓侯，以后你就叫我侯哥啦。"

"侯……哥。"南飞凡瞧着对方稀疏的头发，猜测他最少也有六十岁，跟他爸的年纪差不多了，叫一声叔叔都可以，还让自己喊哥，他多少是有点喊不出口的。

侯哥完全不理会南飞凡的纠结，先一步走在前，直接上了楼。

南飞凡无法拒绝，只好先跟上。那明显是临时焊接起来的小楼梯实在太窄，他手上拖着行李箱根本无法通过，南飞凡只能全程手臂伸展，用悬空的状态提着行李箱，极度费劲地到了二楼，再绕上了三楼。

短短的一段路，南飞凡只觉得自己好像是在缝隙里穿行，他每向上走一步，不是左边胳膊撞到墙壁，就是右边胳膊打到栏杆。更别提那个行李箱，始终没有一个均匀受力的点，全靠南飞凡的力气向上拖，没坚持多久，哪怕是左右手替换着，他仍感觉胳膊酸疼得要废掉了。

"再坚持一下啦，还有一层。"侯哥的声音从头顶传来。

南飞凡差点没腿软得直接摔下去："怎么这么高啊？"

"好饭不怕迟，好房不嫌高。高好，站得高望得远，人往高处走，成功伴左右。"侯哥的词儿是一套一套的。

南飞凡无奈极了："您这水平，去德云社说相声，绝对一炮而红。"

"我不喜欢相声，我喜欢脱口秀。过几年，等没那么忙了，我非要去找机会试试。"侯哥果真是娱乐达人，习惯性接话，不让任何一句掉在地上。

南飞凡是铆足了劲儿才到了四楼，他抬头看了看，仿佛有什么可怕的东西藏在房顶高处，而且不知道为什么，他总觉得上方还有很大的空间，仿佛永远走不到头似的。

"到啦。"侯哥从口袋里掏出了一串钥匙，因为此处光线有限，他甚至还变戏法似的从包里掏出了一只手电筒，借着光源找到了一把系了红绳的钥匙。

试了一下，竟然塞不进去，侯哥尴尬地笑："钥匙太多啦，搞错了，再来。"

南飞凡很想默默地补一句：您其实可以不用找了，即使找到了，进去看了房，我也绝对不会住在这里。只要一想到上楼下楼都得通过这条狭长的楼梯在黑暗里颤巍巍地摸索，他就本能地生出了几分焦虑。

"搞定，是这把。"侯哥惊喜地低叫，第N次把钥匙塞进去，随着咔嗒一声响，铁门居然真的打开了。

一束温柔的光，猝不及防地照亮了南飞凡的脸。

隔着侯哥的高大身体，南飞凡看到的是一处颇为宽敞的房间，那原本应该是个阁楼，经过改建，竟变成了可以住人的房子。

室内还保留着上一任住户留下来的东西，单人床、小书桌、复古的冰箱、落地小风扇……除此之外，竟然还有一台咖啡机，摆在了一张长长的工作台上。

　　那个工作台，南飞凡只看了一眼，眼睛便亮了起来。如果他没看错的话，这个工作台之前应该是用来制作泥坯的，桌下放着对应的工具，脏兮兮的瓦盆，还有装满了雕刻工具的木盒等等。

　　"上一任租住在这里的也是个和你一样的小伙子啦，他在这边一住就是五年，后来是在景德镇的老师傅那里学到了真本事，所以回家乡去啦。"侯哥一边说着，一边来到窗前，费了些力气，才把老旧的木窗打开。

　　他去洗手间拿了个矿泉水瓶，装了满满一瓶水出来，开始浇窗台上摆着的花。许久不来，花大多已经枯萎了，不过也还有一些比较坚挺的，等到了救命的水。

　　"以后就有人照顾你们喽，再也不用担心没水喝。"侯哥念叨着。

　　南飞凡对这个工作台的确很心动，但一想到上楼下楼的问题，他依然没有要租房的打算。正想着到侯哥身边说一说自己的想法，又是一个猝不及防，他看到了窗外的景德镇陶瓷厂。

　　南飞凡无法形容那一眼所带来的强烈震撼，仿佛有谁挥出一拳，用力砸向了他的心脏，他连一丝防备都没有，直接被击中，于是便被拉入一种似梦似幻的境地。世间万物变得万分不真实，周遭无关的景物淡去了，而瓷厂内堆积如山的物料，随意摆放的成品、半成品，以及进进出出的工人，全都从另一个视角，展露在他的面前。

　　这哪里是一个藏于城市角落里的逼仄房间、废弃阁楼？

　　这根本就是最接近梦想天堂的甬道，距离他渴望的人生只有一步之遥。他今天来到这里，不就是做好了舍弃一切、重新开始的准备，踏踏实实地跨过去吗？

　　"兄弟，租不租？"侯哥一看他的表情就已经懂了。

　　十分钟后，拿着押一付三的房租，侯哥脚步轻快地走了。

空荡荡的房间，只剩下他一个。

南飞凡仍站在窗口处，面前是几株要死不死的花，花盆却是正儿八经纯手工制作的，从他更为专业的角度来看，竟觉得这随意丢在窗口的花盆也多了几分说不出的精妙，若是洗干净摆在商店里，绝对也是引人关注的小摆件。

只可惜，这里是景德镇，既不缺奇思妙想，更不缺将纸上的设计变成实物的能力。

怎么办，他竟觉得骄阳之下，整个景德镇都充满芬芳的气息，他想，他一定是要疯了。

快活得要疯掉了。

一星期后，已经在景德镇住下来的南飞凡，习惯了上下楼时那狭窄得令人头疼的楼梯。南飞凡对于周围的一切也进行了一番摸索，得出的答案却是有些令人哭笑不得。

他所在的位置，的确是景德镇一个比较有名的创作核心区的附近，周围有几十家陶瓷工作室，更有大大小小几百家与陶瓷相关的店，从传世精品、大师级制作、精品佳作等各层级作品的分类出售，到批发、零售的店铺，再到以餐具、茶壶、把玩件等以产品功能用途来分类的店铺，再到以陶瓷种类专门做出区分的店铺……关于陶瓷的一切，这里应有尽有，只有你想不到的，没有看不到的。

南飞凡最开始像刘姥姥进了大观园似的，看看这儿，瞧瞧那儿，恨不得一次性了解个够，错失哪个细节都是绝对的遗憾，他不能允许自己进入宝库却空手而归。

在来景德镇之前，南飞凡沉迷于玩"泥巴"已有数年，可以说九岁那年无意间被妈妈带去超市门口的那间小小的陶艺馆内尝试了一把手工制作，就已经为他开启了一扇崭新的大门。

十多年来，他一直在找寻各种机会去学习，耐着性子把图书馆里关于中国几大类陶瓷的书籍硬啃了一遍，哪怕有很多时候只是走马观花、似懂非懂，但关于陶瓷的审美，还是建立起来了。

在他看来，景德镇的大多数店铺里所售卖的瓷器制品只能满足于日常生活所需，成批次大规模生产，根本是工厂流水线上统一模具制造出来的产品，完全够不上艺术品的档次。

偏偏这样子完全以商业为目的的店，几乎占据了整条商业街。南飞凡看了一家又一家，耐心地把能进的店全逛了一遍，他突然像泄了气的皮球低落了起来。

这里好像与他幻想中的景德镇不一样。

没有满脸沧桑的手工匠人，没有高深莫测的陶瓷大师，更没有为了学瓷、制瓷忍受千般难万般苦的学徒……有的只是已经成规模的销售体系，那是商业，不是他追寻的艺术。

"我果然是太天真了吗？"得出了这个结论之后，南飞凡着实低落了好几天。

这个闷热的阁楼也突然变得有些难以忍耐，空气里总是混着一些难闻的油烟味，还有隐约传来的讨价还价的声音。发出声音的人是个大嗓门，时常会突然抬高声音，又或是放声大笑，隔着老远就能听得清清楚楚。

南飞凡已经知道楼下是卖陶瓷的商铺和货品仓库，自己所住的这间阁楼本不应存在，但因为位置太高，货品搬上搬下很不方便，于是基本上没人使用。

侯哥作为房东，当然不能容许空间闲置，他想了个巧妙的办法，利用最小的空间，焊接了那一条通往阁楼的逼仄小楼梯，专门租给像南飞凡这种为了梦想千里迢迢从外地赶来的热血年轻人。

至于上一任租客，或许也是没有在这里找到自己想要的东西，渐渐地失去了希望，最终决定离开。摆在阁楼里的这些东西，不是他不想带走，而是搬上搬下实在是太麻烦。反正也不值钱，索性全留下，只要不背着这些沉甸甸的物件去爬那条破楼梯，那丢了便丢了，没什么可惜的。

南飞凡平躺在木板床上，后背被床板硌得生疼，他从小到大也是父母捧在手心里宠爱着的，生活条件还是相当不错的。不夸张地说，这一周住在阁楼里的生活，是他过得最苦最糟糕的日子。

刚来的那阵子，凭着一腔热血，以及势在必得的决心，南飞凡每天在期待中入睡，在振奋之中醒来，时间安排得满满当当，从早到晚，他都走在路上，希望在进入疯狂学习的状态之前，尽可能去熟悉、体验这座他神往已久的城市。

失望来临，他便觉得自己所住的环境实在是一言难尽，白天闷热，晚上嘈杂，窗前人来人往永不停歇，许多店铺凌晨都在营业，拉货卸货的仓库就在小胡同里，那叫一个热闹。

至于对面所谓的景德镇陶瓷厂，其实也不是他所以为的那个有着数百年历史，承载了无上荣光，沉淀了厚重瓷器文化的那一个。

具体是怎么回事，南飞凡还没了解清楚。有一点是能够明确的，那儿大抵是一个批量生产瓷器制品的地方，全程都是机械化生产。即使是对陶瓷手工制作完全不懂的工人，也能独立操作完成景德镇的主打产品青白瓷、青花瓷、粉彩瓷、颜色釉瓷等等。

南飞凡坚定地认为批量生产出来的货品只是商品，绝对称不上艺术品。

在接下来的一星期里，南飞凡陷入前所未有的迷茫当中。他的寻访之旅，依然毫无收获，以至于让这一趟旅行，显得有那么几分可笑。

其间姐姐南飞燕打电话过来骂了他一顿，说他那么大的人了，做事仍是没有顾忌，明明是他做得不对，居然还敢玩离家出走那一套。这下好了，直接把爸妈气病了，一个发高烧，另一个持续心悸，一提到他，家里直接低气压。

南飞凡听到爸妈病了，又着急又内疚。他姐突然一通劈头盖脸的指责，字字句句刺在他心里最软最疼的地方。

本来在景德镇这边已经是内焦外躁，南飞凡一个没忍住，又跟南飞燕吵了几句，气得她直接挂了电话。南飞凡冷静下来，才想起来还没问父母的病好了没，直接给爸妈打电话心里又有点怵，只好给南飞燕打回去。

电话没打通，南飞燕已经把他拉黑了。南飞凡哭笑不得，心想自己现在是众叛亲离，谁都不想搭理他了吗？

想要立即逃回家的心情淡了下去，若是被家里人知道，他费尽力气跑来景德镇这一趟，只是在一个小小的阁楼里见证了梦想的破灭，这样子，怎么想都觉得脸上无光，这可能会成为他一生的污点。不管将来在什么时候提起来，爸妈加一个南飞燕，他们肯定要挂在嘴上，非要看他灰头土脸不可。

南飞凡在分析里冷静了下来，他不再出门漫无目的地寻找，而是将大部分的闲暇时光用在本地的论坛里。交流分享区有很多人在描述来景德镇之后的所见所闻，更多的还是各种招工帖、求职帖。

这里是中华瓷都，大部分的工作内容当然是跟陶瓷有关的。南飞凡浏览了一圈，发现几乎是那种批量制作陶瓷的工厂发的招工帖。其实这跟南方的一些大厂招的打螺丝的工人没有本质区别，都是流水线上的一部分罢了，如果去这种地方打工，即使工作十年，能学到的也只是其中一个生产模块里的单一内容，对个人的成长没有任何帮助。

他确定讨论区没有自己想要获取的信息后，就去资料区浏览一些技术帖，在这里南飞凡感觉好多了。经常来逛这个板块的，大多是一些手工大神，他们讨论的内容包括拉坯、利坯、挖足、轮制、仰烧、叠烧、吹釉、浸釉等制瓷工艺的每一个环节所遇到的具体问题，也有对于制瓷原料（高岭土、麻仓土、瓷石、釉浆、钴土矿等）的运用的心得体会。

单一的帖子里的信息量固然是有限的，看得多了，就很容易发现正是这种日积月累的研究，制瓷技术得以向前慢慢发展着。

最令南飞凡觉得雀跃的，还是在这些实用技术极高的讨论帖内，许多内容是他从前在书本上从来都没学到的，看着大家你一言我一语地分析着，南飞凡单凭想象，根本无法理解其中的奥妙。

好久没碰"泥巴"的他，手指头又痒痒了。

"还是得亲手试试。"南飞凡的目光自然地挪到前一任租客留下来的工作台，以及放在地上的那一堆杂七杂八的工具上了。

前一任租客，留下来的东西又多又全，稍微整理清洗，便可以直接用。

可以先把瓷胎做出来，再去找窑烧制。他在南京就是这样做的，日常的一些小件已是非常顺手。既然来到了景德镇，这里最不缺的就是与瓷器有关的东西，他还得打听打听哪里有好一点的窑，最好是大神们聚集的地方，等他过去的时候，没准能遇到，这样子不就顺理成章地进入这个圈子了吗？

南飞凡好像找到了突破口，越想越兴奋，连一秒钟都不愿意耽搁了。

他快速下楼，脚步轻快地朝着街尾的几家专门卖原料的店走去，在路上他把自己想要的东西列了一个单子，用量都标注清楚，以确保不浪费。

店家给了南飞凡一个不错的价格。走出店门，南飞凡心里边正在琢磨是吃了午饭再回阁楼奋斗，还是直接去奋斗，随便买点什么，回去凑合一顿算了；突然就见到一个穿着黑色短裙的女孩，骑着酷炫的摩托车，从自己的面前驰骋而过。

最初吸引他目光的还是女孩身上那股子英姿飒爽的气质，太酷了，摩托车那么大，衬出了她的娇小，那是一种强烈的视觉反差，女孩在大街上走过时，回头率绝对是百分之百。

当南飞凡盯着女孩的背影，无意中看到她背上的双肩包，以及摩托车后挂着的一只白色帆布袋时，他的双瞳收缩，瞬间像是想起了什么。

"喂——"他喊了一声。

女孩根本没听见，骑着摩托车已经走远了，眼看就要离开这条街了。

"你等一下，别走。"南飞凡飞快地冲上去，三步并作两步，感觉自己这辈子最强的爆发力，已经在此刻完全被激发出来。

在高铁上没机会聊天，原以为在茫茫人海之中相遇机会渺茫，万万想不到，竟然这么快有机会再次擦肩。

凭借着一股执念，南飞凡追了上去，哪怕前方已经没有了女孩的背影，他仍是跑了将近五百米才停了下来。

南飞凡呼哧呼哧地喘着粗气，汗如雨下，整个人要窒息了。不过此刻他的大脑反而飞速地正常运转了起来。这条街的前后左右全都是与瓷器相关的店，属于景德镇比较聚集的地方，平时车流量较大，交通堵塞，如果不是有事要进来，一般市民会选择绕到外围去通行。

换句话说，女孩很有可能是来这边办事，或者目的地是其中的某家店铺。

一想到这里，南飞凡继续向前快步小跑，边跑边注意着周围，因为那辆黑色的摩托车贴了彩色的条纹，而且擦拭得非常亮，非常抢眼，所以只要它在，便不愁找不到。

抱着一种不达到目的誓不罢休的信念，南飞凡拎着二十几斤的物料，一家店一家店地寻找起来。他始终在心里抱着一丝期待，想着不能放弃。

到了街尾，一个转弯，他就看到五十米开外的一家店门口，停着一辆黑色的摩托车。它静静地停在那儿，骄阳落在它身上，形成了漂亮的光晕，颇有一种霸气外露的气势。

摩托车头盔挂在车把手上，后排的架子上挂着女孩的帆布袋，南飞凡兴奋地快走了几步，从布袋上手绘的布偶猫图案确定这个一定是他在高铁上遇到的画画的小姐姐。

面前的店有个颇具古风的名字：宝玥斋。

从两侧落地窗，能看到用红木搭建好的架子上，零星摆着几只花瓶，还有几把紫砂壶，布置得颇为雅致，货品不多，样样精品。

单是看着展示架，南飞凡便是眼前一亮，直觉认为里边的货物肯定比纯粹走市场的瓷器要精致华美许多。奇怪，这条街他也来回回地转了很多次，这家店肯定是来过的，怎么都没有注意到呢？

不过既然来了，他就不会放过。

踩着台阶向上走了两步，刚推开第一扇门，门口一张小茶桌后的穿旗袍的美女逦逦然站起身，给了他一抹含蓄内敛，却也不失风情的笑容。

"这位先生，宝玥斋采取的是会员制，不接待非会员入内喔。"

南飞凡简直怀疑自己的耳朵，在闹市区开店，还对客人区别对待，这家店是哪儿来的自信？

又或者是店内的生意特别好，好到宝玥斋拥有了择客的权力，姿态高高地摆了起来。

"我不进去看看，怎么知道自己要不要办理会员？"南飞凡佯装镇定。

"无会员，恕不接待哦。"旗袍美女全程笑脸迎客，她身姿婀娜，每一个动作都有着江南女子独有的婉约秀美。

如果她不是一直表达着拒绝，南飞凡恐怕都要沉醉于其中了。

他闻着空气中那股淡淡的檀香味，眼神却落在不远处的满绣屏风之上。他不懂刺绣，也不懂古董，但最基本的鉴赏力还是有的。他只觉得到目前为止，在宝玥斋内所看到的每一件物品，全算得上珍品，完全没有流水线上工厂批量制造的痕迹，件件都是精雕细琢而成的佳作。

南飞凡觉得，自己千里迢迢地来到景德镇，对于陶瓷相关的一切都很向往，层级必然是宝玥斋内的这种级别。他进入其中，便自然而然地适应了店内的氛围。本就觉得好奇，被旗袍美女一拦，他更加好奇了。

"好吧，你家的会员怎么办？办完了有什么优惠？"南飞凡很自然地询问。

旗袍美女微笑着摇了摇头："需要两位老会员的联名推荐，会员只是拥有了随意进出的资格，并没有什么优惠。"

如果是需要充钱，或者其他什么担保之类，南飞凡衡量一下自己的能力，没准还有咬咬牙去撑撑场面的冲动。可人家说的入会方式是老带新啊，他连店都是第一次见到，去哪儿认识宝玥斋的老会员呢？

"刚刚有个穿黑裙子的女孩子进去了，我其实是跟她一起的。"南飞凡说出这话的时候，心里有点虚，但心里就是有种一探究竟的冲动，他脑子一热就把话说了。

心脏怦怦乱跳，他说完就已经后悔了，并且担心等会儿要是真的见到了那女孩，自己要怎么解释，对方才相信他不是坏人。

没想到，旗袍美女听了这话，仍然不答应。"宝玥斋的会员证是一位会员能够带两位朋友同时入内，但必须是同时进同时出，会员给带过来的朋友作担保；你和她不是一起进门的，按照规定还是不能允许您直接进入哦。"

旗袍美女善解人意地说："要不您在这儿给她先打个电话，让她出来接您，并且还得再签个担保协议才行。"

得，这宝玥斋的规定还真是防范得 360 度无死角，他们家是用保护银行金库的谨慎态度，来对待每一位准备登门消费的客人吗？

南飞凡折服之余，不再废话，他主动退了出去。

走之前，还给自己找补一下："我去外边打电话。"

"好的，请。"旗袍美女殷勤地替他开了门，目送着他离开。

南飞凡第一次被人轰出去，还是如此宾至如归地轰，这经历算是此生难忘了。

他当然没有小姐姐的联系方式，那么最笨也是最有效的办法便是守着小姐姐的摩托车。

那张令他念念不忘的天青蓝残瓷的照片，此刻应该就在摩托车后座之上的白色帆布袋内，南飞凡一直觉得手指头痒痒，他得耗费巨大的自制力，才能压住自己去翻找的冲动。

不可以不可以，不请自拿那是偷。

等会画画的小姐姐一出来，如果看到他在翻她的包，即使里边只装着素描本而已，那她肯定也是要翻脸的。

南飞凡可不想为了这么点事就去得罪人，反正他真正想要看到的是天青蓝残瓷的原物，不必为了一张照片去做冒犯人的事。

日头越来越大了，他冒了会儿汗，觉得所有裸露在外的皮肤一齐火辣辣地烫，八成是晒伤了。他生怕再次与她错过，根本不敢躲到树荫底下，干脆把心一横，直挺挺地站好。

炽热的骄阳之下，摩托车与南飞凡双双拉出了一道黑影，像是两条平行线似的，坚定地摆在那里。

南飞凡不停地用'有所求，就要有诚意'这几个字来鼓励自己坚持。

他的诚意支撑他坚持了一小时四十七分钟，终于看到旗袍美女又一次殷勤地打开门，目送着戴着墨镜和鸭舌帽的小姐姐从里边走了出来。

"欢迎您的再次光临。"旗袍美女对待宝玥斋的会员，态度更加地温柔，简直是无可挑剔地周到。

"回见。"女孩客气地道别，直奔自己的摩托车而来。

她摘下了鸭舌帽，任由一头青丝似瀑布一般散落而下，划出了一道令人目炫的弧度。

她直接去摘自己的安全帽，突然对上了南飞凡刻意挤出来的笑脸，尽管看出来他是打算说什么，女孩却直接把他当成了空气，只给了一个眼神后，就不再搭理了。

南飞凡结结实实地用热脸贴了一座冰山。

不过，即使再难堪，南飞凡仍决定为了梦想往前冲。既然好不容易再遇到，他是绝对不会错过这么好的机会的。否则，他一定会后悔。

"小姐姐你好，我叫南飞凡……"

女孩一听这种话，直接回："不想认识，不加微信，没有电话，让开，别挡路。"

啧，上来就一键三连的拒绝，完全不给半点面子，南飞凡的脸皮再厚，也险些有些支撑不住。

"我不是要跟你搭讪，我是有事找你。"一旦豁出去，南飞凡反而没有之前那么紧张了。

"什么？"隔着墨镜，女孩藏在其后的眼睛里全是冷淡。

"八天前，你从外地回景德镇，我们在高铁上是挨着的。"南飞凡试图去唤醒女孩的记忆。

谁知女孩满是不耐烦："说重点。"

"是这样的……"南飞凡生怕女孩直接就走了，一股脑地把照片的事给说了。说完以后，他还不忘连声强调，自己真的没有任何恶意，实在是太喜欢那块天青蓝的残片，并且自己在任何地方都没有看到过类似的东西，一见之后，久久难忘。他在高铁上的时候一直想找机会问，无奈觉得不好意思，始终没能说出口。原以为错过之后就再没了机会，这几天，南飞凡想起来这事儿都觉得懊悔。

　　因为有那么多前因在，才会有今天的大胆。

　　女孩轻轻皱着眉，伸手把帆布包打开，翻到了天青蓝残片的那一页，虽然素描已经画完，照片依然被她用别针固定在上边。

　　"你想要这个？"女孩问。

　　南飞凡使劲点头："对对对，这也太美了吧，我看过很多展览，也去博物馆见过很多藏品，甚至连故宫博物院都去了，但真的没见过这么纯正的天青蓝。如果我对那句'雨过天晴云破处，这般颜色做将来'里所形容的天青蓝有个具象化的理解的话，一定是你照片里的这个颜色。"他赞叹不已，又继续说下去："这才是配得上方文山为周杰伦写的那一句歌词'天青色等烟雨，而我在等你，炊烟袅袅升起，隔江千万里'。"

第二章 | 景德镇外飞流村

南飞凡这人，一兴奋的时候话就多，话多起来必然是滔滔不绝，一般人别想轻易地拦住。

女孩难得有耐心，静静听完之后，竟然直接从素描本上取下了照片，递到了南飞凡的手上。

"送你。"

"送……送我？"南飞凡受宠若惊，一副想要不敢要的样子，满眼却又全是狂喜期待的眼神。

"不想要？那不给了。"女孩实在是那种由骨子里生外透着潇洒的类型，绝不会强求，更不可能主动劝说。

"不不不，我要，我要的。"南飞凡受到了惊吓，一把上前，把东西给抢了回来，若不是被暴晒得太久，浑身是汗，他都恨不得立即将照片塞进口袋里藏好，免得女孩过会儿想明白了，再突然间又给要回去。

女孩微笑着，并不多说话，她计算着时间差不多，就去找旗袍美女要头盔。

南飞凡跟在她身后，仍是欲言又止。

等到女孩转头，一道冰冷的眼神扫过来时，这次不必人家催促，南飞凡立即直来直去地问他更加想要知道的："残瓷的照片，你是怎么得来的？"

察觉到这话语气较硬，颇有些咄咄逼人的意味，南飞凡慌忙纠正："我是想说，你知不知道这片残瓷目前在哪里？我没有别的意思，只是想亲眼去看一看，哪怕只是欣赏一小会，我也就心满意足了。"

"看到以后，你还有什么想法，出钱买走这片瓷？"女孩满是不客气，此时她已戴好头盔，整个人有种拒人于千里之外的感觉。

南飞凡苦笑："单看这瓷的成色、薄厚、亮度、通透度，就能猜出来原来所做出来的成品是多么惊艳，如果它还是完好无损的状态，恐怕要被当成国宝，放在展览厅里；又或是被哪个富豪重金求走，收藏在自家书房，轻易不会给外人能近距离欣赏的机会。照片里的瓷器已残，宛若美人迟暮，可它的风华永远都在，只要是识货的人，哪个敢夸下海口说，敢出多少钱把残瓷买走。我，没那个实力，所以我的诉求只是亲眼看一看，仔细看看，将这份美，永远留在记忆里，并且从此立下目标，努力提高技艺，希望将来我自己也能创作出最完美的作品。"

隔着头盔，女孩说话有点瓮声瓮气，与她本人清冷低沉的嗓音颇有些不同。

"你这人，倒是真的与那些人挺像的。"

"谁？"南飞凡不解地问。

女孩却没有回答，只是静静地抛下了一枚诱饵。

她说："我可以告诉你，残瓷在哪儿能看到。"

"在哪儿？"南飞凡都没注意到自己瞬间给出的追问显得有多热切。

他以为女孩会故意卖个关子，或者提出什么要求，好好地为难他一下，讲好了条件，再把消息透露给他。

没想到，她非常直接干脆地回答："飞流村。"

南飞凡后来是怎么回到小阁楼上去的，二十多斤的原材料又是怎么搬回到自己的工作长桌上的，他居然一点记忆都没有。

手上捏着的那张残瓷的照片，南飞凡看了一遍又一遍，一遍又一遍，无论如何都看不够。

窗外从明转暗，直至一片漆黑，完全看不清照片上的残瓷了，南飞凡才意识到天已黑透，窗外早已是万家灯火，熟悉的油烟味又弥漫得到处都是。

"这一天未免也过得太快了。"他这才感觉到肚子咕噜噜地响，竟然已是饿得前胸贴后背，稍微走动几步，身上额头全都是汗。

收好了照片，南飞凡赶紧下楼去买了些晚餐，随后又顺手在报刊亭买了一份景德镇的旅游地图。

飞流村这个地名，非常陌生。他还打给侯哥，专门问过，但侯哥这个自称在景德镇居住了近 30 年，一辈子都在做与瓷器相关的生意的本地人，听到这个地名也是一愣。

实在想不起来，侯哥便操着一口各地混合出来的音调，问南飞凡是不是搞错了。他敢拍着胸脯肯定，景德镇周围一定没有这个地方。说完，直接挂断电话，留南飞凡一个人去犯愁。

南飞凡打开手机地图查了又查，果然没有与飞流村相关的名字，连谐音的都没有，他忍不住生出疑心，是不是那个会画画又喜欢骑着酷酷摩托车的女孩生怕他真的去骚扰，直接编了个地名来糊弄他？

回想起她当时那么容易就告知了具体地点，随口乱说的可能性也是相当大的。南飞凡委实有些气馁，又有许多的委屈。

他是真的没有恶意啊，的确是对残瓷感兴趣，才会一而再、再而三地追问。

那一碗拌粉，加了许多的辣，南飞凡吃的时候鼻涕一把泪一把。

他的桌子上堆满了准备制作瓷胎所需要用到的材料，本来若是没有遇到这个女孩，他其实已经想到了一些未来的思路，虽然肯定是比较笨，要靠着稳扎稳打，以及一点点的好运气，才能够达成所愿，不负这一趟千里迢迢的奔赴。可自从再见这女孩以后，南飞凡总觉得有什么东西改变了。他暂时捉摸不透，更无法去思考。

偏偏又是空欢喜一场，景德镇周边根本找不到飞流村，那便意味着自己可能又被骗了。

一整天，心情是真的大起大落，大喜大悲，他虽然已经 25 岁了，可自小生活在父母的庇护之下，南飞凡是真的没经历太多的挫折。最多就是高考的分数不够理想，没能上理想的大学；又或是遇到了喜欢的姑娘不敢开口表白，转眼间她就和自己好朋友走在一起的这种烂俗戏码。每个普通人的一生，总是要经历一些狗血历程，当时难受些，过后很快忘了。

他不是一直都心很大吗？

为什么只是被一个陌生的女孩哄骗了一次，这心里就如此难受？借由着一碗加了大半勺辣椒的拌粉，他的眼泪一直往外涌。

泪眼模糊之间，他忽然瞧见那张被丢在一边的旅游地图上，好像写着一个"流"字！

南飞凡简直不敢相信，他使劲地抹了把眼睛，想要看得更清晰。

他忘记了自己刚才在挑辣椒的时候，一只手染上辣气，直接往眼睛上抹，那不亚于是一场灾难。

阁楼内，传来了南飞凡痛苦的哀号声。他三步并作两步冲向洗手间，先洗干净手，再用清水反复洗着自己的眼睛。虽是如此，仍是用了十几分钟，他才顶着一双红彤彤的眼睛，回到了桌边坐下。

第一件事，当然是立即拿过地图。

以景德镇为中心，一点一点，仔仔细细，挨个查找。

终于，他在一片画着大片郁郁葱葱树木的地方，看到了极小极小的三个字：飞流村。

"啊，她没骗我。"南飞凡激动得直接站起来，恨不得原地转个大圈圈，以此来表达激动之情。

飞流村，从前也不叫飞流村，景德镇的老人们更喜欢喊它六铺头，或者大水河。

那村子依山傍水而建，循着山势，拉出狭长的一列。三面是山，一面靠水，村子位于半山腰，周围环着一大片没有怎么开发过的树林。

想要到达飞流村，要么攀山，要么渡河，要么长了翅膀直飞，每一种进村方式都充满了曲折。

近几年来，飞流村通往山外的路已经通了，但那路其实就是一条极为狭窄的羊肠小道，以台阶路居多，这就意味着进去的时候，只能靠步行，没有其他的交通工具可以借助。

"残瓷怎么会放在这种地方？那个小姐姐不会看我是个愣头青，故意忽悠我的吧。"

才消掉了一层怀疑，很快又升起了另一个，南飞凡觉得自己简直要被这种打怪升级式的遭遇给折磨疯了。

偏偏并没有人来给予他一个准确的答案，一切只能靠自己来判断，或者说是赌。

天知道，他真的最不擅长押注了。

天生没有赌运的他，似乎每次做选择，都是一个输。

那这次呢？要怎么选？

这个飞流村，去，还是不去？

隔天，大清早，才六点钟，南飞凡已经爬起来，背好双肩包，把路上可能会用到的东西，一股脑地塞进了包里，又去外边的小超市买了驱蚊水、登山手杖等等，尽可能地让自己装备齐全。

做好这一切，他按照旅游地图的指示，先换乘两趟公交车，再改乘城际公交，一路来到三十里外的村落。

从这儿下车，就要沿着小路步行。走不出多远，能看到一条静静流淌的大河，这里倒是很热闹，能看到不少人在河边钓鱼。

从他们所携带的设备不难看出，这些人非常专业，不是随便玩玩的。

不着急赶路，南飞凡站在其中一个收获最丰厚的大叔旁边，满眼崇拜地看着快装满的水桶，适时地夸赞了几句。

大叔对他的好感度噌噌上涨，没一会儿已经开始跟他拉家常了。

大叔见他一个人独行，也没带钓具，就问他是来干什么的。

这地方偏得很，平时很少有人过来。

看这小年轻的装备，不太像专业钓鱼的，那总不能是专门过来看人钓鱼的吧。

要是专门过来看人钓鱼，也不用这么大包小包的，看着就为他累。

南飞凡被逗得直接笑了起来，当下也不藏着掖着，直截了当地告诉他，自己想要去飞流村看看。

"飞流村，哪儿有这个村子，我怎么不知道？"大叔也是一脸蒙，有些怀疑地看着南飞凡，"这附近我是经常来的，如果你要去的飞流村离得不远，我怎么会不知道？你不会是逗我玩的吧？飞流村什么的，我在这一块钓了这么多年的鱼，还真没有听过。"

"六铺头，大水河，听说这俩是飞流村从前的名字，您听说过吗？"

南飞凡这么一说，钓鱼的大叔立马就明白了，一拍大腿道："原来你是要去六铺头啊。"

大叔指了指山尖尖的位置："那里我肯定是知道的，喏，看到没，就那了。"

"我看地图上，只有一条窄窄的路，实在是不好走。大叔，你知不知哪儿有到达的捷径？或者是比较正常的路？"南飞凡本来不想抱怨，或许是跟钓鱼大叔比较聊得来，他没忍住就直接把话给说出来了，"按理说，飞流村应该还有村民居住吧？怎么会没有好走的路呢？那些村民进进出出总不能全靠双腿吧？这都什么年代了，未免也太不方便了。"

大叔哈哈大笑起来："原本有路，这不是前几年遭了一场变故，有个地方发生了山体滑坡，把主路给冲毁了，至今还在修呢，得过些日子才修得好。"

"原来是这样子啊。"南飞凡恍然大悟。

如果这样子解释，好像是能说得通的。

就在这时，他很自然地想起了女孩子骑的摩托车，如果她是飞流村的村民，那辆酷炫的车子是怎么骑到交通如此不便利的村子的呢？

不过仔细想想，她也没说过自己是飞流村的一员，只是告诉他，残瓷目前在飞流村而已。嗯，又能解释得通了。

"应该是要重新修路的关系，六铺头才改成了飞流村。"大叔与旁边的同伴闲聊几句，简单沟通后，他确定了，"的确是前几年重新划分了乡村行政区域，才给那个村子改了个名。"顿了顿，他好意地劝着，

"小伙子，望山跑死马的道理你是能懂的吧？去飞流村就是这么个道理，看起来离得不远，好像使使劲努努力，很快能到达，可是那段路你真的走起来，还是相当费劲的。你是要过去玩吗？如果只是玩的话，周围其他村子也很有特色，就在附近走走转转就行了，外地人还是不要冒险往山里去，有蛇有虫，万一被咬了就不好了。"

这种困难，南飞凡昨晚上已想得很清楚了。

他心中苦笑，若是可以不去，他昨天晚上已经找到一百个借口说服自己了。但那张照片实在是无时无刻不在撩拨着他，那感觉就像有个人在他的心尖尖上挠痒痒，要多撩有多撩。他本就是个认死理的性子，对陶瓷的热爱是真的，天生如此，如果最后放弃，那就不是他了。

既然都来到这里，那绝对是不可能放弃的。

南飞凡跟钓鱼大叔道了谢，抬头看了看路，就直接大踏步走了上去。

前方，宛若有什么东西一直在指引着他，哪怕历尽艰难，他也一定要努力到达。

初行时，凭借着一股子油然而生的热情。

三小时的翻山越岭之后，南飞凡精疲力竭。

又过了四个小时，南飞凡腿一软，一屁股坐在了山路旁横着的一棵老树之上。

他仍在密林当中，前不着村，后不着店。不论是向前还是向后，等待他的都是浓密的树林，久无人至，林内的路并不清晰，南飞凡深一脚浅一脚地走，根本不知道走出了多远，更不知道还要走多远。

钓鱼大叔的提醒仍在耳边，那句"望山跑死马"简直是对他此刻所经历的种种惨况的最佳形容，他开始后悔不听人劝，以至于身处此种尴尬的境地，因为走出太远，反而陷入两难，往前走或者往后走，似乎都差不多。

要不要回去？如果往后走，即使回到山脚下的村子，可能都要到半夜了，但至少能回得去，不是吗？

继续向前，真的能找到飞流村吗？

天色不知道什么时候已经黑透了。

恢复了一丝力气的南飞凡啃掉了背包里的面包，又狠狠灌下一瓶矿泉水，他休息的时候，手里一直捏着女孩给的那张照片，心里渐渐发了狠。

"去！必须去！飞流村是存在的，既然存在，怎么可能找不到，不就是离得远点，位置偏点，走过去麻烦点，我年轻，我强壮，我不怕累。"南飞凡站起来，活动活动腿脚，缓解身体的酸涩，对自己说，"南飞凡，你可以的，别尿，咱丢不起这个人。"

不尿的南飞凡一头扎入林子当中，入夜后的山林，透着几分令人恐惧的氛围，它会将人类大脑当中所储存的与恐惧、忧虑、不安相关的记忆全唤醒，迅速加工，再反馈回来，让人联想到更加瘆人的画面。

南飞凡觉得自己这辈子所有的勇气，似乎全用在了此时，他不断念叨着一句话："那些打不倒我的，一定会成就我，我必须找到飞流村，我一定要见到那块瓷器残片。"

咕咚，脚底下一软，他觉得自己踩空了，整个人顺着坡倒栽下去。

身体在高速旋转，他试图稳住自己，然而周围太滑，一切手段变得无济于事，慌乱之际，他甚至还分神去感叹：这次可真是完蛋了。

咚——

脑袋撞到了什么，温热的液体流了一脸。

南飞凡晕了过去。

时间不知过去了多久，南飞凡才迷迷糊糊地醒过来，他仰面朝上地躺着，璀璨星空在自己的正上方。

是幻觉吗？或是他仍在梦中。

因为他看那些由星星汇集而成的银河居然在流动。

南飞凡刚想要惊叹一声，却在真正来袭的剧痛之中察觉，原来这一切并不是幻觉。

他此刻正躺在担架上，前后各有一个看不清面孔的男人，他们抬着他，朝着山下走去。

地面不稳，担架摇晃，天空的星星可不就跟着'流动'起来了吗？

"你们，是谁？"南飞凡费劲地低叫出声。

担架停住，有一个纤瘦的身影从后方跑过来，还没到跟前，南飞凡已经闻到了她身上的冷冽暗香，这味道，很是熟悉。

南飞凡还在拼命地想着这种熟悉感从何而来，就听那女孩没好气地说："你是不是有病，吃饱了撑的，夜里在山里闲荡，你知不知道为了找你，我们都在山里边找了大半宿了。"

南飞凡几乎是瞬间就认出了她。

"怎么是你？"送给他残瓷照片，并且告知他飞流村存在的贵人。

女孩没好气地翻了个白眼，因为愤怒，呼吸都急促了几分："你怎么样？除了腿，还有哪里疼？"

南飞凡好似一下子打开了某种开关，他忽然龇牙咧嘴，剧痛感随之袭来，来自他的右腿，难受到不能自已，他自觉是个承受能力很强的人，从小到大小伤小痛简直太多了，可记忆里没有任何一次如眼前，他痛苦得不能自已，发出闷哼的声音。

"我的腿。"他想翻身，想触摸。

女孩按住了他：'八成是摔断了，你别动，我已经帮你做好固定，回去找医生给你处理。'

"嗯。"南飞凡的身体都在哆嗦着。

女孩叹了口气，虽然很气，还是有些不忍心："你从南坡摔下去，我们找到你时，你已经晕了，不过问题应该不大，能治好的。"

南飞凡费了好大劲儿，才好像找到了自己的声音："你们……怎么会来找我？"

"有人打电话过来，问你到没到飞流村，还说你是从南坡那边走上来的，怕你在林子里出事，因此打电话给村委，让村委帮忙留意一下。"

南飞凡疼得意识模糊，一时间没想到是谁还关心他的事，此刻也不是追问的时候，他应了一声，过了好久才又问："你们要带我去哪儿？"

"飞流村。"

南飞凡瞬间极为激动，他猛然间坐起，简易担架失了平衡，整个人差点儿又摔了下去。

"你能不能不要胡闹了。"女孩气愤地给他按了回去。

南飞凡这会儿高兴得不能自控，连腿上的伤和此刻的困境都顾不得了，他嘴里喃喃念着："我可算是要到飞流村了。"

"你是傻了吗？"女孩无语，要不是南飞凡这会儿实在是太惨了，她都想给他一巴掌，帮他好好冷静冷静了。

见女孩动怒，南飞凡顿时老实下来，他把自己蜷成了一小只，缩了又缩，努力降低存在感。

女孩心里头恨得厉害，并不打算放过他。既然无法进行物理攻击，可精神凌虐还是要进行一番的。

她跟在担架的一侧，语速冰冷且快速地说："飞流村虽然比较偏，但并不是与世隔绝，进村一共三条路，公路、村路，以及你走的山路。"

"什么？"似乎猜到了她要说什么，极度震惊的南飞凡又一次激动起来。

女孩不理他的情绪，无情地刺激着："公路进村需要一个小时，2016年通了公交车。走村路需要两个小时，有点绕，但路很平坦；至于山路，呵呵，最近十年从山路绕了八九个小时进村的人，只有一个傻蛋，你猜是谁？"

南飞凡都有哭腔了："是我，吗？"

"把'吗'去掉。"

南飞凡又是一声惨叫，这会儿不只腿疼，心也疼了。

女孩出了气，这才满意地背着手，脚步轻快地走在最前面。

在路上，陆续又碰到了几队人，大家手里拎着手电，每一队都带着简易的竹担架，看样子是做好了准备的。见他们这一队找到了南飞凡，每个人都松了一口气。他们对山路还是熟的，一路快走，似乎只转了几个弯，就来到了一处有着人工台阶的地方，再走一段，远远地一眼看见了隐在山中的小村。

"到村里以后就打120，把他拉到山下的医院去。"

"不知道伤得怎么样，咱们村里的医疗所可能治不了，还是赶紧送走，千万不能耽误了。"

女孩听到议论，开口道："你们另外安排人送他，我是不会跟车出去的，明天还有一堆事呢，今晚我得好好休息。"

"行，我安排别人送他。"

听到自己即将被丢出村子，南飞凡连忙大叫起来："我不走，我不走。"

女孩满脸嫌弃："你还想赖上我们吗？你不去医院，腿瘸了可没人管你。"

"我只是扭到了，腿没断，养养就好了。"他在路上的时候已经悄悄地扭动疼痛的地方，脚踝还能使得上力气，也没有特别费力的感觉，他判断自己的问题不大。

"你又不是飞流村的人，村里哪有地方给你养病，还是去医院吧，别给大家添麻烦。"女孩用不容置疑的语气说。

于是，接下来的时间，南飞凡把自己的口才发挥到了极致，讲事实摆道理，说软话，求原谅，姿态越来越低，挨个给大家道歉，甚至还提出用金钱来给大家做补偿，总之只要不走，他什么都愿意做。

"为了一片瓷，你可真是卖力啊。"女孩仍是瞪他，语气却缓和了不少。

"那是我的梦想。"南飞凡突然无比认真，"我虽然很蠢，选错了路，在山上转了十几个小时，还差点丢了命，但我来可不是为了玩的，我有我自己的目标，不管付出多大的代价，我也认为一切很值得。"

女孩心里的某个点，被他轻轻地触动到了。不过她仍没打算应承，轻轻哼了声，便直接走到了最前，眼神都没再给他一个。

南飞凡被送到了村里的医疗所，这边有一位村医，是个四十来岁的阿姨，胖墩墩，笑起来特别喜庆，大家都叫她徐大夫。

她迅速地帮南飞凡做了检查，很快判断出南飞凡的腿的确是扭伤了，很严重，但是骨头没断。这种情况，送去医院的处理办法也是一样，消毒上药之后，接下来要做的事就是静养。伤筋动骨一百天，这段时间南飞凡只要多休息，很快就好了。

"村里有没有地方能借住？我不白住，可以给租金。"南飞凡嘴角咧起来老高，身体很狼狈，表情却是愉快的。

"今天晚上你先住在医疗所吧，明天再安排，这会儿实在太晚了。"徐大夫跟外边等着的人商量之后，才返回来给南飞凡说了这事儿。

她抱了一床被子过来，给南飞凡盖在身上，又嘱咐了几句，就回家去了。

就这样，得偿所愿的南飞凡在飞流村的第一个夜晚，是在医疗所的单人床上度过的。

他睡得很沉，很香。

隔天清早，南飞凡睡得最香的时候，耳边突然传来了一阵鸟鸣声，叽叽喳喳的，声音超级大，仿佛是有几百只鸟儿凑在窗口开会，你一言我一语，碎碎念，不停说，硬是将南飞凡从梦境深处拉了出来。

他费力地睁开眼，朝着窗外望过去，窗外仍是漆黑一片，分辨不出时间。

"几点了？"南飞凡嘀咕了一声，在枕头下摸了摸，终于拿到了手机。

屏幕上显示的时间是四点四十七分，本应该是一天之中最安宁沉寂的时光，可现在鸟儿开会，闹闹腾腾，南飞凡很快没了睡意，他打量着周围有些陌生的环境，诧异了一会，才想起来自己这是在飞流村的医疗所里。

他抓了抓头发，本来想躺回去继续眯着，腿脚很不方便，在陌生的环境里还是不要胡走乱闯为好。可毕竟是憋了一夜，身体清醒之后，肚子就开始叽里咕噜地打鼓，他控制不住地想要上厕所，脑子里越是有想要抑制的念头，那股冲动反而越是强烈。

"麻烦死了。"南飞凡气恼地重新坐起，靠着双手支撑下了床，单脚点地，一蹦一蹦地向前进。累了就靠在一旁歇一会，等积聚好了力气再往前走。

小村里的医疗所其实只有一间屋子，位于村委会的小院内，在靠大门的一角特意选了间朝南的房子改建而成。内间的两张病床只是摆设，大多数时候，村民看完病就直接回家了，并不会在此过夜。外间是村医看诊的地方，平时开药、打针、处理伤口等等都在这儿进行，因此不只空间大，东西放得也多。

南飞凡循着记忆，一路蹦蹦跳跳地出了门。

原以为门外也是一片寂静，没想到，门一打开，就看见几个人在门口站着，还有两个人打开了办公室的门，正站在门前抽烟。

"谁？"南飞凡厉斥一声，"你们想干什么？"

院子里站着的几个人，都把目光落了过来，好像也是很意外，医疗室那边居然有人。

"这谁啊？"一道声音诧异地问。

有人答："昨天跑山上摔断腿的那个傻小子。"

"还没送出村？"

"夜路不好走，他也没伤得多严重，徐大夫给处理了一下，问题不大。"

南飞凡听着几个人肆无忌惮地开始讲他昨天的"壮举"，在他们口中，他勇于追逐梦想，不惜为此翻山越岭、跋山涉水的行为，实在是又憨又傻。

飞流村与外界的路一直是通着的，有公交，有村路，各种出行方式都能随意选择，他们怎么也想不到会有人耗费一整天的时间走山路。那边的林子可是多少年也没人往里钻了，树木长得又高又密，杂草能有半人高，进山之后到处都寂静无声，可能一整天走下来，连个人影也看不到，

035

这种情况下，正常人看着不对劲，肯定也会扭头回去重新确定路线了。多少次回头的机会摆在那儿，偏有人勇往直前。

肆无忌惮的评价，以及夹杂着的说笑声，落在南飞凡的耳中，他感觉好像是好几个人齐刷刷出手，在他脸上拍巴掌，打得啪啪作响。

他红了脸颊，不想再听，继续蹦蹦跳跳地向前，蹦了一圈，他又只能是不好意思地来到一个头发花白的大爷面前，诚恳且虚心地问："厕所在哪里啊？"

大爷指向二十米开外的一处黑乎乎的角落。

南飞凡单是看着，就有点打退堂鼓。他后知后觉地想起这里是农村，村里的厕所是一言难尽的状态，他腿脚利索的时候都未必能习惯，更别提现在一只脚用不上劲儿，怎么蹦着进去，又怎么蹲下来，这些事单是想想，他已经觉得心里没底。

"屋里要是安有马桶就好了。"南飞凡心里便冒出了这样的念头，当然是不敢说出来的。

他有些灰心丧气，一蹦一蹦地往黑暗处而去，此时此刻脑子里想的全是糟糕的念头，甚至一个不小心掉进坑里这种画面都冒出来了。

他浑身是汗，支撑身体的腿都是软的，不过人有三急，他就算再不愿意，早起上厕所的冲动却是按捺不下去的。

没蹦出多远，身后传来了脚步声，有人追了上来。

"小伙子，你慢着点，等会等会。"

南飞凡几乎要摔倒，他不得不忍着痛，用受伤的脚轻撑着点在了地上。

就见之前在门口抽烟的那个头发稀少的中年人已经来到了跟前，递了两样东西过来，示意他接住。

南飞凡接到手中才发现，一根是老头拄着用的拐棍，不知道是拿了谁的旧物，棍柄那里已经包浆了，握在掌心里有种黏腻的触感；另一根则是随手捡来的粗棍，足有两米高，沉甸甸的。

"你别蹦了，先拄着这些凑合，明天早晨我去给你找找看谁家有双拐。"

南飞凡感激地道谢，那人显然是不习惯客套，随意摆摆手，就走了。

手上有了支撑物，走起路果然轻松很多。等南飞凡挪到厕所附近，一盏昏黄的小灯无声亮起，显然也是站在办公室门口的那几个人，顺手帮他打开的。

他心里头涌出一丝暖流。自从决定出发寻找飞流村之后，南飞凡所凭借的不过是一腔孤勇，他知道自己是莽撞的，在准备不充分的情况下贸然出发，很容易遭遇这样或那样的事，可他顾不得想太多，虽然这一路也有大大小小的遭遇，心里头的惶惶不安只能拼命压抑，他努力说服自己去克服去适应，但也就是在刚刚，当那一盏灯肖无声息地亮起时，他竟然有种想要哭的感觉。

农村的厕所果然不会有太多意外，南飞凡闭气进，头昏脑涨地出，整个人被熏得迷迷瞪瞪，当离得远了，呼吸到了山里晨间清新的空气时，他竟有种活过来的感觉。

院子里的人不知什么时候全离开了，灯也都关了，周围依然漆黑，没有要天亮的迹象，就连那些扰人清梦的鸟儿也散去了，一切嘈杂仿佛不曾存在过。

第三章 | 村子里的外来客

南飞凡垂眸看了看右手的拐棍和左手的长棍，如果不是有这两样东西的存在，他甚至要怀疑刚发生的一切是在做梦。

正常来讲，在这种时候也不该有人来村委会忙活啊，时间毕竟也太早了，村里哪有那么多活要做。

突然，他一个激灵，想起了从前看过的村野志异类的小说，那里边总会有些故事发生在深山小村当中，往往故事的开始便是由许多不合理的事件串联在一起作为开端，主角总懵懵懂懂着，非要发生了案件后，才晓得自己裹进了怎样的离奇事件当中。

小凉风在脸颊边吹拂而过，一双大手从后面拍了下他的肩膀。

"啊！"南飞凡蹦起老高，发出一声尖叫。

结果一扭头，就瞧见刚刚给他送拐杖的中年人满脸惊恐，明显是被吓到了。在中年人身后，站着个年轻人，已经很久没修剪的头发看上去极其茂密，根根分明，向四面八方野蛮生长，一点看不出柔软服帖，离老远看见，就好像顶着一小团黑色的蘑菇云似的。

因为南飞凡的叫声，三个人站在原地，半天也没人开口讲话。

"对……对不起，我不是……故意的。"南飞凡满脸不好意思，他很想解释，自己并不是咋咋呼呼的性格，实在是到了陌生的地方，脑补的东西有点多，刚才想得太专注，既没有听到脚步声，也没想到会有一双手从背后伸出来，所以才会下意识地大叫出声，反而把所有人都惊到了。

"你的脚，没事吧？"年轻人懒洋洋地开口问。

"没事了。"南飞凡轻声答。

"那行，今早五叔去城里办事，开车带上你，顺便把你送回去。"

中年人，也就是年轻人口里的五叔，立即点了点头，指着村委会一角停着的那辆老旧的桑塔纳说："早晨凑合吃口饭，咱们就出发。"

南飞凡一听，瞬间明白这两人是特意来找自己的，目的就是要送自己走。

顿时，他摇摇晃晃，满脸痛苦之色："我的脚还是很疼啊，不能走，真不能走。"

"你脚疼，也应该去市里的医院好好检查一下，免得落下什么后遗症。"年轻人并不打算改变安排。

"徐大夫帮我看过了，她说只是扭伤，骨头没断，这几天千万不能乱动，必须好好静养。养好了腿就能好，养不好往后影响走路。我是在你们村附近受伤的，家里也没人能照顾我，你们坚持要把我送回去，我家住在七楼，只有楼梯没有电梯，上下都是相当不方便，要是自己一个人养着，日子可怎么过。"南飞凡也知道说这些，多少有点不要脸，可为了不被送走，他可顾不得这些。

好不容易来到飞流村，费尽千辛万苦，吃足了苦头，没达到目的，他怎能轻易放弃。

"嘿，你还想赖上村里了。"年轻人不满地抬高了声音。

"别说那么难听，但凡有办法，谁愿意赖在人生地不熟的地方啊。我这不是没办法嘛，这腿脚不听使唤，上个厕所都不行，要是一个人生活，发生点啥事可咋弄。"

"那是你的事，你可以联系家人、亲戚、朋友去照顾，或者干脆去医院住着，伤好再走。反正，就是不能留在我们村。"年轻人显然不会因为他的三言两语就被糊弄，随便摆摆手，就直接对五叔说，"叔，你给他送到家门口就去忙自己的吧，他那么大的人了，懂得照顾自己的。"

"我要真的出了事，你们心里能安生吗？还是让我留下吧，住在医疗室的小床上就行，我不挑剔，好养活，拜托拜托，别让我一个人回去待着，那肯定是要出事的。"南飞凡继续打感情牌，他很清楚，能不能留在村里，成败在此一举，这时候如果脸皮不够厚，下一秒可能要被粗暴地塞进那辆桑塔纳里去。

五叔看起来面善，说话温柔和气，刚刚第一个发现南飞凡行走不便，赶过来送东西的也是他。

他宽厚的大手，轻拍年轻人的背："小青，他说得也有道理。"

年轻人对南飞凡比较不客气，可对上五叔时，声音自动小了，恢复到了平常的语调。

"五叔，您可不能心软，想想他的腿是怎么伤的，您怎么还同情起他了呢？要不是他莽莽撞撞，跟个大傻子似的往后山闯，咱村里也不至于折腾了大半宿去山里头找人。"年轻人满脸嫌弃，他这会儿还困得不行，所有的睡眠不足和有气无力，全是因为昨天折腾的，现在终于对上了罪魁祸首，能有好脸色才怪。

一句"大傻子"，听得南飞凡脸颊发烫。想想看，自己的行为确实不妥，一时兴起，就折腾得整个飞流村都跟着不安生起来。

"小青，村里有招待所，住人是没问题的。至于一日三餐，可以跟着村食堂那边一起吃，反正招待所和村食堂紧挨着，多一张嘴吃饭也不打紧。"五叔打起圆场，"梓熙不是说过了，小伙子来飞流村是奔着瓷器来的，也是爱瓷之人，都能理解。行了，让他留下，好好地感受下咱们飞流村的独特魅力。"

南飞凡目瞪口呆，五叔的这番话把他肚子里绕来绕去的各种借口全给打回去了。

"你……你们都知道啦？"

年轻人又瞪了他一眼："要不是听说你爱瓷成痴的傻样，村里怎么会漫山遍野地找你去？"

南飞凡的脸颊更红了，他使劲地搓搓手，先是给五叔连连道谢，又朝着年轻人伸出手："哥，相逢即是缘，我叫南飞凡，以后在村里打扰，请多多关照。对了，如果有啥活需要我，哥和五叔尽管喊，保证随叫随到。"

年轻人怀疑地看着他被缠着严严实实的腿，以及一双忙着拄拐杖的手，他撇了撇嘴，仿佛是在说：就这？想帮忙？你能干点啥啊！

南飞凡讪笑，继续搓手，反正不管怎么样，他就是硬贴硬赖，也必须留下。既然大家都知道他的来意，那就更放得开了。

"哥，就让我搁这儿待着吧，放心放心，我这人吃得少，人勤快，讨人喜欢。"南飞凡自认为不是油嘴滑舌的性子，可自从到了飞流村，他为了达到自己的目的，那可是什么话都敢说，什么事都敢做，脸皮不知道为什么就可以那么厚，心里仿佛有个声音在说，只要能让他见到那一片残瓷，亲眼领略到这世界上最最顶级工艺是如何以实物的方式呈现的，哪怕只是一眼，要他做什么都可以，面子不面子的无所谓，他完全不会在乎那种东西。

"先把你的脚养好再说吧。"年轻人不吃那套，他跟五叔低声交代了几句，又去库房里拿了把铁锹，扛在肩上直接出了门。

"哥，你还没跟我说，你叫什么名字呢。"南飞凡单是从年轻人与五叔讲话时的语气和态度来判断，就推测到了他在村子里的地位很是不凡。既然打定主意不想走，那么飞流村的关键人物，都是需要重点关注的对象，反正在这些人眼里，他的脸皮有二十厘米厚了，不在乎再厚一些。

当个人格局打开，眼前的困境必是豁然开朗。

年轻人大跨步在前边走，南飞凡拄着根粗棍，一瘸一拐地在后边追。

这份"诚心"终于打动了他，年轻人叹了口气，停在那里："我叫杨素青，1995年生，你别一口一个哥地喊，我未必有你大。"

这么明显的拒绝，听在脑子断了半根弦的南飞凡耳中，反而极为欣喜。他使劲挥手，仿佛是获得了多么了不得的信息，脸上的雀跃更甚。

"我是1998年3月出生的，双鱼座，青哥，你就是比我大，喊一声哥没毛病。"

杨素青这会儿已经无语得不知道该如何回应了，他的脚步明显加快了不少，一秒钟都不想跟南飞凡多待。

目送杨素青离去的背影，南飞凡自来熟地凑到了五叔的身边："您这边有什么要忙的吗？有需要的话尽管吩咐，我的腿的确是不方便行动，但我的手和我的脑子还能用。"

五叔听得笑呵呵，他很喜欢眼前这个干劲满满的年轻人，闹腾是闹腾了些，但年轻人身上独有的鲜活感却是半分不缺，单是看着都觉得舒畅。

"你都会做什么？"他问。

南飞凡回："与手机、电脑有关的问题都可以找我，想要弄点电子产品也可以找我，这些我都在行。"

五叔果然眼睛一亮，他连连点头："年轻人与时俱进，这非常地好，我一直想给家里电脑装个摄像头，还听梓熙说现在可以开直播来做宣传，这些我都感兴趣，有空的时候小南老师可以教教我。"

南飞凡要的就是这个效果："只要五叔有需要，您喊一声，我立即到。"

身为90后，南飞凡对于社交有着自己的见解，不论到什么地方，想要迅速融入当地的固有的关系里，最有效的方式就是成为一名有存在价值的人。从他爸爸妈妈叔叔伯伯那儿得来的经验，想要得到长辈的喜欢，就主动有耐心地教他们使用电子设备，这一招是百试不爽。

不过，让他没想到的是五叔关注的点居然是直播，这玩意在年轻人的世界里不是啥新鲜物，但瞧着五叔的年岁也不小了，作为叔辈的他还对这个感兴趣，那就真的有点与时俱进的感觉了。

五叔非常高兴，大手一挥，南飞凡直接变成了他"罩"着的自己人。

桑塔纳小车一开，南飞凡从医疗所被转送到了招待所，前台的小姑娘见是五叔送来的人，明显是要热情不少，给南飞凡开了一间一楼朝南的房间，既方便进出，也能保证房间住得舒服。

大食堂在不远处，五叔叮嘱前台妹子到饭点了把南飞凡送过去，如果他有什么不懂的地方也要用心教一教。

小姑娘应声下来，五叔这才放心地离开，看样子是出村进城了。此刻，窗外不过蒙蒙亮。

招待所的房间内摆着两张单人床，有桌有椅，简简单单的装修，类似于城市里的快捷酒店的标准，最重要的是，这间屋子里竟然还有跟城里一样的厕所和马桶。这可让南飞凡意外之余，又无比地惊喜了。

他本还想睡回笼觉，这会儿却睡不着，挂着他的拐杖，一步两蹦，来到了前台。

跟小姑娘说话之前，照例先介绍自己，并且附上一枚真诚灿烂的笑容。

小姑娘被他笑得心里直发毛，心里还在琢磨着是不是哪里出了毛病，要不然南飞凡看起来怎么那么不正常呢。软磨硬泡之下，小姑娘还是透露了一些自己的信息，她姓付，是本村的村民，平时是招待所的前台、服务员，也是大食堂那边的服务员，领一份工资，做多份工作，是勤勤恳恳、认认真真的员工，跟飞流村的每个人都很熟。

"我还以为这只是一间村里开的招待所，没想到设施标准都这么好呢。"南飞凡决定以夸赞作为开头。

"村里的招待所本来就是为了招待村外的客人准备的，条件是要好一些的。"付小妹并不习惯闲聊，更别提还是跟自己年龄相仿的大男生瞎聊，她满脸不自在，就盼着南飞凡赶紧离开，别在这儿跟她扯东扯西了。

南飞凡可没看出人家小姑娘的不自在。

"你们村里的人起得可真早，我还以为五叔他们是有事才起早些，没想到一路走过来，发现很多村民家里已经亮起了灯，连招待所这儿都有人上班了。"他竖起大拇指，夸夸夸，就是夸。

付小妹清清嗓子，飞流村一辈一辈传下来的生活方式，怎么到了南飞凡的口中竟然变得那么了不得，她一时不知道该怎么回，只能在他夸赞的同时，附和着一起点头。

"对了，杨素青在村子里是做什么的？看起来很厉害呀，连五叔都很听他的呢！"话锋一转，南飞凡终于问到了想要知道的关键问题。

"杨素青，那是谁？"付小妹愣在当场。

南飞凡无语之余，清清嗓子提醒："杨素青就是那个头发可长，发质可硬，发型跟蘑菇一样的年轻人。对了，五叔喊他小青。"

付小妹恍然："你说咱们村支书啊。"

"谁？"南飞凡震惊。

"小青哥是咱飞流村的村支书，这事儿谁不知道？"付小妹那是满脸的骄傲，一提到了杨素青，她的眼睛里都有闪闪发亮的崇拜火焰了。

"他不是90后吗？岁数那么小，就是村支书了？"南飞凡目前是在怀疑，肯定是哪里搞错了。

付小妹非常肯定地点头："你一说头发，我就知道肯定是咱村支书，他本来就是90后，年轻着呢。"

"哇呜。"南飞凡一时间也不知道该说什么才好，回想起杨素青交代事情时不容置疑的眼神，以及那理所当然的语气，还有就是五叔对待他的态度，说点什么事，明显是有商有量，这么一想，杨素青是村支书这事儿没准是真的。

想到此，南飞凡一阵庆幸，还好他牢牢抱住大腿，喊了那一声青哥。

他更在心底里下定决心，为了飞流村之行更加顺利，接下来的日子里，他必须在杨素青面前好好表现，搞好关系，开了绿灯，做点什么肯定能顺顺利利，一路畅通了。

南飞凡又打听起了"梓熙"是谁，这名字虽然才听过两次，他却觉得仿佛是与自己有点关联，若不弄清楚，他心里总是过不去的。

"梓熙？郭梓熙吗？"付小妹问。

"你们村如果只有一个梓熙，那应该就是郭梓熙。"南飞凡笑吟吟地答。

"你不认识郭梓熙？"付小妹眼神古怪，还很是意味深长地看了看他脚上的伤。

南飞凡顿感不妙，现在哪怕付小妹不明说，他大概也可对号入座，知道郭梓熙是谁了。

付小妹显然没有接收到此话题到此终结的暗示，她捂着嘴笑了一会说："你昨晚上被人从山上抬下来时，不就是郭梓熙带队嘛，她为了找你，上山下山地找了你好几个小时，原来你们竟然不认识啊。"

南飞凡捂住了脸，用力地搓了搓，仿佛是要将尴尬和难堪全搓掉，这下完了，彻底社死。从高铁上第一次见到郭梓熙，他就没给人家留下好印象，后来几次擦肩而过，气氛总是尴尴尬尬，他一路找到飞流村，总觉得仿佛是在冥冥之中有了指引，而那个契机，仿佛就是那个优雅、帅气、又酷又潇洒的女孩。

现在，他也算是确定，他早已在她面前毫无形象可言。

仿佛是感受到了南飞凡说不出口的懊恼，付小妹安慰他："梓熙姐平时是冷淡了些，不爱说话，独来独往，可是她真的很好，村里大大小小的事她都有参与，平时是小青哥的好帮手，大家都很喜欢她。"

"她也是村里长大的姑娘吗？"南飞凡心不在焉地开始转移话题，努力不让自己的尴尬表现得那么明显。

付小妹果然没有深究太多，这会儿她已经跟南飞凡聊了不少，话匣子打开，距离感慢慢消失。

"梓熙姐不是村里的姑娘，她可是一位厉害的艺术家，上过电视呢。"付小妹满脸骄傲，一副与有荣焉的模样。

"艺术家吗？"南飞凡自然地回忆起了她不离手的画册，以及令人惊叹的控笔能力，她的画体现在细节，一幅小小的构图，已将意境之美淋漓尽致地展现出来，的确是厉害的。

这小小的飞流村内，有什么吸引着郭梓熙呢？

他的脑子里自然地冒出了这个疑问。

付小妹忽然惊讶地说："呦，六点半，大食堂那边要开餐了，我得赶紧过去帮忙准备。"

"我跟你一起去。"对于不熟的地儿，摸熟地形是关键的一步，在此之前，南飞凡可不准备乱跑。

正要出发，付小妹忽然看了看楼上："等会。"

"等什么？"南飞凡顺着她的视线望过去，什么也没看到。

"等梓熙姐啊，她每天都这个点下来，非常准时。"

几乎是话音一落，穿着一条黑色长裙，身上披着白色披肩的郭梓熙便真的衣袂飘飘地出现在了楼梯上，远看是个小仙女，走起路来脚下生风，利落潇洒。

南飞凡这时也注意到，她穿的是一双轻便的跑步鞋。

这女孩身上总有股谜一样的感觉，她的一切充斥着浓烈的矛盾感，却又在强烈的个人风格之下达成了统一，非要解释，会发现无从解释。她那么冷淡，却也如此热烈。很容易在瞬间成为全场的焦点，似乎所有人的目光，总不自觉地被她吸引过去，而后仿佛是自惭形秽一般迅速地移开了眼神，不敢将注意力长久地放在她身上。

"嗨……"南飞凡的厚脸皮也使不出来了，他僵硬地挥手，算是打招呼。

郭梓熙冷笑，瞥了一眼他的脚踝，一个字没说，但把什么都表达清楚了。

南飞凡控制不住地解释："五叔说让我来住招待所，还说我可以在飞流村养伤，对了，青哥也在场，他同意了的。"

"喔。"郭梓熙仿佛并没有听到他细细碎碎的念叨，目光冷淡地转到了付小妹身上，语气里多了几分亲切，"走了，去吃饭。"

付小妹亲亲热热地挽上郭梓熙的手臂，两个女孩平时应该是很熟的，付小妹在说，郭梓熙在听，时不时地点评几句，话不多，但精准。

南飞凡被抛在最后边，他走不快、跟不上，又不好意思让她们等等自己。

好在招待所和大食堂真的是紧挨着的，隔着一道篱笆墙，只要确定方向，自己挪过去也没问题。

南飞凡使出浑身解数，好不容易来到隔壁的院子里，他瞬间就被眼前的景象给震惊住了。

红砖，青瓦，白墙。

老树旁，古桥之下流水潺潺。

远处是苍翠的高山，近处是一排古朴的民房。

明明是司空见惯的景色，放在此间却是说不出的视觉震撼。

这世间的美，从来不是统一的颜色。正是因为存在着万物参差，才会有令人屏住呼吸的瞬间。

南飞凡走路时一瘸一拐，身体不便，却不影响他笔直向前。

民房之内有食物的香气飘了出来，透过半敞的窗，南飞凡看到了他这辈子都难以忘记的景象。几十位头发花白的老人正在屋内用餐，他们三五个聚集在一桌，桌上已经摆好了简单的早餐。付小妹、郭梓熙和杨素青正在忙碌着，尽管一边的桌子上摆着粥锅、菜盘和主食面点，几个年轻人还是尽心尽责，忙着帮老人们添粥加菜，没有忽略老人的个性需求，爱喝牛奶的摆牛奶，爱喝豆浆的送豆浆，就连鸡蛋也有煮的、煎的之分，他们显然是非常熟悉了，这些事甚至不必老人去吩咐，便做得很好。

别人倒也罢了，郭梓熙是那么酷的一个姑娘，她竟然也很习惯照顾这些已经有些行动不便的老人。等到将每个人的早餐都准备妥当，三个年轻人这才分开落座，他们吃着摆在自己面前的简单早餐，注意力其实全放在老人的身上。老人们侃侃而谈，聊着各自感兴趣的话题，年轻人却是安安静静，只在老人们有需要的时候，不必提醒，他们会迅速地站起身，询问老人的需求，用最快的速度去实现。

老人们似乎也习惯了被珍重对待，哪怕彼此之间不多言，却仿佛有一种默契。

"来啦？进来啊，早餐在那边，吃一次五块钱，随便吃，但不能浪费。"杨素青距离门口最近，抬眼瞥着他，依然没好语气。

"五块钱吗？太厚道的价格了！一点也不贵。那么，我要交给谁？"南飞凡已经习惯了满脸堆笑，有求于人时，他懂得把姿态放低的道理。

"小妹，收钱。"

接到命令，付小妹忍着笑站起来，掏出手机，调出了收款码。

这举动多少是有些怪异的，南飞凡只觉得好像有什么不对，但他还是先付了钱，而后费力地一步一步挪向了摆放餐点的区域。

这早餐是真的非常简单了，可能是为了照顾老人的胃口，因此煮得非常软烂，入口一吸溜，直接就能下肚。

用餐盘给自己装了整整一大盘，南飞凡瞄了一圈，目光最终落在了杨素青身边的空位置上。

在他托着餐盘，琢磨着会不会有人看在他伤残的份上帮他一把时，却发现他们也像是约好了似的，都不看他。

南飞凡苦笑，最终决定暂时丢掉拐杖，端着餐盘"轻轻地"蹦到桌边去。

才尝试了一下，粥已经撒出来许多，腻乎乎地粘在馒头上。

南飞凡的脸皱成了一团苦瓜，他的好腿，继续弯曲、蓄力，看样子是又想跳。

"扑哧。"

从南飞凡进门起，就一直悄悄盯着他的两个老人最先忍不住笑出声，嘴里的豆浆和稀饭一起喷出去，老人直咳，但还是抑制不住笑容。

这下，显眼包南飞凡瞬间变成了众人视线的焦点，一个人笑，大家便跟着笑。

南飞凡非常窘，一时间他不知道自己还要不要继续蹦回座位了。

"小青，你帮他一下，他那腿不方便，再摔一下怕是就得躺床上养伤，动也不能动了。"

"是啊，别让他再蹦了，稀饭蹦得哪儿都是，等会小妹还得打扫，多辛苦啊。"

"这腿伤得不轻，不是说昨晚爬上山的是个壮小伙吗？就是他啊，果然是火气旺的年轻人，哈哈。"

"谁家儿郎年少不轻狂，都年轻过，能理解，能理解……"

本来老人们各有话题，大食堂的早餐时间热热闹闹，因为南飞凡的到来，大家聊天的话题一下子全聚集到他身上。

村里人讲话嗓门六，也没人有避讳的想法。

你一言我一语，议论得热火朝天。

南飞凡脸颊烧得滚烫，他算是用最短的时间搞明白了，原来这个大食堂就是飞流村的"情报交换站"，尽管他才在飞流村住了一个晚上，但关于他的事，村民们早已知晓。不用猜也知道，肯定是添油加醋的版本，他的"光辉事迹"必然是流传开了。

有老人提出要求，杨素青果然很"听话"，径直地走向了他。

南飞凡假客气："太麻烦青哥了，其实我还是可以的，能够自理。"

杨素青一把抢过盘子单手端着，另一只手则直接架着南飞凡，一直把人拖到了大桌边坐下。

"谢谢。"南飞凡的声音还没落地，杨素青已经把他的拐杖也拎过来，往他旁边一放。

也不知道这样的行为哪里触动了老人们的笑点，顿时又有几个老头夸张地哈哈大笑起来。

南飞凡讪讪，正准备说点什么替自己挽回尊严。

同桌的老人把自己的煮鸡蛋递给他："小伙子，你是好样的，从后山那条路来飞流村，一个人摸了那么远，不管怎样，勇气可嘉。"

南飞凡听出来这位老人是在真心夸奖自己，他想着必须好好谦虚一下，结果嘴巴没张开，就被杨素青瞪了一眼，到嘴边的话，说什么也讲不出来了。

杨素青又去拿了个煮鸡蛋，放在了老人盘里，催着他必须吃掉。"赵爷爷，您可不要再夸他了，不夸他都敢走后山，要是再鼓励鼓励，他都敢拴根绳子从悬崖那边爬上来。年轻人不知道凶险，做事太莽撞，这得改。"

赵爷爷听话地把煮鸡蛋磕破，慢腾腾地剥着。任何人都能看出来他实在是不喜欢吃鸡蛋，可大食堂内那么多人在看他，尤其是几个小的，一个比一个严肃，仿佛他这个老头子早餐少吃了一个蛋，便是天大的事情。

"你小的时候，不也跟皮猴子似的，上山下水，就没你不敢去的地方，现在倒是有脸跳出来说别人啦。"

杨素青假装没听到，顺手给赵爷爷又加满了牛奶。是的，赵爷爷不仅不喜欢鸡蛋，还不喜欢牛奶。他岁数大了，缺钙，身体需要营养，每日的补充是必需的。不管喜欢不喜欢，总有一个杨素青跟在身后催着哄着，雷打不动。

"原来青哥小时候也那么皮啊。"南飞凡却仿佛捡到了一个笑话，不合时宜地嘲笑了起来。

当然，他的不当行为，换来了杀气腾腾的一枚眼神。南飞凡也并没有傻得很彻底，他突然爆发了求生欲，闭嘴保持安静还不算，还要悄悄地往赵爷爷身边贴一贴，如此才觉得放心。

一餐早饭，吃得热热闹闹，那种氛围，是南飞凡没有体验过的。

飞流村的老人看起来都很悠闲，似乎一天里也没什么特别的事需要去做，他们吃完了早饭，便移步到院子里，依旧是各找各的位置，坐在小板凳上眯着眼，懒懒地晒着太阳。

在此刻，时间毫无意义，只有一片安宁祥和。

付小妹正在收拾东西，又有两个大姨过来帮忙刷碗刷锅，收拾后厨。一切进行得井井有条，不需要多说什么，每个人都知道自己应该做什么。

南飞凡拄着拐杖走出来时，入眼所见的就是这幅场景。一时间，他有点茫然，差点就忘记了自己费了那么大的劲儿才来到飞流村，所抱持的目的是什么。

远处的天空，呈现出一抹动人的蓝。

"天青蓝。"南飞凡低叫。

杨素青毫不留情地耻笑："你怕是不会分辨颜色吧？那个哪里是天青蓝？"

南飞凡一蹦一蹦地冲过去："我的意思是，村子里是不是有一片天青蓝的瓷片，是碎掉的瓷器，胎很薄，烧制得晶莹剔透，外行人一看都知道不是凡品。"

懒得惹麻烦，杨素青想否认。

南飞凡仿佛是早预料到这点，他先一步嚷嚷："是郭梓熙告诉我的，残瓷就在飞流村。"

杨素青的目光迅速落在郭梓熙那边，女孩并没有太大的反应，仍是冷淡的模样："我随口一说，没想到，他会追过来。"

杨素青哼了声："所以我经常对你们讲，山外的世界复杂着咧，女孩子要懂得保护自己，一个不注意就会被莫名其妙的人给缠上。"

"吸取教训，下次不会了。"郭梓熙与他配合默契，一唱一和。

两个人合伙挤对人，南飞凡的脸色来回变换。

最终还是赵爷爷看不下去，开口给解了围："小青，小熙，你们两个对待这孩子要亲切着点，咱们飞流村一向热情好客，小南从远处来，绕过大半座山平安到达这里不容易，你们可要多帮助他。"

"好的，爷爷。"

"知道了，爷爷。"

杨素青与郭梓熙对待老人家又是另一种态度，用亲切来形容还不够，简直算得上是言听计从，连一句反驳也没有。

南飞凡看得啧啧称奇，他眼珠子乱转，心中已经迅速做出了排序，为自己优化出最佳选择。

"赵爷爷，您看过这个吗？"贴身的口袋里藏着的是那张残瓷的照片，自从郭梓熙大方地送给他后，南飞凡一直贴身携带，一有机会就拿出来看一看。这会儿倒是方便，直接拿出来，双手捧着递了过去。

赵爷爷从怀里掏出老花镜，架在鼻梁上眯眼一看，顿时就笑了："这不是老许前些年烧出来的那个碗嘛。"

"啥？"南飞凡本来是撑着身子虚坐在一旁，乍然听到这隐藏着无数信息的一句话，他完全忘记了自己的脚伤，激动得站了起来。

惨叫声传出了老远，南飞凡疼得直哆嗦，脑门上一下子覆盖了一层细密的汗珠，他摇摇晃晃地往一边摔去，杨素青和郭梓熙从不同的方向奔过来，在南飞凡砸到赵爷爷之前，险险地将人给扶稳了。

"你毛毛躁躁地做什么！"杨素青恼火低吼。

"砸到赵爷爷，我要你好看。"郭梓熙也急了。

南飞凡又疼又害怕，他颤抖着嘴唇，赶紧跟赵爷爷道歉。

赵爷爷愣了愣，笑了起来："我没事，你们三个别着急，老头子还年轻着呢，真砸下来也能躲得开，况且这不是没碰到嘛。"安慰好了心有余悸的他们，赵爷爷又催着杨素青快点看看南飞凡怎么样。

一旁有个头发花白的老太太插嘴："赶紧送去给徐医生看看，这会儿她应该去医疗所了。年轻人不知道厉害，伤筋动骨要养一百天呢，伤上加伤那不是更严重了。"

杨素青满脸嫌弃，虽然觉得很麻烦，但还是要帮一把。

谁知南飞凡不领情，一直说自己没事，无论如何都不愿意走。

他缓了一会，感觉脚踝没那么疼了，随便拿袖子抹了下脑门，立即眼神热切地凑到了赵爷爷的身边："赵爷爷，您一定知道这片瓷现在在哪儿吧？"

赵爷爷回忆了一下，把照片递给了刚才说话的老太太："小珍，你看这个，还有印象吗？"

珍奶奶也是先掏眼镜戴上，看了再看，才说："好像跟着废料给处理掉了。"

"啊？废料？"南飞凡这下是又激动了，"这么好的成色，怎么会是废料，这也太浪费了吧。"

嚷嚷的声音有点大，惹得杨素青又一次不满："你这个人是怎么回事？不懂礼貌就不要说话，喊什么呢？"

南飞凡抬眸，恰好对上了郭梓熙冷冰冰的眼神，他顿时明白自己是惹了众怒了。

这些老头老太太在村里的地位应该是非常高的，瞧着杨素青那些人的态度便能明白，他不能有丝毫不敬，不然所有人都得跟他急。

南飞凡明白识时务者为俊杰的道理，他换了一副可怜巴巴的表情，还往赵爷爷身边凑了凑："我追着这张照片找过来的，它绝对不是没人要的废料，我爱瓷、玩瓷、赏瓷那么多年，不敢说自己眼睛毒，但也是鉴品无数，我怎么可能看错。"

"废料的意思并不是说这片残瓷不够美，而是说它只是一块碎片，既不能摆在架子上欣赏，也不能拿来使用，它仅仅是一片瓷而已。"赵爷爷对待年轻人是很有耐心的。

珍奶奶也笑着补充："像这样的瓷，在飞流村是有很多的，如果你喜欢，可以去景观道那边看看，我记得废料是送去那儿了吧。"

一旁正在注意这边动静的其他老人纷纷点头。

南飞凡望向郭梓熙，毕竟照片是她给自己的，他相信她能确认。

郭梓熙才懒得跟他一起疯，村里负责照顾老人们的大娘、大婶已经陆续赶过来了，她们接手之后，郭梓熙就要去忙自己的事，杨素青今天也是一整天有安排。他们两个人在一起做了简单的沟通，主要是杨素青吩咐郭梓熙去看一块场地，郭梓熙也提醒了杨素青一定得抓紧催着点银行那边。这是只有他们两个才懂的话题，讲得并不详细，只要彼此能理解即可。

沟通完毕，他们就跟老人们道别，一个走前门，一个抄近路，转眼不见踪迹。

南飞凡被扔在那儿，有点尴尬，更多的是惶惶然。他的一腔冲动全淡了去，有点后知后觉地想到了眼前的处境。犹记昨天琢磨的还是飞流村在哪里，他究竟要怎么去；而到了今天，他身处飞流村内，却还没搞清楚现在要做什么，又能做到些什么。

残瓷？

对！那一片如梦似幻的天青蓝。

他追逐它而来，不论如何，都得亲自看一眼才能心安。

于是，他又往赵爷爷身边靠了靠，先聊起了飞流村的美景，又讲到了一路的不易，尤其是在路上与那位钓鱼大叔聊起的话，他更是原原本本地重复给一群老人来听。虽然一开始的确是他走错方向选错了路，但之所以冒冒失失地往山上跑，还是因为有了明确的指引，那一刻，心里是无比地激动，他想着哪怕在路上耗费一整天，只要能够到达飞流村，也必然是值得的。

"最后我还是得偿所愿，坐在飞流村的大食堂跟爷爷奶奶们说话，我真是觉得罪不白遭，值得。"

平时喜欢吃了早饭后在院子里晒太阳的老人们，很是好奇南飞凡的经历。珍奶奶很健谈，给大家讲了一下昨夜郭梓熙和杨素青领着人上山去救人的一系列遭遇，在她口中，这一趟可谓是惊心动魄，好几支队伍同时出发，各自遭遇了不同的困境，好在年轻人机智，村里人心齐，这才找到了南飞凡，将他平安送回村里来。

南飞凡听得脸发烫，不过他也清楚现在这个时候最应该忽略的就是自己那一文不值的面子。他在心里边默念脸皮厚吃四方，自我催眠之后，才笑嘻嘻地继续说下去："您看这片瓷，可能会觉得它就是一块碎片，没有啥艺术价值，也谈不上多惊艳，随手丢在地上都懒得弯腰去捡，因为不值当。但对于我来说，它是黄金屋，它是颜如玉，它是能够解开我所有困惑的钥匙，更是我跨越千山万水、踏平艰难险阻的动力。"

"扑哧……"付小妹蹲在地上勤奋地洗盘子呢，突然听到这话，没忍住笑了起来。

南飞凡冲她挤挤眼睛，小声提醒说别拆台。

付小妹抿着嘴，使劲地点点头，算是答应了。不过，她把脑袋深深地勾了下去，肩膀一颤一颤，好像站在晚秋之中的小树，随着秋风萧瑟而摇曳。

南飞凡不理会她，继续冲着爷爷奶奶们表达自己的想法。

"赵爷爷，您行行好，提点一下我，去哪儿找这片瓷？另外，您刚刚说，知道这片残瓷是谁烧制出来的？老许？那是哪位？他也在这儿吗？"绕了一大圈，总算是说到了关键点，南飞凡觉得自己实在是太激动了。

"老许啊，他在……"赵爷爷原本还是笑吟吟的，说到这里时，整个人突然黯然了几分，他摇了摇头，抑制不住感伤，"我都忘记，他不在了。"

"不在了？去哪了？出远门了吗？"南飞凡傻乎乎地追问。

付小妹实在看不下去了，甩了甩手上的水，站起来轻推了他一把："你的问题怎么那么多啊，明明谁都不认识，打听那么仔细做什么。走走走，该干吗干吗去，别打扰爷爷奶奶们晒太阳。"

南飞凡蹦蹦跳跳地躲闪着："小妹别推我呀，我现在这个样子能去哪里呢？也只能陪着爷爷奶奶在这儿晒晒太阳了。"

"你要晒，也远点去晒，嘴里的话那么多，惹人嫌。"

一个推，一个躲，画面很是滑稽。

赵爷爷本来还有些心情低落，这会儿瞧着两人的行为，竟也忍不住跟着笑了起来。

珍奶奶来到身边，安抚地拍了拍赵爷爷的肩膀："老许走的时候，咱们这些老伙计全在身边，他想吃的豫章酥鸭和三杯鸡，孩子们不嫌费劲地从城里买了送来给他。他想见的人，也没错过最后一面，还有他的那些心愿，小青他们几个全都给完成了。先走的人是有福气的，咱们得替他继续守着咱的村，还有这些孩子。"

"我已经是不中用的糟老头了，每天还得小青他们照顾我，这也太连累人了。"刚刚还笑容可掬的赵爷爷，这会儿已是老泪纵横。珍奶奶和另外几个老人凑过来，轻声地劝。

付小妹又狠狠地瞪了南飞凡一眼，清晨初见时的亲切可爱全不见了，取而代之的是跟杨素青和郭梓熙脸上经常流露出的那种相似的嫌恶表情。

"少说几句行不行。"她匆匆地跑去拿纸巾，等回来时，还不忘给赵爷爷倒一杯温水。

几个人合力，好一通安慰，才让赵爷爷平复了情绪。

南飞凡知道自己惹了祸，不过无论他怎么想也不知道自己究竟是哪句话惹的祸。

事到如今，行动不便的他也只能硬着头皮留下来，一会递纸巾，一会递水杯。

等赵爷爷恢复平静，南飞凡一脸歉意，老老实实地道歉："对不起，是我不对，我不该多嘴的。"

赵爷爷的眼眶仍然泛着红，哑着声音说："你喜欢的这片残瓷，是我们飞流村的一位老手艺人许少原的作品，他为了那一窑的瓷，忙活了整整两年，耗费了大量的心血，可惜开窑的时候出了问题，一窑的瓷没有一件达到他的要求，其中有个小瓶子看起来还不错，只可惜底部有瑕疵，老许一生气，直接摔了。其中的一个较大的碎片，被小熙拍了照，说是要留个纪念，喏，就是你手上的这一张了。"

"那年老许已经七十六岁了，到了这个年纪，手艺再好，也有些力不从心了。偏偏他不服老，总想着要超越，可人生越是不想留遗憾，反而留的遗憾就越大，他想不明白这道理，没有烧出理想中的瓷，人跟着就倒下去，拖了没有半年，人就没了。"珍奶奶简单地说了说事情的经过，一辈子的老伙计出了这种事，任谁心里都觉得不好受。

尤其是赵爷爷，过不去这个心结，因为老许在世时，与他的关系最好，当年的那一窑瓷，老许本是邀请赵爷爷一起来做，可赵爷爷那年风湿病犯了，腿疼得厉害，弯腰都困难，于是他拒绝了老许，还因为老许数次来找，他反复拒绝之后老许仍不死心，他就说了一些重话。

如今那些对话是什么，赵爷爷早已经回忆不起来了。老许走了，遗憾永远成了遗憾，就算是再懊恼，似乎也只能是这样了。

南飞凡直到此刻才后知后觉地明白发生了什么事，怪不得付小妹气得想要踹他呢，原来他刚刚追问的问题，是赵爷爷的伤心事。

他抿着嘴唇，哪怕心里再好奇，这次也不敢再追问了。

就在这时，赵爷爷看到大食堂的门口有人走进来，他立即抬手打招呼："赵小飞，你过来。"

那是个二十出头的年轻人，身高至少有一米九，体重得超过一百五十公斤，走起路来异常矫捷灵敏，与他的体形完全不相符。当然，身高和体重摆在那里，这令他天然带着一种压迫感，每走一步，都仿佛是一座小山在移动。

年轻人一听到召唤，反而缩回了脚，扭头要跑。

赵爷爷低吼："你敢跑，回家我打断你的腿。"

南飞凡眼神诧异，看看瘦瘦巴巴的赵爷爷，再瞧着高高胖胖的赵小飞，心想老爷子您是真敢讲，打断腿这事儿，简直是不可能完成的任务。

老头的威胁，竟意外地管用，年轻人苦着脸折回来，所过之处，一群老头老太太在闷笑。

他径直来到了赵爷爷的跟前，有椅子不坐，直接半蹲下来："爷，那么多人看着，您能不能给我留点面子，别动不动就要打断我的腿。"他委屈巴巴："我最近也没惹祸啊，您老惦记着我的腿做什么呢？"

赵爷爷瞪他："没惹祸，你见到我跑什么？"

赵小飞有苦说不出，心中腹诽那不就想要少挨顿骂嘛，只是他动作还是不够快，一出现，立即被逮住了。

赵爷爷才不管自家孙子心里在想什么，好不容易逮到了人，当然不能轻易放过："你回家去车房里翻翻，把去年你爸买回来的二手轮椅找来，动作速度点，我在这儿等着你。"

赵小飞瞬间不再闹脾气，脸上的不情愿全收了起来，盯着赵爷爷还红肿着的眼眶，无比紧张。

"爷，您怎么了？腿不好使了？还是哪儿觉得疼？"

"让你干什么就干什么，赶紧回去拿。"当着那么多老伙计的面儿，赵爷爷被自家孙子关心，这让他很是不自在。

赵小飞是真的被吓到了，他要哭不哭，抓着老头子的手，说啥都不撒开："爷，你可别吓我，哪儿不得劲儿一定要说，要不您在这儿等着，我这就去找我爸，我马上把他喊回来——"

今天的大戏是一出接一出，分外地好看。珍奶奶都没急着说破，其他老人就更没谁插嘴，兴致勃勃地在一旁瞧着。

赵爷爷见怎么说赵小飞都不听，终于气不过，拍了他脑门一下："谁说轮椅是我要用，你没看见，他拄着拐嘛。"

这下，大伙的注意力就又转移到了南飞凡的身上。南飞凡讪讪："我没想借轮椅啊。"

今天的事，委实是蹊跷得要命。不管是什么话题，最终都会转到他这边来，南飞凡本就无所适从，每次变成大家目光聚集的焦点，心里头都不怎么好受。

"少说废话，赶紧去拿。"赵爷爷又一通催促。

这回赵小飞没犹豫，发挥起他灵活的属性，一路飞奔，地面被他踩得砰砰作响。

还真别说，一去一回，最多也就是十分钟。

当赵小飞提着轮椅站在南飞凡面前时，南飞凡哭笑不得地问："赵爷爷，这轮椅真的是给我预备的呀？"

"你不是想去看这个瓷片吗？"赵爷爷指了指桌子上的照片，浑浊的目光之中竟有一丝温柔。

"的确是很想去看的。"南飞凡激动地给出肯定的回答。

"飞流村的路都是山路，上坡下坡是常有的事，你靠着拄拐，一蹦一蹦地过去，要蹦到什么时候。"赵爷爷拍拍轮椅，认真地说，"这个轮椅是那年我犯了风湿走不动路，我儿子特意从城里买回来给我用的，现在暂时借给你，出行比较方便。"

南飞凡感动得不得了，正想多说点感谢的话。

就又听见赵爷爷吩咐："小飞，你送他过去看看咱飞流村的那面墙吧。"

"爷，我等会还有事呢，跟青哥约好了要去看田里的庄稼。"赵小飞并不愿意做这事儿，他直接给自己找好了借口。"小青这会儿去检查村后的沟渠，晚点还要去山上看果树，什么时候答应让你陪着看庄稼了？"这种谎也敢扯，赵爷爷一下子给他拆穿了。

"啊？"赵小飞使劲抓了抓后脑勺。

他还来不及装傻，赵爷爷一巴掌抽在他手臂上："啊什么啊，让你干什么就干什么，做人要踏踏实实，不准偷奸耍滑。"

"是，爷爷。"赵小飞耷拉着脑袋，一脸生无可恋。

第四章 | 这里有一座陶瓷博物馆

五分钟后，迫于无奈的赵小飞推着满脸无措的南飞凡走在村子里唯一的一条小路上，这路是村落间最常见的石板路，只是明显是花了很多心思的，不仅路面铺得很平整，还做了防滑处理，即使是阴雨连绵的季节，也不用担心会摔倒。

这条路不怎么长，却很费力，在经历了一段长长的上坡路之后，南飞凡来到了飞流村最具有历史感的地方：土城墙。

这土城墙有些来历，听说在新中国成立以前，就已经存在于飞流村了。那时候的村子，规模远没有现在这么大，也没那么多的村民，别看建在了山上，却因为这里是入城的一条捷径，饱受匪患之扰。

村子不能搬，安全问题也不能忽视，于是，村民们依赖地势，自发地修起了土城墙，旧址环飞流村绕了大半圈，将村后的断崖包含其中，在匪患猖獗的岁月里，凭借这堵墙，飞流村得享太平。

一晃八十载岁月匆匆流逝，土城墙早已坠入历史之中湮灭无踪，而距离原址三公里外建起来的这一段土城墙，其实是前些年村民们集资新修起来的，最初的目的是打造古村落特色旅游景点，附近山下的村子也全是如此，响应号召，寻找各自的优势项目。只是飞流村的土城墙虽然拥有有据可查的历史，却在规模上远远不够，也没有可供讲述的故事能流传下去。

举全村之力，只修好地基，就丢在那里无人理睬了。直到飞流村最年轻的村支书杨素青走马上任，这土城墙才从一片狼藉的垃圾堆，变成了此刻的样子。

它依旧被叫作土城墙，不过与以往的土城墙已是截然不同。

哪怕是南飞凡真正站在了这里，他依然不敢相信自己的眼睛。

哪怕他知道此刻自己肯定像极了刘姥姥进大观园时，处处流露出没见过世面的小家子气，他也是完全顾不得了。

赵小飞抬起手，看了看时间："兄弟，咱们互相体谅一下，我虽然带你来了，但我确实是耽误了自己的事，强挤出时间走了这一趟，所以，你想看什么抓紧看，给你二十分钟可以不？看完了我赶紧把你送回去，然后我继续去做自己的事，这样咱俩互相不影响。"

"二十分钟，可能是不够的吧。"此刻的南飞凡，完全陷入先前那种飘忽游离的状态，他撑着轮椅，缓慢地站起来，轻轻地凑上前去，整张脸贴上了那面墙，那个痴迷表情委实一言难尽，眼神聚焦在墙体表面，目光缠绵，都有点要拉丝了的感觉。

问题在于，如果他所痴迷的是一位面容精致、身材婀娜的绝世美女，这样的眼神多是情动所致，完全能够理解。关键在于，那只是一面厚重的土城墙，哪怕承载了历史，被额外赋予了一些美好的意义，却不至于令一名年轻的男性露出这样狂热的表情。

赵小飞反正是不能理解的，他甚至还眼神戒备，向后退了一大步，努力离南飞凡远一些。

"喂，我真的只有二十分钟留给你，我那边确实有事，不能耽搁的。"见南飞凡失魂落魄，完全没听到自己在说什么，赵小飞急了。

"你先走吧。"南飞凡抬起手，轻轻地挥了挥，赶苍蝇似的不耐烦。

"我给你送来的，我一定得给你送回去，我自己走算怎么回事？"赵小飞嘟嘟囔囔。

"你走不走都成，我反正是不走。"南飞凡陶醉得闭上了眼睛。

他的掌心之下，按着一块防护用的玻璃。玻璃的另一面，赫然是那块他不远千里所寻的瓷片。

"天青色等烟雨，而我在等你……"

"炊烟袅袅升起，隔江千万里。"

赵小飞听着南飞凡那跑了调的声音，十分受不了地使劲扒拉他："看就看呗，这咋还唱起来了，你知道自己五音不全不？不是一般地难听，是非常地难听，请你不要对我进行魔音穿脑似的打击了，念在是我把你推过来的，你可别恩将仇报。"。

南飞凡此刻是魔怔的状态，外人的声音全屏蔽在自己的世界之外，他那双骨节分明的修长手指，宛若在抚摸最最珍爱的情人，隔着厚实的玻璃，摩挲在那片令人沉醉的残瓷之上。

"怎么又是一个瓷疯子。"赵小飞留下了这么一句，作势要走。

可他家是有规矩的，做事有头有尾，不能半途而废。爷爷让他出来之前，可是强调了南飞凡的脚伤很严重，让他帮忙照顾着点。如果没照顾到，回去必然是要挨一顿打。赵小飞左思右想，觉得自己真没必要为了个外人去惹爷爷生气。爷爷心脏不好，青哥心里头挂念着，如果因为他没照顾好南飞凡而惹恼了爷爷，青哥必定是要狠狠地批他一顿，他为了南飞凡被青哥收拾，怎么想怎么离谱。

复杂的逻辑关系捋到最后，赵小飞连连感叹这事不值当，他得避免那种麻烦的状况发生。

赵小飞当机立断，拿出手机开始摇人。电话一个一个拨出去，接电话的人听完了他的请求之后，大多是直接拒绝。

飞流村跟中华大地上千百万的小村一样，面临的也是年轻人离村去追求更好的生活，留守在村内的大多是上了年纪的老人的现状。这会儿想找个手脚利落的年轻人帮忙照看南飞凡，那还真是不容易。

满头冒火之时，赵小飞拨出去的第五个电话被接起。

对面的女声低沉清冽，宛若山中清泉在幽静的山林之中流淌，是一种难以用言语去形容的独特。

"小熙，我带着南飞凡在土城墙这儿呢，他犯病了，说什么也不肯走，你看这事儿闹的，我既不能对他动粗，也不能丢下他不管。而且，我等会是真的有急事，早就与人约好了的。"

赵小飞求爷爷告奶奶，悲悲戚戚地往惨了说。

郭梓熙则干脆极了："Maries 的全色系颜料一整箱，要大容量的包装，上次杨素青赔给我的那种。"

赵小飞在心里头迅速地盘算价格，他疼得心里边直抽抽，正犹豫着该怎么讨价还价，郭梓熙已经先开了口："上周你出村玩，让我帮忙隐瞒赵爷爷；上个月，你偷偷与人拼酒，喝得烂醉在村口耍赖，是我帮你打的掩护；还有上上次……"

"一整箱，成交，你赶紧来土城墙，我把南飞凡交接给你，然后我立即进城，把这事儿给您办得漂漂亮亮、妥妥当当。"

郭梓熙立即挂断了电话，相信用不了十分钟，她必定会出现。

赵小飞则是满脸痛苦，一遍遍地看着自己的银行卡余额，心中已经在滴血了。

最奇葩的是，赵小飞和郭梓熙交换成功后又过了半小时，南飞凡依然沉醉在心愿得偿的满足里，完全没注意到身边陪着他的人已经换了。

"妙啊。"当南飞凡意犹未尽地终于欣赏完土城墙内置玻璃展示柜内所有的残瓷之后，很自然地又绕回到了起点的位置，嘴里发出感叹的同时，他竟又一次想着重新来过。

"那么喜欢？"郭梓熙背着手站在他身后，饶有深意的眼神落在了南飞凡那条受了伤的腿上。今早在大食堂的时候，他靠着自己的力量多走一步都要吱哇乱叫地喊疼，这会儿却是不知不觉当中将支撑身体的重心又放回去了。疼是肯定疼的，从他总是下意识地调整身体姿态便能得知。可即便是如此，他也舍不得少看一眼。

这飞流村果然有种神奇的魅力，总会将一些具有相同特质的人给聚集过来。

郭梓熙抛出的问题，足足过了三分钟，在她以为不会得到回答时，南飞凡才突然感叹着长吁了口气："我太喜欢了。"

"喜欢就可以经常来看，放心，土城墙不会长腿跑了。"

她拿脚一勾，把轮椅带了过来："坐下休息会儿，不然你的腿又要伤上加伤，永远都好不了。"

"好，好的。"南飞凡腿跟着一软，重重地坐了下来。

郭梓熙把他从那种像是做梦一般飘忽的状态里拉了回来，当他落地瞬间，身体的疲惫与伤处的疼痛便一股脑袭来，他龇牙咧嘴地揉了好一会，才想起来问一句："小熙，你怎么在这儿？赵小飞呢？他陪着我呢。"

"赵小飞有事，把你托付给我，他已经走了。"她看着他，他眼神惊奇，仿佛是在内心深处做出某种判断。

南飞凡满是怅然："走了啊，嗯，走了。"

明显是没回神呢，别人说什么，他跟着应什么。身体在线，思绪已然飞远。

不知是不是巧合，南飞凡坐的位置的正上方的展柜内，摆放着那一块令他极度魂牵梦萦的残瓷。今天山中起了雾，光线不怎么好，展柜是嵌在老城墙之内，没有灯光，残瓷所呈现出来的就是它原本的模样。

纵然如此，仍是有种惊艳了时光的美好感觉。

"这种大师级别，哦不，堪称神迹一般的精品佳作，怕是应该摆进国家博物馆内，被无数人观摩，享受这世间最多的赞美。"南飞凡深吸了口气，手臂抬起老高，如获至宝似的虚抚在残瓷之前，"我现在更加好奇，为什么这件作品会被损坏，最终只留下一块碎片。我更想知道，是谁将这块残瓷以这样的方式封存了在了这里。对了，还有这面墙，几十米长，从正面看毫不起眼，宛若只是一处简单的历史见证。绕到了背面，这些橱窗，以及窗子里的那些残破的瓷片，有青瓷、白瓷、汝瓷、青花瓷，以及我所认识的各种陶瓷工艺，甚至是我完全没见识过……它们全都聚集在这里，静静地存在着，不管有没有人注意，也懒得理会是否有人赞美。它们宛若滑落到了时光的深处，就好像待在了独属于它们的坟墓当中。"

"事实上，我们飞流村的人更愿意称呼这里为陶瓷博物馆。"

郭梓熙清冷地微笑着："当然，这里只是飞流村陶瓷博物馆的一小部分，你可以将之理解为小分馆，专门安放曾经的惊世之作，尽管我们可能没有办法完好地保存，徒留遗憾，但哪怕只有一小片残瓷，至少也能证明咱飞流村的陶瓷工艺水平，曾达到了一个举世瞩目的高度。"

"啊？"南飞凡被里边所蕴藏着的巨大信息给惊愕住了。

"啊什么啊，拜托你不要总是露出那种没见过世面的傻样，这样真的很惹人笑话。"郭梓熙嗤笑。

南飞凡立即捂住了嘴，用现在网络上比较流行的话来说，他那双天真的眼睛里，此刻透出的是愚蠢且清澈的眸光，实在令人没法直视。

"对不起，真的对不起。"南飞凡忙不迭地道歉，过了好一会，他说，"我真的没想过，飞流村居然是这样的飞流村。我是说，这座村子建在了大山之上，山坡上有田，村落外有树，村路并不宽阔，甚至村内的房舍已经能看出明显的破旧感。这么平凡的村子里居然藏着那么不平凡的土城墙，土城墙后又悄悄地藏着更加精妙绝伦的陶瓷博物馆。"南飞凡蓦地抬眸，眼神不再躲闪，他坚定地望着郭梓熙："为什么会这样？"

"因为这里是飞流村啊，如果没点特别的，你追着一张照片找过来，很快会觉得这里索然无味，那岂不是很不好玩。"郭梓熙避重就轻，其实是听懂了他凌乱的话语里所要表达的含义，但她本意并不想做一个善解人意的倾听者，干脆直接装傻，再用一招灵巧的四两拨千斤，将话题带偏了些。

没想到，眼前的天真大男孩竟很快地接受了她的说法，使劲地点头，无比赞同地表示："你说得很对，从我踩上飞流村的土地开始，心里已经有预感，我肯定会在这儿发现很有意思的东西。现在，我已经很肯定了，此行不虚，我一定能找到些有趣的东西。"

"呃。"这下，轮到郭梓熙无话可说了。

她后知后觉地想起今早跟杨素青短暂的沟通，当时说的好像是要想办法，抓紧将南飞凡给送出村去。既然如此，她似乎不应该说什么引起南飞凡的兴趣，反而加深了他留下来的决心的话。瞧着南飞凡那双闪闪发光的眼睛，亮得好像是谁将两颗星星摘下来藏了进去。

郭梓熙隐约猜测着，可能是有点晚了。不过很快她下定决心，这事一定要隐瞒到底，不让别人知道就是了。

"土城墙既然是瓷器博物馆的一部分，为什么这里只摆了残瓷，没有相关介绍呢？"南飞凡已经迫不及待地想看到与每一块残瓷相关的说明，他更想认识用鬼斧神工的技艺烧制出了这些瓷器的匠人。

"村外的博物馆，建出来的目的是什么？"郭梓熙忽然问。

南飞凡想了一会，认真回答："是为了展示，也是为了流传，更是为了证明。"

展示中华文化的博大精深，源远流长。

流传中华文化的高超技艺，内涵悠远。

证明中华文化的举世无双，光辉灿烂。

曾经存在过的，靠着口口相传，纸面文章，毕竟还是单薄了些。若有一处所在，将那些令人称颂的作品完整地保存下来，这样会不会更加具有说服力，从而增强整个民族的自信心？

可郭梓熙却这样说："飞流村的瓷器博物馆，最初出现时，是为了储存陶瓷匠人们在日复一日、年复一年的尝试中，无意中发现的特殊技艺，以方便交流和学习。到了后来，瓷器博物馆渐渐变成了纪念馆，单纯只是怀念一些人，尽量不让大家那么快地遗忘。"

"我听不懂你在说什么。"南飞凡明明是瞪大了眼睛，努力地听着。他与飞流村的连接度不高，以至于虽然能清晰地接收到郭梓熙的感慨，却实在无法进入她的内心世界。

"听不懂也没关系呀，你懂不懂原本也不打紧。"她心想，像南飞凡这样的阳光大男孩只是飞流村的一个过客，他兴起而至，尽兴而归，并不会留下些什么。

郭梓熙看了看手表，发觉自己已经在这儿耗费了快一个小时的时间，她觉得也差不多是时候回去了。

她想到便要做，一并没想着询问南飞凡的意见，直接推了轮椅就走。

"别别别，我还想看一会，咱们再等等吧。"南飞凡果然大叫着拒绝。

郭梓熙可不理会这一套，她坚定地拒绝："十点半我还有个线上绘画课要上，没时间陪你在这儿耗着。"

"我自己待在这儿，一动不动，哪儿也不去，保证不给你们添麻烦！"

南飞凡的保证，郭梓熙只当没听到："你如果想看，最好的办法是早点好起来，靠着你自己的腿脚走过来，到时候你爱看多久看多久，保证不会有人管你。"

现在嘛，他唯一能做的就是不给别人添麻烦，仅此而已。

郭梓熙将南飞凡推国到村里招待所后，直接往他房间一送，然后就不理他了。

想抗议？真是抱歉，在这边完全不好使，绝不会有人理会。

再加上早晨在大食堂吃饭的时候，南飞凡无意的几句话，就惹得赵爷爷老泪纵横，情绪崩溃。前台的付小妹始终很气这件事，当郭梓熙把他推回来时，付小妹直接无视了他的打招呼，根本没有再搭理他的意思。

南飞凡热脸贴了冷屁股，闹了个大大的无趣。郭梓熙也没有解救他的念头，走得飞快，他还没来得及道个谢，看到的只是她纤瘦冷酷的背影，一转眼便消失不见了。

"好不容易来了，也不能一直待在招待所的房间里养腿伤吧？"这在南飞凡看来，简直是浪费时间。

比起轮椅，他觉得双拐更好用，恰好就发现早晨忘在大食堂的双拐，竟已经被贴心地送了回来，此刻正放在墙角。

南飞凡顿觉高兴，赶紧过去，撑着身体站起来。他已经决定了，一定得有效利用起每一分钟，好好地去探索这座神秘的飞流村。

腿脚不方便也没什么，他必定能克服。

出了门，付小妹竟然也不在前台坐着，想必又是去忙活别的了。这村子里的年轻人，仿佛每一个都是多面手，不管是不是自己的工作，接了就能做，动作利索得很。

"要不，还是去大食堂吧。"比起脾气冲，且充满了防备的年轻人，南飞凡觉得在院里眯眼晒太阳的老人，似乎更容易接近。

老人们的作息，相当有规律。

吃过早饭，三三两两地散去，有的喜欢回家去再补个觉，有的喜欢躺在阳光下打个盹儿。

赵爷爷正在和一位老人下棋，两人都已经上了年纪，每走一步，那都是要思考许久，有时候还不小心眯上一觉，一盘棋能下一上午，毫无效率可言。

不过，这个习惯对于南飞凡来说，还是相当友善的。

他好不容易才挪进大食堂的院子里，看着四处都没人了，他原以为扑了空，结果一转眼就在小凉亭下找到了赵爷爷。

"小南，你回来啦？"赵爷爷一笑，就露出了两片牙床。赵爷爷的牙齿早已掉光了，平时不吃饭的时候不会戴假牙，其实即使戴上了，效果也很一般，硬一点的不能吃，不好消化的不能吃，切块稍大些的也不能吃。不过赵爷爷并不介意，假牙和老花镜一样随身携带，用的时候安上，不用的时候摘下，就是这么方便。

"是的。"南飞凡忍不住激动起来，正要表达一下感谢。

赵爷爷忽然问："那片瓷，你看到了吗？"

提到了感兴趣的话题，南飞凡瞬间忘了委屈，赶紧点了点头："看到了看到了。"

"感觉怎么样？"赵爷爷走了一子，等着对面又睡着了的老伙计反应过来。有南飞凡在聊天，赵爷爷一心二用，索性把注意力全集中到他身上。

"我原以为照片加了滤镜，同时也自动调整了光线，对于瓷片有一定的美化作用，才会让那片残瓷如此清润透亮，纹理细腻得好像少女的肌肤一样。"南飞凡说到激动处，高兴得直拍大腿，"可我没想到，实物跟照片一比，还要美上几分，我从前在书上读到过高超的陶瓷匠人能够烧制出宛若美玉一般天然无瑕疵的瓷来，还以为是夸大的言论而已。真是想不到，我竟有一天能亲眼见识到，才明白还是自己肤浅了。因为我的眼界不够开阔，或者说是无知吧，居然还去怀疑书上所言。"

他说的话，云里雾里，绕来绕去，再加上情绪过于激动，语速是又急又快，也不知道赵爷爷有没有听明白。

南飞凡瞧着老爷子已经把眼睛笑成了两道带着沟壑的弯弯月牙，连连点头，显然是十分认同的。

"爷爷，我听说土城墙那边是陶瓷博物馆的一部分，是这么个说法吗？"南飞凡真正想要追问的是那片残瓷出自谁手，他十分想去亲自拜访，若能当面表达敬佩之情，实在是平生一大荣幸。

考虑到早晨赵爷爷的情绪崩溃过，这一次，唯恐惹众怒的南飞凡是相当小心，宁可绕来绕去地打太极，循序渐进地去接近自己想要的真相，也不敢冒冒失失地直来直去了。

"博物馆是博物馆，土城墙是土城墙，那就是个念想啊。"赵爷爷感慨地长长叹了口气。

"什么是念想？"南飞凡忍不住问。

赵爷爷沉默着，过了很久很久，他和对面老人的棋局，又缓慢地推进了两步，他才慢悠悠地开口说："念想就是，把东西摆在那里，不要让人给忘了。"

南飞凡这会儿终于找回了自己的聪明劲儿。他联系到早晨的事，以及后来杨素青、付小昧、郭梓熙等人零散讲出的话，他仿佛明白了什么。比如说，制作出那片残瓷的匠人应该已经离世，他们才会将他的遗世之作送去土城墙永远地纪念保存。

因为不是完整的作品，所以它不会被认定为有经济价值的重要物件被某人给收藏；但它也的确是具有相当的价值，于是飞流村便将它藏于土城墙之后的展示框之内，也是换一种方式永远地保存了起来。

不愿意遗忘的人，自然是永远不会将之遗忘的。

南飞凡没有急着追问，而是说起了他刚刚看到的几件作品，除了那块与天青蓝的颜色无限接近的瓷片之外，还有半个的汝窑花瓶最得他心。

"那个瓶子画了极其复杂的图案，我查过资料所以能看懂，那其实是在讲佛经上警示世人、度化世人的小故事，上下作为点缀的几何图案则是佛教中经常用到的图腾，这样子做出了完美结合的作品，把整个花瓶的内涵无限拔高。我觉得，如果它是一只没有瑕疵的花瓶，肯定是惊世之作。"

赵爷爷眯着眼睛想了一会："喔，那只瓶啊。"似乎也是知道其来历，只是话音落下，便是点到为止，他都快把南飞凡急得抓耳挠心了，可赵爷爷又忙着去下棋，迟迟没说下去。

南飞凡实在是受不了这份折磨，忍了再忍，还是开口问了："爷爷，那只瓶是不是有什么来历，或者说藏着什么样有趣的故事？要不您老给我讲讲，也让我跟着开开眼界？"

赵爷爷："喜欢读佛经的，就只有阿珍吧，她没有宗教信仰，可年轻时就很喜欢读经。所以会从佛经里找灵感的，只会是她，这村里找不出别人。"

"阿珍？"那是哪个？

"阿珍不就是阿珍喽，你早晨还见过的嘛。"赵爷爷满不在乎地说出了真相。

换回的是南飞凡再一次地目瞪口呆："您说珍奶奶就是阿珍，也就是烧制那只瓷瓶的大师匠人？"

为了得到确定的答案，南飞凡把手机掏出，翻找到了他拍的照片。

可能是因为手机太破，像素不好，南飞凡拍的照片看上去平平无奇，少了原物扑面而来的精致细腻的灵动感觉，但其实没关系，他只是想做一个求证罢了。

赵爷爷看了一眼，摸出老花镜戴上，然后朝着大院另一角正在打麻将的老太太挥手："阿珍，你有空瞅瞅这个照片，是不是你以前烧的那个瓶？"

珍奶奶挥手打了张七条，听了这话是连一个多余的眼神都没丢过来："咱都这么大岁数了，不是早就退休了吗？什么瓶啊罐啊的，早就忘得差不多了。"

"你多久没读经了？"赵爷爷带了几分调侃的意味。

"你能不能把老张头喊起来认真下棋？别打扰我赢钱，手气正旺着呢，这把准赢。"

几乎是笃定的声音落下来的一瞬间，同桌另一位老爷子声音洪亮接口："胡了。"

珍奶奶生气了：'这把应该我胡的，怎么会是你？"然后，她笃定地说："我得仔细看一看，你肯定是在诈和。"

此言一出，麻将桌上顿时吵吵嚷嚷，查牌的，狡辩的，嚷嚷的，气愤的，别看是四个年纪加起来超过三百五十岁的老人，上了牌桌那就是有股说不出的认真劲儿。

南飞凡又低头看着手乱里的相片，他看了好久好久，无论如何也没法将那工艺绝伦的半只瓷瓶，与不远处那个冤枉别人诈和，还理直气壮地与人吵起来的老太太联系起来。

"开玩笑的吧。"他喃喃，继而肯定，"赵爷爷肯定是在开玩笑，怎么可能呢？不可能的。"

他说得没头没脑，可棋桌对面酣睡的老张头竟像是梦中呓语似的，口齿清晰地接了一句："世上就没有不可能的事。"

赵爷爷哈哈大笑起来，反正他已经快输了，索性棋子一推，毁了这一盘。

"十一点了？这一天过得是真快啊。"赵爷爷背着手，不慌不忙地往大食堂走去，"我得去瞅瞅今天中午煮了什么菜。"

老张头这会儿是真醒了，一看棋盘乱七八糟，他也是不高兴才开骂，说赵爷爷是臭棋篓子，以后再不跟他下棋了，每次都是下不过就直接跑，实在是没棋品。

这帮吵吵闹闹的老头老太太啊，凑到一起的聒噪程度并不亚于幼儿园里叽叽喳喳的孩子们，你跟我吵，我跟他吵，下棋要吵，打牌也要吵。

南飞凡只觉得自己的思绪，每次到了关键时刻，都会被强行打断。

他拄着拐杖，脑子迷糊得厉害。他跟在赵爷爷的身后，看着老爷子像是阅兵似的，跟择菜的大娘说了几句，又去后厨跟掌勺的提了提意见。主要是今天中午有他喜欢的南瓜，他认真地要求一定要切片清炒，千万别熬煮得烂烂乎乎，看着一坨坨的，没半点胃口。

南飞凡想起了这老爷子的那口牙，都已经不剩下啥了，正是应该吃好消化的呢，他倒好，满脸不快，指责厨房做的菜不顾及老年人的口味。

真亏了掌勺的、择菜的、帮厨的全是好脾气，赵爷爷说着，他们就听着，而且是认真地吸纳意见，赵爷爷还没走，几个人已经在商量着改菜单了。

赵爷爷很满意，背着手继续在院子里踱步。

老爷子速度慢，好在南飞凡腿脚不灵便，此刻也走不了多快。

两人一前一后，看起来仿佛是在相约散步。

忽然间，赵爷爷停了下来，他质问："小南，你老跟着我做什么？"

南飞凡苦笑："赵爷爷，我也不是故意要跟着您，只是这边的人都不是很熟，也只有您愿意跟我聊聊。"

"没人聊天是很闷的。"赵爷爷颇为感慨，很快他有了打算，大大方方地说，"行吧，你说说看，想要聊什么。"

老爷子一副"我豁出去了"的表情，在南飞凡看来还怪感动的。

"要不咱们聊聊那片……"本来是想说那片残瓷，话到嘴边硬生生地咽了回去，直接改成了，"聊聊那半个花瓶？"

不知道是不是错觉，赵爷爷浑浊的双眼突然在某一瞬间恢复了清明，他会心地笑了："你小子来飞流村居然真的是为了瓷器？"

"这是我的爱好，我的事业，更是我的理想。"南飞凡猜测自己说这话的时候一定很傻，不过他的确是执拗的性子，从毕业后直到今天，没有走循规蹈矩的道路，而是一头扎进了瓷器里，大篇幅阅读，系统地学习，慢慢上手，努力地尝试。之后，便是失败，不等地失败。

他的作品，即使冒着千难万难制作了出来，得到的成品距离他所满意的作品还是差了十万八千里。如果照这样发展下去，他的进步空间仍是十分有限。南飞凡甚至怀疑自己的天分差到如此地步，若没有后天的"奇遇"，只怕这一生也只能是碌碌无为了吧。

他跟赵爷爷是今天才认识的，聊了一会天，稍微熟悉了些，可也远远没达到掏心窝子说心里话的程度。

也不知是着了什么蛊，可能是这几天的打击受得不少，南飞凡像是霜打的茄子似的蔫蔫的。他亦步亦趋，跟在赵爷爷的身后，围着院子绕圈的同时，也讲起了自己的生活。

父母很希望他能去找一份工作，最好是能考公务员，拿到一个编制，过上更安稳的生活。他所有的叛逆，全用在此处，这是他最后的尊严，更是他的倔强。

"你来飞流村，想要找的是什么？"赵爷爷笑呵呵的，他像是把南飞凡的迷茫全听进去了，却又仿佛根本没听到什么。不等他回答，赵爷爷忽然提醒，"如果是找小熙拍下的那片残瓷，我想你已经找到了，看到了实物，你也觉得特别好看，难道这样子你还不满足吗？"

"满足啊。"赵爷爷的话好像是直接戳进了他心里，南飞凡轻轻说完，只觉得自己更加恍惚了。

"既然满足了，为什么你的脸上看不见一丁点儿快乐的表情呢？"赵爷爷简直是补刀能手，问的事，全戳到了南飞凡心底最烦乱迷茫的点，清晰刺痛之后，南飞凡竟是散去焦虑，思想明朗了起来。

他在原地站定，皱着眉，认真地想。

赵爷爷背着手，缓慢走远了。

南飞凡听见他说："咱飞流村是个好地方，你也别急，在村里多走走多看看，总会想明白。年轻人，你的路还长呢，年轻就是本钱，别慌，慢慢来。"

年轻人南飞凡当天中午花了十五块钱，在大食堂吃了一顿异常丰盛的午餐。据不完全统计，他吃了一小盆鸡腿，半盆清炒南瓜，半锅米饭，还有数不清的小菜。

付小妹满脸不高兴，见到杨素青回来，立即跑过去告状："青哥，他可太能吃了，花了十五块钱，怕是吃进去了一百，咱们大食堂本来就是免费的，又来了这么一位，收支都不平衡了。"

杨素青见她一脸不高兴，知道她是在后边帮厨，出来晚了，没吃到红烧鸡腿，所以才会那么悲愤。他赶紧把自己盘子里的几个夹过去，果然瞧着付小妹的脸色迅速转为晴朗，她埋头苦吃，吃了个七分饱之后才说起了南飞凡今天做的所有事。

一桩桩一件件，她可是全记得呢，全都是清清楚楚，就等着杨素青忙完回来好跟他汇报。

"有人能陪着赵爷爷他们聊聊新鲜话题，这也很好。"杨素青给予了肯定回复，"不过，他能和赵爷爷聊点什么？这个我是想不出来的。"

"还能是什么，聊制瓷呗，赵爷爷根本不接茬，他自己倒是说得起劲，赵爷爷走到哪儿他就跟到哪儿。我看哪，他肯定跟之前那几个一样，不知道从哪儿打听到了赵爷爷他们的本事，于是随便找了个由头凑过来，贼心不死地想要套点手艺出来。"类似的事，每隔几年都会发生，尤其是在这些老人年轻的时候，求学、拜师、偷师，甚至是开出大价钱来买技术买工艺的，多到令人心烦。

近些年少了些，因为赵爷爷、珍奶奶他们的岁数越来越大了，思维变慢，动作迟钝，为了解决日常生活问题，村委会这边将大部分老人集中在一起照顾，等于是一天二十四小时都有人在旁边照看着，堵住了许多人的心思。

时间久了，还以为日子从此能平静下去呢，谁想到这时候来了个南飞凡。

付小妹一开始也没戴着有色眼镜看人，相处半天下来，她观察到了杨素青的不耐烦，也没有忽略郭梓熙的敬而远之，村里忙着做事的年轻人都不愿意亲近南飞凡，付小妹认定这里边必定有内情，并且责任肯定是在南飞凡那边。

"他很喜欢瓷器，赵小飞今天还说，他是个瓷疯子。"

杨素青才说完，付小妹就不满了："小飞啥也不懂，怎么也喜欢跟着瞎说呢？什么瓷疯子，他怎么配得上这个名字。"

"好了，这事儿没什么大不了，你不要跟着生气。"杨素青安抚着，将盘子里最后一只红烧小鸡腿送给付小妹，压低了声音叮嘱，"他现在住在你们招待所，你接着观察，如果真是有啥目的，用不了几天肯定能暴露出来。"

瞬间觉得肩负起重任的付小妹当然是充满干劲地点头。

而在大食堂的另一边，一不小心吃撑了的南飞凡正苦着脸猛揉肚子。

在飞流村，会来村委会大食堂吃饭的，多是家里无人照顾的老人，以及留守在村里的孩子们。这几年的教育政策越来越好，山下的小学和初中充分考虑到周围有不少村子距离较远，孩子们上学放学耗费在路上的时间太多，负责接送的家长们叫苦不迭，结队上下学的孩子们更是有安全隐患，因此，学校建起了宿舍，鼓励孩子们留宿。就这样，符合学龄的孩子在村里平时也看不见，这飞流村被一股暮气沉沉的氛围笼罩着，大家虽然满是感伤，却也没啥好的解决办法。

生老病死，人间轮回。

外边的世界已经变得越来越精彩且美好，难怪年轻人心生向往，奔赴而去。

老人们仿佛是被遗忘了一般留在原处，平静而安宁地等待着人生的终结。

　　飞流村真是好样的，精准地捕捉到了村内老人们真正的需求。这大食堂虽然简单朴实，可能够维持下去，就很不容易了。

　　当然这不是重点。

　　南飞凡之所以会吃撑，并不是他脸皮厚，见肉没够，厚着脸皮去跟一群平均年龄在七十五岁以上的老人抢吃的。

　　他原本只夹了两根小鸡腿，搭配些素菜，足够他吃一餐了。

　　今天杨素青、郭梓熙他们有事，中午没早早地赶过来吃饭，南飞凡很自然地开始照顾起了老人们，单手撑拐，满场转悠。做这一切，仿佛是天经地义，没人教他，看一遍就能学会。

　　老人们在得到了帮助之后，一个比一个热情，他们把盘子里的红烧小鸡腿送给他吃，生怕他吃不饱又不好意思再去取，就开始谎称自己拿多了，请他帮忙分担一些。

　　对于一些菜，大食堂这边生怕老人们分得不均匀，其实采用的是分餐制，由分餐的大娘给每个老人都盛一点，鼓励他们营养均衡，不要挑食。

　　老人们慷慨地把自己那一份，强送给了南飞凡。

　　得了多位老人的"好意"，秉承着不浪费的原则，南飞凡直接吃撑了。

　　"太难受了。"他觉得食物就在嗓子眼，只要一张嘴就会吐出来似的。他琢磨着徐大夫下午应该在卫生所，自己是不是应该过去开点健胃消食片呢？

　　杨素青端着餐盘，直接冲着南飞凡走了过来。对此，南飞凡下意识的反应是用双手盖住了自己的盘子，语气恳求地说："青哥，我吃饱了，真的吃不下了，你不用那么客气地分给我，自己吃吧。"

　　这话换回来的是杨素青看傻子一样的眼神，他自己还没吃饱呢，谁要分给他吃？

　　"你不是要分给我吃的？那就好，那就好……"南飞凡一副庆幸的神情。

杨素青坐稳后，直接跟他说正事："听说你去了土城墙？"

"是去了。"南飞凡小心翼翼地观察着杨素青的每一个表情，努力挑最安全的话语来表达，"我在那儿发现了不少好东西，今天都没看够，硬是被小熙给送回来了。她说她没时间陪我一直在那儿待着，也不放心留下腿脚不利索的我一个人，就先让我回来，等以后有机会了再去看。"

杨素青关注的重点，并不是在这里，他只是淡淡地扫了南飞凡一眼，接着问："看完了，你有什么感想？"

这个问题，南飞凡琢磨着要怎么回答。直觉告诉他，杨素青绝不会平白无故地过来与他讲什么废话，既然来了，还带了几分郑重其事，必定是说明，这是他比较关心的点。

南飞凡情不自禁地直了直身体，像是小学生那样拘谨："从土城墙回来我更加好奇，咱飞流村的底蕴竟然这么丰厚。另外听小熙说，土城墙的展示柜只是瓷器博物馆的一小部分，算是一个特别的分馆，真正的好作品还有许多，它们全都在村里建的瓷器博物馆里。"

杨素青看起来跟没睡醒似的，可眼睛里的精明不是假的，他一听是这么回事，没急着气郭梓熙向南非凡泄露了村里的信息，反而是多了几分诱惑地问："你想不想去博物馆看看？"

"可以吗？"南飞凡兴趣十足，从他一瞬间愈发闪闪发亮的眼神里就能看得出。

"不可以。"杨素青勾起了他的兴趣，给出的却是冷酷无情的否定回答，"飞流村的瓷器博物馆里藏了不少难得一见的珍品，你知道什么是珍品吧？放到城里去自卖，件件能拍出来高价，甚至有一些是当之无愧的无价之宝，怎么可能随随便便就给人看？"

越是这么说，对瓷器充满痴迷的南飞凡就越是心痒难耐，他挪动凳子，往杨素青身边凑了凑："青哥，我这腿脚伤成了这样，一时半会儿也离不开飞流村。等咱们相处时间长了，就不是外人了，到那时，能不能让我去欣赏欣赏？"

杨素青只是笑着，没答应，不过也没拒绝。

南飞凡锲而不舍："村里年轻人少，处处都缺人手，正是用人之际，我一直干吃闲饭也不是个事儿，青哥，你看能不能这样，也给我安排点活儿干，干什么都成，我目前的状态能够胜任，再苦再累也没关系。"

"呦，觉悟挺高，建议很好。"话锋一转，杨素青继续拒绝，"咱飞流村啥都有，有地、有山，有水、有树，唯独缺钱。"

"缺……缺钱？"南飞凡哭笑不得，怎么话题转得这么快，一下子绕到"钱"这个话题上了。

"村里没钱，哪能雇得起你？所以，虽然我们缺人，尤其缺年轻人，可我们得一直忍着。"杨素青非常有技巧，话题再次停留在这里。

若是到了这地步，南飞凡还是没明白杨素青的意思，他可真是个傻子。

不过他来飞流村，本来也不是为了找工作赚钱。他心里的目标只是能留下，并且跟村里人搞好关系，至于工钱什么的，南飞凡真没放在心上。

他当即拍桌子许诺："我不要钱，你给我个地方，给我口吃的，也就可以了。"顿了顿，还不忘强调，"进大食堂吃饭，全村只有我一个人需要扫码付钱，而且还必须找小妹去付钱，不付钱不给吃的，可小妹是个多面手，里里外外有点啥事总习惯找她，一个没注意，人影就不见了。我要是找不着，那就必须站门口等着。说真的，能看不能吃的感觉太不好了，到了饭点本来就饿，看着别人吃，真是太馋人了，肚子饿得咕咕叫。"

"行，我做主，给你写条子，吃饭、住宿都按照村里的标准，不收你钱。"

南飞凡喜出望外，当即站起来表示："从现在开始我就是半个飞流村的村民，你给我安排活吧，随叫随到，全凭差遣。"

杨素青当时的表情很是奇怪，不过单纯大男孩南飞凡没有多想。

直到第二天一早，他被赵小飞用轮椅推着，送到了位于飞流村最东边的果园里时，南飞凡这才意识到自己可能把一切想得过于简单了。

"今天得给这些果树浇水，你的腿脚不便利，就在这儿盯着抽水泵。"赵小飞简单教了教他怎么操作，自己借口要去远点的地方看水管，很快跑得没影了。

南飞凡坐在果园才明白什么叫作前不着村后不着店，手机没信号，全靠一本翻得烂了边角的杂志打发时间。

抽水泵自己会工作，砰砰砰地响了一整天，水源源不断地从低洼处的小河里抽运上来，再按照果园内预先设置好的水道，流到每一棵果树的下边。

南飞凡衡量了一下自己的价值，他经这反复观察后得出结论，哪怕他今天人不在这儿看着，也根本不会有任何问题。

中午的时候用干饼子和冷水简单凑合了一顿饭，傍晚前赵小飞推着他回到了招待所，这时大食堂的晚餐已经结束了，付小妹用饭盒帮他装了些晚饭，放在他住的房间里等着他吃。

草草结束一餐，飞流村的夜晚已经到来。

村里老人多，基本没有夜生活。晚上七点看个新闻联播，八点半之前肯定要睡下的。

南飞凡本来是个夜猫子，月亮不睡他不睡，可来到飞流村的第二天，他也被迫早早地躺下休息。因为杨素青让赵小飞转告他了，明早五点就得起床，还有重要的工作，大家要早早出发，千万不能耽搁了。

"一天有二十四个小时，为什么非要从凌晨五点开始新的一天啊。"南飞凡的心中，反复地思考着这个问题。

没人给他一个答复，只是在隔天的早上五点，鸟儿准时在窗外叽叽喳喳，南飞凡睡得稀里糊涂地爬起床，挪蹭到了招待所外的小院时，竟真的看见所有年轻人全聚集在那儿，大家正在安排自己的工作。

"今天还要去果园看着水泵吗？"南飞凡问出这问题时，已经做好了抗议的准备，他说什么也不想去了，一整天下来，看天看地看水泵，除此之外，连个说话的人都没有，可是给他憋坏了。

他答应了在飞流村帮忙，那一定不会食言。

但他也希望有所选择，尽可能地做自己擅长的工作。

谁知，杨素青摇头，打着哈欠对他说："果树栽好了，今天去鱼塘，我和赵小飞都去，我们打算今天给鱼塘下鱼苗。"

一听到这个，南飞凡就又激动起来。下鱼苗听着多有意思，大家伙热热闹闹地凑在一起，有说有笑，让小鱼苗游入鱼塘，畅想着年底鱼儿肥美，获得大丰收。

他答应得可爽快了，生怕会影响到其他人的工作，南飞凡坚持说自己的扭伤没那么严重了，不想坐轮椅，还幻想撑着单拐便能应付接下来的所有状况。当他拍着胸脯满口保证时，杨素青神情淡淡："要是你在坝上疼得站不住，甭指望有人送你回来。"

赵小飞挤眉弄眼："兄弟，做事不要冲动，你可知道，冲动是魔鬼，别人能顶得住，你不一定能行。"

他的暗示明晃晃，南飞凡一下子想起了之前在后山时遭遇的绝望。

"咳咳。"南飞凡虚握着拳，抵唇轻咳，"我还是坐轮椅，也带着双拐，一切看情况再说吧。毕竟，我是想帮大家干活，给飞流村出一份力，实在是不愿意添麻烦。"

"觉悟够高，挺你。"赵小飞笑着应下声。

杨素青捂嘴打哈欠，对此既没有鼓励，也没有反对，一切全交由南飞凡自己去决定。

当天夜里，考虑到又要绝望地早起，南飞凡早早躺下，并且如愿睡着。

可他二十几年的生活习惯里，从不包括凌晨五点起床这一项。

当时间一到，窗外鸟儿在叫，屋内南飞凡的手机同时在疯狂作响。他用匍匐的姿势，费劲地拱着身体爬了起来，嘴里发出痛苦的哼唧声，眼睛说什么也不受控制，想睁也睁不开。

在意识朦胧间，南飞凡替自己开解地想着，他与杨素青、赵小飞约的是五点半，他定的闹钟是五点，假如他洗漱精简，只刷牙、洗脸，不洗头发不换衣服不吃早饭，那么五分钟就可以搞定，四舍五入，他最少还能再睡二十分钟。

几乎是思考完毕的瞬间，南飞凡的身体便放松地躺平下去，趴在那里，呼呼大睡起来。

有过类似经验的人都清楚，早晨一旦被吵醒了再睡着，往往会睡得特别踏实，打闷雷都不一定有用。

杨素青和赵小飞等人是常年在村里生活的，早睡早起的作息习惯是深刻在骨子里的，每天早晨固定的时间一定会醒，绝不会拖延耽搁。

他们来到招待所，郭梓熙也走了出来，换上利索的运动装，脚上还穿着雨鞋，显然今天也是准备跟着一起去帮忙的。

她出来了，大家还没打算走，郭梓熙奇怪地问："还要等谁？"

赵小飞朝着招待所的正门一努嘴，坏笑着说："等的当然是南飞凡喽，他答应了今天早晨跟咱们一起去干活，为了快速融入飞流村，付出艰苦的实际行动。"

"他那腿，能干什么活？净添乱。"郭梓熙嗤之以鼻。

"小熙，你可不能这么说，南飞凡还是很有帮助的，比如昨天吧，他跟我们去了果园，就帮忙看了一天水泵呢。"这个梗，郭梓熙秒懂。

她那双清冷的眼睛，比深夜还要漆黑，带了几分不赞同，她瞪了一眼赵小飞："水泵根本不用人看，你是故意整他。"

赵小飞矢口否认："不不不，水泵是需要人看的，开关虽然是设定好的，机器毕竟是机器，万一在该关闭的时候没有关闭，那得浪费多少水啊。"

郭梓熙懒得与他掰扯这种一听就十分扯的话题，她问："你们今天把他诓到坝上去，又想怎么整他？"

赵小飞兴致勃勃地凑过来，故作神秘地说："鱼塘不是有个进水口嘛，我打算把他派过去，盯着进水。"

"又是同样的套路。"郭梓熙算是服了。

鱼塘的进水口，只要挖开，就能引来水源注入，补充因为上次放水而损失的存水。一般是需要一天一夜才能注满，所以也是不用看的。

更别提那个位置，连一棵遮阳的树都没有，真要盯着，肯定是要干巴巴地坐在那儿，从早到晚，连个说话的人都没有。

所以说，南飞凡为什么要答应这种事，那不是自找没趣嘛。

郭梓熙心里是如此想，面上可没说什么，并不是她的事，南飞凡要犯傻也与她无关。

有杨素青在场，赵小飞的恶作剧仅限于此，出不了什么大事。既然如此，为了提早将南飞凡"请"走，郭梓熙也不反对大家一起针对他就是了。

抬起手腕看了看表，才五点二十而已，郭梓熙决定去大食堂那边吃份早餐，她可没闲工夫去搭理别人，有点时间好好地照顾一下自己的胃，那不是更合适嘛。

一到五点半，赵小飞扯着破锣嗓子开始喊。

南飞凡睡过了头，满是愧疚地冲出来，连连地道歉："实在是不好意思，一不小心睡过头了。"

赵小飞恼火地开怼："一个年轻人最大的诚信，就是答应了的事，必须放在心上，好好去完成。咱是爷们，一口唾沫一个钉，哪能说一套做一套，这以后让人怎么信任你嘛。"

南飞凡心虚着，赵小飞说什么也不敢吭声，他只能不停地承诺，明天如果有事需要早起，自己一定会非常准时。

赵小飞这才勉强地原谅了他，与杨素青一起，拎着要用的工具往村外正在建的大坝走去。

南飞凡是坐着轮椅出来的，他还以为有人会帮忙在后边推自己，因此怀里抱着双拐，以及背包、水壶这些可能会用上的东西。

只是大家是去干活的，每个人身上都带了不少东西，肩上扛的、手上拎的，哪里能顾得上去管南飞凡。南飞凡生怕被排挤在外，又要被其他人责备，一路都在忍着，尝试着用手控制轮椅。好在虽然麻烦了些，渐渐掌握技巧之后，倒也慢慢顺畅起来，除了某些不好走的颠簸村路需要特别注意外，他竟然没与其他人拉开距离。

"有志者事竟成，我可太厉害了。"他沾沾自喜。

高兴不过三秒，他突然在绕过弯曲的村路后，看清了远处的大坝。南飞凡嘴角的笑容，僵硬定格在了那里，不夸张地说，他是真的傻了，完全不敢相信自己所看到的一切，因为实在是不确定自己是不是还在做梦，他有点傻乎乎地抬起手，抹了抹自己的眼睛。

沙沙的刺痛传来，他的眼眶湿润了。

郭梓熙的声音从正后方传来："怎么？没见过养鱼的池塘，所以感动得哭了？"

"你管这个叫养鱼的池塘？"南飞凡面露怀疑，手指头就锁定了远处的巨大堤坝，它横在群山之间，宛若一只陷入沉睡的巨兽。

郭梓熙叹了口气，她把手上拎着的网兜和杂物一股脑地塞到南飞凡的手里，自己则是绕了个圈，来到了轮椅后。

她推着他走。

南飞凡的脸颊悄悄红了，他虽然经常会不小心麻烦眼前的漂亮小姐姐，但也不能动不动就去麻烦，时间久了，平常人都会觉得不耐烦，更别提她了。

他真的不想同郭梓熙把关系搞僵了："我自己可以控制好轮椅的，刚刚，来的路上，我就是自己走，到了比较颠簸的地方，我会站起来，手撑着轮椅慢慢向前挪，只要走过那片颠簸，路也就平顺好走了。"

他的话里，隐有寓意。讲的是路，说的又仿佛是人生道理。郭梓熙听着很是意外，她诧异地看向了他，试图发现一点不一样的东西。

或许是抱着相当大的希望，当她对上南飞凡清澈的眸光时，竟有些失神。

就在此时，南飞凡嘴角一垮，瞬间所有的氛围全消失，他嘟嘟囔囔地抱怨："可是我好像忘了这里是在山上，海拔一千五百米左右，周围除了山还是山，颠簸路段之后，竟然还有个大坡。"

"有大坡那不是很正常吗？前天你去土城墙，那边的坡不比这个小。"

南飞凡把手一摊："你们不肯留我独自待在土城墙欣赏神作，不就是怕我自己离开时，会从哪个陡峭的大坡上滚下去嘛。"

"你也不算太傻。"郭梓熙评价了一句，算是默认了。

南飞凡并不介意自己被"调侃"，他满脸堆笑，真诚地说："小熙，我真的不想麻烦你一直帮我，可现在这个状况，如果我想去大坝上，就得麻烦你推我一下了。"

郭梓熙没说话，眼看着太阳越升越高，约好来送鱼苗的大叔八成已经到了，她得赶紧赶过去才行。

她推着人就走，轮椅上的他还真有些分量。再加上是在上陡坡，比她想象的还要费力些，到了一定高度，任凭她使多大劲，轮椅就是不肯动。

甚至还因为她泄了点力，轮椅危险地向后挪移，吓得南飞凡嘴里发出了"啊啊啊"的惊恐叫喊，他这会儿真是在犹豫要不要忍着脚疼跳下轮椅，万一郭梓熙没撑住，他肯定是连轮椅带人，摔到坡底最靠下的位置。

那画面单是想想都觉得刺激。

"叫什么叫，吵死了，闭嘴。"郭梓熙还在努力，她认为自己能征服这个坡。

"小熙，你维持住平衡，让我下来。剩下的路，我可以自己慢慢走，你放心，我的脚伤没那么严重，我可以做到，你先让我下来。"

身体的角度一直是向后仰着，整个人贴在轮椅的深处，这种姿势令南飞凡非常没有安全感。只是重心是这样子的，他往前动一下，整个人的平衡就有些缺失，连带着将压力全给到了后方推着轮椅的郭梓熙。

"南飞凡，你能不能老实点。"郭梓熙憋红了脸，暗暗又用上了力气，她小步小步地挪，此处距离大坝顶部不足五米，她一定能上去。

"不行不行，要滚下去了……"南飞凡惨叫。

一个大男人，自诩顶天立地，不惧怕任何危险。但真的到了这种心里没底的关键时刻，他依然表现出了人类面对极度恐惧时所出现的本能反应。

于是，郭梓熙悲剧了。

她正在用力的小腿跟着一软，整个人被轮椅带扯着向下，根本来不及改变应对策略。

正当她也生出几分绝望时，手上的重压消失了，她感觉到轮椅正在自己向坡上走，她的身体也被拉扯着向前，脚下变得轻松起来。

杨素青气得直咬牙："南飞凡，你行不行？每天不搞出点事情来，你都觉得日子过不去了是吗？"

赵小飞同样是没好气："你自个儿怎么折腾都行，别捎上咱们小熙。我可提醒你，村里的爷爷奶奶可喜欢她了，要是让小熙碰伤了哪里，回去他们的唾沫星子都能淹死你。"

"对不起对不起，我不是故意的，真不是故意的。"南飞凡此刻除了道歉之外，还能说什么呢。

好在眼前因为轮椅上坡所产生的危机，在几个人的齐心协力之下，算是解除掉了。不去想过程中发生的危险，单单是看着眼前豁然开朗的风光，南飞凡竟有种胸怀瞬间被打开之感。

大坝两头没有水，虽早已被废弃，却仍然是此间独特的风光。天长日久，它早与此处结合在了一起，是飞流村不能割舍的一部分。

他们的目的地是个小鱼塘，并且面积真的很小，可怜兮兮地藏在大坝的另一侧，人工雕琢痕迹明显，一看就知道是依托着大坝而建，村里专门拿来养鱼的，并不是天然的鱼塘。

"现在我们要忙了，你去盯着注水，记住一定要盯紧了，鱼塘快要被注满的时候，你就大声地喊我们。"按照原定计划，赵小飞给南飞凡布置了任务。

南飞凡茫然点头，虽然不知道自己具体要做什么，可他直觉认为，现在听吩咐肯定是没错的。

不知道为什么，当他被安置在一道水渠边，看着滚滚溪水从地势较高的位置，潺潺地注入到下方的鱼塘时，他总觉得眼前的情景似曾相识，仿佛不久前经历过似的。

"把他一个人留那儿能行吗？万一脚滑，一不小心摔水塘里怎么办？"郭梓熙此刻对于南飞凡已是非常不信任，她甚至很后悔那天在市里巧遇时，给他残瓷的照片，把他给引到飞流村来。

"水塘边上也就半米深，淹不死人。"赵小飞咬牙切齿，"让他在那儿看一天水好好地反省，谁都不许提前解救他。"

杨素青同意，随之赋诗一首："天将降大任于是人也，必先苦其心志，劳其筋骨，狠狠地劳其筋骨。"

见两人全是这种态度，郭梓熙耸了耸肩，也就不多说什么了。

鱼塘这边一年几件大事，尤其是下苗的时候，更是重中之重。

杨素青等人每人守着一块水域，目不转睛地盯着远处正在倾倒鱼苗下水的小船，他们的手上拿着温度计，测量着各个区域的水温，同时还要取水样，拿回去存档。别看只是一个小小的鱼塘，在杨素青为首的90后团队手中，一切得到了最严谨的对待。

已经连续做了两年，没了当初的手忙脚乱，每个人配合默契，眼神交会，打了手势，一切尽在不言中。

此刻，南飞凡看着远方波光粼粼的湖面，太阳直到上午十点才爬到头顶，山间的迷雾渐渐散去，近在眼前的青山渐渐现出了轮廓。那是怎样一番壮阔的画面，南飞凡只恨语文学得不好，文学素养比较低，吭哧了老半天竟想不出来一句合适的词句来表达。

有了盯水泵的经验，南飞凡也没像赵小飞等人想的那样，真的坐在那儿一动不动地盯着水面发呆。

他扶着轮椅晃晃悠悠地站起来，找准重心之后，先是活动活动胳膊，接着晃了晃脖颈，听着身上的骨头发出一阵阵的脆响声后，南飞凡冲着远山，聚气凝神，大喊一声。

声音远远地传了出去，南飞凡竖起耳朵，等着回声传来。此处开阔，声音并不聚集，根本传不远。但赵小飞、杨素青等人全听到了，他们吓了一跳，纷纷回过头看，结果就见南飞凡傻傻地冲着他们挥舞手臂，瞧着不像是有啥事，单纯只是高兴。于是，各做各的，没人搭理他了。

"傻缺青年欢乐多。"这是赵小飞的评价。

"留口德。"郭梓熙提醒。

不过，她也觉得南飞凡有点傻。

也不知道是什么原因，南飞凡做什么事都是兴冲冲的样子，情绪很高昂，仿佛身上有种打不败的力量。这份积极很容易感染到周围的人，见谁都是笑盈盈的，对待老人尤其有耐心。单凭这一点，已经在大食堂那边赢得了不少好感，比如赵爷爷，提起南飞凡就要竖起大拇指，直说他是好样的，身上没有现代年轻人的坏毛病，并且还要对标一下赵小飞，夸南飞凡的时候再损自己孙子几句，当然这也让赵小飞瞅着南飞凡是鼻子不是鼻子眼睛不是眼睛，满满的气愤。至于让珍奶奶夸好，是因为南飞凡抽空修好了大食堂的麻将机，这台机器本就是郭梓熙从网上淘来的二手机，一开始用着还行，等喜欢没事搓几把的老人们习惯了，麻将机突然坏了，找了好些个人也没彻底修好。昨天中午，南飞凡闲着没事瞎鼓捣，小扳手随随便便，拆了螺丝，换了一条线，又校正了轨道，一插电源，居然好了。当老人们听见麻将机传来的哗啦啦的清脆响声，甭提多高兴了。至此，南飞凡成了麻将天团的专属修理师，他已经答应了，只要有啥需要，喊一声就好，他都有办法修。

这盲目的自信也不知道从哪儿来的，赵小飞背地里没少叨叨。杨素青和郭梓熙各有各的工作，在自己的领域内做得十分出色，这是有目共睹的。村里就只有一个赵小飞能拿来做对比，他以前经常挨说，还只是有点懒，脑子不够活，现在有个南飞凡站在那儿，腿脚不灵便就为老人们做了那么多事，他赵小飞的努力瞬间不值一提。

赵小飞故意针对南飞凡，大家看在眼中，其实也能理解。

"行了，让他一个人闹腾去，咱们赶紧干活，下午还有别的事。"杨素青催着。

"哼。"赵小飞直接转过身去，来个眼不见心不烦。

鱼苗撒下去之后，几个人开始将适合幼苗吃的饲料均匀地撒下去，等做完了这些，时间已经过了正午，这就到了该吃午饭的时间了。

郭梓熙拎着大伙的午餐，其实就是大食堂那边准备的包子和清水，在外干活，不讲究吃喝，能吃饱就很好了。

"小飞，你去把南飞凡推到集合点吃饭。"

被杨素青点到名字的赵小飞满脸不情愿："他少吃一顿也饿不着，来了到现在就坐在那儿盯着水发呆，他怎么会饿？"

"快去。"杨素青淡淡瞥了他一眼，"你们回来，咱们才开饭。"

肚子已经饿得咕咕叫的赵小飞盯着郭梓熙手里的塑料袋，他已经闻到包子香味，看得见吃不着，那滋味甭提有多难受了。

"我喊他一声，让他自己挪过来？"赵小飞还是不愿意，换回了郭梓熙不满的冷眼。

小伙伴们的态度统一，赵小飞也知道没有商量余地，只好深一脚浅一脚地去了。

可没过多久，杨素青的手机忽然响起，别看他是 90 后，用的却是那种声音超大的老年机，一首凤凰传奇的《月亮之上》，隔着十米也能醒目地听清，具有相当的震撼力。

来电人正是赵小飞，

杨素青皱眉接起。

还不等说话，赵小飞的大叫声传来："青哥，不好了，出事了，出大事了。"

"你冷静点，慢慢讲，讲清楚。"杨素青意识到了什么，忽地拔腿开跑，朝着的正是南飞凡所在的方向。

也就是在奔跑的过程当中，赵小飞继续吼："南飞凡的轮椅倒在地上，双拐只剩下一只，但是人不见了。青哥，他是不是一不小心栽进水里去了？"

"往水里看看，能不能看到人？"杨素青语气紧绷。

"没……没有人。"赵小飞不停地挪动地方，仿佛是在寻找着什么。而就在这时，他突然又喊："我去，什么情况……"

紧接着，手机里传来一阵杂音，似乎还能听到有什么东西坠入水中的声音。

杨素青的表情更加凝重，确认两次，不见电话有回音后，他直接挂断手机。

跑上了小坡，便是南飞凡所在的地点。

远远地能看到南飞凡的轮椅，随意翻倒在那里，车轮子骨碌碌地随风乱转。

第五章 | **他是飞流村的英雄**

一地的凌乱，还能看到了他的拐杖、带来的背包，甚至还有赵小飞的手机。

杨素青跑到跟前，最多也就用了一分钟。这一分钟，或许是他生命里最漫长的时间。

"青哥，快救命啊。"

赵小飞的声音，是从正下方的水塘里传来的。

杨素青脸色大变，因为他比任何人都了解这附近的地形。入水口的正下方，为了能给水流形成坡度，让高处的水能顺畅地注入小湖当中，因此做过些处理，从上方到下方，最少有两米。

也正是因为如此，水从上方冲打下来，时间久了，下方的泥沙被冲软、带走。因此这一处是最危险的。

当然，正是因为危险摆在明面上，上方做了些防护处理，下边也就顺其自然了。就算是有人想要游泳、洗澡，也该挑选旁边水浅的区域，谁都不会来这边折腾。

事情是明摆着的，没人想到会在这儿出啥事，因此周围连一块警示牌都没设立。

杨素青听到呼救声赶过来时，瞧见的是此生难忘的场景。

只见南飞凡脸色煞白，面朝上泡在水里，一动不动，不知死活。他的脖子被赵小飞给托着，暂时不会沉下去。另一边，还有个八九岁的孩子，没穿衣服，小脸煞白，肚子瞅着鼓鼓的，有经验的人看着就知道是喝了不少的水。

"咋还有个孩子？"杨素青的脑子又是嗡的一声炸响。

"村东头周晓霞家的孩子。"赵小飞急得破了音。

"多多？周多多？他怎么在这儿？"杨素青眯眼一看，人救起来了，果然是那个留守在家，跟着周爷爷、周奶奶老两口一起生活的小男孩。

"青哥，你先别纠结这个，赶紧想办法拉我上去，我一个人撑不住这俩啊。"赵小飞急得大喊。

郭梓熙比杨素青的速度慢了一些，但也只是晚个两分钟而已。

杨素青着急救人，直接往水里跳。郭梓熙紧随其后，也跳了下来。有人帮忙，赵小飞的压力缓解了不少，他和郭梓熙一起，拉着失去意识的南飞凡往十几米外的浅滩走，那里是上岸的地点。杨素青则将周多多半扛着，费力地向前游。

费了九牛二虎之力，五个人上了岸。

"周多多没呼吸了。"杨素青急得大叫。

"赵小飞，给他做急救。"郭梓熙大吼，她自己手上也没停，正在使劲地按压着南飞凡的胸。

村里之前有医疗志愿者过来教了一些急救相关的知识，她和赵小飞都学过，这个时候刚好派上用场。

"没……没呼吸了，他死了，死了。"赵小飞是第一次遇到这种事，整个人惊慌失措。

杨素青给了他一巴掌："别慌，只管救。"

几个人里，杨素青一向是定海神针，赵小飞早习惯了听他的话，因此一边哆嗦，一边把孩子放平，按照老师课上教的内容，有节奏地按压起来。

杨素青小跑着去拿回了被自己丢在附近的手机，先给村里打了电话，又拨打了120。他的心也很慌，但再慌也不能乱，这几年干村支书，大大小小的事处理了很多，因此勉强还算镇定。

电话一打完，郭梓熙已是大声地说："南飞凡没事，他是被呛晕了，等会就能醒。周多多不行，给他做人工呼吸。"

正在做心肺复苏的赵小飞低叫："人工呼吸，我……我没学会啊。"

他那时候害羞，觉得自己一个大男人趁着救人去亲别人的嘴，这事儿实在是干不出来，单单是看着，他都觉得很害臊。因此老师讲的时候，他也是心不在焉的，再加上时间久了，动作要领和注意事项是什么本就记不清楚，现在还是紧急状况，他根本不敢碰已经没了呼吸的周多多。

就在这时，南飞凡突然哇的一声吐了出来，紧接着就是一连串的咳嗽。他迷迷糊糊睁开眼，看到了正上方焦急无比的郭梓熙。

见到他醒来，郭梓熙直接就走，换了位置来到周多多的跟前，先掰开孩子的嘴，清理口腔中的杂物，接着毫不迟疑地做起了人工呼吸。

"怎么回事？"杨素青脸色极差，揪着南飞凡大声问。

南飞凡恍了恍神，忍着不适说："我也不知道是怎么回事，那孩子是从上边漂下来的，掉进湖里的时候还在扑腾，我本来会游泳，可他太害怕了，感觉有人救他，就使劲地抓着我，硬是把我往下拽往下扯。我的腿本来就扭伤了，被冷水刺激一下又抽了筋，结果就被他拉进湖里去了。"他抹了一把脸，对自己救人反被呛晕的事有些不好意思，但也没忘了给自己开解一句。"我晕之前，一直很努力把他推上水面，他应该不会有事才对。"

他可是实实在在地舍己为人了一把，命差点丢了，那小孩可千万不能有事。

可有些事就是怕什么来什么，几乎就是他话音落下的同时，郭梓熙低叫："不行，还是没反应。"

"徐大夫赶过来得十几分钟，这会儿估计已经在路上了；市里的救护车需要半小时，周多多坚持不了那么久。"

郭梓熙抹了一把脸上的水，像是想到了什么："还有个土法子，咱们可以试一试。赵小飞、杨素青你俩过来，薅着周多多的两条腿，一人一只把他倒过来，脚朝上脑袋朝下。"

"这样能行吗？"南飞凡晕头涨脑地坐了起来，冷得直哆嗦，他这会儿已经顾不上自己了，眼睛一眨不眨地盯着那小孩，这是他第一次如此近距离靠近死亡，那种源自内心的深刻恐惧，使他此刻的大脑是一片空白。

不知道自己该做什么，也不知道该说一些什么。心里唯一的念头是，周多多还那么小，还没感受过这个世界，如果孩子没了，真的是太可惜了。他是拼了命地想要救下他的，也差一点就救下了，所以，请不要有事，一定要活过来。

"周多多，你坚强点，醒醒，快醒醒。"南飞凡突然咆哮起来。

他不知道自己为什么要哭，只是此刻泪流满面不受控制，他越是害怕，就越是想冲他大吼。

郭梓熙仍在按压着孩子的胸口，因为用力的姿势不对，她唯有尽力。

"好像，还是不行。"杨素青的手臂微微颤抖，长时间地托举，他已消耗了许多力气。

眼看着周多多没有反应，他也不得不宣布放弃。

"别放下来，继续！"郭梓熙猛然一个抬眸，眼神锋利如刀。

"小熙，我们努力了快二十分钟，如果能行的话他早就醒了，可真的不行，周多多可能是……"

杨素青还没说完，赵小飞那边已经跟着说："我也不行了，撑不住了。"

他的体力消耗太大，这会儿一点力气都没有了。

这边还没松手，另一边南飞凡已经使出全身力气站起，坚定地接过了周多多的左脚。

"徐医生来了，我看见她了。"赵小飞兴奋大叫，他一蹦三尺高，使劲地挥舞着双手。

"别停。"南飞凡给了郭梓熙一记鼓励的眼神，"电视上有很多溺水者，都是经过施救人员坚持不懈的努力，才从鬼门关前给拉回来的，我们一定可以。"

杨素青听了这话，跟着叹了口气，他换了只手去提着周多多的右脚，也不再说放弃："小熙，你继续，徐医生来了，等会她会帮你一起。这孩子很重要，哪怕有一点点渺茫的希望，咱们也要尽力。"

"嗯。"郭梓熙坚定地应了声，连着施救，她才是最疲惫的那个，但这并没有让她屈服，反而使她更加坚定。

徐医生是带着医疗箱赶过来的，可遇到的是溺水事故，如果周多多一直没呼吸，她也没有更好的办法。但毕竟是老医生，她也有自己的小妙招，命令南飞凡帮忙将周多多以头朝下的方式挂在杨素青的背上，杨素青只需要按紧孩子的双腿，然后带着倒挂在他身上的小小身体不停地乱蹦。

绝望在弥漫，但似乎也有新的希望到来。

头顶的太阳不知道什么时候，突然间从一直紧缩的云端里冒出头来，那股炙烤的感觉一出现，周多多跟着吐出了一口黄水。

紧接着，又是一团杂物被吐出，孩子竟然发出了微弱的叫声。

"停，停停停，有了有了。"徐医生掩不住兴奋，催促着已经恢复些力气的赵小飞过来，帮她一起将周多多给放了下来。

她扒开孩子的眼皮，做了些检查，确定周多多恢复了生命体征后，迅速地帮他注射了一针药剂。

而后，她快速地从包里掏出带来的衣服，将周多多裹紧，帮助他恢复体温。

这时，市里派出的 120 救护车也有人再次与杨素青取得联络，确定病人情况的同时，也告知了他们将在八分钟后赶到。

"我去坝上接一下他们。"赵小飞展现超出他这个体型该有的灵活，周多多被救回来，等于给所有人打了一针强心剂，刚刚的疲惫也奇迹般地消散了。

郭梓熙与南飞凡背靠背坐着，很累，很高兴，但身体也彻底虚脱了。

徐医生得知南飞凡也被水呛晕之后，本来想给他也做一个检查，南飞凡摆手说不用，他浑身都在疼，脚踝尤其疼，可心里很清楚自己都是皮外伤，不用大惊小怪。

周多多一直被徐医生抱在怀里，孩子一开始呆呆的，问也不吭声，对周遭的世界仿佛没什么反应。但渐渐地，他开始哆嗦，眼泪也在往下流，嘴里含含糊糊地叫着妈妈。

徐医生把人抱紧，一直重复地回："妈妈在这儿，多多不怕。"

周多多的啜泣声愈发地大，他死命地攥紧徐医生的衣服，哭闹不止。

平时小孩子闹腾，大人们应该是很心烦的。此刻，周多多闹腾得越厉害，大家反而越是高兴。

120赶到，医护人员们迅速地将孩子接走，徐医生跟车随行，杨素青等人回到村里，由赵小飞开车，也追去了市医院。

接下来要处理的事可不少，徐医生一个人肯定撑不住，周爷爷、周奶奶的岁数大了，他们照顾自己都不行，就更别提去医院照看孩子了。

"你回去招待所休息，我要去周爷爷的家里。"郭梓熙虽然掩不住疲惫，可她并没有打算休息的意思。

"你得回去换身衣服吧？就这样子去，非得把老两口给吓傻了。"南飞凡拉住了她的手腕，不让她离开，"小熙，我知道你急，但再急，也不急于一时。"

"你松手，别拉着我。"郭梓熙没好气地瞪了他一眼。

本来因为南飞凡今天英勇救人的事，她对他的态度已经大有改观，甚至称得上是十分温柔。但两个人的关系也没到能手拉手的亲密程度吧？

南飞凡闹了个大红脸，一副困窘不安的样子。不过，他仍是坚持自己的看法："现在先回招待所，冲个热水澡再换件衣服，把自己打理得干净清爽了，老两口看着也安心。如果一身土一身泥地过去，从你身上都能看出来孩子遭了多大的罪，到那时候不管怎么安慰，他俩怕是都过不去了。"

南飞凡说的话非常有道理，郭梓熙点了点头，推着他，一道进了招待所。

她把他送到房间门口，才转身上楼去快速打理自己。

十几分钟后，当她再次下楼时，仍是穿着轻便的运动装。令她感到意外的是，南飞凡竟然也已经换好衣服等在那里。

两人一见面，不等她张口问，他抢着开了口："我最近一段时间，可能要一直坐轮椅了，今天还得麻烦你推着我，辛苦了。"

"你做什么去？"郭梓熙诧异地问。

"当然是跟你一起去周爷爷周奶奶家里，他们是两个人，而你只有一个，等会老人一着急，你确定你能搞定？"南飞凡见她果然面露难色，便很是自信地拍拍自己的胸口，"带我去，我帮你。"

郭梓熙眼神里一丝浅浅的光闪烁了下，她原是那么冷冰冰的一个人，身上永远裹着一层清冷感，天然形成了拒人于千里之外的屏障。现在，她的嘴角噙着浅浅的笑容，瞬间清风拂面，看上去亲切了很多。

虽变化细微，但南飞凡感受得异常清楚。他咧着嘴，不知为什么想傻笑，想要控制一下，笑容反而更深了。

一个推着轮椅，在笑。

另一个坐着轮椅，也在笑。

飞流村的主路修理得还算平整，小路就显得有些破败，昔日的石板路在数十年的风雨侵蚀当中已碎裂得不成样子，晴朗的时候走过去只觉硌脚，阴雨天这里更是积水成洼，通行不易。

郭梓熙指着搭在路上的几块木板说："修路的钱，村里还没攒够，这条街上还住着六户村民，我们只能做简单的处理，勉强能走，但天气不好的时候就只能劝他们别出来转圈了。"

"我去过的村子里，你们飞流村是最好的一个，给老人修了大食堂，免费提供三餐，大家都在很努力地照顾着老人们的需求。"南飞凡竖起了大拇指，真心赞美。

郭梓熙却只是苦笑，她摇了摇头，明显有许多话是说不出口的。就在南飞凡等着她吐槽或者抱怨的时候，她只是沉默且小心地将他的轮椅推过了最颠簸的路段，没有忘记避开大坑，也顾及了他的脚伤。

这份细心，令南飞凡十分感动，他又一次表达了感谢，语气真挚。

郭梓熙忽地问："你的脚使不上力，为了救人还是往水里跳，当时你是怎么想的？"

这问题，实在是有些难以回答。另外，他也不想当着郭梓熙的面儿自夸，实在是怪难为情的。

他抓了抓头发："看着一个孩子在自己眼前挣扎，哪里还顾得了那么多，直接就往下跳了，衣服都没来得及脱。"也正是因为反应快，他才在孩子坠入水中的前一秒，一把揪住他的脖子，硬是提着出了水面。周多多喘上了这口气，才有力气继续挣扎，两个人你来我往，拖延着时间，等到了杨素青等人赶过来救援。这里边的细节太多，南飞凡觉得只要最后人是安全的，他也无所谓了。

"孩子家里的大人也真是的，自己家的娃娃怎么能不看顾好呢？居然让他一个人跑去有水的地方玩，这还好是鱼塘下苗，大家都在，就这还险些出了事；我都不敢去想，如果咱们都不在，那后果……"他停顿了一下，表情凝重，"等会我见了他的爷爷奶奶，非得好好说说他们不可，虽然孩子是留守儿童，没有跟着父母出去，但既然交给他们照顾，他们也答应了要照顾，就得把孩子看好了。你看看，多险啊，孩子要是没了，看他们怎么跟孩子爸妈交代。"

轮椅突然停住，郭梓熙掩不住气恼地说："怪不得你非要跟着一起来，原来你是抱着这种心思。"

南飞凡完全没觉得自己有什么不对，他脖子一抬，直接对上了她："我说的哪里不对了，你也别跟我说村子里的孩子野，从小就乱跑，大家都习惯了这种理由。今天是孩子没事，他们可以开脱。如果有事呢？周多多没救回来，他们哭着后悔又有什么意义？"

南飞凡说的这话没有错，可郭梓熙心里头却愈发不是滋味。

"怎么了？哪里不对吗？如果不对，你可以直接指正，我又不是听不进意见的人。"

郭梓熙叹了口气，她重新推着他，慢慢地往前走。

"家家有本难念的经，周爷爷周奶奶也想把多多看顾好，可是，人总有心有余而力不足的时候吧。"

南飞凡撇撇嘴，他不想跟郭梓熙争执这种事，但他也不认为自己说的有错。

周爷爷、周奶奶的家极为破旧，房顶上盖着草帘，木窗已经各种断裂，就连门板都是虚掩着的，偶尔有风吹过，发出吱呀吱呀的响声。

"这里还住着人吗？"南飞凡震惊了。

"原本是住了一家五口，后来周多多的爸妈出去打工，这边常住的就只有三口。多多妈妈到了外边看到了不同的世界，说什么也不愿意再回来过苦日子，多多爸爸劝她来看孩子，她不答应，劝得狠了，突然有天就从打工的地方辞职，再也找不到人了。后来，多多爸爸觉得丢人，出去打工钱没赚到，却把女人给搞不见了，他憋着那股气，发誓非要混出个人样不可，此后的五年，每个季度多多爸爸都会寄一些钱回来，但过年过节也不见人，一问就说没脸见村里人。周爷爷和周奶奶劝了又劝，实在是劝不动，只能由着他去了。"郭梓熙边走边说，快到门前时，她更是压低声音嘱咐，"老两口还不知道多多掉水塘里的事，等会我要编个瞎话，你不要拆穿。"

"编瞎话？"南飞凡真没想到会从郭梓熙的口中听到这三个字。

他哭笑不得，扭头打量着郭梓熙。真的很难相信这话是她说的，因为与她那张满是艺术家清冷气质的小脸实在是违和。

"是。"郭梓熙十分坚定。

"等等。"南飞凡单腿点地，阻止她前进，"小熙，你这么做不太好吧，多多是他们家的孩子，出了那么大的事，咱们必须让他家里人知道。万一这期间出了什么事，谁能承担得起责任？"

"我来承担。"郭梓熙斩钉截铁。

南飞凡还想劝，但郭梓熙直接放开了推着轮椅的手，她有些不高兴地说：“如果你觉得不合适，你可以不进去，我自己来说。”

“我进不进门不是关键问题，小熙，我是希望你能学会规避风险，这事儿绝对不能这么处理。”南飞凡依然想阻拦。

郭梓熙忽地扭头，凶巴巴地冲他做了个"嘘"的手势，指了指窗子，再一记手刀，横在脖子上使劲虚割，警告之意不言而喻。

南飞凡哭笑不得。

不等他再劝，郭梓熙已经快步走过去，开门进屋，动作一气呵成。

南飞凡此刻很庆幸自己出门的时候又把双拐给带上了，若是只坐轮椅，行动受限，他想要跟上郭梓熙还真是不容易。

当他费力地拄着拐，一步一挪地跟在后面进了门，完全没有看清楚周围的状况，只觉得一股阴冷的风扑面而来。天气本就不够晴朗，再加上这间小房子窗子小，朝北而建，室内温度比室外低两度，穿得少一点都觉得不舒服。

他心里冒出个想法：这屋也能住人？

这想法还没落地，就见正前方有个用木板搭成的架子，架子上铺着脏兮兮的棉被，一边躺着个老太太，一边躺着个枯瘦的小老头。他们的呼吸非常沉重，每一下都耗费了极大的力气，偏又不同步，老太太的喉咙跟破风筒似的抽完，小老头那边跟磨砂轮似的也响了起来，声响此起彼伏，两个人跟比赛似的，没一刻停歇的。

早晨从大食堂那边送过来的饭还丢在一旁的架子上，二老没怎么吃，剩下了大半。

郭梓熙正蹲在小灶台前点火，她把早饭给端了过来，看样子是想要热一热。

周家两位老人都不太会说普通话，本地的方言讲起来的速度极快，再加上他们病着，侧身躺的姿势压着声带，讲话夹着呼噜噜的异响，让他们想要表达的意思，愈发地不清晰了。

郭梓熙却是能听懂的，她时不时回应，劝着二老放宽心，一定要好好吃饭，按时吃药，其实他们的身体没什么大毛病，这场病主要是前几天降温，不小心着凉了，再加上他们爱拖延，觉得不舒服了也只晓得硬挺，非要扛不住时才去找徐医生。这样子，小病拖成了大病，元气大伤，连动一动都很困难。

南飞凡来时准备的那些指责，突然哽在嗓子眼里，一个字也说不出来了。

周奶奶发现屋里多了一个人，她费力地看了看，确定不认识，才又问郭梓熙。

郭梓熙瞥了一眼，简单介绍了一下："前几天我去山上带回来的那个，腿脚扭伤了，现在在村子里休养，顺便跟青哥报名了做志愿者，帮忙做一做杂事。"

南飞凡虽然不懂当地话，可认真听，还是明白了大半的意思。尤其是那句"从山上带回来的"，简直成了贴在他身上的名片，无论他如何不自在，都被牢牢地贴在身上。

更令人感到无语的是，即使是这对生病躺在床上的老人，也是对村子里的各种信息非常清楚，他们瞬间知道了他是谁，还不顾呼吸困难，闷笑了好一会。

自信心严重受挫的南飞凡抬眸望着黑漆漆的房顶，他决定不插嘴替自己辩解，反正也没什么用，只要他们高兴就好。

饭热好了，郭梓熙递给南飞凡一碗，示意他负责喂周爷爷。

"麻烦你啦。"周爷爷说着别别扭扭的普通话，表达着谢意。

碗里是瘦肉粥，大食堂给病人特意熬的，加了些枸杞，撒了一把葱花，红配绿，瞅着很有食欲。

生怕会过于麻烦，周爷爷吃得很快，明明不舒服，他还是大口地吞咽，不愿意让人操心。

"您慢慢吃，咱们不着急。"南飞凡放慢了速度，反过来劝着老人。

其间，周奶奶说起了周多多，那孩子一大早跑了出去，到现在还没回来，她和他爷爷着急得很，可实在是爬不起来，于是央求着郭梓熙等会帮忙找找。

郭梓熙神情不变，当真是在老人面前开始说瞎话："青哥要去市里办事，多多想一起去，小飞跟着起哄，于是他们开着面包车出门了。临走时还嘱咐我给你们说一声，瞧我的记性，进门时还记着，跟您搭了几句话，竟然给忘了。"

"小青带去市里了啊？多多太皮，肯定要给他添麻烦了。"周奶奶虽然嘴上这么说，神情里的紧张很快散了。

杨素青在飞流村有着很高的地位，是靠谱的代名词，周多多跟他在一起，出去玩多久，周奶奶都不担心。

"要真觉得麻烦就不会带着多多了，没事，青哥心里有谱。况且还有赵小飞呢，他也会帮忙照看着。"

周爷爷清了清嗓子，艰难而费力地接话："孩子们是看着咱们俩躺床上起不来，就帮着照看着多多了。"

"是啊，都是好孩子，等奶奶病好了，烙糖饼给你们吃。"周奶奶舒展了身体，把小半碗粥吃完后，很听话地吞下了郭梓熙送上的药。

两个老人都在发汗，郭梓熙没忘把屋子里的窗子关紧些。她还把之前村委会送过来的电暖气给通了电，老人们心疼电费，连说不用，他们不冷，挨得住的。

郭梓熙心里难受，但还得好声好气慢慢劝："周大哥已经帮忙预存了电费，足够家里用很久，不需要心疼电费。现在最重要的是先把身体养好，家里没有大人看着，多多一个人在村里乱跑，孩子太小，万一发生危险可是不得了。"

南飞凡跟着帮腔："周爷爷和周奶奶病好以后，有他们管着多多，肯定是没问题的了。"

郭梓熙投来了赞许的一瞥，表示同意。

周奶奶想到了什么，匀了一口气之后，才说起周多多最近迷上了去河套里捞鱼，他自己用铁丝围成个圈圈，找了个破网兜缝在上边，再在一旁捆上木棍，这就是一个简易的捕捞器。

尽管周奶奶、周爷爷三令五申，不让他一个人去河边，周多多根本不听，一找到机会肯定跑出去，在小溪那边捞些小鱼小虾回来，放在瓶子里养着，说是养大了要给周爷爷做下酒菜。

两个老人没有一起病倒，他们总是陪在周多多的身边，找些水浅的地方玩一会。他们现在自己都动弹不得，周多多更是跟脱缰的野马一样无所顾忌，早起跑出去，天黑才回来，把爷爷奶奶的话也全当成了耳旁风。

郭梓熙和南飞凡对望了一眼，终于明白周多多溺水的原因了。

不过，事到如今，他们也没有更好的办法，现在确实不是管教孩子的好时候。

两个人从周家出来时，夜色已悄然降临，整个飞流村早早地陷入了沉睡。

村子里还住着很多人，但大多数是老人，青壮年劳动力外出务工，在外时间久了，渐渐与这个藏在密林深处的小村断了联系，他们只有过年过节时才会匆匆赶回，停留了几天之后，又背上行囊重新出发。

久而久之，飞流村也成了迟暮的老者，属于它的夜晚，来得总是那么早。

郭梓熙在回去的路上给杨素青打了个电话，万幸的是，周多多抢救及时，已经脱离生命危险，但呛水闭气的时间太长，孩子受到了惊吓，父母又不在身边，到了医院之后一直有很严重的应激反应。

医生要求他留院观察，徐医生明天还得给村子里的几位老人做检查，所以跟着赵小飞先回村了，这会儿应该还在路上。杨素青责无旁贷，留下来带娃，他口袋里没什么钱，为了给周多多付住院押金，已经掏空了自己和赵小飞的钱包。说了那么多，杨素青要表达的意思就是向郭梓熙借些钱，周多多严重营养不良，缠着想吃医院食堂里卖的大鸡腿。都是来住院的孩子，隔壁两张病床住着的娃娃，家里总有一波波的大人来看，每个都不空手，拎着大包小包的东西，堆得病床边满满当当，他很心疼周多多，连吃个鸡腿都不敢直说，小眼神一直盯着另一个孩子，口水不自觉地往下流，滴答滴答，床单都湿了一片。

郭梓熙笑着听完了杨素青卖惨，很痛快地给转了三百块钱，她声明这不是借，而是自己给多多的一点心意，让杨素青看着支配。

南飞凡在一旁把两人的对话听得清清楚楚，他皱眉思考了好一会，在心里默默地加加减减，扣除掉自己日常所需后，他强烈要求与郭梓熙互加微信，并且转了两百块钱，希望郭梓熙能帮忙转交自己的心意。

郭梓熙很痛快地答应帮忙。

南飞凡不忘补充："记得跟青哥说，买鸡腿的时候要买两个，他跟多多一起吃。"

郭梓熙配合转达。

忙活完了这些琐事，南飞凡有种长出一口气的感觉，他放松地瘫倒在轮椅上，对于自己今天救了一个孩子的事感到十分不可思议。

"食堂的大姨说，等会回去了，要给你做一碗肉末面，还要在碗底卧几个鸡蛋，等会你仔细品尝，那是大姨的压箱底绝活，轻易不施展的。"

南飞凡一听，不由得愣住："待遇突然这么好？"

"以后会更好。"郭梓熙语带深意。

南飞凡好奇地追问，郭梓熙却是笑而不答。

他们回到了大食堂，老人们已经早早吃了晚饭，各自回家去了。

大姨见郭梓熙推着南飞凡进来，立即笑呵呵地奔着后厨去，不一会，端了两碗面出来，摆在了他俩面前。

对于郭梓熙，大姨很熟了，还只是笑着示意。转到南飞凡那边，大姨则表现得更加热情，她拍了拍南飞凡的肩膀，高高竖起大拇指："小伙子，好样的。"

南飞凡反应了一会,觉得这事儿跟救了周多多有关,但大姨不明说,其他人笑而不语,就连郭梓熙也只是在闷头吃面,把场面交给了他一个人去应对。

除了不停地感谢,他还能怎样呢?

好不容易送走了大姨,被大姨一张巧嘴夸得飘飘欲仙的南飞凡凑近郭梓熙:"什么情况?她也太热情了!"

"热情点不好吗?"郭梓熙抿着唇笑。

"好是好,但是突然间变化那么大,我不习惯啊。"他小心翼翼地瞥了瞥远处,确定大姨正忙着刷碗,没有注意到他们这边,南飞凡才快速地说,"小熙,至少告诉我是怎么一回事,要不然这碗面我吃得真不踏实。"

"飞流村与别的地方不一样。"郭梓熙吃了一口面,表情惬意。

忙碌一整天后,合口味的食物简直是天赐的美好,她万分满足。

等着她继续往下说,等了半天也没听见她说别的,南飞凡忍不住催促:"然后呢?"

"没有然后。"别看郭梓熙身材纤瘦,饭量却是极大,吃饭的速度飞快,一大碗面没一会只剩下碗底,她倒了些面汤,再迅速喝光,满足地伸展着手臂,觉得这一整天的疲惫,跟着饱食一餐消失得七七八八了。

南飞凡还想追问,赵小飞突然走了进来,他先是瞄了一眼郭梓熙和南飞凡,然后极夸张地拉长了声音,奔着大姨而去。

大姨嫌弃地挥挥手:"行了行了,我没忘记给你煮晚餐,也记得给你留菜,知道你辛苦,别说了别说了,被你讲得脑袋嗡嗡响。"

赵小飞一秒钟收了面部夸张的表情,手指头上勾着车钥匙,扭着肥硕的身子,一步三摇来到桌前:"小熙,赵哥今天帅不帅?"

郭梓熙的眼神轻飘飘,从上到下,将他打量了一番。她瞄人的速度非常快,眼神一瞬间唰地扫过,一秒钟后收了回来,然后,冰冷地笑了。

细微的表情落在了赵小飞眼中,顿时惊得赵小飞一蹦三尺高,一边

104

求饶一边跑远："小熙，我就是开个玩笑，你别生气，你别发火，你大人有大量。"

"又菜又爱玩。"郭梓熙抬起骄傲的下巴，留下最中肯的评价后，她准备回招待所去了。

赵小飞看着她的背影，一个劲儿地摸鼻子，整个人都讪讪着。

一扭头，就对上了南飞凡傻笑的脸，他有点恼火："笑什么笑，有什么好笑的。"

"小熙冷下脸的时候是挺吓人的，我见了我也害怕。"南飞凡摆出心有余悸的神情。

赵小飞简直像找到了知音，抓着他的手一通摇晃："你说得太对了，郭梓熙什么都好，就是脾气太臭，整个飞流村，除了青哥外，她是谁的面子都不给，惹急了就眼刀子扫过来，又冷又吓人。"

这一秒，因为情绪产生了共鸣，赵小飞瞧着南飞凡越来越顺眼，偏见与讨厌一扫而光。

周多多在医院状况很是稳定，徐医生来到大食堂后，大姨领着村里的一群婶婶姨姨凑过去，一张大桌全坐满，徐医生如众星拱月一般坐在了正中间，讲着这一路是多么凶险，还感慨市里的救护车上的设备是真的全，周多多被抬上车时，小脸煞白。等到上了车，所有设备都用上，再把药水一输，没过几分钟，周多多转为平稳，静静地睡着了。

"多多是个命大的，大难不死必有后福，一生顺遂平安。"大姨评价。

另一位婶婶也后怕地捂着胸口："还好没什么事，被人及时救下了，若是有个万一，周爷爷和周奶奶现在还病着，非要闹出大事不可。"

"甭提了，你们去送饭的时候可千万嘴严实点，他们二老还不知道发生这事儿了呢。"徐医生认真地嘱咐完，扭头看向南飞凡，亲切地问，"小南，你和小熙过去，怎么跟二老说的？"

南飞凡正津津有味地听着，忽地被点到名，他连忙把嘴里啃着的蒸红薯咽下去。

"小熙说多多跟青哥去城里玩，青哥有事回不来，多多跟着住一天宾馆。"停顿了一下，南飞凡解释，"周爷爷和周奶奶病得挺重，听说是青哥带着多多，他们都很高兴。"

徐医生跟着点头："小青一直靠谱，村里的老人都信任他。我估摸着，医院最多也就留他观察一天，明天下午差不多就该回来了。"

"回来以后，可得好好教育教育他，村里的其他孩子也得挨个说说，没事少往水边去，多悬啊，幸好小青他们几个在池塘那边下鱼苗。"

徐医生朝着南飞凡一指："听小青说，多多是在上游落水，被冲下来时是小南第一个发现的，这孩子的脚踝扭伤得那么严重，他根本不顾自己，直接跳水塘里去了。入水口那边的水很深，没有小南托举着多多，怕是……小南是多多的救命恩人，孩子没事，等于是救了他们一家，这可是天大的恩德。"

南飞凡瞬时成为众人关注的焦点。食堂大姨早早知道这事儿，所以一直是在用欣赏的眼神上下打量着他。其他婶婶对南飞凡也是赞不绝口，你一言我一句，直接把他给夸上了天。

赵小飞全程只笑不说话，迅速地吃完晚饭，留下一句"家里有事"就早早地撤退了。再看南飞凡，终究还是太年轻了些，面对大姨们的关心和夸赞还有些飘飘然，尤其是他还被塞了一个苹果两个橘子，顿时觉得自己跟这飞流村的距离感仿佛又消失了不少。

付小妹是天黑以后才走进来的，她不吃饭，直接来到南飞凡的身边，对他以及所有聊得热火朝天的人说："青哥让我来接他回招待所，另外，明天谁去给周爷爷家里送饭，记得再帮忙说一声，多多还要在城里住一天，后天中午才回。"

食堂大姨有些担心地问："不是明天吗？怎么又多留一天？"

付小妹小声说："多多的事，青哥说必须告知多多爸爸，电话一打过去才发现，多多爸爸根本不知道周爷爷和周奶奶病得那么重，每次给二老打电话，他们都是报喜不报忧，再加上多多爸爸比较粗心，觉得村里有大家帮忙照顾，也没多想。这次多多的事，让他非常后怕，当即跟工头请假往回赶，他明天先去医院看多多，然后带着孩子一起回村。"

"这样子才对嘛。"大婶们纷纷点头，"小孩子嘴快，只要回到家，肯定会跟他爷爷奶奶说自己落水的事，二老知道后得多自责，有多多爸爸在一旁哄着劝着，事情也容易过去。"

"青哥说，在周爷爷周奶奶那边，大家一定尽力给瞒好了，他不在家，还得各位长辈帮忙照看着村里。"

这番话，让听的人非常受用。大姨和婶婶们连说杨素青太客气，飞流村是大家的飞流村，村里的老人们一向是集体共同照顾，现在出了这种事，肯定要继续互相帮衬，将飞流村敬老爱老的精神发扬光大。

南飞凡越听越好奇，刚想插嘴夸一句"你们飞流村对老人实在是太好了"，付小妹眼疾手快，推上轮椅就走。

临走还不忘告知，明早把南飞凡的早饭放到饭盒里，她会帮他送到房间。

"我也有这么好的待遇了吗？"南飞凡诧异之余，又有些不乐意，"其实我可以自己过来吃，毕竟腿上这点只是小伤，今天连跳水救人的事都做了，走走路活动活动筋骨也不是问题。"

付小妹咬着牙强调："青哥怎么吩咐我怎么做，你最好也跟着配合一点，不然要你好看。"

"小妹，现在大家都对我慈眉善目的，你怎么还是不能转变看法呢？其实我这个人，还挺不错的，你多接触一下就能了解。"今日收获颇丰，南飞凡锲而不舍，努力地想要打破与付小妹之间突然出现的隔阂。令他怎么也想不通的是，初见付小妹时，这姑娘还冲着自己甜甜地笑，并无恶感；他在招待所内才住了两三天，两人见面的机会屈指可数，自认并没有做什么天怒人怨的坏事，怎么一转眼间，付小妹对自己的态度就来了个翻天覆地的大转变呢？

一定是有误会！

南飞凡知道，要应对这种情况，最好的做法应是积极努力，多多沟通，让她了解他，这样误会自然能解除。

付小妹一路推着轮椅快走，无论南飞凡说什么，她都不应声。转眼间回到了招待所，郭梓熙和赵小飞站在门口，听到声音，两个人的目光齐齐落过来，而后笑了起来。

"我去的时候，他都被围起来了，能把人抢出来可是费了些力气，食堂大姨都用眼剜我了。"付小妹把轮椅连带着南飞凡往他们面前一推，嘟着嘴不高兴地嘀咕，"我那儿还有不少事，现在把他交给你们了。"

南飞凡后知后觉，意识到了不对，便朝着付小妹望过去。此时付小妹已快步走远，只留下一道逃也似的背影。

"什么情况？"南飞凡诧异地问。

"你救了周多多，现在是飞流小英雄，大家都很喜欢你。"赵小飞笑嘻嘻地上前，推着南飞凡直奔他住的房间，"所以呢，我们村委会经过慎重讨论，友好协商，最后意见一致地决定，从现在开始直到你的腿伤彻底好，我们几个党员骨干将代表飞流村对你表达最诚挚的谢意。"

赵小飞笑得如此热诚，可也就是这份过度的热情，令南飞凡感觉愈发地不对劲儿。在被强行送回房间之前，南飞凡揪住了他的裤腿："什么飞流小英雄，别瞎起外号。"

"以后你的一日三餐，小妹给你送，有啥需要，你可以直接跟我们提，甭客气，都是朋友。"赵小飞还想继续使劲推。

无奈南飞凡用力地攥紧了车轮，说什么也不肯进屋。

"你把话说清楚，究竟是怎么一回事？"今天不说明白，南飞凡决不罢休。

"不就是表达感谢的一种方式吗？你不要多心了。"赵小飞全身用力，开始较劲。

郭梓熙见南飞凡回来后，本来想要回自己楼上的房间，无奈这对活宝在自己眼前开始闹腾，她本来想直接绕过他们，但这两人在走廊最窄的地方开始拉扯，直接把路给堵死了。

"你们幼稚不幼稚？"她有点恼火。

往左走，轮椅跟着向左；往右躲，轮椅又歪头向右。

一个不留神，又被撞了下，郭梓熙顿时冷下脸："你们消停点。"

南飞凡像个弹簧似的跳起来，他脚上有伤，但并不影响他身手敏捷，迅速抱住了近在咫尺的郭梓熙朝一侧躲闪，赵小飞蓄满了力道来不及收起，就推着那突然空了的轮椅朝前一路小跑，跑出老远了还刹不住车。

郭梓熙满脸不耐烦："松手。"

南飞凡对郭梓熙是有着天然畏惧感的，抱着她柔软的身体，这已令他无比震惊，当听到她的斥责时，南飞凡下意识便松开了手。他脚下不受力，整个人用一种狼狈至极的姿势栽倒下去，这次轮到郭梓熙手疾眼快，一把薅住他的衣服，硬是将人给提了起来。

"谢……谢谢。"南飞凡内心五味杂陈，既困窘又无措，更多的还是不好意思。

他竟然被一个女孩子单手提了起来，还有，郭梓熙的力气怎么会那么大啊，他有八十公斤，她只用了一只手就搞定了？

咚——

赵小飞撞到了墙，终于停下来了。

"我送你回去。"郭梓熙实在懒得理这对活宝，到了这个时候，她也不好松手，好在他的房间在一楼，距离并不远，直接送过去也不麻烦。

换成是郭梓熙送他，南飞凡的反抗没那么强烈了，他甚至还用了一种压抑不住的委屈音调说："我又做错了什么吗？"

"你没有做错事，把你叫回来是为了防止流言进一步扩散，我们除了要瞒着周爷爷和周奶奶一段时间，也不能让其他爷爷奶奶知道这个事，尽可能地低调处理。"

"为什么？周多多不是没事吗？瞒着他家里人，是怕刺激到他们，这个我能理解。但这事儿让村里的其他老人知道，应该没多大问题吧？是担心老人嘴快给周家传过去吗？"

南飞凡一个接一个问题砸过去，满脸的好奇，若是不给予回复，他今天晚上怕是要睡不着了吧？

郭梓熙更担心的还是他为了满足自己的好奇心，又悄悄地溜出去找人发问，到那时怕是又要惹出其他乱子。

她非常相信南飞凡参与混乱并制造混乱的能力。

于是，轻轻叹息之余，她还是简单地做出了解释："飞流村里的老人们，几乎都是老同事，既是邻居更是好友，谁家出点事，大伙挂心着。虽然多多是救回来了，可是他毕竟还在医院待着，老人们岁数大，聊起事来经常是东一句西一句，很容易把话传错，产生更深的担忧。青哥不在村里，若是引起恐慌，我们全都没办法实施有效的安抚。老人的事，不出问题还好，一出问题必定是大事，再谨慎也不为过。"

南飞凡似懂非懂地点点头，还想再发问，她比他更快地截住话头："大食堂那边会去提醒，几个姨姨婶婶也不会在老人面前聊这些，为了绝对安全，你这几天也不要去大食堂，等青哥回来时再商量商量怎么统一口径。"

"你们是不是太夸张了？我觉得，没这个必要吧？"南飞凡哭笑不得，怎么也想不通这么做的必要性，他其实更想用"小题大做"这个词来形容他们目前所做的事。

"你觉得怎样并不重要，统一听青哥安排。"她眼神深沉地看着他，"如果你想留在飞流村，就要尊重飞流村的规则。"

"尊重规则不代表要听杨素青一个人说什么就是什么吧？"南飞凡脱口而出。

他心里咯噔一下，说出来以后就已经后悔，但这也的确是他内心真实的想法，想到这里，他下意识地梗着脖子，一副不服气的模样。

"如果你觉得青哥约束到你，你完全可以立即离开飞流村，你本来也不是我们的村民，杨素青是飞流村的村支书，他的确管不到你。"冷冷地撂下话之后，郭梓熙已经转身离开，只留下僵直的背影。

南飞凡一瘸一拐地追了上来，他这会儿开始后悔了，下午好不容易才与郭梓熙关系缓和了些，就因为多嘴说了几句话，才建立起的脆弱友谊似乎又消失了。

费了很大劲儿，他持续疼痛的腿不给力，怎么都追不上。

他站在了楼梯口，朝着已经空荡荡的楼梯大喊："小熙，我没那个意思，只是提出自己的看法，你如果不同意也可以说服我，我真的很听劝。"

脚步声远去，回应他的是从二楼传来的关门声。

明明没有多用力，南飞凡就是觉得有什么东西直接拍在了他的脸上，皮肤火辣辣的，隐隐透着疼。

他的嘴角轻轻抽了抽，身体抵在墙上，好半天不知该摆出个什么表情。

"扑哧……"赵小飞放肆的大笑声扬起了老高。

南飞凡被他笑得有些恼羞成怒，带了几分气急败坏，他大吼："笑什么，有什么好笑的。"

"你讨好小熙也没有用，小熙可不是你能高攀得起的女孩。"赵小飞嘲笑得更大声。

"胡说八道些什么。"南飞凡白了他一眼，一瘸一拐地向前走。

赵小飞跟在身后："你来飞流村，不就是想找个借口追小熙吗？我跟你说，像你这样子的人，我可是见得多了，他们还只是微信骚扰电话轰炸，你就比较绝，直接找上门，拿个不入流的借口赖下来，谁也拿你没办法。"

"谁说我是为了追郭梓熙来飞流村的？"南飞凡简直要被这种不靠谱的言论给震惊到了，他慌乱地张大了嘴巴，想要解释但不知道从何说起。

"你不是吗？"赵小飞趾高气扬，为自己拆穿了对方的虚伪而感到高兴。

南飞凡停滞了几秒后，突然大吼出声："当然不是。"

"那你是为了什么？"赵小飞紧随其后，咄咄逼人地问。

"我是为了……"南飞凡想要说郭梓熙给他的照片，又想说被存放在土城墙内置展览柜的那片残瓷，更想表达他被传统工艺制造出的精品所震撼，然而这一切到了嘴边，全堵在了那里，他明明是有心要解释，最后却什么也说不出来，只能气愤地抿住嘴唇，一瘸一拐地朝着自己的房间走过去。

赵小飞追了上来："怎么？心虚了吗？"

南飞凡脚步一顿，恶狠狠扭头瞪着他。

那眼神藏着浓烈的气愤，无数种情绪交织，赵小飞不由得脚步一顿，满脸不服气，仿佛是在说，他没有错。

"不信谣不传谣不造谣。"他咬着后槽牙说完，"还有一句话，谣言止于智者。"

"什么智者，不懂你在说什么。"赵小飞几乎是话音才落下，整个人已经跳起来了，"南飞凡，你骂我。"

砰——

轮到南飞凡关上了门，门板轰然作响，把匆匆撵上来的赵小飞拒之门外。

尽管赵小飞一阵跳脚，气得猛拍门，南飞凡依然没有开门。他有点得意地在门内撇撇嘴，再皱着眉揉了揉被气痛的胸口，反复地告诫自己，在飞流村好不容易有了点进展，可千万不能因为一时意气，就搅了大好的局面。

退一步不仅仅是海阔天空，还关系着未来的人生计划呢。

比起他心中的鸿鹄壮志，被赵小飞挤对几句算什么呀。

这一夜，南飞凡取出自己的笔记本在上边勾勾画画，隔天一大早，当窗外树上的鸟儿开始"开会"，他翻了个身，直接坐起来。

在飞流村的生活平淡简单，浮躁的心很容易沉淀，还不到一个星期，南飞凡好像从那个"月亮不睡我不睡，秃头熬夜小宝贝"的自己，彻底转变成了晚上八点上床八点半睡，养生健康样样会。

早上起来后，南飞凡在房间坐不住，就跑到招待所外面坐着，等着付小妹给他拿早饭过来。

"喏，你的早饭。"付小妹把早饭给了南飞凡，就去忙了。

南飞凡拎着早饭正准备回房间吃，一抬眼就看到郭梓熙慢慢地走了出来。她的手上拎着颜料盒，背上背着画板，似乎是要出门的样子。

"去画画吗？"南飞凡眼睛一亮，主动搭话，仿佛昨天两人分别时的小小不愉快并不存在似的。

俗话说伸手不打笑脸人，郭梓熙本来没打算过多与南飞凡说些什么，看到他灿烂的笑脸，反倒有点不回答不礼貌的感觉了。

她轻轻地点了点头，避开他，继续往前。

南飞凡很自然地跟在她身后："去哪儿画？画什么？"

"去望风坡，画清风远山和白云。"郭梓熙走到了门口，发现南飞凡还跟着自己，他借着双拐走路，步伐竟也不慢，勉强跟在了自己的身后，"做什么？"

无视她的诧异，南飞凡回："望风坡我还没去过，反正今天也没什么事，要不带我一起去长长见识？"

嘴上是询问，动作上却丝毫不慢。清早出去的这段时间，让他彻底学会使用双拐，现在走路不成问题，即使要上坡、下坡，或是走一些颠簸泥泞的村路，他也全不在话下。

能自由出行，不再被腿伤困扰，这让南飞凡的情绪很是高涨，即使再面对郭梓熙的冷淡，他也能很好地调整自身情绪，不会被"冷"到。

"望风坡上只有风景，没有其他的东西，你去做什么？"郭梓熙并没有答应，但也没有立即拒绝。

南飞凡眼前一亮，急忙说："我也去画画。"

"你会画画？"郭梓熙不信了。

"我学的时间不长，基本功也不扎实，还在练习阶段，你看了可不要笑我。"他抓了抓后脑勺，憨憨地笑了。

"你的画板和画具呢？"郭梓熙不客气地问。

如果南飞凡只是瞎说，这件事足以难倒他了。

谁知，他指了指招待所的方向："我来时只带了写生的画本，都在房间里放着，你等我一下，我去拿？"

郭梓熙盯着他看了好一会，漆黑若夜的双瞳之中有些情绪在酝酿，只是她习惯了沉静内敛，不会轻易把自己的心情表露出来。

好一会儿，她点了点头，背着画板拎着画箱跟他一起往回走。南飞凡刚想说，他自己去就可以，不必麻烦她跟着跑一趟。像是猜出了他的想法，郭梓熙先一步回答："望风坡的位置还在大坝的上边，有一条村路过去，你还是坐轮椅比较好。"

"我可以用双拐。"南飞凡还想展示自己今天的收获，表示他真的可以自理，不愿麻烦她。

郭梓熙完全没给他争辩的机会，只是说道："你坐着轮椅比较方便。"

事实证明，的确是比较方便的。

轮椅需要郭梓熙推着，但她和他所带的所有工具，南飞凡的早饭，以及一些杂七杂八的物件，郭梓熙不客气地全挂在轮椅上。他坐在其中，腿上压着一堆东西，双手还得扶着，全程小心翼翼地看护。

反观郭梓熙，解脱了双手，她只需要负责在后边推轮椅即可。

迎着朝阳，向风出发。

他与她的影子，浅浅落在地上，那是纠缠的姿态……

第六章 | 飞流之上别有天地

正如郭梓熙所说，望风坡还在大坝之上，在村路上走了很久，再拐进小路，耗费了些力气，便来到了一处好似人间仙境的地方。

这里远山如黛，这里雾气氤氲。

登高望远，大坝好似一条长龙盘在脚下，村里的小鱼塘则像一处碧绿的宝石镶嵌在大地之上。

"哇，这里也太舒服了吧。"南飞凡只觉得自己的心境也跟着一起开阔起来了，他指着飞流村的方向说，"飞流之上，别有天地，我真不敢相信，自己就在这里。"

他傻乎乎地将双手圈成了喇叭状，对着远处，高声呼喊起来。

大山沉默而慈爱，包容了年轻人的一切。

郭梓熙只是看了他一眼，便开始寻找合适的位置，她在来时路上浪费了些时间，接下来必须更加地专注，不然今天的计划很可能完不成了。

至于南飞凡，随他去吧。她算是看出来了，这个在城市里长大的男人，骨子里还藏着个稚气未消的少年，他对面前没有经历过的生活感到无比好奇，在那种看什么都要激动一会儿的情绪没有消失之前，很难期待他沉下心来做一件事。

当然，郭梓熙也不觉得这个跟自己有什么关系，她把遮阳帽压低一些，面对着画面，捏着铅笔，小心勾勒着轮廓。

南飞凡也没有打扰她，或许是不敢去打扰，经过一段时间的相处，郭梓熙的性子他是懂一些的。当她开始做正事时，那是完全沉浸在自己的世界当中，绝对专注，若是这个时候再去不长眼地影响她，郭梓熙必定翻脸。

本来也想拿出画本来简单地勾画，才掏出本子，南飞凡发现了什么，他立即满眼放光，直接站了起来，只拿了一根拐，撑着自己，快速地走了过去。

郭梓熙眼尾的余光瞥见了南飞凡的离开，但她并没有问什么。

过了一个多小时，她已经画好了线稿，翻找着颜料开始调色时，才一边伸展着身体，一边回头去找人。

南飞凡已经走出很远了，只是望风坡的位置较高，从这边向下望过去，很快便找到了他。

他的位置距离写生的地点足有几百米，以至于郭梓熙瞧见的是一个小小的圆点，只能依稀从身形轮廓判断出那是南飞凡。

"腿脚不利索还这么能折腾。"郭梓熙感叹了一声，便决定随他去了。她翻找着颜料，发现自己竟有些心不在焉，每隔一小会儿，总不自觉地扭头望过去。

终于，她叹了口气，决定跟过去看看。

下坡的路有些陡，郭梓熙一路小跑，控制着速度。即便如此，依然有些跟跄，她相信南飞凡顺着这条小路往下走的时候肯定也很费劲，但他就是走了，还走出了那么远，这人啊，做事没有章法，她实在是琢磨不透。

一路思绪飞出老远，耳畔全是汹涌的风声。之所以取名为望风坡，是因为这一处恰好位于两座高山之间，风从山谷之中掠过，因地势气流变强，一年四季望风坡的风都流动得比别处更厉害。天气好的日子尚且如此，天气不好的时候更是能见识到何为狂风呼啸，撼动天地。

她来到南飞凡身边时，很是奇怪地看见他竟脱了自己的外套，平铺在了地上，衣服上堆满了土，隆起成为小山状。南飞凡正半跪在地上，双手并用，扒拉着地上的软土，修长的手指正认真挑出软土内夹杂的石块、杂草，而在他的身旁已经堆起了一小堆，不远处还有两三个小土坑，显然都是他用手指硬扒出来的。

"天，你在做什么？"这种行为，直接惊到郭梓熙了。

"小熙，我就知道来飞流村没有错，哪怕在山后迷了路，扭了脚，哪怕总被赵小飞阴阳怪气，这些都没有关系。我只恨自己没有早点找到这里来，天，我应该早点下定决心的。"一边说，一边继续扒土。

郭梓熙在飞流村待了两三年，对于一些事自然是懂的。她本来想问南飞凡发什么疯，仔细一看那堆土，郭梓熙突然间明白了。

"这是，瓷土吗？"郭梓熙捏了一小撮，放在眼前更仔细地观察了一会儿，没错，这些就是瓷土，她在那些老人的院子里见到过，大多是随意堆着的，外边罩着一层塑料布，防止下雨的时候淋湿，或是风大的时候吹跑。不过，仔细地观察，还是有所区别，老人在院子里收集的瓷土大多是呈块状，堆成一堆的时候，看上去就跟白色的小石头差不多，南飞凡收集的这些，颗粒更细，颜色也更加地白。

不过即使如此，它依然是瓷土，她搞不懂南飞凡在激动些什么。

他的声音比日常要高亢不少，调子都变了："没错，这是瓷土，天然硅酸铝，用来制作瓷器，低成本的增量剂。别看它是制作过程中最常用的原料，可就是因为常用，才最是讲究。"

"是吗？"郭梓熙给出的是疑问句，但心里却是有些不以为意的，没觉得有啥稀奇。

"瓷土作为原料，国内出产地有好几处，比如湖南衡阳、广东茂名、福建龙岩、苏州阳山等等，因为不同的成矿地质条件、地理条件、矿石物质成分差异等，每个地方出产的瓷土在品质上是有差别的。其中，洁白细腻、松软土状的高岭土是绝佳选择，这土又叫白云土，你瞧瞧，我找到了这么多，土质多好，带回去的话，肯定能烧出好瓷。"南飞凡加快了速度，土越扒越多，衣服上堆得满满当当。

郭梓熙蹲下来，正准备劝一下，南飞凡突然一本正经地说："你回去画画吧，不用帮我，弄得太脏了，我自己来挖就行。"

她哑然，想说自己也没打算帮忙抠土。更何况，这种高岭土在飞流村内其实有很多，就堆在大食堂后侧的空地上，村里的老人有需要的时候都可以去取，并不需要千里迢迢地跑到山上往回运。

郭梓熙来不及讲出这些，南飞凡已经开始打包那些土，衣服的四角扎起，对折，绑了个结实。虽然要单手拄拐，但并不妨碍他展现出雄赳赳气昂昂的姿态，那个大大的包裹装满了他的战利品，目测有二十多斤。南飞凡扛在肩上，笑得像个得意扬扬的孩子。

"我来帮你拿吧。"到嘴边的所有提醒的话，在一瞬间全收了回去，改成了诚心诚意地帮忙。

"不了不了，东西很沉，灰尘也大，你是女孩子，肯定受不了的。"他换了个方向，单手提着，看起来很轻松。

当郭梓熙转身的一瞬间，南飞凡的嘴角立即垮下来，他走一步挪一步，手臂被那个沉重的包袱坠得晃晃悠悠，等到开始爬坡的时候，便觉得异常艰难了。可就算这样，南飞凡也没有想着要扔掉一些，对他而言，这里边装着的高岭土品质极好，是好不容易才找到的，他还懊恼自己力气不够大，要不然可以装得更多点。

"要我帮忙吗？"郭梓熙不知什么时候又走了过来，有些好笑地问。

"我应该还是可以的。"嘴巴依然硬气，但是气势弱了许多。

"拿来吧。"郭梓熙伸过手。

望着她纤细白净的手指，南飞凡略带几分失神地想，艺术家的手都是这么好看的吗？在明亮的阳光之下，她的皮肤仿佛透着一抹自然的柔光。

"不了，还是我自己来。"南飞凡是舍不得对方为自己遭罪，郭梓熙却是在眼露不耐烦之后，一把扯过了那只装土的"包袱"。

"你拿外套装高岭土，衣服都毁了，回去穿什么？"郭梓熙可是记得他来飞流村只背了个双肩包，没带太多行李，搞不好换洗的衣服就只有一套。

"衣服不要紧，洗干净就可以了，我这人对生活不挑，一切过得去就好。"南飞凡如今满心满眼都是他的高岭土，回写生点的路上，都在叨念着，整个人好像着了魔似的。

郭梓熙还没完成画作，自然不会那么早回飞流村。南飞凡也不催促，他拿着自己的写生本，背对着身后的风景，弯着身子坐在椅子上，就那么一笔一笔认真地描绘着。一时间，各做各事，互不打扰。

中午吃饭也是随便凑合，郭梓熙的馒头上沾了一点蓝色的颜料，南飞凡的馒头也有一角是脏兮兮的，在野外也不讲究，写生点有石头垒成的小灶，干柴和枯草在附近遍地都是，塞进之后把火一点，上边架着一只小锅，能烧水能煮面，简单的吃食很快能做好。

"你经常来这里吗？"当南飞凡看见郭梓熙变戏法似的在树后边打开了一只破木箱，并且还能从里边拿出小锅、饭勺之类的用品，他整个人都惊住了。

"木箱是青哥拖上来装杂物的，这些厨具每次带来带去也很麻烦，不如直接放这儿，谁用谁取；那个小灶是赵小飞垒起来的，这边时常有人过来，我喜欢这边的风景，过来写生画画，小灶是很实用的。至于其他东西，也大多以方便为主，飞流村和其他地方不太一样，你要慢慢习惯，大家会彼此成全，给予同伴最大的方便，而与此同时，你享受到了这种便利，也得尽力去给别人多些方便。"

郭梓熙只要一找到机会，就会尽力给南飞凡科普一些村内生活小指南。

南飞凡越是多了解一些，则越是觉得惊奇："飞流村果然与其他地方不一样。"

他在城里出生长大，自家与邻居家，其实是没有关系的。大家即使住在同一层，每一户的联系也不多，哪怕是在楼道里见到，最多也只是点点头罢了，等回了家，门一关，过的全是自己的日子，根本没有像在飞流村一样，彼此互相照顾，亲密如一家人。

郭梓熙表示同意，她在馒头上插了根木棍，探到灶边慢慢烤。很快，焦香味来袭，冷馒头散发出了诱人的香味。

没怎么"见过世面"的南飞凡顿时眼睛一亮，赶紧有样学样，也开始烤。

锅里的水开了，一人分了一杯，烤馒头就着小酱菜，也算是吃了麻辣鲜香的一餐。

一餐午饭，闲聊不少，彼此间的距离又拉近了许多。

南飞凡闲着没事，走过去欣赏着郭梓熙的画，高山流水，雾中小村，衬得此地仿佛是隐在红尘的桃花源，一派安宁静谧之感。郭梓熙的画里有独特的风格，控笔绝佳，能够精准地表达。看不出她稍显清冷的外表之下，竟然隐藏着细腻温柔的灵魂。

画如其人，淋漓尽致地表达。

郭梓熙回来的时候，看到的正是这幅画面。

青年高大的背影，站在她的画板前，正认真驻足观看。那山那水，又成了巨大的背景，让他成了这幽静山谷之中最独特的活力。

她取出手机，冲着背影拍了一张。

南飞凡恰好回头，冲她咧嘴一笑。得，这笑容实在是有点傻，还有点憨憨的感觉，一下子完美地破坏掉了所有意境。

郭梓熙收敛了表情，状若不经意地说："咱们继续。"

她走回自己的位置时，恰好看到了南飞凡的画本，被随意丢在折叠椅上，他画的画，正面朝上，直落眼底。

那应该是一只花瓶，经典的上下窄中间圆的设计，素描写生课上经常会摆出来的静物绘画练习道具。

这只瓶明显与摆着画画的瓶子有些不同，甚至是有些熟悉，总觉得好像是在哪里见到过。

"这是……那块瓷？"

素描画只有黑白色调，从本质上来讲，这个瓶或者那个瓶，轮廓上是没有区别的，以铅笔素描来呈现时，差别也不会太大，但郭梓熙就是一眼认出了它。

"厉害，识货，慧眼识珠，天才中的天才。"南飞凡的脑海中能酝酿的词汇并不多，但他还是竭尽所能地夸。

郭梓熙的脸颊悄悄地染上了一抹浅浅的红晕，她别扭地清了清嗓子，过去把自己的素描本拿出来，翻到了某一页。

两个画本摆在一起的时候，就很容易发现，他画的，正是她曾经画过的。

这只瓶有独特的设计风格，侧面看上去是只瓶，实际上瓶口极大，也有人说这是一只碗，瓶身没有做多余的设计，只有流畅的弧度。

"你怎么能画得出？"郭梓熙惊愕极了，"这个早就不存在了吧。"

不等南飞凡回答，她快速地分析："难道你是在其他地方见过类似的陶瓷作品？那也不对，我能肯定它是独一无二的，这世界上肯定不会存在另外一模一样的。"

"你那么肯定？"南飞凡本想实话实说，可一听她这话，到嘴边的话全憋了回去。

"当然肯定。"郭梓熙的眼神异常地亮，她指着瓶下的位置说，"你知道为什么那片天青蓝的瓷片最终只是残片，而不是完美的作品吗？"

南飞凡下意识地摇了摇头，他的确不清楚这件事，但对此也是最好奇的，像这样的珍品，哪怕只是一片残瓷，其价值也是不可估量的，若是作品完整，存留于世，可称得上无价之宝，将来不是被送去博物馆，就是要进到某位收藏家的珍品室里。

稍懂的人，一眼就能看出它的珍贵，因此才会更加遗憾它的残缺，忍不住幻想着若是完整，会是怎样的震撼。

郭梓熙完全能理解南飞凡内心深处无法宣之于口的情绪，她指着自己所画的那张素描，轻轻地点了点底部："你看这个瓶子的底部，一般来说为了稳定平衡，会将这里做平，以保证瓶身的稳定，但当时是出于美观的考虑，便大胆地增加了一些弧度进去，瓷胎完成时还算是合理，烧制之后出现了最接近于传说中的天青蓝的色彩，此件作品已是上上品。"

"出炉之后，作品还是完整的？"南飞凡惊愕至极，因为如果是完整的作品，便意味着作品的损坏是由于制作以外的其他原因，这等于是一件珍品摆在了面前，却因为某种原因不小心被损坏，那种愤怒、失落、惋惜交杂起来的感觉，比烧制失败还要痛苦。

郭梓熙叹了口气，继续讲了下去："出炉时完整，空瓶摆放时也没有问题，但在注水时出了问题，测试的水一倒进去，瓶身倾斜，落地摔碎了。"

"啊？"南飞凡惊叫了一声，这画面单单是听着，都觉得胸口抽抽着疼。他反复地攥了几次拳头，直到身体慢慢地放松了下来，"赵爷爷说，这只瓶是许少原老先生在费尽心血烧制出来后觉得不满意，当场摔了的。"

郭梓熙苦笑："当初也是这么跟我说的，我还觉得许老是真正的手艺人，对自己的要求太高了，不是精益求精做出来的珍品都入不了他的眼。"

南飞凡一听，瞬间听出了弦外之音，他极为好奇："难道不是？"

郭梓熙面露犹豫，明显是在琢磨着要不要把实际情况说出来。

南飞凡生怕她不肯讲，赶紧凑过去扯了扯她的衣角，面露讨好的笑。郭梓熙一见如此，就知道如果自己不肯讲，起了疑心的他也一定会想方设法地去追查。与其让他四处折腾，她不如把这件事背后隐藏的故事说出来。

"从那块残瓷，也能大致推断出未损坏的作品会有怎样的价值。那天开窑，几百件瓷器，唯独这件摆在最边缘位置的小瓶是最令人眼前一亮的珍品，许老欣喜若狂，十分珍爱。注水是保存之前的最后一个步骤，许老年纪大了，这件事就交给了自己的徒弟来完成，结果没想到的是，在他徒弟操作规范、没有失误的前提下，瓶体倾斜，小瓶瞬间从左侧落地，直接摔成了十几块大大小小的碎片。徒弟吓傻了，许老当场心脏病发作晕了过去，被救醒之后，许老坚持说是他不满意那只瓶，怕拿出去会坏了名声，所以直接毁了。"

"这就……"南飞凡一时也不知该如何评价。

"此后数年，直到去世，许老和他徒弟一直在忙，他们觉得既然能成功一次，一定能成功第二次，至于之前的失败，许老不准别人提，若是听到有人议论，许老会生气制止。时间长了，大家也顺着他，只当那只瓶是他自己砸的，反正创作者把不满意的作品给砸了，也是常有的事。"郭梓熙用最简洁的语言把事情经过说完，才话锋一转，"那只瓶，碎裂的大块都被各地的陶瓷工作室高价购走做研究，飞流村只留了两片，一片颜色细腻的瓷身残片被放在土城墙内做展览，还有一片是底部构造不合理的那一块，现在在许老的徒弟手里。"说到这儿，郭梓熙又流露出那种一言难尽的苦涩表情。

南飞凡听得又是一阵兴奋，他激动地问："还有一片残瓷吗？我好想欣赏。"

郭梓熙的神情更加诧异，甚至是有些哭笑不得的模样："你关注的点还真的是……够专一。"

他为那残瓷而来，一路经历种种，初心不改，仍是只在一个点上敏感，这份执着，她是服气了的。

"小熙，你能不能告诉我，许老的徒弟是哪位？他在飞流村住着吗？住在哪里呀？"南飞凡继续使劲地搓着手，身体因为兴奋而控制不住地来回晃。

郭梓熙瞬间收了表情，极其干脆地回答："不能。"

"这个是隐私，不能说吗？"南飞凡掩不住失落，不死心地问。

郭梓熙不回答，反而继续强调："你不许去村里打听，绝对禁止在大食堂那边找老人乱问，否则我保证你会立即被赶出飞流村，你就算跪下来哭都不会有人帮你讲话。"

南飞凡又一次被震惊，以至于当他想要替自己说几句话的时候，嘴巴一直动一直动，始终发不出声音来。

"我要是早知道你又打着刨根问底的主意，刚刚就不该告诉你。"郭梓熙一秒钟收起了和善，在路过他身边时，甚至还给了他一记白眼，

123

将不满全表现了出来。

"小熙，我说错什么了吗？你至少让我知道。"

郭梓熙直接背过身，愤愤地在调色板上挤着颜料，南飞凡本来是想靠过来，但只要听到身后有脚步声，她立即回头，清亮的双眼抑制不住燃烧的怒意，愤愤地瞪向他。

南飞凡讪讪，不好意思地抓了抓后脑勺："你画吧，我不打扰你。"

郭梓熙便真的开始忙着做自己的事，时间飞逝，太阳迅速地朝西方落了下去，当天际呈现出一抹漂亮的橘红色夕阳时，她收了笔，无比满意地看着自己的画。

"太好看了吧。"南飞凡等待许久，找到了时机，努力地夸奖。

郭梓熙取出手机出来，将镜头对着画作之中的山间美景拍了一张，又对着画调光聚焦，拍下第二张。

等她开始收拾东西时，才发现南飞凡也放下了举起手机的右手，他冲着她讨好地笑："我亲眼见识到了一幅优秀画作的诞生，也想留下一点纪念。你放心，我只拍了画、拍了风景，绝对没有偷拍你，而且我也只是自己欣赏，不会拿去发朋友圈，更不会对你造成困扰。"

他紧张的样子，成功地逗笑了她。

见郭梓熙脸上的寒气终于散了去，南飞凡不由得长长舒了一口气。

天色擦黑，郭梓熙推着轮椅上的南飞凡走进了飞流村。

杨素青的五菱面包车猛然停在了两人身边，车窗摇下，他笑呵呵地问："小熙，你去写生啦？"

郭梓熙笑着点头，目光错过杨素青，落在了车子后方，当她看到坐在第二排的周多多也摇下车窗，将小脸探出来的时候，瞬间开心地招招手。

"小熙姐姐，小熙姐姐……"周多多献宝似的把座椅下的玩具和吃的拎起来给她看，"都是青叔给我买的，可多了，可好了，我可喜欢了。"

杨素青气得不行："你小子故意的吧，喊她小熙姐姐，喊我青叔？

这可不行，你都把我喊老了。"

周多多吐了吐舌头，脑袋瓜一缩，人躲开了，坚决不改口。

杨素青没有办法，也不能跟个小孩一般见识。他问郭梓熙："南飞凡在招待所吗？我有点事，得过去找他一下。"

他是想让郭梓熙支开车，换他出来，直接去找人。

谁承想，在郭梓熙推着的轮椅后，居然传来了南飞凡的声音："青哥，不用找我，我在这儿呢。"

轮椅上摆着画板，画板下压着一兜东西，左边插着双拐，另外还有一个大大的背包，而南飞凡好像就在那些杂七杂八的东西下边。

杨素青哭笑不得："你跟小熙去写生啦？怎么带了这么多东西？"

南飞凡清了清嗓子："穷家富路，有备无患嘛。"

郭梓熙不客气地拆穿他："他是突然间发现飞流村处处是宝，见到土就要挖土，见到石头要捡石头，还好是坐着轮椅，能用车子来推，要不然我看他怎么把这几十斤东西扛回来。"

杨素青一看见高岭土，心里头大概已经猜到是怎么回事。他哭笑不得，跳下车，将南飞凡身上的东西全给搬上了五菱小面包，将他彻底从重压之下解救了出来。

南飞凡只觉得身上压着的一座大山瞬间被人挪开，整个人轻松自在，不由得长长地舒展了一口气。

"上车，我送你们回去。"杨素青示意郭梓熙帮忙扶一下南飞凡，他则麻利地将轮椅也放上了车。

"不用人扶，我自己能行。"南飞凡哪里敢麻烦郭梓熙，他一蹦一蹦，既有节奏，速度也快。

等到上车坐稳，周多多立即凑过来，孩子此刻已经全恢复了，正好奇地打量着他。

面包车的正后方，一个面色黝黑的汉子，眼睛正含着眼泪，一眨不眨地盯着南飞凡。

"怎么回事？"南飞凡明显是被车内的气氛给惊住了。

"是你救了多多吗？"汉子直接冲过来，在车内狭小的空间，依然强行笔直地跪了下来，"我感谢你，我十分感谢你，你救了多多，救了孩子的爷爷奶奶，救了我们一家。"

南飞凡恍然，眼前的这位估计是周多多的爸爸，他不是在外头打工吗？看来是因为周多多落水的事临时赶回来的。

郭梓熙没有袖手旁观，她和南飞凡一起将多多爸爸给扶了起来，南飞凡没遇到过这种事，最初的慌张过去以后，就反过来安慰这位饱受惊吓的中年汉子。

村路不长，杨素青先把父子二人送到了家，他们从城里买了不少东西，大家一起抬进去之后，便立即走了。如今有多多爸爸在，即使周爷爷和周奶奶得知孙子掉水塘里的事，也不会过于伤心。多多爸爸将几个人送到了门口，嘴上依然不停地说着感激的话，他回到家，看了父母的状况，又想到了儿子差点没了，眼泪就没停过。

"晚上如果不想做饭，你就带着孩子去大食堂吃，那边总是有吃的。"杨素青走时，再一次叮嘱。

多多爸爸摇了摇头："我家老的小的，全靠村里人照顾，我已经非常感激了，现在我回来了，不能跟着再占村里的便宜。小青你不用担心我，我有办法把家里的事料理妥当。"

"都是飞流村的人，说什么占不占便宜的，咱村的规矩你都懂，与其愧疚，不如明天空闲的时候来修一修公房，转天就到雨季了，要检修排查的地方确实不少，多一个人就多一份力量嘛。"杨素青似乎完全没有意识到多多爸爸或许只是回来几天而已，直截了当，大大咧咧地吩咐。

"那行，这个我在行。"

"排查分配的名单在赵小飞手上，你不要着急过来，先把自己家修一修。"

杨素青虽然年纪小，在村子里的威望却极高，多多爸爸直点头，连连应声。

杨素青把想到的事全交代了一遍，这才启动车子走了。

南飞凡长长地舒了一口气，很是夸张抬起手，抹去脑门上的汗珠子。

杨素青从后视镜看到他的动作，笑着问："怎么，被人感谢得不习惯了？"

"我也没做什么了不得的大事，谁看见小孩掉水里都要救的，这实在是太正常了，我只希望多多爸爸以后看好娃娃，孩子还是要有父母看管才行。"说到这儿，南飞凡突然想起了什么，他赶紧捂住嘴，表情十分后悔。

这心直口快的毛病，他以前也没有啊，怎么来了飞流村，郭梓熙、杨素青他们跟自己随口说点啥，他就不过大脑，来个知无不言言无不尽呢？关键是说完之后，往往会惹得他们恼火，这又是何苦？

杨素青抓了几下头发，年轻的脸上满是感慨："如果不是不得已，谁愿意背井离乡，把年长的父母和年幼的孩子抛下，为了挣点钱就跑出老远去，一年两年不回家呢？"

"生活再难，也得回家看看，家里人非常需要他们。"南飞凡很懂得这些道理，但除了道理之外，还要顾及感情。赚钱重要，生活就不重要吗？或许两者之间权衡起来并不容易，可也正是因为这份不容易，才要更多些思考，慎重作出决定。

尽管很多想法，南飞凡没有说出口，可杨素青在村里做着最基层的工作，有什么事是他不懂的？

"这事儿只能说，每个人有每个人的难，每一家也有每一家的难，不是身在其中，很难感同身受吧。"杨素青使劲地按了下喇叭，这是经过村里十字路口时必须做的。

就这么短短的十几分钟，天色已经黑透。还好杨素青有经验，因为喇叭声响起后，竟然真有个人急急忙忙地站定在了那里。

"小杨叔，这么晚了，您怎么还没回家？"杨素青笑着问。

"青儿回来啦？"小杨叔听着声音就认出了他，"你姊子今晚上要去大食堂帮工，她害怕走夜路，我想着过去接她。"

郭梓熙已经把车门给拉开，招呼小杨叔上车，村尾到村头还有一段距离，村里人经常坐杨素青的五菱面包车，因此并不会客气。

"叔，您可真是疼我姊儿。"郭梓熙有些羡慕地说。

小杨叔摆摆手，意思是这些都没什么："我家门前有个沟，沟上的路被冲垮了一段，一直没修，夜里走到那里一个不小心要出问题的，我在家里也没啥事，她不回来我心里总惦记，与其这样，不如出来接她。"

"那里的确是个问题。"杨素青一听，又一次恨恨地咬牙，"雨季到来之前，必须想招好好修修。"

"怎么修？不好修。前年建大食堂，村里已经出了不少钱，欠下的债现在还没着落呢。"小杨叔先是摇头，琢磨一小会儿后，又给了个解决的方案，"倒是可以去后山老窑那里拉些灰渣，再找些碎石块一起垫一垫，不结实也没啥，下雨冲垮了可以再垫，把问题暂时解决了就好。村路上人来人往的，白天没事，最怕晚上。"

南飞凡再一次发挥了心直口快的天性，嘴快地来了一句："要是有路灯就好了。"

见大家齐刷刷地望过来，他还以为大家是在怪他心直口快地乱说话，赶紧解释："我的意思是，如果哪天要修路，可以考虑顺便安上路灯，现在很先进的，有那种专门靠着太阳能来发电的产品，白天晒晒太阳，晚上就能亮很久，节能环保，也节约电费。"

自以为给出了合适的建议，南飞凡骄傲地挺胸抬头，等着大家参与到话题当中来，最好是一起热烈讨论，看看能不能通过集思广益找出合理的解决办法。

没想到五菱面包车内突然一片寂静，没人再说话，甚至不见谁有多余的表情。

南飞凡有点尴尬，一个人傻笑："我也就是提出建议，合适可以考虑采用，不合适……不合适就当我没说。"

还是没人讲话，明明大家都在，但就是保持着沉默。对于这种状况，南飞凡除了独自郁闷，似乎也没有更好的办法。

车子拐进了大食堂的院子，帮厨的婶婶们全围了过来，帮忙从车上卸东西。每次进城，杨素青都有一项重要的任务，那就是去批发市场帮大伙买日常所需的用品。这回虽然是为了送周多多去医院才进的城，但周多多没事了，杨素青也就按照往常的习惯，让村里人把需要采购的物品列出来，下午给孩子办好出院手续，立即去了熟悉的批发市场。

南飞凡也是首次见识到了五菱面包车的夸张客载量，前边坐着好几个人，后边还能塞下那么多东西，一箱一箱又一箱，一袋一袋又一袋。村里人要的东西比较杂，日常所需，应有尽有。这些物品暂时放在一旁的空屋子里，等会儿还要分装好，村里老人们预订的，会再装车送到他们家里去，在大食堂和村委会这边帮忙的村民则会直接领走。

赵爷爷和珍奶奶都知道周多多落水的事，也听说傍晚时杨素青他们会回来，因此早早来到了大食堂，坐在那儿边聊边等。

好不容易把人盼回来了，车子一进院，赵爷爷立即领着一群老人迎了出来，大家怕凑到跟前给年轻人添麻烦，因此站在了外围，静静地等着他们忙完。

杨素青最先看到，立即一路小跑把手里提着的四个袋子送到了屋里去，紧接着他仍是跑着来到了赵爷爷的跟前。

"我把多多给他爷爷奶奶送回去了，多多爸爸也在呢，有他照看着，家里不会出问题，您放心吧。"

赵爷爷的神情明显地放松了下来，但说出口的话，明显有些不客气："这个皮小子，一天到晚地疯跑疯玩，除了老周头，谁也制不住他，这下知道怕了吧？看他以后还敢不敢去河套里泡水。"

"吓是肯定吓到了，以后还会不会去就不一定了。"杨素青边说边笑，"多多是挺皮的，在医院也就第一天老实点，输完了药水的当晚就开始闹腾了，在病房里耍猴戏，人家隔壁床的病人刚动了手术没两天，刀口还在疼，又止不住笑，护士听见动静过来提醒了好几次，后来也跟着笑不停。"

"医院的气氛太压抑了，有个皮猴子闹腾闹腾，大伙的心情也会舒畅一些。"对于这种小趣事，老人们听完了只是会心一笑，并没有真的放在心上。

南飞凡抱着他好不容易才从写生点带回来的高岭土和花纹奇异的石头，犹豫着是先找个地方放一放，还是不嫌累地跑一趟送到招待所去。

杨素青注意到他的动静，不解地看向了郭梓熙，郭梓熙很是无奈，压低了声音把事情的经过讲了一遍，听得杨素青手抵着下巴直乐："你没跟他说，院后边有的是那种土，随取随用，不需要特意跑山上自己刨？"

"想说来着，可他刨得太认真，衣服都脱下来包土了，我要是拆穿，怕他面子过不去。"郭梓熙也有自己的道理。

杨素青立即竖起了大拇指："小熙真是善解人意。"

"换成你犯傻，我也一样给你留面子，绝对不拆穿。"郭梓熙冷冰冰地强调。

"还好我一年到头犯傻的次数不多。"杨素青调侃自己一句，看着南飞凡行动不便，又十分在意他腿上牢牢抱着的东西，于是亲自过去，帮他把沉甸甸的小包袱暂时送回到了五菱面包车上。

"等会我也去招待所，直接给你送过去。"杨素青对南飞凡的态度有了翻天覆地的变化，虽然没啥特别客气的语句，但话语里透出亲切感来。

"那敢情好，青哥，真是太感谢了。"南飞凡喜滋滋，"这样子我就能直接去吃晚饭了，在外边忙了一天，肚子还真是饿。"

最有趣的是，南飞凡奋力扒着轮椅车轮往前走时，赵爷爷大步流星地走了过来，不由分说，推着就走，惹得南飞凡一阵惊呼："赵爷爷，我自己来，您老悠着点。"

"怕什么，我推轮椅的技术和杨素青开小货车一样厉害，那是一个

'稳'字当头。"赵爷爷不停地吹嘘。

南飞凡哭笑不得，他也没法讲，他真正担心的是轮椅太重赵爷爷推不动，万一抻到扯到了哪里，他可赔不起。

好在担心的事没有发生，赵爷爷将他推到大食堂门口，就让他扶着门框站了起来。付小妹在附近，不用提醒，直接搬着轮椅过了门槛。于是，南飞凡再次坐下，仍是赵爷爷推着。

今晚的大食堂，聚集的人相当地多。

杨素青最后一个迈步进来，本来还热热闹闹的食堂，有那么一瞬间很安静。

不过很快，到处都是打招呼的声音，老人们与他很熟，说起话来十分随意。杨素青不厌其烦地回答着老人们的问题，其实关心的点只有一个，周多多怎样了。

"皮小子已经回家了，他好着呢，昨晚上在医院吃了三个大鸡腿，满嘴流油，嘟囔着住院可真好，有肉吃。他爸也回来了，听那意思最近一段时间不会走，周爷爷和周奶奶的身体很不乐观，身边离不得人照顾。"

这话听在老人的耳中，那是又好气又好笑。

珍奶奶摆摆手："简直是胡闹，住院怎么会好，小孩就爱乱说话。"

"瞧着吧，老周头那暴脾气，知道这事儿准得赏他一顿竹条炒肉。"旁边有老人跟着拱火。

"必须揍一顿，让他长长记性。"珍奶奶跟着附和。

"在医院，我已经严厉批评过周多多，多多说他会记住教训，以后一定不会自己一个人跑上游去捞鱼洗澡了。我也会勤盯着，天气暖了，各家各户留村的孩子们也不算多，出了学校就带回家，平时也得多多注意。"杨素青不是说说而已，具体怎么做，已经跟赵小飞他们几个商量过了。只是具体怎么实行，还需要更仔细地考虑。

大家的注意力很快从周多多那边转移到了南飞凡的身上，南飞凡昨晚上已经被大家给"提醒"过，这会儿是大口吃饭大口喝汤，绝不多说一句废话。

晚上的小聚餐在一派欢乐祥和的氛围中结束了。

饭后，郭梓熙陪着杨素青挨家挨户送东西，南飞凡则是趁人不注意，来到了赵爷爷的身边。

"小子，好样的。"赵爷爷拍了拍他的肩。

"爷爷，我有件事想问问您。"南飞凡鬼鬼祟祟的，边说边偷看周围，确定那几个年轻人不在跟前。

"什么事？尽管问。"赵爷爷对南飞凡已是相当认可，一听这话，直接给出了正向的回应。

"咱们飞流村是不是有一位做陶瓷特别厉害的大师？"南飞凡斟酌着字句，问了出来。

赵爷爷瞬时眼睛发亮，还带了点莫名的期待："你小子要找哪位大师？"

对于眼前的老人突然热切起来的样子，南飞凡有点摸不着头脑，不过他依然乖乖地回："就是……那位……许少原先生的徒弟，我也不知道他叫什么名字。"

"谁？"赵爷爷一下子沉了脸色。

"爷爷，您别生气，我就是问问，如果您不想回答，也可以不答的。"见老人瞬间变脸，南飞凡也吓了一跳。

万万没想到，他问出来的竟然是："谁跟你说，老许的徒弟是陶瓷大师的？"

"没……没人这么讲。"南飞凡哭笑不得，事实上也的确没人说。他是想，既然许少原先生能烧制出品质如此优秀的瓷器，那他的亲传徒弟，一定也是名家了吧。

"哼，要是让我知道谁在外边胡乱说，别怪我老赵用拐杖敲他脑壳，东西可以乱吃话不能乱讲的嘛，岂有此理。"

南飞凡瞧着赵爷爷气得脸色煞白，显然是动了大火气，他想起了郭梓熙也是提起这个问题时一秒钟翻脸，还认真地警告过他，不准回村里乱打听。

他本来觉得是郭梓熙反应过度，如今看来，似乎是他自己没考虑周全，又做了莽撞事。

眼看着赵爷爷絮絮叨叨，边说边皱眉揉着自己的胸口，仿佛很不舒服。

"您别动气，喝点水，压一压。"一杯水送上，依然觉得不安心，南飞凡又问，"赵爷爷，您身上有没有带平稳心率的药？"

只是随口一问，没想到竟然还真有。

赵爷爷摸摸索索从怀里掏了出来，南飞凡立即接过，问清楚要吃两粒，他一刻不敢耽误，给赵爷爷喂服了下去。

十分钟左右，赵爷爷的脸色终于见了一丝血色，恢复成了平常的样子。

"好点了吗？"南飞凡心里还是忐忑，忍不住轻声地问。

"嗯。"赵爷爷长舒了口气。

珍奶奶本来已经离开了，半路想到自己的保温杯落下没拿，就又绕了回来。

一进门，瞧见的就是这幅画面。毕竟是村子里的老人，彼此间熟悉得很，一下明白了怎么回事。

她慌慌张张地问："心得安吃了吗？"

"吃了的，两粒。"南飞凡帮忙回答。

珍奶奶这才放下心来，在赵爷爷身边坐下，嘴里全是埋怨："你这老头，心脏不好自己也不注意点，这还好是小南在身边，要不然非要出大事不可。"

"哼。"赵爷爷发出一声鼻音，也不知道他是想要表达什么。

南飞凡万分后悔，这会儿都不敢去看老人们的眼睛。明明是被提醒过的，他偏不信邪，要亲自去问一问。这下好了，如果刚刚没及时给赵爷爷喂下稳定心率的药，万一出了啥事，他可怎么交代。

"你个倔老头，说你你还不满意了？"珍奶奶没好气地轻拍了一下他的肩膀，真的是轻轻的，灰尘都不一定能拍得掉。

赵爷爷拄着拐杖，拔腿就走。走到门口之后，也不知道想起来什么，他扭头冲着南飞凡瞪眼睛："没听见那老婆子提醒吗？我心脏不好，不能一个人走夜路，你来送我。"

这声吼，不亚于圣旨。

南飞凡瞬间弹起，抓过拐杖，以一个脚部扭伤患者不该有的速度直冲向前，他拄的是单手拐，空出来的手自然地托着赵爷爷的手臂，那叫一个殷勤。

"能行不？要不要我送你？"珍奶奶看着眼前一老一少的组合，无比不放心地问。

赵爷爷摆摆手："让小南送。"

南飞凡立即点头："我送我送，我的腿没事，已经习惯了。"

"那好吧。"珍奶奶还想嘱咐几句，南飞凡已经扶着人出了门。

珍奶奶远远地吆喝了句："把倔老头子送到家，再给赵小飞打个电话，让他回来守着。"

"知道了。"南飞凡应声，挥手道别。

赵爷爷嘟囔："老婆子年轻的时候话可少了，十里八村想跟她说话的人不知道有多少，她呢，仗着长得好看，走路的时候下巴抬得老高，一般人根本凑不到跟前去。"

"珍奶奶现在也好看。"对于这种比较容易得罪人的危险话题，南飞凡采用了最最保守的回答方式。

"年轻时更好看，小脸跟剥了皮的水蜜桃似的，媒人都要把她家的门槛踏破了。"赵爷爷很是感慨，整个人好像一下子回到了很久很久以前，"你很崇拜的那个许少原，当时还是个撸鼻涕的脏小子，每天东跑西颠儿，撒尿和泥，啥事儿都敢干，比现在的周多多可淘多了，成天挨揍，但总也不长记性。"

南飞凡分神地想，那应该是很久很久以前发生的事了吧。

赵爷爷所提起的小时候，至少过去六十年了。

入夜的飞流村很安静，这里仿佛是世界上最靠近天空的地方，头顶蓝黑色的天幕上，坠挂着数不清的星星，忽明忽暗，像是有人随手撒了一片钻石，美得让人不知道该用什么样的语句去形容。

"小子，你知道许少原活着的时候，为什么那么执着地制瓷，都已经是七八十岁的老头子了，还整天跟泥巴和老土窑待在一起吗？"

这种问题，南飞凡生怕答错，他不安地笑了笑，尝试着问："是因为想要烧出一炉好瓷吗？"

赵爷爷使劲地一拍大腿，停下来看着南飞凡异常紧张的脸："你猜得真准，他就是为了那一炉好瓷。"顿了顿，他有些感慨地说："可是你想过吗？为什么他的执念，一定是那一炉的瓷？"

南飞凡承认，自己被这个问题给考住了。他左思右想，绞尽脑汁，始终考虑得不周全。就在这时，脑海里忽地冒出了一个奇怪的念头，南飞凡再一次发扬了他心直口快的个性："是因为他一直没烧出来满意的作品吗？"

说完之后，南飞凡就后悔了，他暗暗懊恼，自己实在是嘴不把门。连天青蓝的薄胎瓷都做出来了，怎么会没有满意的作品？

"咱们手艺人，一辈子追求的不是名与利，而是超越。别人认可不认可的，其实没那么重要。若是连自己的标准都没达到，留下来的可能只是遗憾吧。"

南飞凡没有错过其中的关键词，但他不敢去追问，在这关键时刻，只能静静地认真听着。

"其实这事还是老许过于执拗了，好作品是很重要的，可是烧出一件代表作，本来就要有几分运气，如果实在没有，那也没什么，不是吗？日子啊，总是要慢慢过才行。"

"赵爷爷说得非常有道理，我记住了，也学到了。"南飞凡心不在焉地应声，其实他更想问的是，这位技艺非凡的许老先生后来怎么样了？

但又不能直接问，刚刚只是稍微提起，赵爷爷都捂着胸口服药了，这要是再发生个万一，他可承担不起。

于是，哪怕心里边藏着一万个好奇，南飞凡依然强行按捺，只是陪着老人慢慢走，赵爷爷不着急，他也不急。

"小南啊，你真是个好孩子，我也看出来了，你来飞流，就是为了那些瓷。"赵爷爷指着的方向，是位于飞流村最高处的土城墙，在夜色里，那边的风景看得并不清晰，可是，大家都很清楚那里有的是什么。

南飞凡本来想说点什么把话题给岔开，但那些话到嘴边，竟然汇集成了一句话："我很喜欢的。"他吸了吸鼻子，莫名地感伤，却也坚定，"真的很喜欢。"

"这一点，你倒是很像老许。执拗，坚持，认死理，十几岁的时候爱上了瓷器，到了七十几岁仍是不改初心，他这一辈子啊，已经是泡在泥水里，长在老窑边儿，到死都不肯改变，很多人都说他是发痴了，是个不折不扣的瓷疯子。"

"我能理解他。"南飞凡的眼睛灼灼闪耀，他屏住了呼吸，"如果是我，我也会这样。一个有爱好的人，是值得尊敬的；一个能将心头好做成终身事业的人，更令人钦佩。我只是感到可惜，没能在许师父去世之前来到飞流村，也没有那份幸运能当面向他请教。"

说到这里，他顿了顿，小心翼翼地看向赵爷爷："不过，我也听说，许师父是有个徒弟的……"

赵爷爷好像没听到他说的话，沉默向前，缓缓而行。

瞧着他踏实而稳健的步伐，南飞凡再一次哑住，这一瞬他不知道什么该说什么不该说，他清晰地感觉到自己是村子以外的人，他来到了飞流村，却不曾真正地走进真正的飞流村。

"老许的那个徒弟，也是个好样的。"就在南飞凡以为赵爷爷不会回答自己这个问题的时候，赵爷爷竟然毫无预兆地开了口，"老许走了以后，他受到了一些冲击，其实是那孩子想多了，生老病死，草木一秋，每个人最终都要走到生命的终点，这个是自然规律，并不会因为我们心里边存着多少难以放下的遗憾，就会宽待我们。人啊，度人不如自度，首先自己得学会放下。"

南飞凡一个字也没听懂，但又好像隐隐约约地听明白了一些。他清了清嗓子，想要说点什么，不过一些念头在心里反复出现之后，他也只是呵呵干笑了两声。

"你想要为了那块瓷去找他，我其实是不赞同的，怎么说呢，那可能是他心底最伤最痛的地方，你伸手就去戳、去碰，他八成要跟你翻脸。"赵爷爷拍了拍南飞凡的肩，"小南，做事要讲究方式方法，有时候欲速则不达，完全不用那么着急。"

南飞凡哭笑不得："爷爷，我现在连许先生的徒弟是谁都不知道呢。"

赵爷爷瞪圆了眼睛，满是惊奇："你还不知道吗？我记得刚刚跟你讲了，就在大食堂里边，我跟你说过了的。"

南飞凡郁闷里透着几分无奈："爷爷，你刚刚心脏病犯了，一直在忙着吃药，根本什么也没说。"

这下，轮到小老头满脸尴尬地笑："这事儿闹的，是我这个老头子的脑子不好使，把事情给搞错了。"

南飞凡知道，这种时候可不是跟赵爷爷分辩谁是谁非的时候，他说："您真是把我的胃口高高地吊起来了，现在我是抓耳挠腮地难受，快说吧，许先生的徒弟究竟是哪位？攻天……哦，不对，明天，明天我一定得买点礼物去拜会一下，当面表达我的钦佩。"

身后，有灯光亮起，听着发动机的轰鸣声，就能判断出那是杨素青的五菱面包车。

南飞凡有些心急，他一直都知道，杨素青其实不愿意他介入飞流村的事情里来，因此对于飞流村一些较为核心的事情和人物是避而不谈的态度，他不提，郭梓熙也不提。南飞凡每次问起都小心翼翼，生怕一不小心就触犯了禁忌，惹得大家都不开心。

赵爷爷不慌不忙地抬起手，他指着的方向是飞流村的西北，那是整个村子地势最低的地方，与村子最高处的土城墙遥遥相对。

"那里有一座窑。"

南飞凡听到这话时，眼睛变得无比明亮。他是真没想到，飞流村内居然还藏着这么厉害的好东西，顿时他的一颗心都跟着提了起来。

"守着窑的那个，就是老许的徒弟。"

南飞凡抑制着狂喜，嘴角却怎么也压不下去，不由自主地笑了起来。

赵爷爷的家很快就到了，杨素青的面包车也停在了路边。

"小青来啦？还有什么事吗？"赵爷爷诧异地看着从车上一跃而下的杨素青。

杨素青拉开车门，麻利地从里边拿了两个大塑料袋下来，一手一个，沉甸甸的样子。

"我在市里给您买了些羊奶粉，还有一些五花肉、咸鸭蛋、花生米，都是您喜欢的，想着晚些一起给您送过来。"

赵爷爷诧异地问："我没让你带这些吧？"

"这是我们几个孝敬您的。"杨素青回应完，也不等赵爷爷拒绝，他一路小跑着直接冲进了赵爷爷的家里，等到南飞凡和赵爷爷走进来时，他已经把所有东西都放在了赵爷爷最熟悉的位置，显然对于赵爷爷住着的地方，杨素青跟在自己家里一样熟悉。

"你这孩子，不用每次都惦记着给我带东西，我这儿什么都不缺，家里有小飞呢，有什么事我吩咐他去干就行了。"说完之后，还笑眯眯地追着杨素青问这些花了多少钱，他可是有退休金的，一个月花也花不完，没有白白收孩子们东西的道理。

"下次一起算。"杨素青摆了摆手。

"你上次也这么说，不行，绝对不行。"赵爷爷拿着手机递过去，"我不懂怎么转钱出去，你自己来弄，都绑着卡呢，卡里有钱。"

杨素青哈哈大笑起来："赵爷爷，您老就甭操心啦，带的这些东西都记好了账的，回头让赵小飞回来结算。其他爷爷奶奶家里也是这样子的，绝对不会让你们这些有钱又厉害的老头老太太占到村里的便宜的。"

他这样子一说，赵爷爷果然放心地笑了起来，闲聊了几句有的没的，杨素青要离开了，临走之前，他还不忘带上南飞凡，直说他行动不方便，还是一起回招待所更合适。

他不容分说，搀着人就走。南飞凡无奈至极，其实他心里还有不少问题想要悄悄问赵爷爷，可杨素青根本不答应，他也只能被动地跟着上了车。

一上车，杨素青的眼刀子已经横扫而过："你小子，有点分寸行不行？村里的老头老太太平均年龄七十三岁，正是放松身心、颐养天年的时候，你平时能不麻烦他们，最好就别去麻烦。"

南飞凡不认同："他们只是老了，并不是残了、废了、不能动了，我觉得，他们内心深处其实并不认可自己已老这件事，如果能有个机会展现自己，他们会非常愿意。"

杨素青发出了不赞同的嗤笑声，面包车跟着一个巨大的颠簸，他与杨素青的身体飞跃而起，再重重地落回到硬邦邦的座椅上。

"你不要搞事情。"杨素青威胁地瞪着他。

"怎么能是搞事情呢？反而是你，不要草木皆兵，把心踏实地放在肚子里，赵爷爷他们都夸我是好样的，怎么到你们这儿我就成了随时做错事的坏家伙呢？"一段时间的相处，南飞凡慢慢摸索出了与他们相处的规律，什么时候该说什么话，他心里边是有数的。

果然，当这一番小小的抱怨脱口而出，杨素青收起了不高兴。

"小南，村里的情况你不是很明白，如果想要解释，一时半会儿也解释不清楚，所以说你听话就可以。"面包车又是一个巨大的颠簸，甚至还明显有种倾斜感，杨素青早已司空见惯，稳稳地开着车，并且注意着村路上的动静。

南飞凡在这一刻是想要反驳的，但杨素青更快地开口："你只是在飞流村体验生活，不会待太久，也不可能待太久，既然如此，就让飞流村一直保持着原样，如此就好。"

"可是……"

"没有可是。"在这件事上，杨素青出奇地坚持，"听我的安排。"

"好，好吧。"

回招待所的一路上，南飞凡都没有说话，他被一种淡淡的失落感包围着，在几分钟的路途里，他思绪飞远，车窗外的景物仿佛被拖长了光影，定格在了那里。

车子停住，郭梓熙和付小妹都来到了车前，堆在车内的最后一点物资是招待所这边买的，两个人时刻关注着动静，一见远远的灯光亮起，立即就来到车前了。

南飞凡的表情里掩不住淡淡的失落，他跟所有人轻声打过了招呼，便一瘸一拐地往自己的房间走去。

"什么情况？"郭梓熙奇怪地问道。

"说了他几句，不让他老去跟赵爷爷说这说那，老头儿的心脏实在是脆弱，过去的事就让它全过去，反复提起完全没有必要，徒增烦恼。"杨素青一个人很厉害地搬起了好几个箱子，走在了最前边。

"你有没有发现，自从小南来村里，赵爷爷的心情一直很好。"

郭梓熙的话，引起了付小妹的共鸣："不只是赵爷爷心情好，珍奶奶他们也很高兴，小南对待老人有耐心，会陪他们讲话，也会帮他们修麻将机、桌椅，还愿意一瘸一拐地送他们回家。"

杨素青点了点头："这一点，我很欣赏他。"

"我是说，有些事，你绝对拦不住。"傲娇地留下了一句话，郭梓熙扭头就走。忙了一天，也到休息的时间了，她上楼关门，一气呵成。

杨素青哭笑不得，冲着她的背影徒劳地补了一句："你当我想拦呢？"

隔着门，郭梓熙回："不想拦，那就少说几句，大家心里都有谱。"

杨素青摸了摸鼻子，有点没搞明白状况，他望向付小妹，小声地问：

"我不在村子里的时候发生了什么？这两人的关系怎么变得这么好了？"

付小妹摇头，神秘兮兮地压低了声音："这事儿我也不知道，上午的时候，他俩还一起去写生了。对了，那包高岭土就是南飞凡从山上挖下来的，抱在怀里，跟宝贝一样不撒手。小熙姐还特意叮嘱，让我们千万别告诉他，大食堂后院堆了一堆，全都是，她说怕他知道了，会又急又躁，直接一脑袋撞到土堆里去，薅都薅不起来。"

"这人，也是个怪人。"杨素青摇头感叹，他忙了一天也是累得不行，此刻没什么心情再去研究南飞凡的事，开着车子就走了。

房间之内，南飞凡背着手绕来转去，他不停地在房间内寻找，其实房间并不大，两张单人床，中间摆了张小木桌，市里最低档的快捷酒店也比这边要好些，不过，这里一开始定位的就是村内招待所，也不是为了赚钱而存在，布置得简单些也很正常。

当然，南飞凡关注的并不是这些。他真正想要找的是能摆放简易操作台的位置，带回来那么多的高岭土，自然而然地有些技痒难耐，他迫切地想要再烧制一些什么，或许是一只瓶，一个碗？抑或是最简单的器具？

其实做什么也没那么重要，关键是可以去做，就是件发自内心愉悦的事了。

"村里的东西还是不够全，飞流村什么都好，就是没有山下的出租屋方便。"他居然开始想念自己那间毫无舒适度可言的小小出租屋了。

南飞凡绕了很多圈，终于停了下来，喃喃地说："看来得找个时间回市里一次，收拾收拾行李，把该拿的一起拿过来。"

正琢磨着，门板突然砰砰砰地响了起来。

这么晚了，是谁？

第七章 | 三座窑

南飞凡踩着拖鞋，挪蹭着走了过去。

门打开了一条缝，露出来的是郭梓熙清丽的面容，她刚洗了澡，头发还是湿的，身上散发着淡淡的香味，为这漆黑的夜晚增添了一抹耀眼的亮色。

"小熙，你找我有事？"南飞凡话语一滞。

"村里一共有三座窑，两座在村子北部，是村里建起来的窑，土窑建造得很简单，但免费，需要用时就去排队，只要不撞上其他人的使用时间，基本上都能正常使用。当然，窑可以用，烧制时产生的额外费用要自行承担；还有一座是私人所有的窑，在村子地势最低的地方，那边加了许多现代化的装备，比村里的公用窑更好用，但人家是收费的，并且愿不愿意借，还得另外看人情。"

"什……什么？"南飞凡听完，瞬时有种心虚感，仿佛他准备私下里悄悄做的事，已经被郭梓熙在不动声色之间给看穿了。

"至于烧瓷所需要的其他材料，你去找赵小飞，他管着库房呢，随时可以买到各种需要的配料，价格是市场价，大家全都是如此，不会坑你的。"郭梓熙交代完，作势要走。

南飞凡满是诧异，单腿蹦蹦跳跳地跟在后面："小熙，你怎么突然来跟我说这些？"

"想起来，随便说说。"郭梓熙恢复了往常清冷的表情，一阵风似的走了。

南飞凡本想回到房间里去，在房间门口踟蹰了会，忽地下定了决心，使劲地咬着后槽牙："喂，你要说就说得明白点，为什么你们飞流村会有三座窑，而且有烧瓷制瓷的材料，这些应该是很专业的东西吧？赵小飞管着什么库房，里边能放着这些？"

留给他的是空旷的走廊里传来的回音，他这才注意到，村里建的招待所大得出奇，虽然只有两层，但楼下有十几间房，楼上也有十几间，对于一座交通不便、地理位置相当偏僻的村落来说，有着如此规模的招待所本来就说不过去，因为这里既没有旅游资源，更没有商业结构，如果仅仅是为村里人使用而准备，平时用到的机会很少。农村家家户户都有房子，走亲戚串门需要留宿也是直接住家里，谁会来住招待所呢？

南飞凡在飞流村住了几天，积攒起来的疑惑越来越深。从一些细节里，他隐约能够拼凑出一个简单的轮廓，但越是如此，越令他陷入更深的纠结当中。他的心里有个声音在大声地提醒，那一定是关键，因此他必须牢牢抓住。

"是什么呢？"南飞凡向左边的走廊蹦了十几步，心不在焉地转了个圈，朝着右边又蹦了十几步。

已经准备要下班的付小妹探出头，奇怪地望着他。

心里是真的一百个不想管南飞凡，但强烈的责任心又驱使着她过来问一问："你怎么了？找不到你的双拐了？"

南飞凡突然问："村里为什么要在土城墙上建一个瓷器展架？"

"因为传统技艺一定要传承保存下来，那都是很宝贵的财富。"付小妹想也不想，直接回答。

"飞流村为什么会有那么多残瓷，件件都是精品，那是哪儿来的？"南飞凡的面前如果有一面镜子，他必定能看到自己此刻的眼睛里布满红血丝的模样是多么恐怖。

付小妹明显被惊住了，以至于此刻她的脑子里有一些念头闪过，嘴巴却要比脑子更快地回答："还能从哪儿来？咱村哪个没有些绝活在身？一些瓷器罢了，随随便便地烧一烧，每年开窑时，都要出几件精品的。"

南飞凡张大了嘴巴。

付小妹眨巴眨巴眼睛："我又说错什么了？你现在是个什么反应？"

南飞凡拿袖子擦了擦嘴角，连咽几口唾沫，才强迫自己冷静下来。正愁着想不明白前因后果，无意之间仿佛找到了事情的关键。

"小妹，咱们过去那边仔细聊聊？"他指着院子里的木桌木椅，满脸讨好的笑容。

付小妹直接快速后退，与南飞凡拉开一段距离之后，她才没好气地瞪着南飞凡："大晚上的发什么疯？谁要跟你聊？我现在要下班了。"

南飞凡拦住了她的去路，把手臂张开，生怕给她跑了。好不容易才摸到了一点点关键，他急于解开心中的谜题，绝不愿意轻易放付小妹离开。

付小妹一见此，警惕的心思更重，她绕着大圈，与南飞凡的距离远远的，无奈离开的正门被南飞凡堵着，她想要离开也必须经过他的身边。

正僵持着，已经回房的郭梓熙突然出现在楼梯口，她换了身运动服，看样子是准备外出，恰好瞧见了南飞凡和付小妹在一楼闹腾，脸色变冷，眼神也变得凌厉了些。

付小妹像个灵巧的小兔子似的，一下子钻到了郭梓熙的身后，张嘴便大声地嚷嚷："小熙姐，你快管管他吧，他也不知道发什么疯，堵着门不让我回家，非得跟我聊聊。"

她语气急迫，言辞含糊，郭梓熙跟着误会了，她瞪着南飞凡，没好气地质问："你想干什么？"

"我就是有些疑问，想要找她问清楚。"南飞凡已经没有了平日里的亲切和煦，因为焦急，他整个人明显是迫切着的，他甚至还想去拉扯郭梓熙，希望能让他直接面对付小妹。

郭梓熙毫不客气地拍掉了他的手："我警告你，最好收敛点，要是再放肆，小心我对你不客气。"

"你误会了，我不是那个意思。"南飞凡急得不行，可是郭梓熙在那儿拦着，他想立即追过去也做不到。只是那么一个停歇的工夫，付小妹就已走远了，边走还边骂南飞凡神经病，显然是气得不轻。

得，误会越来越深，南飞凡只觉得身上有十张嘴巴也解释不清楚了。

"嗨，你们这些女人，就不能有点耐心听我把话给说完？"南飞凡使劲地抓了几下头发，他这几下明显是得到了杨素青的真传，暴躁且桀骜，那一脑袋的头发瞬间变成了乱糟糟的鸡窝。走了个付小妹，他就不打算让郭梓熙走了，不管不顾地搂着她的胳膊，硬赖着她给个说法。

郭梓熙左看右看，也没在南飞凡那双干净清澈的眼睛里看出邪念来，心里有了数。她抬手看了看时间，确定自己还能跟他闲扯几句，也不急着走。

"行吧，你说。"

南飞凡反倒是一愣，没想到郭梓熙会突然来这么一句，他没有心理准备，堆在嘴边的话，反而说不出来了。

"南飞凡，你故意耍人的是不是？不让你讲的时候急急吼吼，让你说的时候你又不说了。"

眼看着郭梓熙要发火，南飞凡赶紧说："我是想问，咱们飞流村到底是做什么的？为什么到处是瓷器？又有窑又有博物馆，刚刚付小妹还说，咱村每年都开窑，还会烧制出精品，这到底是怎么回事？"

他觉得这实在是太不可思议了。

郭梓熙的表情，三分诧异三分好笑，还有四分说不清道不明的东西。

"你真的是为了一张照片，找来了飞流村？"这个问题，郭梓熙问了很多次，但她再次确认的时候，仍然觉得这事不可思议。

南飞凡用力地点头，目光里透着坚毅。

"你不知道飞流村是什么地方？一点也不知道？"郭梓熙的语气是不信的，但她的心不知道为什么，却在第一时间就相信了。

"我是真的不知道。"南飞凡一字一句，讲得坚定有力。

"好吧。"郭梓熙忽地想笑，她想到了从初见时以来的种种，更想到了南飞凡对于瓷器的痴迷。她对他了解得不算多，可南飞凡的每一件事都与瓷有关系。

这个大男孩，单纯到不可思议，他活得很自我，也坚持着这份简单直接。

在飞流村待的时间久了，郭梓熙心里头非常欣赏南飞凡身上保留的这些东西，或许也正是因为如此，在日常生活中，习惯了独来独往的她才愿意与他接触那么多。

"我现在有点事要出去，你等我回来，我仔细跟你说一下。"她许下承诺。

南飞凡心里一喜，下意识就松开了手。

当他目送着郭梓熙的背影消失在招待所门前的夜色里，心里便涌出了无限的期待。

接下来，他也索性不回房间去了，拎个塑料椅子过来摆在正门口，端端正正地往那儿一坐。

南飞凡长久地保持着一个姿势，手机就在自己的口袋里，他完全没想着拿出来看看。

时间仿佛一下子便飞逝而过，郭梓熙拎着一个袋子走了回来，她见到南飞凡还在门口等着，不免有些惊讶。南飞凡则是殷勤地走过去，顺手帮忙接她手上拎着的袋子。

"没关系，我自己来吧。"郭梓熙不想松手。

南飞凡却加大力道，非要帮忙不可："看着女孩子拎着重物却不管，那还是男人吗？"

袋子发出清脆的声音，南飞凡无比敏感地意识到袋子里不是吃的，而是瓷器。他瞬时来了精神，手上的动作愈发地小心翼翼，生怕弄坏了。

招待所最里边，有两间大一点的房间，一间是可以容纳十几个人的会议室，摆着长桌和塑料椅，虽简陋，但该有的设备是齐备的；另一间原本也是会议室，不过现在是郭梓熙的画室，平时上了锁，不让人随便进出，因此虽然南飞凡知道有这么一间房，但他还是第一次进来看，灯打开的瞬间，他叹为观止。

整个房间只有十几平方米，原本的会议桌被贴墙摆放，让出一大片空间来摆放画板。那个桌子上，此刻陈列了十几件风格各异的瓷器作品，每一件的风格都是独特的，颜色、形状、烧制的工艺等等，涵盖了国内主流文化界所公认的经典款式。

在郭梓熙的示意下，南飞凡小心地把手上拎着的那件放在了桌上，他一路上就在好奇里边装的是什么，等到亲自打开时，才发现是一只带着盖子的颜色釉瓷，用"万紫千红"来形容这件景德镇四大传统名瓷之一的颜色釉，那是相当地恰当，红似火焰，绿若春水，青天蔚蓝，黑如墨炭，这是瓷器当中最富神秘色彩的艺术品。

南飞凡是瓷器的狂热爱好者，他非常清楚颜色釉瓷相关的知识，像眼前的这一件，是在釉中加上了不同的金属氧化物作为着色剂，利用温度变化的原理，使其呈现出不同的色泽。厉害的瓷器制作大师，对于各种着色剂的使用达到了炉火纯青的程度，五彩缤纷的颜色更为瓷器增添了丰富的乐趣。

正感叹着郭梓熙带回来的颜色釉瓷是多么地美丽精湛，他的目光很是不经意地落在了桌上摆着的一件枣红色大瓶之上，或许一开始还是漫不经心的，几秒钟后，他的瞳孔"地震"，连声音都跟着哆嗦了起来。

"啊！这是一件祭红瓷？"

"嗯啊，那是一件祭红釉。"郭梓熙肯定的同时，从南飞凡手中接过了颜色釉瓷，端端正正地摆在桌上早已准备好的空位。

"你怎么可以把这么多件瓷放在一张桌子上，还有，这是张木桌啊，桌腿那么细，能不能承受得起重量？还是分散开来吧，万一……我是说万一，碰坏、摔坏了一件，这得是多大的损失啊。"明明还没发生的事，南飞凡已控制不住地幻想，心里愈发担忧起来。

"你啊，少操没用的心，一直是这么放着的，不会弄坏的。"郭梓熙满不在乎。

南飞凡早已进入魔怔的状态，压根没听到她的话，自顾自地趴在地上，认真检查了起来。

木桌稍稍有一点点的倾斜，是那种使劲摇也感觉不出会晃的小弧度，但南飞凡不愿意冒哪怕一点点的风险，他找了一块纸盒壳，小心翼翼地塞进去，再试了试，确定桌子变得无比稳固之后，这才长吁了口气。

"不至于吧？真的没问题，我一直是这么摆的，没出过差错。"郭梓熙去倒了一杯水，端过来递给了他。

南飞凡接过却不喝，随手放在一旁，就虚按着木桌，膝盖微屈，身体向前倾着认真看。

他原以为这么多大大小小的瓷器，品类、风格不一，若是无瑕疵的珍品，价格不可估算，肯定不会那么草率而简单地摆在一起，但一件件地欣赏下来，南飞凡的表情从惊喜到诧异，又迅速转为不可置信。

最初看的时候，还爱不释手地轻轻触碰，让手指的皮肤去感受瓷的细腻，但他毕竟是有些眼力在的，很快发现了事情的不对劲，为求稳妥，他一再确认，终于犹豫着开了口："这些，哪儿来的？"

"别人借给我画画用的，不是我的。"郭梓熙仿佛在强调。

"谁借的？"察觉到自己问的话过于敏感，南飞凡不忘解释，"我没有别的意思，就是一次见了这么多好东西，我很好奇。"

他的手指，轻轻地摩挲着祭红釉的瓶身，比抚摸爱人更加温柔深情。

"人这一辈子得多幸运才有机会近距离接触这些珍品？我以前也只是在博物馆里看到过一些藏品，隔着玻璃窗来看，既不能接近，更不能碰触。我……我现在的心情，真是不知道该怎么形容了。"

"咱们飞流村的博物馆内还有一两百件，那些才是真正的精品，另外还有一些在烧制完成后会送到市里合作的几家店内寄卖，还有一些是有瑕疵的，这些毁掉了可惜，又达不到售卖或者珍藏的标准，一般来说是自行处理的。知道我在作画，他们也很愿意借给我，我搬的次数多了，又总是忘记及时归还，久而久之，这里积攒了这么多。"

南飞凡听到这里，如果还是猜不出事情的关键，那他绝对是傻的了。

"小熙，你的意思是咱们的飞流村内住着能够烧出祭红釉的匠人大师是吗？"

郭梓熙此刻是能够直观感受到南飞凡那焦灼紧迫的心情的，她没有卖关子，只轻轻地点了下头："这个瓷瓶的确是飞流村的人烧制出来的。"

"那……其他的呢？"南飞凡指着周围的那些问道。

"它们也是。"

郭梓熙的回答，令南飞凡倒抽了一口凉气。

有时候心里边所猜所想是一码事，但被别人实实在在地证实了又是另外一码事。

他的注意力一下子从这些如玉如宝的珍品上挪移开来，全集中在了郭梓熙的身上。

"请你一定告诉我，制作这些瓷器的大师是哪个？他住在哪里？我认识吗？"使劲地搓了搓手，南飞凡诚挚恳求，"如果是我不认识的，能不能麻烦你帮忙引荐一下？我没有别的意思，真是单纯地感到非常佩服，想要认识他而已。"

"这些瓷器的风格完全不同，你觉得会是一位大师制造的？"郭梓熙提醒。

"我也发现了，但是我不敢猜啊。"他越说越觉得嘴巴发干，仿佛每个字每句话组合好、说出来，于他而言都是很困难的，"飞流村内隐藏着一位大师已让我很惊喜了。你要说有很多位，这……这我哪儿敢想，从概率上来判断，那就是不可能的。"顿了顿，他又自言自语："这么多作品，真要是出自一位大师之手，那他一天到晚什么事也别做，估计一直在工作室内出不来吧？"

"一位大师？那怎么可能，你不要开玩笑。"郭梓熙摆摆手。

"小熙，你就告诉我吧。"南飞凡更进一步，这一次，他是势在必得的。

郭梓熙叹了口气，不答反问："飞流村所处的位置比较特殊，它在大山深处，并且这个小小的村落，存在了上百年，我可不是胡说，这些是有村志为证的。"不等他追问，她继续说下去，"可你想过没有，为什么飞流村会存在？或者说，在这层峦叠嶂的大山深处，交通不便，内外不通，即使有村落的存在，也很难维持村子的繁荣，大多是随着时间的流逝，自然出现，自然消失。飞流村却安稳地存在于这里，百年过去，这里仍是飞流村，并且它依然保持着相当的活力。你想过，这件事的根源是在哪里吗？"

"根源？"南飞凡表达着疑惑，可他此刻混乱的大脑被各种信息填满，一会儿想到这儿，一会儿想到那儿。但不知道怎的，他所思考的点最终竟落在了自己今天从山上抱回来的那些高岭土上。

高岭土是一种以高岭石族黏土矿物为主的黏土和黏土岩，因呈白色而又细腻，又称白云土。主要用于造纸、制瓷和制作耐火材料，其次是作为涂料、橡胶填料、搪瓷釉料和白水泥原料。而之所以叫高岭土，正是因为江西省景德镇高岭村而得名。

正是因为高岭土的存在是由其地理结构决定的，绝不可能随随便便地到处都有。在飞流村附近找到高岭土，绝不是偶然。他迅速地拿出手机，找到地图，输入了高岭村的位置。

如他所预料的那样，高岭村旧址与飞流村距离不超过四十公里，这还是用弯弯曲曲的道路为计算依据。若是算起直线距离，其实就是这座山与那座山的距离，非常非常地近。

他所来到的飞流村，实际上是一个最最接近陶瓷历史起源和发展的关键地。再联系村子里的所见所闻，南飞凡的心里有了一个大胆的猜想。

他的嘴角抽搐了几下，试探性地问："大食堂的……那些老人家，其实就是制作陶瓷的老匠人，是这样吗？"

"你怎么会这么想？"郭梓熙似笑非笑，继续抛出问题。

此刻，南飞凡的双眸里闪耀着光芒，亮得极为惊人。

尽管郭梓熙没有给予肯定回复，他的心也已经提起了老高，仿佛早已明了。

"赵爷爷提起老友时总是满脸感慨，珍奶奶在打麻将的时候还取笑过对面坐着的邓奶奶手抖捏不出好坯子，还有就是，老城墙上的展示栏里，是赵爷爷的老友们留下来的念想，他一直有提，可我是傻了，完全没有往一起去联想。"南飞凡越说越暴躁，忍不住使劲地抓了抓浓密的头发。

"现在想明白了也不迟，毕竟你来村里也没几天。"郭梓熙总算是给予了明确的肯定的回答。

南飞凡再次被震撼到，他控制不住地狠狠激动着，不断地深呼吸，手和脚都不知道放在哪里才好。

"怪不得，怪不得……"他这时候想想笑，更想大哭。

"怪不得什么？"郭梓熙拉着他远离摆着瓷器的桌子，就怕南飞凡太激动了，不小心碰到桌子。

"怪不得每次提起瓷器，周围的老人们都看着我笑；怪不得赵爷爷总有意无意地问我瓷器相关的知识，偶尔看我特别兴起，他还会调侃几句；怪不得一个村子里会用土坯墙来改建展柜，存放瓷的残片；怪不得连博物馆都有……"

他宛若着了魔，絮絮叨叨地说个不停。

才几天，就有那么多明显的线索摆在面前，飞流村的人没有要掩藏的意思，倒是他自己因为眼界不够，竟然视而不见这么久。

"我可要再次提醒你，老人们岁数大了，你过去讲话的时候要有分寸，不能让他们急让他们累，更不可以让他们操心担心。这是每个飞流村的年轻人都会被一再提醒的事，也是绝对的红线，若是做不到，青哥肯定第一个把你撵出村，到时候，谁说情也留不下你。"这也算是把丑话说在前头了。

南飞凡点头如捣蒜："放心吧，以后这个话就算你不提醒，我也绝对不会忘。我对赵爷爷他们尊敬极了，原来就很尊敬，以后会更尊敬。"

"好吧。"郭梓熙放下心来，她的目的已达到，接下来就要回房间

151

休息去了。

南飞凡站在门口，并不肯放她离开："小熙，你别急着走，咱们再聊聊？"

"聊什么？"郭梓熙不解地问。

南飞凡使劲地搓搓手，他这会儿正处于强烈的激动当中，声音的调子跟着高亢起来。

"聊聊咱们村里的事？聊什么都行，我都爱听。"说完，他扯过木头凳子，挡在了门口，满是期待地望着她。

郭梓熙看了一眼时间，这会儿是晚上九点十分，距离她休息的时间还有一小会儿，想要聊聊也不是不可以。

感受到了南飞凡的开心，她的嘴角情不自禁地翘了起来。

这一晚的交流，于南飞凡而言是相当地重要，不亚于为他开启了新世界的大门，让他对于飞流村之行，有了更直观的认识，也重新考虑起了未来要以什么样的心态留在这里。

飞流村目前供养着的老人共有三十九位，他们是景德镇陶瓷厂的第一批职工，从年少到苍老，许多人将青春永远地留在了老厂。几十年的时光，恍惚而过，还来不及品味，便已迎来暮年。

几位老职工离厂时便已做好决定，要回飞流村安度晚年，他们返村以后，陆续有更多的退休职工也作出了同样的选择。乡音缭绕，故土难离，他们本是从此处走出去，最后也要回来，这便是执念。

飞流村本就是以瓷出名，很久很久以前，这个区域更为出名的是六铺头，这是个以陶瓷贸易为主的地方，类似于早期的小规模的陶瓷市场，外地贩运的大小商户远道而来，集中到了这里，周围几个村里的瓷器匠人也会将自己精心烧制的作品带过来售卖。飞流村距离六铺头最近，久而久之，本地人和外地人都只记得六铺头，哪怕提起飞流村的时候，也是以六铺头代替。反正只要一到六铺头，等于到了飞流村附近，它们在地理位置上只有三里地的距离，可忽略不计。

六铺头的辉煌时代，也慢慢消散在了时间的长河里。

改革开放以后，市场化的浪潮来袭，村子里的人去城中谋求发展，古老的村落归于沉寂。就这样，六铺头不再有人进行陶瓷贸易，它变成了单纯的地名，似乎没人记得它的往昔。

飞流村本也应该如此消散在时间的长河里，只是这些老人个个念旧，当他们返回飞流村，这座村子便又重新恢复了活力。

村子里陶瓷博物馆的所有藏品都是老人们捐出来的，当年老村支书的想法是一人一件代表作，将他们一生中最引以为傲的技艺以作品的方式保存下来。

生命终有尽头，这是一个轮回。

可那些陶瓷作品若还在，就等于是在延展他们的生命宽度，后人若有幸到此观看，便能知道这个世界上一直存在着他们那样一群人，曾是那么认真地对待着这项伟大技艺，也为其做出过自己的贡献。

"陶瓷博物馆和土城墙的展示柜都只是为了纪念，因此博物馆那边平时并不对外开放，更不会考虑售卖，飞流村的村民并不功利，他们只是不想被遗忘罢了。"郭梓熙有些感叹地吐出一口气。

从南飞凡张大的嘴巴便能看出他此刻是多么地惊愕，郭梓熙用那么不经意的语气讲出的信息，数次撞击并锤打着他的心脏。

这是一种什么样的感觉呢？大约是一个饥饿已久的旅人，走着路突然掉进了一个坑里，而坑内堆积如山的全是白面馒头，喷喷香地堆成了小山。这似乎就叫作，饿了有人送馒头吧。

没错，南飞凡此刻的心情就跟那个饿了很久的旅人一样，他渴望跟随一位真正的大师，更系统地学习陶瓷相关的技艺，因此他远离父母，来到这里，正在为拜师的事烦恼，老天便赐给他一村子的老匠人。

整整三十九位啊，似乎都是技艺精湛的老前辈。

他简直是心满意足，眉眼都舒展开来了。

"你也别得意，做任何事都有规矩，没有规矩就不成方圆，这个道理你要懂。"郭梓熙没好气地瞪了他一眼，见南飞凡迅速地收敛了表情，摆出一本正经的模样来，她才微笑着说，"回头这事你也要多跟青哥交流，他对飞流村的事看得无比重要，你要多沟通，避免产生误会。"

南飞凡像个小学生似的听话，一个劲儿地点头。

"现在能让开路吗？十点了，我要休息了。"郭梓熙作息非常规律，过点不睡，她自己都难受。

"等等，还有一件事，我是想要问的。"生怕她不高兴，南飞凡连忙解释，"真的是最后一个问题了，反正你都说了这么多，不如一次性说清楚，我以后就不烦你了。"

"你还想问什么？"郭梓熙满是无奈。

"我能看得出，青哥、赵小飞还有你是很认真地想要为老人们做一些事的，但我又不是很明白你们真正想要做的是什么。在未来的很长一段时间，我应该是不会离开飞流村了，所以，为了更好地融入大家，我希望能了解得更多，关于你的，关于青哥的，所有人的，我都很有兴趣。"

"我们吗？"郭梓熙面露疑惑。

她没想到南飞凡感兴趣的是这个，可一时之间，要将所有事说得清楚透彻，却也并不是那么容易。

郭梓熙琢磨了好一会儿，才从杨素青说起。

其实杨素青的故事是很简单的，他本来就是在这个村子里出生的，从小到大，品学兼优，属于那种即使身在尘埃里，也能活出精彩的人。

他高考的时候考上的是一所国内极为有名的大学，学的是建筑学，如果按照正常的轨迹走，他将来或许会成为一名建筑师，跟着工程队，在国内承接各类工程，过着忙碌又充实的生活。或许他会因为设计出一座特别的建筑而变得非常有名，又或许终此一生他只是芸芸众生中的一员。这所有的一切，都是他可能会经历的人生轨迹。

唯独回到飞流村，年纪轻轻却成了一村的村支书，每天围着老人孩子打转，操着柴米油盐的心，想着最接地气的事，这些并不在他的计划当中。

杨素青毕竟是不信邪的 90 后，大家越是抱着怀疑的态度，他反而越是憋着一口气儿要把事情做好。

村里的路是他修的，村里的博物馆是他重建的，村里的老城墙是他维护的……

飞流村的一切，都与他的生活息息相关。

他是年纪小的 90 后，却也是这个古老村落的大家长。

"青哥说，咱村里的宝贝，就是大食堂里晒太阳的老人们，每一位都是无价之宝，我们要做的事，是努力让他们过得更好一些，拓展生命的宽度，不留任何遗憾。"

正是因为如此，村里有了医务所，也有了常年坐诊的徐大夫。村里有了大食堂，更有义务帮忙的婶子大姨们。

甚至那些窑和制瓷必需的原料，以及老人们所需的一切，都是杨素青带着人，想尽办法弄来的。

没有人说得清楚这么做的意义究竟是什么，只隐约觉得，这是一件必须做好的事，以此为出发点，日复一日年复一年地坚持下来，也就有了现在的飞流村。

南飞凡此刻完全忘记了腘痛，他兴奋地搓搓手："青哥做得好，青哥做得对，我真是太佩服青哥了，他怎么那么有正能量呢？"

大约是感受到了郭梓熙投过来的诧异目光，南飞凡不忘解释："不知道这些事的时候我已经很佩服他了，现在知道了内情，我就更加佩服！从今往后，只要我还在这里，我就一定支持青哥到底。有什么事是需要我来做的，你们尽管吩咐，我绝对没有二话，能帮忙的帮忙，帮不上的地方也想尽办法去帮。"

郭梓熙万万没想到，自己会从南飞凡口中听到这些话。

她的心里，有着明显的触动，只是习惯了内敛，没有表现出来罢了。

"有机会的时候你去跟青哥说一说，他一定很高兴。"

"我明天就去找他。"南飞凡心里边正是如此打算的。

当夜无话。

不过回到各自的房间后，每个人都沉浸在自己的思绪当中，这一夜并没有如往常那般容易结束。

翌日，清晨，天刚蒙蒙亮。

正是村里最安静的时候，很多村民即使早早地醒了，一般也不会出门在村子里瞎转。

今天明显不一样，招待所的门前，多多爸爸拎着礼物，站在那里，陪在他身边的是本家的兄弟，大家手上都拎着礼物，见了面还不忘寒暄几句，直到人都到齐了，才一起进了招待所的门。

付小妹与往常一样，早早地来到招待所，她忙完这边的事还要去大食堂帮忙，为了节省时间，她习惯了把招待所这边的一些工作先做完。

周家的人一进来，付小妹立即站起身，这个叫哥，那个喊叔。十几个人一字排开，气势颇为壮观。

付小妹弄不清楚他们的来意，有些意外。

她问多多爸爸："叔，您是有什么事吗？"

多多爸爸朝着招待所里面望过去，轻声地问："小南还没醒吧？"

付小妹点头："如果早晨没事，小南通常会起晚一些，七点左右才会出门。叔，您是有什么事吗？我去敲门喊他？"

多多爸爸连忙摇头："我今天是专程来道谢的，不着急，让他睡到自然醒吧，我们等着。"

"叔，您是长辈，而且还有这么多长辈都在这儿，他怎么可以一个人在里边睡懒觉？"付小妹从吧台里绕出来，直接朝着里边快速走去。

多多爸爸想要拦人，还是慢了一步，付小妹已经迅速来到了南飞凡的门前，砰砰砰地敲了三下。

南飞凡早就醒了，他昨晚终于搞清楚了最想知道的事，一夜亢奋，睡眠都是浅浅的。

凌晨四点多，做了个迷糊的梦，醒过来以后就一直没睡着，他同样是数着时间盼天亮。

每隔几分钟，南飞凡会习惯性地看一眼手机，只觉得今天的夜晚格外漫长，往常仿佛一下子就从天黑到天亮，越是心里有事的时候，时间反而像凝滞了一般。

付小妹是个大嗓门的直率姑娘，她嚷嚷着来敲门的时候，南飞凡已经听到了，并且提前做好了准备。

因此，敲门声一响，南飞凡就打开了房门，穿戴整齐地站在那儿。

"你醒了啊？怪早的。"付小妹收回了准备敲门的手，朝着走廊的方向努了努嘴，"喏，多多爸爸带着家里人来感谢你了，大家都在等着呢。"

"啊？为什么还要来感谢，又不是多大的事。"南飞凡明显感到意外，他随手套了件外衣，直接走出来。

多多爸爸一个箭步冲到他跟前，作势要往下跪，嘴里哭咧咧地说："小南，我们全家都要感谢你，这几年家里事事不顺，父母年纪大了，我和老婆离婚了，又要外出打工，不能留在家里照顾孩子，我心里边一直很是愧疚。原本我爹妈帮忙照看多多，我还能放心一些，但今年二老的身体不太好，没人天天盯着孩子，多多就跟脱缰的野马一样在村里东跑西玩，后来我托村里的人帮忙看着，小青他们几个见了多多总会说几句，时间久了，多多怕挨说，居然自己跑去水塘上游的河套里抓鱼，他一不小心直接栽了进去，顺着水流被冲到了水塘那边，多亏遇见你，才被救起来了。"

"这事多悬哪，不过好在多多没事，以后家里也要多关注孩子，千万要防止类似的危险发生。不管怎么说，多多只是个孩子，对陌生的事物感到好奇，尤其喜欢玩水，如果没有家人一旁守着，确实很容易发生溺水事故。现在每一家都只有一个小朋友，大人要吸取教训，引以为戒，避免悲剧的发生。"事情的来龙去脉，南飞凡是在事情发生以后，才从村里人的口中拼拼凑凑地得知了真相。

如果多多爸爸今天不过来，他也不会说什么。既然来了，该提醒的还是要提醒，否则自己心里过意不去。

"是的是的，我们记住了，永远地记住了。"

周多多也被带过来了，小男孩满脸慌张，一直低着脑袋不敢抬头。

多多爸爸命令他上前来，给南飞凡跪下道谢。

南飞凡哪里肯答应，连忙把孩子给拉起来，抱在了怀里。

周多多虽然瘦，分量却不算轻，温热的身子紧紧地贴在他身上，与那天在水里捞出来时毫无生气的模样全然不同。

他贴着南飞凡的耳边小声地说："谢谢。"

南飞凡笑呵呵地揉揉他的脑袋："以后出去玩要注意安全，千万不能一个人去水边了，知道吗？"

"我知道的。"周多多乖乖答应下来。

南飞凡把孩子放下，把周家人送了出去，没有收他们带来的礼物。因为他也是借住在招待所，既不用开火，也没有特别大的独立空间，周家人的心意，他是真的没法接受。

多多爸爸的眼眶始终是红红的，家里大大小小的事情，每年都有新的难处，之前那些并没有击垮他，唯有这次，他在工地上得到家里的消息时，那是真的怕了。赶回来的路上，他一直在反省这么多年是为了什么在外拼搏，从意气风发少年时，有了结婚、生子的喜悦，再到后来，妻子离开，家就那么散了，他对父母是有些怨恨的，总觉得是父母不肯退让，没能处理好两辈人的关系，始终端着公公婆婆的架子，才导致妻子义无反顾地离开，甚至连多多都不要了。

多多爸爸离村去外边打工时，心里不知道多绝望。

他埋头苦干，夜深人静时，仍被那种巨大的难受包围着。

今天因为这件事回家，看着卧病在床奄奄一息的父母，还有在鬼门关前绕了一圈，被人硬是拖回来的儿子，他无时无刻不在反思。

杨素青从门外走了进来，见了多多爸爸，以及周家的那些人，顿时就笑了起来。

"大家都在，那可真是太好了，省得我一户一户去找了。"

当他露出憨憨的笑容，南飞凡直觉不对，心里暗暗嘀咕，这个杨素青肯定又有事要使唤大家了。

果不其然，下一秒杨素青很是不客气地说："咱村的脐橙园子最近要开始修剪枝叶，时间紧任务重，事关秋天的收成，非得有经验的老手来进行。咱村的几个年轻人这个月都出去了，就只有我和赵小飞几个人在，这里边郭梓熙和付小妹还都是女孩子，让她们爬树也不现实，所以啊，我琢磨着要想又快又好地把这事儿办妥，还得大家挪出两天时间来，一起来帮忙。"

他瞥了眼地上的东西，笑容更加真诚，走到跟前一把揽住南飞凡的肩膀："小南现在是半个飞流村村民，他为咱村出力做贡献并不指望你们报答，如果大家真有心，就把这些东西拿回去，然后晚点带着工具来帮忙。"

南飞凡忙不迭地点头："青哥怎么安排，我都没意见，全部支持。"

多多爸爸点了点头，转身跟本家堂兄讲了一会儿，因为堂兄住在隔壁的村子，并不是飞流村的村民，他不能替他们直接答应。

不过很快，那几个人也有了回应。最近农忙的时间过了，他们也在家里头闲着，既然飞流村这边有需要，来帮帮忙也没问题。好在虽然几个村子距离比较远，但平时经常联系，农活什么的大家都很熟悉，脐橙园子的管理也懂一些。

杨素青见搞定了这件事，立马高高兴兴的。他上前揽着南飞凡，亲近地说："小南，我来接你去大食堂，今早吃的米粉可不是普通的粉儿，那是咱飞流村的特色，离开咱村，去别的地儿，你永远都别想尝到那么特殊的口味，错过了你要后悔一整年的。"

南飞凡被这股热情给惊到了。尽管从今天早晨到现在，他已经承受了很多很多的热情，可来自杨素青的还是不太一样。转念一想，他脸上又露出了迎合的笑意，跟着直点头，似乎真的对那一碗粉儿无比地期待。

"你轮椅呢？"杨素青又问。

"我现在一般用的是双拐。"南飞凡回答。

"今天还是坐轮椅吧，我推着你走，速度快些，也很方便。"杨素青说完，就不客气地推开他房间的门，进去找轮椅去了。

招待所这边的人，浩浩荡荡地转移到了大食堂，大食堂一下子热闹了起来，老人们纷纷叫南飞凡坐过去，跟他们一起吃。南飞凡盛情难却，跟赵爷爷他们坐在一起，边吃边闲聊起来，等到南飞凡吃完，一抬头就发现杨素青人都走了，问郭梓熙，原来杨素青去脐橙园子了，南飞凡觉得自己的腿没事，也想去帮忙，就喊郭梓熙送他过去。"多个人多份力。"

郭梓熙笑了："你确定，你今天要去脐橙园子帮忙？"

南飞凡使劲地点头："我十分确定。"

郭梓熙绷着脸，遗憾地摇摇头："你就不想知道，青哥今天是怎么安排你的？"

南飞凡用力摇头："我腿好着呢，不用照顾我，我也是咱们飞流村半个村民，我什么安排都不用，真的不用……"

他是想要强调自己的决心，郭梓熙悠悠打断："好吧，那咱们今天不去陶瓷博物馆了吧，听你的，行程取消。"

"等会儿？？等等！"南飞凡大叫。

第八章 | 陶瓷博物馆

郭梓熙假装没看到他脸上的狂喜，她这会儿正认认真真地吃粉，并且在心里十分佩服自己，这时候是非常绷得住的。

"咱去哪儿？"南飞凡小心翼翼地问，他怀疑自己的耳朵听错了，必须小心翼翼地再问问。

"你伤的是脚，又不是耳朵。"郭梓熙并不打算多费口舌。

当然，主要还是想逗他，看着他急得脸色涨红，脑门上布满了因为激动而沁出来的细密汗珠。

不得不说，南飞凡的身上，是有些能屈能伸的优点在的。他转眼便换了一副谄媚的笑容，还特意往郭梓熙身边凑了凑，声音变成了夹子音，连称谓都加上了力所能及的亲切。

"小熙……姐姐，你说的是真的吗？"

"嗯。"郭梓熙用鼻音应了声，回答时的重点放在别处，"别喊我姐，我不一定比你大。"

南飞凡假装拍了下自己的脸，那叫一个应对自如："我的错我的错，叫你小姐姐，这总行了吧？"

"哼。"郭梓熙意味不明地应了声。

于是，南飞凡只当她同意了，立即顺杆往上爬，专注于自己关心的点。

"咱们不是要去陶瓷博物馆吗？什么时候出发？等你吃完早饭？"他整个人都没法稳当地坐在轮椅上了，不停扭动身体，变换位置，甚至尝试着站起来，觉得那条腿虽然还有点痛，可他也不是不能坚持。

"不准乱动。"郭梓熙没好气地瞪了他一眼，"你再胡来，今天的行程马上取消。"

南飞凡瞬间老老实实，一动不动，一言不发。他只是瞪大了眼睛，一眨不眨地盯着郭梓熙。其间并不催促，在心里默默盘算着时间。

好在郭梓熙也没有要故意拖延的意思，不到十分钟，她吃完早饭，简单地收拾了一下后，就把自己的双肩包放在南飞凡的腿上，推着轮椅，直接出发。

清晨是最清爽的时刻，阳光微冷，透过树枝落了下来，洒在人的脸上，竟有些静谧舒适的感觉。

南飞凡也不知道自己从什么时候开始笑着，他完全沉浸在另一种感觉里，根本没注意到周围的动静。

直到郭梓熙有些受不了地问："你现在的样子，像是小学生第一次离开家去春游，兴奋到坐立难安。"

"我去过土城墙，也触摸过你画室里的那些陶瓷作品，昨天一整夜，我都在幻想着飞流村内所陈列的珍品，精致到什么程度。"他紧紧地握住了轮椅的扶手，发觉自己的声音十分飘忽，仿佛不是自己发出来的一样，"我给自己定下了一个目标，接下来我一定要好好与大家相处，做力所能及的事，让所有人都认可我，这样，或许某天，我也有机会去真正存放珍品的地方欣赏一下。我做好了准备，哪怕三个月、五个月、一年、两年……甚至更久更久的时间，这些都没有关系，我不急，我能等……"

"要不，你再等等？"郭梓熙坏坏地问。

"不！不用等了！青哥今天已经安排好了，咱们也走到这儿了，一定要去，一定得去。"他就像个即将被人夺走最心爱玩具的孩子，此时此刻，只想牢牢地抱住那一丝渺茫的希望，然后再用那双闪烁的眼睛，将脑袋扭过一个弧度，直勾勾地看着郭梓熙。

郭梓熙很快败下阵来："行了行了，逗你的，会带你去的。真是的，你怎么还听不懂我是在开玩笑呢？"

南飞凡苦笑："我不敢赌。"他捏了捏胀痛的眉心，真诚地说："我最想要的，它就摆在眼前，我可不想因为矫情而失去这么好的机会。"

"不会的。"郭梓熙拍了拍他的肩，"青哥已经安排好了。"

于是，南飞凡便不说别的，他把手机拿出来，先是删了很多缓存，又将没什么用的照片、视频都删掉，尽可能地清理出更多的手机空间，方便等会儿拍照。这还不够，他又把自己的那部相机从包里掏了出来，仍在做删除的动作。

"我一直想再换一部性能更好、像素更高的相机，但一直觉得太贵，有点舍不得。早知道有今天这样的好机会，我咬咬牙，直接把单反买了也没什么的。"他好后悔好后悔，很多事还没准备好，梦寐以求的一切竟已来到面前。

"今天先去看看，以后还有机会呢，这里是飞流村，飞流村不会让你失望。"郭梓熙仿佛已经感同身受，又安慰了两句，脚步加快了许多。

陶瓷博物馆在村子的一个角落里，新建起来的围墙，特别地高，正上方还围了电网，墙面上倒插了不少玻璃碎片。可以说，这里是飞流村的古老建筑群里，安保最严格的地方。尽管在真正的专业人士看来，这点保护设施可能不值一提，可南飞凡仍是一眼便看出，村里人是真的花费了心思在上头的。

院门挂了大锁，郭梓熙打开以后，先把他推进去，然后立即关门，从内部将暗锁给锁死，所有步骤都按杨素青的要求严格执行。

院子内部的房子就跟村子里的建筑差不多了，只是一间不算大的房子，门窗什么的做了加固处理，除此之外，并没有什么特别之处。

进了这间院子，仿佛进了某一户民居。

事实上这里从前也的确就是一户民居，那位陶瓷大师去世前，将自己的老房子捐给了村里。无亲无友的他，希望自己住了一辈子的家，能为飞流村再做些贡献。杨素青最终决定，将此处改建为陶瓷博物馆，作为珍藏与纪念所用。

"等会儿，你可不要惊讶。"郭梓熙笑着提醒。

"我不惊讶。"南飞凡往后倚靠过去，整个人都陷入轮椅的最深处，用一个极小的音量说，"我紧张。"

"不用紧张，里边没人，你想欣赏多久都成，不会有人催你。"她笑着，走过去开了另一扇门。

那是入户的大门，也是这间小房子唯一的门，若想进出，这是唯一的通道。因为偶尔要搬运，所以门开得很大，地面做了柔缓的坡度，这样子小件方便搬运，大件也可以用推车一类的工具来辅助。

南飞凡也注意到，这是他在飞流村见到的第一扇防盗门，门板看着都很厚实。

两侧的窗子也做了加固处理，用钢筋焊出了防盗网，内部也贴了防窥膜，总之是没办法一眼看到里边的。这同时也是一种保护，不愿意里边存放着的东西受到一点点的损伤。

"有些是放在柜子里，有些来不及做保护，所以，你要小心点，千万别碰到了，这些可都是孤品，弄坏了就再也没有了。"郭梓熙语带警告。

南飞凡点头如捣蒜："我一定注意，能不碰就不碰，多用眼睛少用手，你放心吧。"

"你能忍得住？"郭梓熙满是不信。

"我尽量克制。"南飞凡强调。

他的声音，很快消失得无影无踪。

在室内灯光亮起来的瞬间，南飞凡的眼前瞬间由昏暗转为明亮，他的眼前明明是一间只有四五十平方米的小屋，可狭小的空间之内，"堆"得满满当当，沿墙壁从下到上，打的全是架子。并且还不是那种木制的架子，而是用红砖和水泥砌起来的平台，瓷器下边铺了黑色的绒布，随意地摆放在那儿，珍品级别的，每一件都算得上价值连城，可它们被摆放得如此随意，甚至没有在外边多加一层玻璃罩子。

南飞凡禁不住担心起来，万一有人不注意给碰到磕到了，哪怕只是跟着一个趔趄，他的心里也是要跟着心惊肉跳的。飞流村位于山上，山区多处于地震带，会不会什么时候地面不受控制地晃一晃，那这些没有保护措施的珍贵美瓷该怎么办？

别说是摔坏了，哪怕是磕到碰到，破损了一点点，那都是巨大的损失，无法接受，无法原谅。

南飞凡操纵着轮椅，在屋内快速地浏览了一圈。

他不断地倒吸凉气，哪怕手上拿着手机，腿上放着相机，他也没想起来拍照。

双眼正沉浸在一场视觉的饕餮盛宴当中，陶瓷大瓶摆在低处，大多紧挨着地面，小一点的摆在与人的视线齐平的地方，尽显雅致；放在高处，需要踩着梯子去拿的作品，多是小的摆件。只是在靠近里屋的位置，也有一些中等型号的作品被放在了高处。南飞凡稍一琢磨也明白过来，那些作品必然是在这个小博物馆被放满以后，没有合适的地方，最后才被勉强放到那里的。

南飞凡觉得自己像是无头苍蝇，在屋子里转了一圈又一圈，就那么漫无目的地操纵着轮椅，向前，拐弯，再拐弯，继续向前……

"你做什么呢？"郭梓熙本来是拿出了画本，准备继续练习，无意间瞧见了南飞凡的异常，便走了过来，诧异地问。

"这些……这些……都是藏品？飞流村的藏品？"南飞凡发现自己染上了磕巴，简单的一句话非要很多的停顿，他没法一次性把想要讲的话给说清楚了。

郭梓熙感叹地说："是啊，全都是一些珍贵的纪念品，很美吧？我每次来，都要惊叹一次，世界上怎么会有那么多美好的东西，全聚集在了飞流村内，别看只是一间小小的屋子，我只要有机会进来，总有种流连忘返的感觉，待多久都不嫌腻。"

"在来飞流村之前，就算是让我放开了想象，我也想不到真的有这么一个地方，汇集了所有我所能想到或是想不到的美好。"

南飞凡说着，单脚踏地，撑着身子站了起来。

"好了，飞流村的故事昨晚已经告诉你了，收一收惊讶，好好欣赏吧。"

郭梓熙似笑非笑地强调，"来这儿的机会可不容易，你要好好珍惜。"

"我一定会的。"南飞凡郑重点头。

既然是说好了想待多久就待多久，南飞凡也不着急，他选择从入户门左边的第一件作品开始，一排一排，一件一件，仔细地观看，认真地琢磨。除了拿手机拍照记录，南飞凡还要在自己的日记本上画出作品的轮廓，再写下自己的感悟。

相较于去博物馆参观，这里明显更加随意放松。南飞凡一边看，一边还不忘认真地帮瓷器调整位置，擦拭灰尘，摆正名牌。

郭梓熙去房子的一角继续写生，回过神时，就看见南飞凡像是魔怔了似的，手上在狂写，嘴里还念念有词。

她本来不想理会，但过了一会儿，发现南飞凡还是保持着之前的状态，似乎并没有缓过来。她有些担心地问："小南，你没事吧？"

南飞凡扭头，双眼无神地看向她："你知道吗？并不是所有的大师都没了，有很多还活着。"

"什么？"郭梓熙没懂他的意思。

南飞凡深吸一口气，一字一顿地讲："我是说，这些瓷器的创作者，他们还在人世，就在大食堂那边，每天过去吃早饭午饭，其他时间打盹、聊天、打麻将。"

"是啊。"郭梓熙理所当然地点头，"我昨天不是跟你说过了吗？"

"我……我真的没法想象……"南飞凡摊开手，看着自己的手指，语气里是抑制不住的激动，"我一直想要寻找的制瓷大师，他们竟然一直在我的身边，劝我吃饭，夸我救人，我甚至还帮他们修过麻将桌，我……我居然没有发现，他们就是我要寻找的人。"

郭梓熙听明白后，跟着笑了起来。

"你啊，真是个瓷疯子。"

甭管郭梓熙是怎么评价的，南飞凡仍然沉浸在自己的世界当中。

十几个小时，转眼过去，窗外已经黑透了，今夜是个阴天，无星无月，大风吹得树叶沙沙作响，而南飞凡似乎对于外界的事一无所知。

"真的该走了，你要实在是喜欢，不如晚点跟青哥说，以后也是有机会过来的。"郭梓熙这会儿腰酸背痛，她明明没出村子，可一步也不敢离开陶瓷博物馆。因为一早就说好了随便南飞凡怎么看，他不提出要回去，她也不好主动说结束。

原以为就算再痴迷，南飞凡也该点到为止吧。万万没想到，他是真会装傻充愣，看了一件又一件，整个屋子里的瓷器都认真地欣赏过之后，居然再次翻找日记本，循着记忆找到最喜欢的几件作品，做深度地观察。他甚至还在日记本上记录了心得笔记，瞧着那一丝不苟的模样，不知情的人没准会以为，他是在做多么了不起的研究呢。

在郭梓熙重复了两次后，南飞凡终于有了回应，不过却是迷迷糊糊地说："你先去吃饭吧，不用管我。"

"我不管你？那怎么成！陶瓷博物馆这边是非参观区域，平时也不允许谁独自来这里，你不走，我也不能走，这是规矩！"累了一整天，腰酸背痛的，郭梓熙的脾气已经有点不好了。

"一会儿，就一会儿，不会太久了。"南飞凡喃喃说道。

他往地上一蹲，用一种很扭曲难受的姿势在看底部的一尊陶制的佛公，这是拟人的陶瓷作品，最厉害的点就在于人物的形态和身体的细节，完全是以陶瓷的形态来展现的，就连眉眼、手脚、头饰和衣服的褶皱，全是烧制出来的，而不是彩色颜料画上去的。由此能看出创作者对于物料和火候的掌握，已到登峰造极的程度。

得是对于烧制瓷器的领悟到了何种程度，才能精准地计算出物料投入后，与温度产生的精妙反应呢？

若非亲眼所见，南飞凡无法想象，更是不敢相信。

"你在几个小时前也是这么说的，我都不信你了。"郭梓熙瞪了他一眼，有心想要把人给拉起来，可这里是陈列室，不准跑跳打闹，更不准发生争执，她为了那些珍品着想，也绝不可能与他拉拉扯扯的。

　　大约是拿准了这一点，南飞凡干脆来了个敷衍了事，气得郭梓熙频频瞪向他。

　　杨素青与赵小飞来时，还以为会扑个空，没想到的是，南飞凡和郭梓熙还在，一个在画瓷，另一个也在画瓷。

　　"你们也太用功了吧？七点多了，大食堂那边都关门了。"杨素青笑着问，"不饿吗？错过了饭点，今晚是没地方吃饭了，估计回去只能吃泡面凑合了。"

　　郭梓熙朝着南飞凡一努嘴："瓷疯子说什么都不肯走，我是拿他没辙，还好你来了，从现在开始，我把他交给你。"

　　"你去哪儿？"杨素青拉住了她。

　　郭梓熙双眸圆瞪，理所当然地说："还能去哪儿？当然是回去休息，这一整天，明明没怎么挪动地方，我觉得比跑了十公里的山路还累。"

　　"他给你惹麻烦了？"杨素青朝着南飞凡的方向一努嘴，他等着郭梓熙告状。

　　她却还是摇头："惹麻烦倒是没有，就是一看见瓷器整个人都疯魔了，不吃不喝，不说不讲，我每次隔几小时来看，他还是保持之前的模样，瞅着怪吓人的。"

　　"坚持爱好，做事专一，倒是个好苗子。"杨素青有些欣赏地说。

　　"就他这个架势，如果真的入了行，用不了几年，腰椎颈椎全得出毛病。"郭梓熙吐槽了一句，迅速地将自己的物品全放进背包里，然后将入户门的钥匙交给杨素青，头也不回地走掉了。

　　赵小飞问："咱们继续等着瓷疯子吗？"

　　杨素青眼底有着浓重的笑意："你信不信，我只需要三句话，就能把他从这儿带走？"

　　赵小飞摇头："我不信，这家伙把小熙气成啥样了，小熙走了他还没走，你怎么可能三句话就办得到？你长得比小熙好看，还是比小熙有魅力？"

杨素青并不理会小伙伴的精准吐槽，他竖起了三根手指头，仍是那副游刃有余的样子："要不要赌一把，如果我不能三句话把他从这儿劝走，就输给你一条烟，两瓶酒。"

"你前几天在城里买回来的那些？"赵小飞颇为感兴趣地问。

杨素青点头，表示肯定："如果我劝走了，你明天下山去拉陶土，只有两吨，我之前定好了的，对方只能送到山脚的位置，需要有人去接回来。"

两吨陶土，用小三轮车拉，就算动作再快，往返也得三四趟，等于一整天的时间全搭上了。

赵小飞最近在村子里干的活比较多，明天又是周末，他约好了跟朋友一起去城里玩两天呢。如果答应干活，肯定是去不了了。不过，赵小飞也舍不得杨素青的一条烟和两瓶酒。他沉默了一小会儿，认真地观察着疯魔了的南飞凡，心里边权衡良多，一时间拿不定主意。

杨素青相当地了解他，笑眯眯地加压："怎么，你是对自己没信心，还是对我太有信心？赵小飞，你以前可不这样，连赌一把的勇气也没有了？"

赵小飞明知道自己被挤对了，可他还是脑子一热，冲动地拍着胸脯说："谁说我没胆子赌了，行，我就站在这儿看你表演，三句话，多一句都不行，只要你三句话能把他劝走，山底下有多少陶土我都给你拉回来，干到半夜我也情愿。"

杨素青等的正是这句话，他背着手，嘴角全是笑容，直冲南飞凡而去。

为了防止南飞凡突然受惊下，他没有从背后拍他。

为了防止赵小飞耍赖，他还特意把声音抬得老高。

"南飞凡，大食堂那边准备了炸酱面，你想不想吃？"

这是第一句，南飞凡听完了只是心不在焉地应声，并没有太大的反应。

"南飞凡，今晚大家约好了聚聚，等你吃完了炸酱面，我们去办公室那边喝茶吧？"

他有些茫然，看着杨素青好一会儿才反应过来是谁在喊自己。

"青哥，你什么时候来的？"他居然一点都没注意到。

杨素青对此毫不意外，其实在飞流村内，很多陶瓷匠人在进入工作状态的时候，也像南飞凡这样，会自动切断对外界的感知，完全沉浸在自我世界当中。

他凑近些，快速用两个人才能听到的声音说："跟我走，晚上的局我们请了村里最厉害的一位大师，他会烧制景泰蓝。"

南飞凡的眼神瞬间炽热，仿佛有两团看不见的火焰在他的眼中熊熊燃烧，如果说今天一整天在陶瓷博物馆内，他一次次地被这些艺术品带来的视觉冲击洗礼；那么杨素青的话，就瞬间将南飞凡从那样飘浮而不真切的感觉中给拉了回来。

"走吗？"杨素青挑了个眼神，笃定地问。

"走！现在就走！"南飞凡只给这一屋子的瓷器留下了一道眷恋不舍的眼神，之后便毅然决然地推着他的轮椅，脚步僵硬地朝着门外走去。

杨素青得意地给了赵小飞一个眼神，意思是"看见没，我赢了"，然后赶紧追上去，让南飞凡坐在轮椅里："瞧着你一瘸一拐地走真费劲，还是我来推你吧，速度也快一些。"

三人离开，不忘再次把门锁好。

杨素青特意检查了几个方位的摄像头，嘴里喃喃地念着："平时进进出出可得注意一些，防火防盗是关键，宁可多做一点，也不能留一丝死角。"

赵小飞心有戚戚地点了点头："青哥，你说要是有人知道咱们村里还有这么多厉害的瓷器，会不会真动起了歪脑筋？"

杨素青冷眼看向他："你心里又在盘算什么鬼点子？我警告你，不要动乱七八糟的念头，不然的话，你爷要再拎着擀面杖满村追你，可不要指望我会帮你。"

赵小飞此刻已经完全忘记自己输了赌约要去拉陶土的事，至少事情不到紧迫时，他就不准备提前操那份心。

他也没管是不是当着南飞凡的面儿，直接把话讲了出来："咱村现在是个什么情况，你心里头最有数了，每年要有计划地修缮房屋、修村路，给大食堂提供物资，还得想尽办法给村里的老人们体检、看病等等，这些支出，几乎就是靠咱们全年种植脐橙、养鱼和种粮食所得的收入。真的是累死累活一整年，年终一看不剩钱。青哥，这哪行呢？活得太累，也太没劲了。"

"听这话的意思，你是想到解决办法了？"杨素青语气冷淡，听起来并不是很热衷于去听他想表达的意思。

赵小飞的手，指了指陶瓷博物馆的方向。

杨素青的脸色顿时变了："你还敢打那些瓷器的主意？你疯了？"

"我没疯，我只是提出一个可行性建议，你别不听就急着否定我，不如听完了我的想法之后，琢磨琢磨，再说答不答应的事。"赵小飞显然并不是第一次提这件事了，以至于哪怕只开了个头，杨素青的表情就变得异常难看。

"你把你要对我说的话，先回去对你家老爷子讲一遍，赵爷爷要是同意你的可行性建议，我再听一听。"杨素青强忍着怒意。

赵小飞连连摆手："行行行，我不说了，我不说了还不行吗？真是的，你不能一提起售卖瓷器的事，就总觉得我们是在低价处理村里的财产，这想法实在是太恶意了。我也是村子里的一分子，陶瓷博物馆内还有我爷爷和我奶奶的作品呢，真想要，我早就拿回来了，何必还来好商好量的呢？"

他那边委屈连连，杨素青可不吃那一套。

"赵爷爷和赵奶奶的作品也不是不能拿走，但拿走的前提一定是赵爷爷自己拿，除此之外，就算是你，也不可能拿得走。"

赵小飞的表情连连变换，很快不说话了。类似的话题，每年都要进行几次，几乎全是以不欢而散告终。杨素青的固执，赵小飞最是了解，如果有别的选择，他也不愿意总提起大伙儿都不爱听的话。问题是，眼下已经是山穷水尽的地步了，每当气温变化较大的时候，村里老人生病的就很多。小问题徐医生那边能处理，病情严重一点就得往城里送。

有些老人自己有存款，退休工资也够，还有国家的医疗保险，他们是不用村里管的；但也有不少因为各种原因生活较为拮据，即使是有保险能报销，住院押金和自费医疗部分也是沉重的负担。

杨素青跟这些老人的感情极深，哪个出问题都要管，哪个也不舍得放弃。

说起来，外人可能都不信，像他这种每天都在勤奋琢磨着怎么去赚钱的 90 后，竟然一穷二白，什么也没积攒下来。

"周多多这次去医院又花了好几千，除了大家给凑起来的部分，其他的全是村里拿的。我要是猜得没错，账面上应该已经没钱了吧？马上要买化肥和农药了，这笔钱怎么弄？"赵小飞气急着问。

"那个稍后再去想办法，时间还早，肯定来得及。"谈到更为现实的问题，杨素青的态度少了几分强硬，平添了更多的无奈。

"化肥农药的确是没多少钱，那夏、秋两季的房屋修缮呢？这个也暂时不管？我跟你说，咱村有好几户老人的房子已经很危险了，夏天雨水多的时候，一场大雨，七冲八冲，没准就要塌了。到那时怎么办？重新建房子吗？那样支出肯定会更大，村里根本承担不起。"

"咱们几个慢慢修。"杨素青的办法，跟往年差不多。

赵小飞对此丝毫不意外："行，哥儿几个齐心协力，用一整个夏天去忙碌，郭梓熙也不停地画，再拿卖画的钱出来补贴村里；就算是咱们几个把时间全耗村里，咱们又能做到多少？"

"能做多少做多少，能出多少力就出多少力，但行好事，莫问前程。"杨素青脚步飞快，轮椅上的南飞凡也跟着感受到了一把速度。

赵小飞锲而不舍，一路追在他的身后，有些话，不吐不快，他憋了一肚子话，始终找不到机会说。此刻或许没那么恰当，不过已经讲出来了，要是不讲完，反而是白惹得杨素青发怒一场。

"青哥！你不要那么固执！真是的，你是不是跟那些老头老太太在一起待得太久了，怎么就不会头脑活络一点呢？"赵小飞长得胖些，身体素质远没有杨素青那么好，实在追不上了，他气得一把抓住了轮椅，用尽全力扯着轮椅停下来。

村路上恰好有个大坑，杨素青一个不留神就推了进去，再加上赵小飞作用在轮椅上的力道，南飞凡跟着轮椅一个趔趄，差点儿就摔了出去。

杨素青在气头上，不管不顾地使劲拉扯。赵小飞倔劲儿上来，也不肯撒手。

南飞凡无奈，只能大吼一声："停，都不许动。"

镇住两个人的一瞬间，他灵敏地弹跳而起，站到了另一边去，眼里全是控诉："你们两个又合起伙来故意整我是不是？"

杨素青才想讲话，南飞凡已经使劲地摆摆手："你别否认，否认我也不信。我听了老半天了，听来听去，那么点事也算是听明白了。"

他壮起胆子，指着杨素青的鼻子说："你，你不讲道理，没有礼貌，赵小飞一直想要把话说明白，可你呢，每次他一张嘴，你就忙着打断人家，根本不给他表达的机会，这也太霸道了吧。"

赵小飞没想到南飞凡会站在自己这边帮他讲话，脸上顿时堆起了浓浓的笑容，可他还来不及高兴呢，南飞凡的手指转了方向，又指着他的鼻子："还有你，也是一股轴劲儿，完全不懂得沟通。你既然想说服青哥来听听你的想法，单纯地发脾气，戳人家痛处，正事没讲出来就先把人惹恼了，如果是这样，换成任何一个人，谁愿意听你把话讲完啊？也就是青哥脾气好，心里不满也不舍得跟你吵，换成别人，人家怕是气得要动手了。"

南飞凡用最霸道的话语制止了双方的争执，等了一会儿，不见两个人出声，他才有些后知后觉地发现，杨素青和赵小飞竟然一起用某种语言形容不出的诧异眼神看着自己。

他向后退了两步，一个趔趄没站稳，差点就摔倒了。

逞英雄之后，南飞凡的声音立时小了不少："有话好好说嘛，别吵架，吵架解决不了问题。"

南飞凡讪笑地坐回轮椅，杨青素和赵小飞沉默着，三个人再次出发。

这一段的村路异常颠簸，已经很老旧的轮椅没有很好的避震功能，便随着杨素青的脚步在路上起起伏伏，他从来没想到，有一天自己竟然会因为坐轮椅而差点散架了。

"要是村里的路都和进村那一条一样平坦该有多好。"南飞凡有些情不自禁地说。

"我也希望全村的路都那么平坦，通行方便，进出安全，我爷爷那个岁数的人，出个门家里人都很担心，哪怕是从家里去大食堂，一般也是要有人接有人送。这是为什么？不就是怕这路上的大石头小石子，大坑小坑连环坑给老头绊倒了吗？他岁数大了，身体缺钙骨头脆，真要摔了是会出大问题的。咱村好几个老人不就是因为摔了，没有及时发现，后来就没救过来吗？"赵小飞的声音如此沉闷，其实他也不想老提过去发生的事，只是情绪上来了，他心里头憋得疼，不说出来今晚怕是都过不去了。

"以咱飞流村的实力，修条路不难吧，村路的维修标准不高，就算是全村铺路，也用不了多少预算。"南飞凡对于这方面有一些了解，他甚至能估算出大概的金额，并笃定误差不会很大。

若是这些资金放在别的村子里，可能是真的有些困难，毕竟农村大多数除了种植之外，并没有额外的收入。不论是种植粮食、水果，还是蔬菜，靠的几乎全是日复一日的积累，若想要一下就聚集起大笔的资金，那也并不现实。

问题在于，南飞凡这个外人经过几天的了解，都看出来飞流村还有巨大的潜力。

比如说，陶瓷博物馆的那些瓷器，既然这些国宝级的陶瓷匠人能够创作出那样子的珍品，那为什么不把陶瓷作为村子里的支柱产业，盘活、做大，再反过来为飞流村填充活力呢？

"咱村有啥实力？"杨素青似乎并没有意识到这一点，还有些诧异地反问。

"陶瓷……"

南飞凡才开口说了两个字，杨素青已不耐烦暴躁开口："你也打主意，想要卖掉陶瓷博物馆里的那些珍品？"

赵小飞眼神热切地凝望着南飞凡，好像是很期待有个人加入自己的阵营，一起去说服杨素青。

"不是，我不是要卖陶瓷博物馆里的珍品，小熙跟我说了，咱们的陶瓷博物馆和市里的博物馆其实不一样，飞流村建这座博物馆真正的目的是纪念那些不能忘却的人、那些无法割舍的回忆，以及那些希望子孙后代都有机会重新去感悟的过往，这些全集中在一件件飞流村的陶瓷大师们所创作的作品里，他们有些人已经离开了，可只要他们的作品还在，大家就不会忘记他们。"南飞凡轻轻地吐出了一口气，"我在那边待了一天，坦白说，我真的受到了无比的震撼。这是多么伟大的一座村子，又集中了一批那么伟大的匠人，我瞬间能理解为什么青哥对待老人们会那么体贴入微，和照顾自家老人一样尽心尽力，生怕他们出一点点的状况。在青哥的心里，他们全是活着的知识宝库，多留住一个，都是一种传承。"

杨素青的眼眶微微泛起了红，眼眶里仿佛也有晶莹的泪珠，摇摇欲坠，必须靠着强大的自制力才能不流出来。

"你小子，有心了。"

千言万语，汇集成简单的一句。

175

第九章 | 飞流村的困境

杨素青留在飞流村的几年，一直在坚持做一些事，亲戚朋友们不理解，父母也有些怨言。他有学历、有能力，有决心、有恒心，这样的一个年轻人，可以有更广阔的未来。他偏偏选择了最令人难以理解的一条路，回到了这座小村，劳心劳力地为村民们奔波，其间吃了无数的苦，也承担着难以想象的压力，却从不曾有一次，遇到一个人，一眼便看穿他这么做的背后所秉持着的真正用意。

南飞凡是个直男，他说的话虽然正中要点，但并不能完全接收到杨素青心底的万马奔腾。

话题告一段落，他陷入沉思。

几个人慢慢悠悠地走着，似乎谁都没有心思再开口。

南飞凡突然轻声感叹："陶瓷博物馆内每一件珍品都称得上价值连城，可在我看来，制作出瓷器的匠人才更珍贵。他们不仅仅是作品的创造者，更是知识的储备者，也是文化的传承者。如果按照这种思路去想，一位大师有生之年，若能带出三五位徒弟，就等于为这一行开枝散叶了，不仅仅是带来无尽的希望，更多的是真的能将这门技艺传下去，一代又一代，我坚信这么做，肯定有着特别的意义。"

大家全都竖起耳朵在听，却没有人接话。

南飞凡把自己的身体往轮椅的深处靠了靠，而后才说："青哥，你是清楚的吧？在城里，如果想要找一位有着丰富创作经验的老师来教学，即使愿意付高昂的课时费，也不一定能找到合适的人选。这不是钱的问题，而是真正的机会难得。我坚信，如果可以选择，那么一定会有很多人渴望去学习，哪怕付出再多的努力，也不想放弃这么好的机会。"

赵小飞面露狐疑，他习惯性地看向杨素青，发现杨素青也在看着自己。

多年的默契，让他们同时想到了什么。

杨素青开口了："市里的大陶瓷厂，如今已经能够做到规模化生产，把陶瓷产品做成了产业，连各种模块制作所需要的机器都有了。"

赵小飞跟着点头："我去参观过好几次，他们现在做陶瓷产品的外观设计都是用电脑构图、3D建模，再做原料的科学配比，控温技术也能够提前预测到出厂的陶瓷产品最终会是什么样的形态。"

满是感慨地说完，赵小飞叹息着摇头："时代在发展，科技在进步，旧的生活方式已经被淘汰，不管如何不愿意，这都是不争的事实。"他的手，指向了远方的老城墙，在夜色里，那边的一切景物看不分明，"我总是在说，人是要认命的，主要是不认命也不行，因为一部分人永远是没法跟整个时代抗衡的。"

南飞凡没有沉浸在那样的情绪里，他只是陈述着自己的观点："工厂里生产出来的是商品，陶瓷匠人们所创作的是艺术品，两者之间有本质上的区别。或者说，即使时代再发展，科技再进步，艺术品的价值只会随着人们的审美提高而变得更加珍贵，那些博物馆里珍藏着的作品便能证明这一点。"

"商品？艺术品？"杨素青轻声重复，他的眼睛此刻迸发出亮晶晶的光芒，仿佛一下子打开了新世界的大门。

"对啊，摆在陶瓷博物馆内的展品，件件是艺术品，那些从流水线上出来的商品，哪里能够比得了？"顿了顿，南飞凡强调，"所以，青哥把这件事做得非常好，你们悉心照顾的人，是最珍贵的财富，千金难换。"

大食堂就在不远处，还没走近，不知是谁直接按下开关，灯光一下子暗了下来，这代表着一天的结束。

"咱们去大食堂。"杨素青突然改变了主意，然后冲着赵小飞说，"你让郭梓熙不要送吃的去办公室了，就在大食堂里边找张桌子，咱们在那儿聊。"

"聊什么？"南飞凡插嘴问。

"瞎聊，闲聊，聊什么都成。"杨素青卖了个关子，没有正面去回答。

一行人直接转了个方向，直奔大食堂。

南飞凡嘀咕："我今晚还想早点回招待所呢，在陶瓷博物馆待了一整天，我有些想法想要记录下来。如果没什么事，我就先回去了，你们聊一聊？"

根本没人理会他，轮椅的掌控权在杨素青的手中，他想去哪里，南飞凡拒绝不了。

到了大食堂，果然已经在最靠内的位置留了一张桌，开了个小灯，也布了几道菜，这些菜都是从菜园里摘来的，简单地烹饪后，再切个火腿肠，摆上来就是很丰盛的一餐。

除了郭梓熙以外，还有四个人，是南飞凡没见过的生面孔，不过一看就知道是飞流村的村民，他们见了杨素青都在笑呵呵地打招呼。

"难得人齐，今天咱们凑到一起吃个饭，也简单聊聊村里下一步的发展。"杨素青坐下来，这个喊哥，那个喊弟，个个都是亲亲热热的，像是一家人一样。

"青哥，真的是很巧，我们也有事要跟你说。"其中一个，笑呵呵地接话。

"不急，先吃饭。"杨素青打断了他。

"那也行。"

于是，一群人，围着桌子开吃。大概是人多，吃什么都香，明明是很素的一桌菜，每个人都吃得很畅快，个个顶着一脑门的汗。

南飞凡仍在走神，他今天受到的冲击过大，一时半会儿根本无法从那种感觉里挣脱出来。

桌上聊得热火朝天，南飞凡一言不发。

郭梓熙无意间发现他在画什么，凑过去一看，从轮廓能辨认出是陶瓷博物馆内最经典的一件作品。南飞凡的黑白素描画得很一般，但他很努力很尽心地在表达，细节处理得很好。看得出，这是他最喜欢的一件，每次看到，眼底都有种化不开的温柔。

"这可是赵爷爷最爱的一件了。"郭梓熙小声嘀咕。

"啥？"南飞凡瞬间抬眸，眼中的狂喜都要迸射出来了，"这是赵爷爷创作的？作品下边没有摆名牌，我还一直在纳闷呢。"

"名牌压在作品的正下方，这也是赵爷爷的意思，我还问过他是为什么，可是他不肯说。"

南飞凡突然站了起来，如果不是被郭梓熙眼疾手快地一把拉住，他可能已经一个箭步冲了出去。通常这种情绪激动的时候，他连腿脚不利索的事都直接给忘记了。

"做什么？"

"我要去找赵爷爷。"南飞凡使劲地扭扯，试图挣脱开来，"有些事，我想不明白，必须当面问问他。"

"陶瓷的事？"郭梓熙哭笑不得。

"是。"南飞凡使劲地点头，"小熙，你放开我，我现在就过去。"

"你过去做什么？赵爷爷晚上八点准时入睡，你过去只会打扰他休息。"郭梓熙硬是把人给拖回来，按坐在椅子上，她威胁道，"你再这样，以后我绝对不透露任何消息给你。"

南飞凡立即可怜巴巴，抓着她的袖子说："小熙，千万别，我不去了成不？我明早在大食堂等着赵爷爷，看他老人家心情好、体力好，到那时候我再问。"

赵小飞本来正在对面扒拉着自己碗里的饭菜，听到这话，嗤笑了一声："小南，我劝你最好不要去我爷爷面前提那些作品，小心老头子当场翻脸给你看。"

"啥？"南飞凡不解地望了过去。

赵小飞不介意地耸了耸肩："我爷爷在退休前干了一件事，你大概不知道吧？"

南飞凡乖乖摇头，看得出来，他非常感兴趣，眼神一眨不眨地盯着赵小飞，等他揭露谜底。

郭梓熙本想拦着，那边杨素青更快一步地开口："没关系，让小飞讲一讲吧，如果南飞凡什么也不知道，贸然地问出来，反而会让赵爷爷不高兴。"

赵小飞得到杨素青的支持，立马像是有了靠山，讲话的气势都跟着足了几分。

"在我爷爷和其他爷爷奶奶的眼里，退休不是指离开陶瓷厂，而是真正地退出江湖，再也不去制瓷。"当看见南飞凡露出诧异的神情，赵小飞立即生出了某种隐秘的满足感，"我爷爷在宣布退出的那一天，把平生最得意的珍品送到了村里的陶瓷博物馆，把他认为有纪念价值的物件送去了老城墙，其他常用的工具则是送给了他徒弟做纪念。从那天起，他几乎不再提起瓷器，是真真正正地忘了这门手艺。"

"忘了？怎么可能！这是刻在骨子里的东西，无论如何也忘不掉。"南飞凡无比笃定，打心眼里不愿意相信赵小飞的一面之词。

"你不是本村人，不知道飞流村的规矩，平时跟你聊一聊，或是被你问一问也没什么大不了，我爷爷是宽厚的性子，不会为了一点小事就与人交恶。不过，你也要记得，容忍是有限度的，他一次不生气，两次不生气，到了第三次的时候，一旦生气就很严重，你哄不住。"赵小飞眼中有着藏不住的嘲弄，"我劝你，真的别去招惹老头子，他的心脏不好，容易情绪激动，万一气出个好歹，你赔得起吗？"

南飞凡从赵小飞的口中实在听不出哪句话是真的哪句话是假的，他只能求助地望向杨素青。但很快，他发现杨素青竟然也是同样的态度，显然赵小飞说的并不是假话。

他一时间感到很无助。

低头琢磨了会儿，又想起之前陪着赵爷爷散步回家，也曾涉及与陶瓷有关的话题，赵爷爷甚至还隐晦地对他进行了指引……这样的赵爷爷，怎么会因为他问几个关于制瓷方面的问题，就勃然大怒，冲他翻脸呢？

这段小插曲并没有影响到其他人闲聊，大家的注意力很快就被另外几个年轻人给吸引了。

"青哥，我们准备结伴去南方打工，计划着月底出发了。"

这个消息，不亚于在平静的水中投入一枚炸弹。

杨素青愣了好一会儿，也没有回答。

郭梓熙问："过年的时候，你们不是答应了，要在村里学习制瓷吗？最近一段时间，珍奶奶还在夸你们进步大，怎么突然又打算出去打工呢？"

"这事儿，你们跟家里商量过了吗？"杨素青捏了捏胀痛的眉心。

刚刚说话的年轻人笑呵呵地挠挠头："说过了的，家里的意见是听我自己的想法，我们还年轻呢，在家静下心来学手艺是一条出路，走出去多看看外边的世界也是一条出路，全由着我自己，只要觉得合适，不会后悔就好。"

"你们呢？也是这种意见？"杨素青又望向其他人。

那几个年轻人与杨素青的目光相碰，纷纷低下头去。

有人说："青哥，邻村的那几个兄弟外出打工，虽然一年到头很辛苦，但真的赚了不少钱。回村以后，修修房垒垒墙，娶个老婆生个娃。现在都流行往城里走，没准混得好了，还能在城里买套房，以后住在大楼里边呢。"

"我妈说，守着村子能有什么出息？就是得出去锻炼锻炼才成。"

……

杨素青紧皱着眉，突然间想起了什么，他直接问："这段时间，你们一直不在村里，总说有事，就是去市里找工作了吧？"

几个人你看看我，我看看你，全都有些不好意思的模样。

"咱们是一起长大的好哥们，有什么话大可以直说，我不会拦着你们奔向好前程的。"心里头哪怕再觉得失望，面儿上还是要过得去的。

有了这种承诺，他们几个果然诚实地开了口："青哥，我们都知道你对飞流村的感情，其实我们和你一样，从小在这里长大，村前村后，山内山外，早已待习惯了。如果能选择，我们也不愿意走。可有时候，事实摆在面前，咱也不能不认。外面的世界变化太快，我进城一趟就觉得自己跟傻子差不多，这儿看看那儿瞧瞧，样样觉得新奇，什么都不明白，什么都不懂，感觉自己就像个傻子一样。可是，我们明明还很年轻，还能尝试很多的可能。所以，从市里回来之后我就下定了决心，无论如何，得出去闯一闯。"

"你们出去，一没学历，二没经验，三没人脉，四没机会。凭借的只是对于未来美好的憧憬，以及义无反顾往前冲的决心。这些准备，你们已经做好了吗？"

杨素青说完，并不等他们回答，而是继续说："我不是说城里不好，那里当然是好的，有赚钱的机会，也有更广阔的世界，肯定是比咱们的村子更繁华一些。但，你们也要想到一件事，你们每个人都是从小跟着自家大人学习制瓷，小时候就站在窑边跟着看跟着学，每一道工序全是家里人手把手教出来的，你们是这飞流村的瓷三代，怎么？放着好好的手艺不去静心钻研，你们要进工厂里去打螺丝？还是去送外卖，跑网约车？"

南飞凡是真没想到，在这一张桌子上坐着的人，竟然是飞流村第三代的制瓷人，他收了所有的漫不经心，整个人瞬间坐得腰杆笔直，眼珠子滴溜溜地直转，明显是在找机会，想要插嘴多问上几句。

"这的确是一门手艺，而且还是不错的手艺，可是，咱们的瓷做得再好，那又如何呢？"

"论价格，咱打不过厂里成批生产的那些；论工艺，咱也没比陶瓷厂推出的产品更有竞争力。"

"年初送去市里寄卖的几件作品，价格一降再降，至今也没卖出去。后来想着赔本赚个吆喝，只要卖出去回回血，就算价格腰斩，收不回成本也没关系，就这，还是没人要，甚至连寄卖店都说咱们的工艺太老，颜色不够鲜亮，也没新鲜的元素，被市场淘汰掉也不奇怪。"

"更现实的问题是咱们连再开一窑的钱都凑不齐了，村里买来的原材料也不够分，不是缺这个就是少那个，东西都凑不齐还谈什么创作？各家的日子是一天不如一天，最基本的吃喝拉撒也成了问题，我想想都觉得对不起家里人。"

"前些天周多多溺水，大家都觉得后怕，可为什么没人怪多多爸？还不是因为都清楚多多爸跑出去打工也是没有办法，他要是再不出去找活路，周爷爷、周奶奶连吃药的钱也没了。"

你一言我一语，听起来是在抱怨，可字字句句说的全是事实。

不是没想过把村里祖祖辈辈流传下来的技艺代代传承，发扬光大，而是事实永远现实且残酷。

他们不是名家工作室，也没有属于自己的名气，做出来的瓷器自然是极美的，可能够欣赏并认可其价值的人是少之又少，永远处于有价无市的状态。

一开始，大家还信心满满，希望能靠着多做一些事，多坚持一段时间，带领着飞流村渡过难关。

摆在面前的现实，狠狠给了每个人一记耳光。

杨素青紧紧地咬着牙关，想说的话，千字万句，可惜全堵在喉咙口，什么也说不出来了。

"你们当初可是答应了青哥，咱们这帮年轻的要一直留在村里，替飞流村找个好出路，把剩下的这些爷爷奶奶给照顾好了。"赵小飞比杨素青更愤怒，他第一个跳起来，不客气地指着那几个打算离村的年轻人噼里啪啦地开骂，"说过的话，怎么能不算数呢？别忘了，当初咱们在建大食堂、筹备陶瓷博物馆、重修老城墙的时候，那是当着爷爷奶奶的面儿，拍着胸脯保证过的。如今才过去两三年，遇到了点困难你们就想着跑，什么出去挣钱娶媳妇儿，全是借口，你们是发现许下的诺言要完成起来非常困难，畏难情绪一发作，便想着有多远躲多远。"

"小飞，别这么说。"杨素青想要阻拦，但他的手直接被甩开了。

赵小飞气急败坏，圆胖的身体随着他的呼吸变得一颤一颤："咱村什么情况你们是最清楚的了，老头老太太还剩下三十九位，这里边大多无儿无女，也没有靠得上的亲戚朋友。他们才过了几天舒坦日子啊，正是需要人的时候，你们一个个都走了，拍拍屁股，那么潇洒，可你们想过没有，爷爷奶奶们该怎么办？村里义务帮忙的婶子和大姨们，见你们全都逃掉了，她们又会怎么办？"

　　杨素青发现赵小飞过于激动，他又一次伸手阻拦，希望他能控制住情绪，别用争执的方式来解决问题。

　　"大食堂好不容易维系到了今天，为了能给爷爷奶奶们一个放心吃饭的地方，青哥领着咱们这一帮人没日没夜地干，开鱼塘、种脐橙、种菜种庄稼，形成现在这么好的局面，得是多难的事，咱们已经做到这一步了，怎么能放弃呢？为什么要放弃啊！"

　　赵小飞使劲抹了把眼睛，推开了杨素青，跌跌撞撞地跑了出去。

　　留下来的人面面相觑，原本欢乐的氛围瞬间变了。

　　他们每个人心里很清楚，赵小飞说的那些话根本不是气话，而是真真切切存在的现实。

　　"青哥，我们不是没良心，如果真是那样，从一开始我们也不会答应留在飞流村，早跟着前几波出去打工的村民一起走了。"眼眶红红的年轻人话语里全是哽咽，这一刻，所有委屈皆涌了上来，以至于讲出口的每句话都带着明显的颤音，"我们用了三年的时间去尝试，该做的都做了，起早贪黑，用尽了力气，该想的、该考虑的、该尽心的，我们几个哪次不是跑在最前头？但凡是开窑烧瓷能维持基本生活，我们也不愿意离开。可现实问题已经摆在了那里，这条路是行不通的，即使咱们这儿是几代传承，出了无数制瓷大师的飞流村，终究还是走到了被时代淘汰的那一天。"

　　一个站起来，其他人跟着一起。

　　大家并排朝外走，不敢回头去看杨素青的表情，也不敢去听他的责备。

南飞凡本来是想要拦住要走的人，瞧了杨素青一眼，被他黑掉的半张脸给吓得不轻，他讪讪的，本来也没组织好的语言，一下子全说不出来了。

"青哥，真的让他们走啊？"郭梓熙急了。

"我有什么理由拦住他们呢？"杨素青叹气，"想要过好日子的心是没有错的啊。"

"可是……"郭梓熙想说，年轻人都离开了，飞流村怎么办？爷爷奶奶们怎么办？

她还来不及开口，心里边就闪过了什么念头，于是，到嘴边的话咽了回去，把头低下了。

"放心吧。"杨素青像是感受到了什么，他把手搭在了她的肩膀上，轻轻地按了按，"还有我们在努力，即使只剩下我一个人，我也还是要坚持下去的。"

郭梓熙有些愣愣地抬起头，她就那么望着杨素青，眼睛里全是说不清道不明的晦暗眸光。

"这几年，你为飞流村做了很多很多，如果你也想离开，我不会怪你。"

郭梓熙明显绷不住了，她连名带姓地吼他："杨素青，你是什么意思？"

杨素青微笑："天下没有不散的筵席，我一个人的理想，该由我一个人想办法去完成，硬拖着别人在这里做努力，日复一日，年复一年的，我心里头过意不去。"

"所以，你看见别人离开，第一件想到的事是连我也一起赶走？"

听着那不可置信的声音，杨素青尴尬地摇了摇头："你说的是什么话，完全是在曲解我的好意。"

眼看着郭梓熙真是气得不轻，白皙的小脸上浮现出了一抹粉红，素来疏离的冷淡眼神里此刻燃着熊熊烈火，熟悉她的人都能一眼看出，她是动了大火气的。

南飞凡在一旁看得干着急，他觉得自己已经够直了，讲话不够委婉，时常是好心办坏事。瞧着杨素青三言两语就把郭梓熙给气炎毛的样子，他有心帮忙但又怕无辜的自己被卷进去。

"杨素青，你那算是什么好意？你是心里头有火没处撒，直接冲着我来是吧？"郭梓熙轻易不发火，可一旦火大了，轻易也甭想哄好。她指着其他人离去的方向，不客气地宣布，"你心里是怎么想的，大可以当面跟他们说，每个人都有选择怎么生活的权利，只要你把事情做到位了，结果如何有那么重要吗？"

"他们已经做出选择了，不是吗？还说什么说，有什么好说的？别以后过不上好日子，反过来怨恨我、怨恨飞流村，在关键时刻阻住了他们的脚步。"杨素青其实一直在憋着火，他忍了再忍，没想着要冲谁发泄出来。

听到郭梓熙刚刚那些话，杨素青瞬时炸了。这几个月来承受着的压力，苦苦坚持的决心，以及对于未来的迷茫，在此刻一股脑地爆发出来，或许他早需要一场激烈的争吵来狠狠地发泄情绪，一直以来，他扛着的东西太多太多。

身为飞流村的90后村支书，他需要处理的琐事多到难以想象，他要操的心，海量地多。

如今，大家纷纷提出离开，就他还在坚持。

内心坚信的事并没有动摇，心中涌起来的酸楚也是真的。

"从来没有人怪过你，也不会有人怨恨你，杨素青，你做的事，是大事，对于这一点，从不曾有人怀疑。别人怎么想，别人怎么选，别人怎么做……那是别人的事，你自己的事还需要你自己来判断。我个人是觉得，如果一件事，你开始考虑值得或是不值得的时候，你还能坚持做下去吗？"

郭梓熙讲完，也决绝地离开了。

刚刚热热闹闹的大食堂，如今只剩下杯盘狼藉，还有独自在生闷气的杨素青，以及摊开了画本，静静在画素描的南飞凡。

"你怎么不走？"杨素青的注意力，自然而然地落在了他身上，"坐在轮椅上不方便出门？需要我帮帮你吗？"

"我在这儿坐一会儿。"南飞凡回答。

"看我笑话？"杨素青情绪炸裂，说出口的话总带了几分火药味。

"没画完。"南飞凡向他展示自己的画，然后低头继续画，像是什么也没有发生。

南飞凡的专注，落在杨素青的眼里，显然多了几分别的东西。

"那你继续在这儿画吧。"杨素青突然愤怒，急匆匆地甩开步子往外走。

南飞凡本来是想喊住他劝几句，一抬头，恰好对上了杨素青的眼睛。他抬手摸了摸自己的鼻子，决定不要在别人特别恼火的时候再做些什么去刺激人家了。

大食堂内静悄悄。

南飞凡坐在原位，固执而坚持地将自己的画完成。

而后他站起，先是试了试受伤的脚踝踩在地面时所带来的痛感，确定是自己能够接受的程度后，他便开始收拾起了桌面上的碟子和碗筷。

飞流村的年轻人胃口普遍很好，将光盘行动贯彻得很彻底，盘子和碗里几乎没剩下什么东西。南飞凡还是很耐心地将盘子和碗叠了起来，挪蹭着脚步，往后厨送了过去。

费了不少劲儿，才将餐盘收拾干净，最后一次走出后厨，南飞凡手里拎着一块抹布。

"你在做什么？"郭梓熙的声音突然响了起来。

"干活啊。"南飞凡答得理所当然，"明天大姨早晨过来，要是看见盘子和碗摆了一桌子没人收，准要骂人的。"

"怪不得大姨和婶婶们都喜欢你，怪有眼力见儿。"郭梓熙竖起大拇指，称赞了一声。

两人正一人一边擦桌子，就见杨素青闷不吭声地走进来，一头钻进后厨，竟然是去洗碗了。

187

南飞凡笑了起来，郭梓熙没好气地瞪了他一眼，但笑容会感染，他笑了一会，她不知不觉地也笑了起来。

"我去帮一下青哥。"南飞凡决定进后厨看一看。

他还没动，郭梓熙已经先一步过去，满脸嫌弃地说："你还是乖乖去轮椅上坐着吧，回头再弄伤了腿，伤上加伤，更不容易好了。"

"小熙，你在关心我吗？"南飞凡无比地感动。

换回了郭梓熙毫不留情地打击："并不是！我只是不想你再拿脚踝扭伤当借口，赖在我们飞流村不走。"

"这也不算是赖着，哈哈，我会很努力地做力所能及的事，很好地照顾自己咧。"关键问题上，南飞凡是不含糊的，他认真地为自己辩解。

不过换回来的只是郭梓熙发出的意味不明的笑声。

"你别笑，我是认真的嘛。"他有些委屈地喃喃。

有心想要跟过去，看了眼自己的轮椅，就又坐了回去。

郭梓熙的一些话，仍是有尊重的必要。他也认为自己腿上的伤必须尽快好起来才行。

倒不是怕给别人添麻烦，而是他的心里有了更加清晰而明朗的未来，他必须全力以赴地去实现，不能被一些小小的伤病给困住了。

后厨内，郭梓熙与杨素青聊了很久，等两个人一前一后地走出来时，已是说说笑笑，完全看不出来不久之前闹过脾气。

"走了，送你们回去休息。"杨素青轻声说。

"不用特意送，我推着他，直接回招待所。"郭梓熙绕到身后，把轮椅抢过来，嘴上还在说，"你忙了一天，赶紧回家吧，明天不是还要去脐橙园子吗？"

"我明天没事做，脐橙园子那边需要人手，我也可以去。"南飞凡此刻无比地积极。

"你确定要去脐橙园子，而不是去拜访宋彬爷爷？"杨素青突然开口提醒。

"宋彬爷爷，那是哪位？"南飞凡一时对不上号。

倒是郭梓熙一下子听出了门道，她连忙推了南飞凡一下："你今天在陶瓷博物馆看见的那只蓝韵天青瓶的创作人，你认识的呀……"

"我不认识吧。"南飞凡被这突如其来的惊喜给冲得晕乎乎的，他使劲地搓手，完全是不知所措的样子。

"你怎么就不认识了，宋彬爷爷总是和珍奶奶凑一桌打麻将，戴着一副老花镜，经常悔牌，说自己打错的那个。"

这么一提醒，南飞凡一下子就对上了。

"宋彬爷爷是蓝韵天青瓶的创作者吗？这个……我还真是没看出来。"南飞凡脑海里不断地闪过那只大瓶，它被安放在陶瓷博物馆的一角，瓷身细腻，弧线优雅，整个瓶身呈现出一种自然流畅的渐变色，今天他可是在这件作品前站了很久，主要是琢磨它的颜色过渡为何如此地自然，周身透着一种细腻温柔的感觉，实在是美得令人屏住呼吸。

如此炫技之作，竟是出自那个天天吵闹着打麻将，还总想要赖的干瘦老人之手，这简直是有些魔幻了。

"宋彬爷爷的脾气最好，上次你帮忙修好了自动麻将机，他对你的印象就更好了，我一和他提起你想要学习制瓷，宋爷爷立即答应了。"杨素青轻轻拍了拍南飞凡的肩膀，语气里满是鼓励，"你一定要好好珍惜这么好的机会。"

南飞凡花费了一些时间，才从震惊中回过神来。一种狂喜的感觉，瞬时冲击着他。

他攥着轮椅的扶手，试图站起来，向杨素青表达自己的感谢。

"奇怪，宋爷爷怎么会答应教他？平时他可是最怕麻烦的人。"郭梓熙自言自语了一句，才反应过来，"我想起来了，自动麻将机就是宋爷爷弄坏的，为了这个事，珍奶奶不高兴了好久，每次只要码牌烦了，准会提一提这事儿。小南，你是拯救了宋爷爷的人啊，自从麻将机修好后，

189

珍奶奶已经不说他了，他当然很待见你。"

"是这样子的吗？"南飞凡不好意思地抓抓后脑勺，真的没想到自己一时兴起动手帮忙，竟然给自己种下了善缘。

"赶紧去吧，宋彬爷爷肯定会好好解答你的疑惑。"郭梓熙鼓励地微笑。

于是，这一晚，南飞凡再次失眠。

招待所的小小单人床上，他翻来覆去，隔一会儿看一下时间，盼着天亮的到来。

连续两个晚上睡不好，白天也没时间休息，隔天南飞凡起床时，眼眶都是青的，整个人看起来异常疲惫。

他去找付小妹要了一点茶叶，给自己泡了整整一大缸浓茶，然后在吃早饭之前一饮而尽。还别说，碎茶叶的口感一般，提神醒脑的效果却不错。他不仅恢复了精神，甚至还有些亢奋，拄着双拐跑去村口的小卖铺买了两瓶酒，直奔宋爷爷家。

宋彬老人住在一栋破旧的老房子里，屋前有菜园，被他堆满了杂物，荒废掉了；屋后有果树，横七竖八地疯长，从没有修剪过，保留着最原始的样子。他也是独居的老人，老伴去世得早，儿女都出国了，几年也不会回来一次。至于亲戚，听说是从年轻时就已经闹翻，这些年也不来往。他不是孤寡老人，但生活状态跟他们也没有差别。在村里没有大食堂之前，宋彬老人的一日三餐都保证不了，经常是做一锅饭，配着腐乳、酱菜和豆腐吃上六顿，如果身体不好，只能凑合的时候，挨饿似乎也是常态。

听起来有些夸张，可一些在农村生活的老人，随着身体的日渐衰弱，身边又没有亲人照顾，日子就是这么过着的。

杨素青当年准备建大食堂，单是筹划阶段，便遇到了数不清的问题，场地、人工、采买，最重要的是经济来源的持续，这是纯粹公益性的计划，若是没有强有力的支撑，很容易中途夭折。

一百个一千个不能做的理由背后，还有着一万个必须去做的坚定。

杨素青在村内挨家挨户地走访，看到了昔日里能够靠着一双巧手，完美复刻出古老陶瓷技艺的匠人们，进入暮年时竟遭遇这样的困境，甚至因为日常照顾的缺乏，有好几位身体较弱的老人熬不过四季更迭，早早地离开了人世。

每一家有每一家的困境，每个人有每个人的不得已。很难单纯地将这些责任简单地归咎于外界，如果是单纯的悲伤而造成的情绪发泄，其实是没有必要的。

杨素青从成为飞流村最年轻的村支书那天起，就给自己立下了清晰的工作目标：飞流村的老人是存活于世的珍宝，每一个都要好好地赡养，要让他们老有所依，老有所养，为陶瓷文化的传承保留下珍贵的火种。

三年前的飞流村，有许多许多亟需解决的问题，杨素青力排众议，联合这一伙敢冲敢干的年轻人，首先建立了大食堂和敬老中心。

敬老中心为村里所有需要帮扶照顾的老人建立了健康档案，评定了日常照顾的等级，而大食堂则渐渐成了老人们吃饭、聚集、休闲的场所。三年运营，依赖的全是飞流村内部的自给自足，为了弄钱，杨素青先是把老人们不愿意种、没能力种的荒废土地重新收集起来，由村内统一管理，有些尝试着种植了果林，比如村里的脐橙园和苹果园，有些依旧种水稻，还有的区域种植了蔬菜，也养了些猪、鸡、鸭等家禽，连村内有水流的地方，也顺着水势挖了鱼塘。这些产出除了日常供应大食堂之外，结余部分用来维修村内的基础设施，给帮工的村民们发放薪金，以及各种杂七杂八的开销。

项目不少，实际上能干活的劳动力却就那么几个，特别忙的时候，杨素青和几个年轻人便厚着脸皮去求外村的亲戚来帮忙。大家每一天都在为了这个村子辛劳，但真正落入自己口袋里的钱是真的没有。

陆续有人受不了这付出多过于收获的日子，选择离开飞流村去外边打工了。比如多多爸，他走后，家里的老人和孩子没人照顾，于是也被村里列为了关照的对象，村里每天都安排了人过去察看。

壮劳力越来越少，飞流村的固有模式也一点点在打破。

到了今年的年初，有个外村的老乡来到飞流村，说是手上有个工程项目，愿意给出丰厚的报酬，于是，一口气带走了三十几号村民，飞流村一下子就变成了老人村，到处都是需要照顾的老人和孩子，而能够帮忙干活的则是少之又少。

现在几乎每个人的身上都承担着多份责任，因为原本那是几个人的工作，由于其他人的离开，最终落在了一两个人身上。

有行动能力的老人也在帮忙照顾其他行动不便的老人，帮扶中心多了许多相依为命的感觉，日子虽然难过，但大伙齐心协力，没什么难关克服不了。

南飞凡进了宋彬老人的小院，他的眉头紧紧皱起，没着急进屋，先是仔细认真地观察了起来。

院墙早就倒了，来不及收拾，随便糊弄着。菜园内的杂草长出了老高，引来了隔壁邻居家散养的鸡，正悠闲地穿梭其中，时不时地叼一叼植物上生出的小虫。

一想到烧制出蓝韵天青瓶的大师是住在这样的环境里，南飞凡有种说不出的难受，他脑海里也没有更复杂的念头，只坚定地认为，老人应该有更好的生活才对。

"小南，你在院里发什么呆呢，快进来。"宋彬老人在南飞凡进院时就已经看到他了，在屋里等了一会儿不见他走进来，便好奇地出去看，结果发现他站在菜园附近发愣，也不知在想什么。

"宋爷爷，我给您带了两瓶酒，村口小商店的大娘说您最喜欢这个牌子的。"南飞凡在家时是个酷酷的叛逆小青年，到了飞流村却无师自通学会了讨人喜欢，不笑不说话，张口说话时必定是满脸堆笑，将伸手不打笑脸人的最高技巧贯彻得彻彻底底。

"太客气了，小南。"宋彬老人是真的高兴，他抓着南飞凡的手腕，直接把他领进了自己的屋里。

这套小房子与周爷爷、周奶奶的家十分相似，都是小小的窗，黑漆漆的房间，一进屋就觉得阴凉冰冷，才一会儿不到，身上的温度就降下来了。

南飞凡冒出来的第一个念头是，长期住在这样的房子里，是很容易生病的。

等他的眼睛适应了突然的昏暗，看清了周围的环境时，他即使有准备，仍是忍不住把眉头皱得更紧了些。

屋子里堆得到处是东西，盒子一个叠着一个，有的是木箱，有的是纸盒，有的是藤条编的筐，还有的是月饼盒这些。

堆高了一层，又另起一边，堆到了另外一层。

久而久之，一张大桌的两边，堆起来全是这样的盒子。尽管经过处理，盒子很是稳固，但乍一望过去，总觉得有些摇摇欲坠，随时会担心它倒下来。

作为一名狂热的陶瓷爱好者，南飞凡一眼望过去，便认出那张桌肯定是制瓷所用的工作台，日常所用的小物件摆得到处都是，墙上还挂了一些他以前没见过的工具　应该是自制的，也不知道是做什么用。

当看到一角的架子上摆着的几个小茶壶泥胎时，南飞凡的眼睛亮了："宋爷爷，您现在还在创作吗？"

"创作？"老人不懂他文绉绉的字眼，想了一会儿，慢慢地明白他是什么意思，"你是说那个啊，就是顺手捏了个小玩意儿，不是啥创作。"

好久没玩过"泥巴"，南飞凡心里的瘾头被勾起来了，他围着那几只茶壶一个劲儿地打转，有心想要拿在手上认真看看，又怕泥胎没有烘干，一个不小心留下了指印，毁了一件完美的作品。

宋彬老人一眼看出了南飞凡的犹豫，他大方地说："你可以拿起来看看，这个只是捏来玩的，不准备烧制，弄坏了也没关系。"

这下，南飞凡瞬间又吃惊了。

"您做得这么精致，为什么不烧出来，烧出来肯定又是一件佳品。"

老人摇了摇头，没搭话。

他把南飞凡带来的酒小心翼翼地摆在了架子上，架子的另一边则放着不少空酒瓶，看来最近断顿很久，他有些馋了。

"这边还有不少，凑一凑都够开个小窑了。"南飞凡完全进入了欣赏的状态，看看这个，摸摸那个，既想碰又不敢碰，一副抓耳挠腮的样子。

不过很快，他发现了其中的端倪："咦？您用的是普通的陶土，不是紫砂泥吗？奇怪，光泽和质感都很像紫砂泥，我看了好几眼才认出来，真神了，简直是以假乱真。"

要知道，紫砂壶的制作原料就是紫砂泥，紫砂其实不是泥巴，而是一种矿石。紫砂矿质地松软，轻轻一捏就能变成粉末。紫砂矿石开采出来以后并不能立即使用，还需要露天存放数年之久，通过自然的风雨让它继续风化，直到变成细碎的颗粒，这才可以被用于制作紫砂壶。

很多人喜茶，爱茶，圆润如玉的紫砂壶也成了特别受人喜欢的商品，往往一件都价值不菲。

宋彬老人用普通的陶土都能制出如此精美的壶胎，若是换成紫砂泥，怕又是一件精品出世，引人追捧。

拥有这样扎实的技艺，却生活在这样的环境里，苦苦地在生活里挣扎，简直是极为匪夷所思的事。

南飞凡对此总是想不通，然而似乎这件事在飞流村并不稀奇，是普遍存在的现象。

"紫砂泥太贵了。"宋彬老人遗憾地摇了摇头，"我已经很多年没碰过那么好的材料了。"

"是啊，最近几年原材料价格上涨得厉害，好的紫砂矿在市场上炒出的价格相当地高。"南飞凡很久以前就想自己尝试着做一把壶，可一想到自己完全没有经验，若是不小心做坏了，那可是不小的损失，因此一直没有下手。

他采用的办法与宋彬老人的差不多，也是找些类似的替代品先练习。

这样虽然能慢慢地找到创作一把壶的感觉，但紫砂矿石制作成紫砂泥，再经捶打、拍打、发酵、拍气、窖藏等数道工序，还需要真正拿到紫砂矿这种原料时才能实践。

"以前在厂里的时候，我也做过紫砂壶。"宋彬老人带着几分炫耀的语气，"我们副厂长总是夸我做得好，做出来的几把壶被他当作礼品送出去，换回了不少订单咧。"

提起过往的光辉，他仿佛还能体会到那种荣耀的感觉，声音不自觉地高亢了几分。

"后来怎么不做了？"南飞凡一开口便觉得自己实在是不招人待见，哪壶不开提哪壶，直戳人心底痛处。

宋彬老人陷入了久远的回忆中，就在南飞凡以为他不会回答时，他叹气："陶瓷厂是有生产任务的，每个月要做什么，怎么做，使用什么样的原料，做到什么程度的品质，那都是有一定要求的。我只是厂里最普通的陶瓷工人，厂里让干啥就干啥，让怎么干就怎么干，我很听话。"

南飞凡心有戚戚地点头，正打算附和几句，缓解尴尬。

宋彬老人忽地话锋一转，略带着几分得意地说："不过，也不是没有荣耀的时刻，想当年，我、老许、老王的作品，都被国家选出来作为国礼送给外国友人呢，这种事什么时候拿出来吹嘘，别人也不敢说什么，实打实的本事。"

说完，还不忘轻拍了下胸口，那表情分明是在等着南飞凡赶紧接话，最好是能大夸特夸，好好地满足一下他的虚荣心。

"国礼啊！这也太厉害了吧。"南飞凡果然赞叹出声，他倒不是装的，而是发自内心地赞叹，毕竟能成为国礼，本身便是一种肯定。

"厉害什么呀，我们后来还做出更好的作品了呢！只要材料管够，愿意让咱随意发挥，也别动不动过来核算成本，绝对是好作品一件接着一件，别说什么古法失传，在咱几个老哥们的齐心协力下，那都不是事儿。"宋彬老人的笑容突然僵住了，他有些讪讪地收起表情，长长地叹了口气，而后才说，"只可惜，老伙计们寿限不长，早早地走了，要不然啊，咱们就在飞流村继续发光发热，他们……他们……"

宋彬老人突然擦了擦眼睛，已经哽咽了起来。

"宋爷爷，对不起对不起，提起您的伤心事了，都是我不好。"想到前几天提起一些人一些事，赵爷爷差点心脏病犯了，此刻南飞凡是后悔得不得了，心中暗骂自己莽撞。

他决定稍后拐去医疗所找徐医生，开两瓶速效救心丸放在身上，随时防止突发事件。

宋彬老人摆摆手，意思是让他不用管自己，弯着腰，走出屋去转了一圈。

回来时，他拎着个木凳子放到了南飞凡的身边，让他坐下来说话。

"小伙子，听咱村支书说，你来到咱飞流村是想要拜师学艺的？"

这些话，问得直截了当。

南飞凡完全没有心理准备，直接愣在那里，眼神里满是不可置信，更多的还是不知所措。

"宋爷爷……"

宋彬老人仍是摆手："想学手艺是好事，不丢人。我还纳闷，你来咱飞流村的时候可是吃了不少苦头，在后山走错路，还跌到沟里扭到脚，多悬哪，要不是村支书领着人及时找到你，还不知道要闹出多大的乱子来。那时听到这消息我就在想，这小伙子是真莽，冒着风险找来飞流村，吃了那么多苦遭了那么多罪，心里肯定是带着点特殊的念想，要不根本支撑不下去。现在看来，我的判断是对的。"

他把架子上的几只壶全拿下来，一一放在了南飞凡的面前。

"这六只壶，我用了六种不同的特色工艺，有的是在造型，有的是在纹理，也有的是在壶本身，我提醒得够到位了吧？"

南飞凡不明所以，用力地点了点头。

宋彬老人这才话锋一转，笑眯眯地提出了要求："你自行去观察，也可以拿出手机，上网寻找相关讯息，获取答案的方式我不限制，只要你最后讲出来超过三样，我就教你制壶，怎么样？"

南飞凡在路上就想好了怎么央求老人教导自己，为此设想了无数种场景，唯独没想到竟然会如此直截了当。

"你说的是真的？不反悔？"他心里莫名地激动，声音透着微微的颤意。

"一口唾沫一个钉，绝对算数。"宋彬老人瞥了一眼桌面上摆着的老式挂钟，优哉游哉地讲，"不过，还是要有时间限制，也不能没完没了地让你查资料，中午十一点十分我得去大食堂，下午还要打麻将，这些是很重要的事，不能耽搁的。"

南飞凡差点没笑出来，心想这老头实在是瘾大，生活里的所有事全得给打麻将让位置，搞不好提前去大食堂也不是为了早早吃饭，而是怕被人抢先上了牌桌，把他的位置给占了。

他快速地扫了一眼桌上的六把壶，乍一望过去，六把壶的大小、形状、模样似乎没什么不同。六把如同一把，比机器里成批量做出来的瓷胎还要统一。

转念一想，他又觉得不可能是一样的。这里是飞流村，距离市里的陶瓷厂还有几十里，宋爷爷怎么也不可能特意跑去生产车间弄六把壶回来。

不是不能，只是单纯地没有必要。他自己就是制瓷大神，一双巧手能捏出国礼送出国门，肯定也不屑去弄点假货来糊弄他这小新人。

南飞凡在充分认识到了这一点之后，脸上的表情更加郑重。

他眯着眼凑近，上看下看，左看右看，正是一筹莫展之际，耳边传来宋彬老人的声音："你可以上手。"

"啊？"南飞凡完全不敢动，生怕一个不小心给弄坏了，自己没法交代。

像是看出了他的心思，宋彬老人笑呵呵："不要怕弄坏，坏了也不打紧，回头再做就有了。"

顿了顿，他还不忘大胆地补充："对了，你还可以把泥胎撕开，看看里边的构造。"

"啥？啥啥？"南飞凡惊得要跳起来了。

"不值钱的玩意儿，我用陶土兑了点材料调出来的颜色，又不是真的紫砂壶，随手就做了。"

宋彬老人描述得云淡风轻，反而更彰显了他的精湛技艺，必须是这种由内而外的自信，才会讲出那样子的话吧。

一切在他眼中，不费吹灰之力。

所以，拿过来给南飞凡做个"现场教学"，他全不放在心上。

"不用撕开不用毁，我慢慢观察，慢慢研究。"摆出恭恭敬敬的姿态，南飞凡将宋彬老人请到里屋的竹椅上坐下，担心老人无聊，还特意下载了网络麻将，开了热点让老人的手机顺畅联网，并且教会了他如何在网上打麻将。之后，他重新回到了长桌边，心中得意地想：一旦老人玩上瘾，没准就忘记了时间，这样子也能让他获得更多机会，拆解出这六把壶的秘密。

"我一定可以的。"南飞凡给自己打气，他觉得自己充满了信心。

半小时后，他开始擦冷汗。

一个小时转眼过去了，南飞凡明显觉得嗓子喷火，他上火了。

"小南，你还行吗？"宋彬老人玩线上麻将正上瘾，还不忘分出心思来问一句。

"行！小南肯定行！怎么可能会不行呢！宋爷爷，您再玩几局，我还得再研究研究。"

南飞凡将两把他勉强能说出点名堂的壶放在左手边，脑子里过了两遍说辞之后，就又盯着右手边的四把壶陷入深深地思考当中。

手机拍壶，联网搜索，但获得的信息并不多。

制壶的传统工艺，各家有各家的技巧，很多秘密都是不外传的，他之前的兴趣点都放在陶瓷大瓶和一些较为精巧的器皿上，极少关注壶，因此突然让他讲出个道道来，他还真是为难。

十一点，宋彬老人准时关了手机，麻将再好玩也不玩了。

他背着手，笑眯眯地来到南飞凡的跟前。

"您再玩会儿呗，时间还早呢。"南飞凡的脑门上见了汗，一张脸跟苦瓜似的，甭提多好笑了。

"不早了，等会走去大食堂还需要时间，今天得早点，我有事。"他用眼神催促。

南飞凡苦着脸，干巴巴地说："宋爷爷，我以前没研究过制壶，所了解的知识有限，要是说错了，说漏了，说得不准确，您可多担待着。我以前更感兴趣的其实不是瓷器，比如摆在博物馆里的那些个珍品，每一样我都喜欢，有时间的时候，我一般是在研究那个，所以……"

"快点，少废话。"宋彬老人没好气地拍了他一巴掌，打断了他的喋喋不休。

南飞凡眼看着混不过去了，只能指着摆在首位的第一把壶说。

"制壶的工艺与造型是中国茶艺的重要组成部分，壶在茶道里是不可或缺的工具，因此几乎所有的好壶都是手工成型，其工艺水平的高低也是评判一把壶好与坏的重要标准。"

南飞凡的眼尾余光瞥见宋彬老人在轻轻点头，他的胆子稍微大了些。

"我拿紫砂壶来举例，在制作过程中，工艺要求之一是嘴、钮、把三点成一线。"他在解说的同时，还不忘以手指作为指引，在第一把壶上比比画画，"这样子符合要求的壶，不仅使用时有稳定性，在视觉上也有安定感。"

南飞凡拿起了第二把壶，深吸一口气："出于使用上的特殊要求，壶多做成圆形或者对称的形体，以中心线为轴，造型的重心落在中轴上，从造型重心下垂的中轴线落在壶底的中心点，所以壶底的大小影响着壶的稳定性，壶的肩腹部的变化也影响整体造型的重心和稳定性。"

他再次停顿，等着宋彬老人接话。

无奈老人非常淡定，只是听着，并不接话。一旦觉得他停顿了太久，还要做个姿势催促，意思是继续说，他还等着听呢。

"爷爷，我对壶真是不怎么了解，刚才说的全是面儿上的知识，是稍微有点了解的人都能讲出来的。您让我辨认六把壶，我看了老半天，也只认出这两把。这个是牛盖洋桶壶，它体型比较高，造型稳重大方，所以壶底做得大，使其外观匀称；这一把是小型竹节壶，造型更为精巧，很多人喜欢用来做手把壶。"

他挠了挠脑袋，很是不好意思地恳求："壶也是瓷器的一种，有无数粉丝喜欢，我过去没关注到是因为我没有品茶的习惯，也静不下心来去研究这种小件，内心不懂也不了解，很难产生兴趣。不过现在却不一样了，今天有机会欣赏到您做的这六把壶，即使它们还只是壶胎，并没有烧制妥当，可它的美，我是看到了。"

他想到了在看壶之前两个人的约定，知道自己这次失去了一个特别好的机会。

把壶胎放回原处，南飞凡站起身，恭恭敬敬地给宋彬老人行了个礼。

"我今天回去，立即系统地补一补关于壶的知识。不管有没有缘分跟您学习，既然今天您点到了我，我就不能错过这么好的机会。"

对此，宋彬老人没评价太多，他提醒："时间到了，先去大食堂。"

"好。"南飞凡扯过双拐，熟练地走到了门口。

他根本没想到，杨素青和郭梓熙竟然也在，他俩一左一右地站着，期待的眼神落了过来。

南飞凡知道他们在期待什么，可惜他把事情搞砸了，这不仅是自己的失败，更是辜负了小伙伴们的好意。

"宋爷爷，我开着面包车过来的，路过门口时想起小南今天过来，肯定打扰到你了，于是就想着停下来，带着你们一起去大食堂吃午饭。"

宋彬老人很高兴："那敢情好。"

"今儿中午吃炸酱面，是您最喜欢的西瓜酱做的，放了不少肉，可香了。"杨素青没问上午的情况，他习惯性地搀扶着老人，步伐放得很慢。

走到大门口时，老人下意识地看向上次下雨时冲出来的坑，他记得坑是横在路上的，他怕自己走进走出地被绊倒，还特意垫了块砖头，不过这样一来，砖又高过了地面，来来回回地走时依旧绊脚。

此刻，砖头被移开，坑也被填平了。脚踩上去，非常平整，完全感觉不出异样，仿佛那个坑从来不存在似的。

不必追问，老人也知道肯定是这些年轻人做的。已经记不起是从什么时候开始，他就被这些孩子照顾着。知道他不爱张嘴求人，因此所有的问题全是由他们主动且细心地发现，生怕他会不自在，做了好事之后就不再提起，唯恐他会有一点点心理负担。

一切是润物细无声般悄悄地进行着，他不是他们的亲爷爷，可他们真的把他当成亲人在照看。

宋彬老人悄悄地用手背擦了擦眼睛，今天似乎特别容易感慨呢，情绪总随着一件件的小事在起伏，他佯装若无其事，上了杨素青的面包车，坐在副驾驶座上。

"过几天，天气暖了，也没那么忙了，咱一起去半山坡那边，从鱼塘里捞点鱼，再整点烤串，好好地活动活动。"杨素青把车速放得很慢，他怕颠簸到了老人。

如往常一样，闲下来时，他会主动组织老人们出去走走，转转。

虽然人多走不了多远，但飞流村的老人很容易满足，换个地方，看看别的风景，采摘些山货，回来时再带上一捧野花，也算是美好的一天了。

"太好了，等会儿你早点跟那些老头老太太说，他们准乐得中午饭都不想吃，天天盼着要出门了。"宋彬老人嘿嘿地笑出声，"炸酱面放肉，他们少吃，我要多吃，这不是刚刚好。"

车内顿时响起了一阵笑声，明知道他是故意这么说的，可大家依然觉得很好笑。

南飞凡照例坐在车厢的最后一排，他有点低落，又不想被大家看出来自己的这份低落。

车内气氛活跃，刚好能掩饰住他此刻的情绪。

他在心里悄悄给自己鼓励，飞流村可是个宝地，那么多"身怀绝技"的老匠人，他迟早能找到合适的机会来学习。

所以，他得沉下心，踏踏实实地走每一步路。

手机里搜出了有关于壶的许多知识，他准备找时间仔仔细细地看。网上学不会制壶的精妙技艺，但能够将一枚小白教成专家，只看他愿不愿意认真去学。

车程不远，很快就到了。

宋彬老人今天是坐车来的，他进门后，过了一会儿，珍奶奶才和几个特别要好的老太太一起散着步走过来。

"小珍，你带着大家过来这边，我有事要宣布。"宋彬老人突然吆喝起来。

瘦小的老人，平时已经习惯了坐在人群之后，鲜少大嗓门地吆喝，更不习惯让所有人的目光都落在自己身上。

此刻突然如此张扬，的确是让人觉得很意外。

珍奶奶走过来，其他人跟在身后。

正想问宋彬老人是遇到了什么好事，使得他如此地高兴，却见他踮起脚，又朝着门口处招招手，催促着赵爷爷他们也走快些。

他要当着所有人的面，把自己的决定说出来。

第十章 | 欢迎加入飞流团队

老人们对周围发生的事，总会表现出兴致勃勃的期待，哪怕是再小的事，大家聚集在一起的时候，似乎也会变得有趣。

没过一会儿，宋彬老人身边已聚集了十几位头发花白的老人，他们面露疑色，不时催促老宋快点说，不要在饭点卖关子，耽误他们进去吃饭。

宋彬老人笑呵呵地搓搓手："我那一手烧瓷的本事大家是有目共睹的……"

得，一张口便是浓浓的得意，瞧他嘚瑟的样子，就差把"骄傲"两个字给写脑门上了。

要说别的，这群老人可能会一笑置之，随他去了，但他吹嘘的是烧瓷，这不是他们飞流村每个老人的看家本领吗？

不敢说能在专业上比出个第一、第二，但那也是百花齐放，各有特色。

于是，以珍奶奶为首的老友们，毫不客气地怼了回去。

这个说："宋老头，你在家里吃错了什么药，怎么信心膨胀到这种程度？"

那个讲："你的代表作不就是几个工艺普通的大瓶吗？既没有独自复原古法的经历，也没有开创先河之功，你怎么就敢在咱们这些行家面前自吹自擂的？"

还有人嗤笑："退休太久，怕是连陶胎都不会捏了吧？"

"最近一次开窑烧瓷是什么时候？两年前还是三年前？宋老头，你还记得吗？"

宋彬老人被说得满脸不服气："我没开窑，那是因为咱村里没给我发光发热的机会，一天到晚净跟你们这些老头老太太凑在大食堂吃吃喝喝打麻将了，简直就是浪费了大好时光，蹉跎掉了宝贵人生。"

这下连大食堂里帮厨的婶子们也出来看热闹了，宋彬老人讲一段，底下已是笑声连成了一片。

宋彬老人瘦弱的身躯挺了挺，他双手叉腰，大声宣布："虽然我已见到夕阳红，但我的心可没有老，从今天起，我改邪归正，再也不跟你们打麻将了。"

"你要说的就是这个？"珍奶奶喜出望外，没办法，这小老头的麻将打得太差，不胡牌还会碎碎念个不停，他如果不参与牌局，大伙的兴致还更高些。

但同时也有个疑问冒出来，以前是撵都撵不走的人，这会儿怎么忽然对麻将不感兴趣了？

"宋老头，你是不是身体不舒坦了？我可提醒你，哪儿不舒服一定要提前说，别瞒着不讲，小病拖成了大病，大病治不了直接玩儿完。"

宋彬老人气得蹦了起来，冲着地上呸呸呸了好几下："刘胖子快点闭上乌鸦嘴，你才有病，你才玩儿完，我告诉你，我可是健康得很，活个百八十岁的没问题。"

珍奶奶瞧着宋彬老人那生龙活虎的模样，也不像是生病，可小老头今天的表现也实在是不对劲，要是不仔细问清楚，她也是不放心的。

正要换些柔和的话哄他开口，宋彬老人已迫不及待地穿过人群，把人群后跟大家一起看热闹的南飞凡给硬拽了过来。

南飞凡疑惑地问："宋爷爷，您是要做什么？"

宋彬老人抬起手，啪地拍了他一下："小南，如果我把烧瓷的本事交给你，你愿不愿意好好学，把我这辈子积攒起来的心血全传下去？"

南飞凡张大了嘴巴，他当然是想学的，超级想学，可事情来得太突然，他一时反应不过来。

还有就是，宋彬老人说的是要把烧瓷的本事教给他，在他家的时候，他也只提了制壶的工艺，并且还是有条件在先的，可他明明没有达到老人的要求啊。

"你愣着做什么，快答应啊。"杨素青急得不行，看南飞凡还在发呆，忍不住大声提醒。

"啊？啊啊！好好，好的，我愿意。"南飞凡慌且乱。

他没拜过师，也不知道要怎么行这个拜师礼。

情急之下，脑子里想起看过的电影，他屈膝扑通往地上一跪，作势要给宋彬老人磕头。

老人手疾眼快，一把拽住他的膀子，硬是把人扯了起来。

"别别别，我只说教你，没答应让你拜师。"他骄傲地说，"我这么厉害的瓷匠人，怎么可能随随便便地收徒弟，肯定是要好好地考察一段时间，看看你有没有天分，人品是不是过关，够不够勤奋，能不能吃苦……多方观察，认真考虑，然后再正儿八经地摆仪式，喝你敬的师父茶。"

"我负责努力，您负责考察，等我通过了考验，再摆仪式，给您敬师父茶。"南飞凡很清楚，到了这个时候，他只听吩咐就好。宋彬老人要他怎么做，他就怎么做；宋彬老人要求完成八分的事，他努力达到十二分；相信时间久了，获得他的认可，自己的愿望一定能顺利实现。

路还长，慢慢来，打好基础扎好根基，那才是求艺者的心态。

宋彬老人笑眯眯的，看得出他对南飞凡还是很满意的。

珍奶奶刚刚从震惊当中回了神，她忍不住嘟囔："宋老头你可真行，大家说好了一起退休养老，每天打打牌晒晒太阳，再也不去捣鼓陶土了，你呢，居然还打算收徒弟。"

"嘿嘿。"宋彬老人做完了想做的事，也得到了想要的回应，他迅速变回了那个小老头的形象，不再多说什么，催促着大家进大食堂里去吃午饭。

等吃完了，他还要回去教徒弟呢，忙得很，没时间在这儿浪费。

一顿午饭，大家吃得心情不一。

不少老人露出了羡慕的表情，连面前的美食都无法吸引他们的注意力。

平时在开饭时总是热热闹闹的大食堂，今天也显得很安静。

"愿望达成的感觉怎么样？是不是很激动很幸福？"赵小飞端着面碗，特意来到南飞凡的旁边坐下，欠儿欠儿地询问起来。

南飞凡清了清嗓子，小声地说："感觉像是做梦一样，怎么感觉一点也不真实呢？"

他早晨起床的时候，还不敢往拜师的方向想，去宋彬家里晃悠了一上午，这就得偿所愿了？

当然，这也不算是彻底地如愿，因为宋彬老人是给他设置了一个考验期的。

越想越深，南飞凡又扒拉了几口面条，这会儿嘴巴里是尝不出一点滋味的，他整个人的思绪都飞出去老远了。

"要是你觉得好像是做梦，我可以帮帮你。"赵小飞满脸坏笑，说话的同时也伸出了手，在南飞凡的腰上使劲一拧。

酸爽的痛，蓦地来袭。

南飞凡痛呼出声，想要躲开之前，赵小飞已经把手缩了回去。

"真实了吗？"他笑着问。

怕再挨掐的南飞凡立即点头："真实了。"

郭梓熙在一旁看着，没好气地瞪了赵小飞一眼："你又欺负人，等会儿我去跟赵爷爷说，让他好好管教你。"

杨素青忽然问："山下的陶土拉上来了吗？"

赵小飞的表情瞬间凝结成了苦瓜状："青哥，这次运来的也太多了吧？我忙活一上午才弄了一半，拉不完，根本拉不完。"

"拉不完就继续拉，发扬愚公移山的精神，早晚能弄完。"杨素青丝毫不同情他，也没有要抽人手去帮忙的意思。

"青哥，你不能这么对我。"赵小飞哀号一声，委屈得像是个身高一米八体重一百八十斤的孩子。

"愿赌服输，去把货拉完，放在棚子底下，再用塑料布盖好，千万别被雨给淋湿了。"杨素青吩咐。

"啊？真的没人帮忙啊。"赵小飞傻眼了。这些工作看起来没多少，可是做起来相当地浪费时间。

"村里人手不够，脐橙园子那边还有不少活儿，苹果园那边也得去瞅瞅，你看看，谁能分给你做这些事？"

赵小飞立即想起了昨天那些人，今天中午在大食堂吃饭也不见他们来，看来是已经在收拾行李了。因为没有参与村子里的集体劳动，所以不好意思来吃大食堂的饭。

"好吧。"赵小飞妥协下来，闷不吭声地吃了几口面，才有些感慨地说，"小南，你的脚啥时候能好啊，抽空去找徐医生看看，万一想到啥办法能让你早点走路呢——好歹是个棒小伙，标准的壮劳力，肯定能干不少活。"

南飞凡哭笑不得，飞流村的人现在把他当成自己人看待，说话的时候越来越没顾忌，与他最开始来时的态度截然不同。这种亲近的感觉，令他也十分地舒服。

于是，他点头："我抽空去找徐医生问问，争取早日好起来，替飞哥分担。"

赵小飞竖起大拇指："上道，你小子，让我越来越喜欢了。"

"谢谢您的喜欢。"南飞凡微笑。

就在这时，坐在窗口的宋彬老人抬高了嗓门大声说："小南吃快点，等会跟我去村支部领点材料，咱们下午还有正事要忙。"

此时此刻，南飞凡几乎致肯定，宋彬老人绝对是故意的。他明明可以等到午餐结束后，到自己身边来小声地说，可宋彬老人非要大张旗鼓地喊，一下子让大食堂内所有人听得清清楚楚明明白白的。

"好的，老师。"南飞凡立即加快速度，小半碗面没一会儿就吃完了，他放下碗筷后，拄着拐杖直奔宋彬老人。

老人还在傲娇呢："不要叫老师，你还没通过入门考验呢，现在先喊宋爷爷。"

"是，宋爷爷。"南飞凡换成单手撑拐，另一只手空出来，去扶着老人的手臂。

宋彬老人也不推辞，把长者派头拿捏得十足，任由南飞凡态度恭敬地扶着出了门。不过，等到了大食堂的外边，其他人看不见的时候，他立即抽回手，告诉南飞凡自己还年轻，腿脚利索不需要人扶，让他顾好自己就成了。

老人走路的时候脚下生风，村子里的路更是相当地熟，他在前边引路，没一会儿就跟南飞凡拉开了距离。他也担心南飞凡会跟丢了，每走一段，他都会停下来等一会儿，直到南飞凡跟上来以后，才会继续走。

"年轻人，身体不行啊，以后要多锻炼才行。"宋彬老人全然是一副意气风发的模样，此刻是腰不酸了，腿不疼了，走路嗖嗖的，有劲儿，脚下生风。

反观南飞凡，一瘸一拐，走路很是不利索。他有些哭笑不得地轻喊："喂，您别那么急嘛，等我一会儿，咱们慢慢走。"

"慢慢走是要走到什么时候，咱们没多少时间可以浪费。对了，徐医生中午来大食堂的时候我去问过了，她说你的脚踝只是扭伤不是骨折，消肿之后，症状一天比一天减轻。而且你也不能一动不动地躺在那里静养，适当活动活动有助于活血，很快就能康复了。"

南飞凡哭笑不得："宋爷爷，我尽力。"

他从扭伤到现在，哪天在床上一动不动地躺着了？

严重的时候坐轮椅，不严重了拄双拐。

飞流村是建在山上的村子，他是上上下下、村头村尾地跑，脚踝不是不疼，而是他已经渐渐习惯了那种断断续续的疼痛感，可这并不代表他不疼，直接健步如飞了。

在宋彬老人的不断催促之下，南飞凡终于赶到了村党支部。

他进了小院后，一晃眼的工夫，瞧见老人的身影急匆匆地在转角处一闪，很快消失不见了。

"还不快点跟上？"

声音远远地传过来，南飞凡确定了，的确是那个角落。

他双臂用力，借着拐杖的支撑，迅速跟了过去。

来到跟前，才发现老人已到了棚子下，正掀开一块被砖头压着的塑料布细心查看着什么。

南飞凡凑过去时，心里带着疑惑。

可当他看清楚那底下盖着的东西是什么时，他感觉整个人都不好了。

偏偏宋彬老人还带着考考他的心思，指着那种乳白色的土块问："知道这是什么吗？"

南飞凡点头，表情更为复杂了。

"说说看。"他追问。

南飞凡的嘴角连连抽畜了几下："这是高岭土，是很重要的陶瓷原料，具有良好的可塑性和耐火性。"

塑料布下，高岭土堆成了一座小山，目测至少有几吨。

那么，他前些天，费尽心思，徒手挖土，从那么远的写生点带下来几十斤，还损坏了唯一一件厚点的外套，这究竟是为了什么啊？

回忆起当时郭梓熙流露出的无奈笑容，他恍然。那时还以为是她嫌沉，不愿意帮他往村里运。如今想来，怕是她早知道村里预备了许多材料，随用随取，完全没必要自己云山上挖。

他使劲地抹了一把额头，告诉自己不要尴尬。

只要他假装不知道这么一回事，应该不会有人跳出来笑他。

脑子里才浮现出这样的念头，他就看到赵小飞开着一辆农用三轮车，拉着满满一车陶土，拐了过来。

他见南飞凡也在，便很是快乐地邀请他跟自己一起卸货。

南飞凡苦笑着摇头，他虽然很希望能帮到忙，但的确是行动不便，不能逞强。

赵小飞不满地撇撇嘴，针对高岭土的往事实施了精准打击。

"宋爷爷，您是来取高岭土的吗？其实不用那么麻烦，小南住的地方还有不少呢，都是他自己从山上挖回来的好土，绝对够用好一阵子，出几件绝佳的作品了。"

说完也不等一老一少回应，开着三轮车直奔更里面的位置，那边是规划好专门用来存放的区域。

宋彬老人诧异地问："小南，你那儿有高岭土？"

南飞凡知道自己干了一件大大的傻事，不过已经这样了，他也不介意拿着犯傻的往事来博自己新认的准师父一笑。

果然，如同所想，在听完了前后发生的事，宋彬老人笑得脸上的褶子都更深了。

"高岭土之所以叫高岭土，原因就在于，它的原产地是在高岭村。你打开地图就会发现高岭村距离咱们飞流村也就几里，他们高岭村有高岭土，咱们飞流村一直都有。"宋彬老人问，"村支书身边的那些年轻人没告诉过你？"

南飞凡讪笑："我才来村里几天，还没找到机会跟大家交流这些具体的事。那天去写生点，刚好看到裸露在地表的高岭土，我啥也没搞清楚，只顾着高兴了。"

"弄了多少下来？"宋彬老人一边笑，还很是兴致勃勃地问。

"应该有二十斤左右，我和小熙一起抬下来，走了很远的路，拎得手腕酸疼，还好后来运下来时有轮椅，我把它们放在腿上，小熙连人带土给硬推回了村子。"南飞凡越说越是懊恼，"小熙也是，看着我犯傻也不拦着，她只要说一句，我不就不弄了，她也不用跟着那么费劲。"

"找到高岭土的时候，你很高兴吧？"老人似乎亲眼看到了当时的场景，准确地把握了南飞凡的反应。

南飞凡不好意思地挠挠头："确实高兴，跟挖到宝藏差不多。这玩意儿在市里论斤卖，得花钱的。我突然找到不要钱的，真是跟捡到钱一样。当时根本没仔细想为什么飞流村附近会有高岭土，我光惦记着多弄些回来，以后可以不愁材料了。"

"这就对了。"宋彬老人从口袋里掏出个塑料袋，又不知从哪摸了一把铁铲子，他一边装高岭土一边说，"小熙是个好孩子，她不直接跟你说，是不想扫兴。你那么高兴，要是把真相告诉你，你还能乐和得起来吗？"

"估计是不会吧。"村里村外到处都有的东西，取之不尽用之不竭的，那还有什么可高兴的呢？

"那不就是了。"宋彬老人将装好土的袋子递给了南飞凡，让他拎好了，然后带着他往后走。

整个村委会的院子，前半边是办公室、医疗所，后边的院子除了一间厕所之外，沿着红砖墙盖起了一排遮雨棚，每个棚子下边全堆放着东西，分门别类，排列整齐。因为平时的工作做得好，所以想要找点什么东西时就很方便。

宋彬老人翻翻找找，没一会儿已经拿到了他想要的大部分材料。

他很满意地点点头："虽然已经很少有人制瓷了，可是村支书把材料预备得还是那么全。"

"这些全是免费使用的吗？"南飞凡特别地吃惊。

制瓷的成本很高，原材料的价格更是每年都在上涨。

飞流村的日子只能算是勉强过得去，还要抽出钱来做原料储备，怪不得杨素青带着人在村子里挖掘商机，日子却仍是过得紧巴巴。

"世上哪有免费的午餐，当然不免费了。"宋彬老人直接否定了他的猜测。

南飞凡这才轻轻地舒了一口气，老人笑呵呵地解释道："咱们飞流村从清末开始就出现了以制瓷烧瓷为职业的匠人，传承超过百年，这村子里的人几乎都会一点老手艺。咱的村支书说了，这门技艺绝对要代代传承下去，他有责任有义务给大家做好后勤保障。因此啊，村党支部就放了这些原料，谁需要的时候自取，但是烧出来的作品，要拿出几件来交给村里，他们会把它送去山下的店里寄卖，卖掉的钱拿回来补充原材料。"

两个人闲聊时，就已经走到了前院。

南飞凡左右张望，发现附近没什么人，他忍不住又生出疑惑："虽说是有借有还，可也得有个章法吧？比如说借多少材料，还什么样的瓷器，又或者是多久还一次，不愿意交作品过来时又是怎么处理。"他迫切想要了解更多，心中甚至有了预感，飞流村给老匠人们提供的便利，将来自己肯定也能跟着享受到。

老人依然摇头："没什么规矩，全凭自愿，全凭心意。"

老人来到一扇开着的窗口前，在一本摊开的本子上，慢慢记录。

今天在村党支部拿走了多少样原材料，每种大概拿了多少，数目只需要自己预估，再签上自己的名字，就算是完成了借取原料的流程。

"太简单了吧。"南飞凡嘀咕。

他简直不敢去想，如此松散的制度，会让多少人钻空子。如果大家全都来拿，还不肯如实记录，那不是乱了套嘛。

人性里本就有自私和贪婪的东西，很多人最喜欢的是占小便宜，不一定真缺那点，可如果不用花钱便能获得，心里便觉得更舒服些。

"简单好，咱这群老头老太太岁数大了，耳朵聋眼睛花，太复杂的东西整不了。"

"可是……"南飞凡依然提出了自己的担忧。

宋彬老人不耐烦地打断他："少废话，跟我走，下午的事多着呢，哪那么多可是可是又可是。"

"是。"

被老人不客气地怼了几句，南飞凡反而老实了，走之前，他特意扭头看了一眼账本，也不知道为什么心里总是过不去，他走出了大门口却又一路小跑着回来，给那账本拍了张照片。

宋彬老人给出的承诺是先教他制壶。

为什么是壶呢？

因为宋彬老人最喜欢制壶，因此从壶教起，老人有兴趣。

至于南飞凡感不感兴趣，老人可不管。

在老人眼里，制瓷是一门能养活自己的手艺，从古至今，单纯的兴趣可不行，还得要将其变成养家糊口的本领。

谈到现实问题，个人喜欢似乎不那么重要了。

扎实地掌握师父传授的技艺并熟练运用，直到能举一反三，融会贯通，才算是入了门。

瓷之一道，传承千载。

向前追溯历史，已经无法准确说明瓷发源的准确年代。

这是一项伴随着中华文明传承的民族瑰宝，在很久以前，中国的丝绸、茶叶、瓷器作为奢侈品运到外国，换回黄金、宝石等等。

南飞凡对瓷器感兴趣，为此还一头扎进学校的图书馆，疯狂地借阅了很多与瓷器相关的书籍，从历史到工艺，从传承到市场，方方面面，他如饥似渴地想要了解全部，却很快发现自己是一头扎进了丰富的传统文化深处，每次都能找出新奇的点，诱惑着他更加地深爱。

他第一眼爱上了瓷，是迷恋着它的细腻、优雅、夺目、尊贵。

后来一而再、再而三地沉醉其中，则是真的折服于人类的智慧，运用着火焰、温度和泥土、矿物等，就能制作出如此令人惊叹的珍品。

宋彬老人下午给他留的第一个作业是：和泥。

老人把材料拿出来，自己就打着哈欠回去午睡了。

南飞凡诧异之余，逐渐被一股莫名振奋的情绪填满。他从来到飞流村起，无时无刻不在想这一刻。

最近几天晚上还琢磨怎么在招待所内弄个简易的工作台，这样便能

213

找机会练一练手，不至于因为来飞流村太久而手感生疏了。

现在是渴望什么来什么，他一样一样观察着宋彬老人取出来给他的工具，即使是小小的雕刻刀，把柄处也早已被盘得包了浆，和泥的盆子也是沉甸甸的，一眼望去看不出材质，却能看出岁月的沧桑感。

"太好了吧。"他搓了搓手，准备开干。

老人打算先教他制壶，那他需要准备的材料其实不用很多。

南飞凡在心里边大概权衡，然后按照以前掌握的知识，和泥、揉团、摔打。

他是故意展示给老人看的，因此每一个步骤都做得一丝不苟，尤其注意细节。

郭梓熙从外边走进来时，看到的正是这样一番景象：南飞凡顶着午后的烈日，在阳光下卖力地摔打一块红泥。他不厌其烦，一次接着一次，专注到根本没有注意到她已经到了他身边。

"玩啥呢？"郭梓熙突然开口问。

啪——

南飞凡手上的一块泥，直接摔到盆边，差点就滚落到地上去了。惹得他惊叫一声，双手去护，勉勉强强地保住了泥，另一条没受伤的好腿却因此踢到了桌角，疼得他直龇牙。

"你还被吓到了？就那么专心啊？"郭梓熙哭笑不得。

南飞凡先是做了个小声的手势，指了指房间的方向，意思是老人在午睡，要小声讲话，不能打扰到他。

很快，他压低了声音，用两个人勉强能听到的音量说："你来做什么？"

"南飞凡，你真的很行啊，闷不吭声地做了件大事。我很想亲自来问问看，你是怎么说服宋爷爷收你做徒弟的？"郭梓熙真是好奇极了，不仅她好奇，杨素青、赵小飞他们也好奇。不过他们下午全都有事情要做，就她一个人有时间凑过来问问。

南飞凡继续摔泥坯，思索了一会儿才回答："大概是宋爷爷觉得我长得很帅，骨骼清奇，面相和善，一看就是继承衣钵的好传人。"

郭梓熙做出干呕的姿势，她还没见过一个人那么会夸自己呢，真是啥话都敢往外说，也不脸红的吗？

"除了这个原因，我也想不出别的理由了。你也听到了吧，宋爷爷可没答应立即收我，他是设置了考察期的。"他不是正为了度过考察期而认真努力的嘛。

"宋爷爷已经有两年没有出作品了。"郭梓熙拉个凳子坐下来，有些感慨地说，"最后一件作品出窑时，还是我亲自送去寄卖的呢，那件货当天就被一位行家给买走珍藏了，我记得清清楚楚，一件雕了花鸟的中瓶，明黄色，摆在那儿金灿灿的，真的漂亮极了。本来这件作品宋爷爷不打算卖，已经搬回家决定自己珍藏了，但后来宋爷爷还是让我把那只瓶送了出去，卖出来的三万块钱，全给了村里。"

"啥？雕了花鸟图案的中瓶，才卖了三万？"南飞凡对于瓷器市场是有几分了解的，尽管他没有亲眼见到宋爷爷最近一次所做的作品，但他在陶瓷博物馆内可是看了不少村民们制作的珍品，那里的每一件送到拍卖会，编个美丽的故事，摇身一变，必是天价。即使是放在寄卖行，被识货的买家看中，也不会给出太低的价格。

人工成本、物料成本、时间成本等等全在里头，烧瓷并不是次次都能成功，里里外外地一算，价格必定不能太低。

要知道，这些是纯手工创作，凝聚了陶瓷匠人的心血，是真正公认的艺术品，并不是那些在流水线上量产的陶瓷商品能够比拟的。

三万，这个价格不知道宋彬老人如何想，反正南飞凡听到后，被狠狠地震撼到了。

"我也知道三万比较少，可你也要考虑实际情况，最近几年，市场行情并不太好，有很多非常好的作品就摆在寄卖行的架子上，放上几个月的有的是，卖掉并不容易。"郭梓熙叹了口气，"市场低迷，对于创作者来说，本身便是一种打击。更何况，寄卖店也有人工和店面的成本，他们想要维持日常经营需要按照比例收取一定的费用，作品卖不出价，寄卖店也不愿意收，想要求着人家帮忙，就必须让利出去。”

其中发生了很多事，曲曲折折的，如今回想起来，除了一声感慨之外，也不能再说其他。

“那三万块钱，宋爷爷的儿子原有他用，可是，当时咱村里筹建起来的大食堂遇到了困难，几乎支撑不下去了，宋爷爷希望大食堂能办下去，于是他将这些钱捐给了村里。”郭梓熙越说越小声，她知道宋彬老人并不喜欢别人提起这些，甚至连当初的捐款，他都要求杨素青隐瞒下来，一个字也不许跟那些老伙计透露。

“我师父真的好伟大啊。”南飞凡立即改了口，他已经下定了决心，不管付出多大努力，必须把师徒名分牢牢坐实，他都有点崇拜里屋呼呼大睡的小老头了。

“宋爷爷对飞流村的感情很深，对和他相处了一辈子的老伙计们更是割舍不下，其实他原本可以跟儿子去城里养老，可他放弃了，宁可一个人留在飞流村，守着这间破破烂烂的老房子。”郭梓熙见南飞凡不捧手上的泥团了，于是很自然地搂着他，又往自己这边拉扯了下，“我和你说这么多，主要目的是想请你观察一下，咱宋爷爷心里究竟是什么打算？”

“打算？”南飞凡全然不理解她想表达什么。

“是的。”郭梓熙使劲点头，“我今天特意来找你，主要也是传达青哥的意思。既然宋爷爷有心想收你做徒弟，以后你肯定是要跟着他的，在生活上你要多照顾宋爷爷，最需要关注的还是——”

她点了点自己的心脏位置，眼神鼓励且期待。

“我不懂。”南飞凡彻底被弄糊涂了。

郭梓熙叹气：“你怎么能不懂呢？青哥的意思是要你多关注你师父的心理健康，他那么热爱创作的人，整整两年半没碰陶瓷了，问题究竟出在哪里？咱们能不能帮他多做点什么？宋爷爷肯定不会直截了当地说，你要好好观察，收集情报，再反馈回来。"

"你们究竟是在做什么嘛。"南飞凡长叹出声，他这怎么还有种在做间谍的感觉了。

郭梓熙伸出手，南飞凡愣了一下，呆呆地握了上去。

郭梓熙反握住南飞凡的手，晃了晃："南飞凡，欢迎你加入飞流团队。"

"啥？啥团队？我加入了吗？"

"是的，你已经经过我们全票同意，正式成为团队中的一员，记住我刚刚对你说的话，要好好琢磨接下来该怎么做。"郭梓熙的嘴角泛起坏坏的笑意，很明显，南飞凡的反应在她的预料当中。"如果你想了解得更详细，今晚七点，村党支部办公室内开会，青哥要对团队进行重新规划、整合，你以后若打算长久地留在飞流村，这个会议必定不能错过。"

此时此刻，南飞凡的脑子基本处于停摆的状态，原因之一是在说这些话的时候，郭梓熙一直握着他的手，指端用着力道，压根没打算松开。另外一个原因则是，他感觉自己与杨素青等人的交往又进入一个新的阶段，他心里很期待，隐约间还有些不安。

感觉很复杂，但并不排斥。

他点头答应的时候，郭梓熙便瞬间收回手，道了声再见，然后转身就走。

这般干脆利索，的确是平素里酷酷的郭梓熙会做出来的。

"你怎么又走了？"南飞凡甚至还追上去了几步。

"别跟着我，你快回去，宋爷爷随时会醒过来，发现你不在会认为你悄悄偷懒，现在正是给他留下好印象的时候，千万要注意细节。"郭梓熙不忘提醒他，"别看在大食堂的时候，他可以嘻嘻哈哈，跟谁都没脾气，一旦开始传授你瓷器技艺，他必定非常严格，你最好收起所有漫不经心，越认真越好。"

"那么夸张吗？"南飞凡感觉自己被警告了。

"绝不是夸张，飞流村所有的老匠人全是一样的脾气，你早点适应，少走弯路。"这一次，郭梓熙是真的要走了。

她下午也有很多事要做，强行分出时间出来已很不容易，可没时间多讲废话。

南飞凡亲眼看着郭梓熙跨上了她那辆酷到没边的摩托车，风驰电掣一般走远了。

"这是进城去了？"他竟有些羡慕潇洒的她。

村里的老人习惯规律的生活，早睡、早起，午间还要舒舒服服地打个盹儿。

宋彬老人中午只睡四十分钟，时间一到，不必闹钟提醒，他直接醒了。

等到老人走出来，发现南飞凡还在摔泥。

嗯，摔的是一块已经硬邦邦的黑泥，那块泥落在盆里时，砸得盆哪哪响，那种感觉就像是搬起一块石头砸向泥盆。

"哎哟，我的盆。"小老头一个健步冲上去抢过跟了他大半辈子的和泥盆，满脸心疼。

"宋爷爷您醒啦。"南飞凡有点不好意思，"我是按照比例加的水，不知道为什么，这块泥越来越硬，我加了几次水，但效果很一般。后来，我就网上查了下，有人说这种制壶用的泥坯，必须反复摔打，挤压，排出里边的空气后，做出来的壶才能表面平滑完整，高温烧制时也不会出现瑕疵。"

"你下次去用院子里的铁盆。"宋爷爷一溜小跑，把自己的盆送回了屋，不一会儿又返回来，将几件他常用的老物件全都拿走了，宝贝似的藏在怀里。

"宋爷爷，我小心着呢，不会搞坏的。"南飞凡哭笑不得。

"你的手法太粗糙，动作也僵硬，只有一腔热情，连最基本的入门手法都谈不上，如果真的要学这一行，就给我老老实实地从最基础的部分做起。在没发现你有长进之前，你就随随便便地找个工具来用，什么

218

都可以，反正没差别。"他说完，竟发现又遗漏了一把刻刀，顿时急了，小跑着绕了一圈抢回手里，转头又颠儿颠儿地回房里去了。

南飞凡刚想要抗议，宋彬老人的声音已传了出来："小子，今天下午的学习主题是认材料，东屋有个罐子，里边摆着的是样本，你过去全都记下来，记好了喊我，我来考你。"

"宋爷爷，也不至于这样吧？我承认我的操作手法可能是有那么一点点不到位，但您也只需要操心这部分就好了，不至于要我从最基础的部分开始吧？我不是吹牛，与陶瓷相关的原材料，那绝对是基本功，我早就记得滚瓜烂熟，你现在都可以考。"

宋彬老人是专门负责推翻重建的，听完这话，哪能容他，立即抓着人过去，对着一面墙的瓶瓶罐罐，就让他开始挨个讲每一个是什么，有什么特征，一般应用在什么时候，有没有特殊的用法，等等。

老人的问题完全以应用为主，与书本上记录的信息大多不同。

南飞凡很快发现，他除了认识十几种较为常见的原料，如陶土、高岭土、铁粉、铜粉这些，还有许多是他根本不认识的。至于提起普通用法和特殊用法，便更加地困难。他就像是个幼儿园里跑出来的无知幼童，站在大学的课堂上盯着教授写的满黑板的演算公式，除了认识标点符号和 12345 之外，其他竟然什么也不懂。

自信心，完全被粉碎。

自傲、自满，更是一分不剩。

南飞凡低下头，嘴角不住地抽搐，他怀疑自己随时要哭出来了。

本以为自己算是一只脚踏入行业内的超级发烧友，结果绕了一圈才认识到，他简直是菜鸡中的菜鸡。就这种水平，还指望师从隐世大佬级匠人，像武侠小说里屡遭奇遇的傻小子那样，下山时就能得到名动天下的技艺？

唉，他还是回去洗洗睡吧，反正梦里啥都有，即使是痴心妄想也不会有人笑他。

一本翻得卷了边的书砸在他手上，宋彬老人哼了声："这是上上任村支书给村里的孩子准备的陶瓷启蒙课本，这本是其中的物料篇，你对照着实物一点点地看，反复背诵，直至记下来。"

老人的个子不高，即使踮起脚，也要拿手指头戳戳他的脑壳："不准耍小聪明，可以记得慢，但要记得牢，认物料没什么难的，你就在这儿自己研究，弄不明白的地方要多看几遍，没什么事不要来烦我。"

"啊？我的好爷爷，您可是我的老师，我连找您排解疑难的资格都没有吗？"他简直是哭笑不得。

老人的眼神如刀子般锋利："一加一必然等于二，六加七肯定等于十三，这么简单的问题还追着老师跑，这只有两种可能。"他竖起两根手指头做示范，口中冷哼："一种可能是你脑子有问题，另一种可能是你耍老师玩。"

时间宝贵，宋彬老人可懒得跟南飞凡在这儿说废话，他背着手，往外走去，顺手还把房门带上，从外边落了一把锁。

南飞凡哭笑不得，追到窗前大叫："宋爷爷，您还锁门哪，真把我当小孩了。"

宋彬老人："记不完，晚饭就不要吃了。"

那天晚上，南飞凡真的没吃到晚饭，别看宋彬老人给他的是飞流村给孩子用的启蒙课本，可一共不到六十页，介绍了一百多种烧制陶瓷时会用到的基础物料。

记住这些材料是什么其实很简单，比较困难的是还要知道材料和材料之间固定搭配，在烧制时会产生什么样的效果。就跟记化学公式一样，$A+B+C+$ 高温 $=$ 某种颜色，$B+C+A+$ 冷萃 $=$ 另一种效果。

启蒙读物的作用只是让初涉此道的孩童们有最简单且基础的印象，并不能凭借这一本书，就能烧制出合格的陶瓷制品。

问题是，在南飞凡眼中，哪怕是基础得不能再基础的知识，很多也是他不知道的，却也是最实用的知识。

他很想死记硬背，但真的不容易，通常是感觉记住了，可脑子里留下来的印象不够多，很快又想不起来了。

为了确保达到宋彬老人的要求，南飞凡干脆把放在玻璃瓶里的样本拿在手上认真地观察，一整个下午，他念念有词，反复朗诵，直至牢牢记住。当然，他也是有些技巧的，比如先是把之前了解到的内容，快速过了一遍，确定哪些是他掌握了的，才能更好地集中精力，专注于那些他依然感到陌生的知识。

第十一章 | 万物的命运

书越读越薄，这五个字其实有一定道理。

南飞凡晚上十点才从屋子里走出来，他昏沉沉地望向天空，感叹飞流村的天空是真的干净，如钻石般明亮的星星稀疏地挂在天幕上，一闪一闪，忽明忽暗，他整个人仿佛都融入了这静谧的夜晚当中，一颗心安静得不像话。

"明儿早点来，大食堂在星期三会炸油条，你带一些过来，我要吃炸油条，不吃茶叶蛋。"已经熄了灯的屋子里，传来了宋彬老人满是困意的声音。

"我记住啦。"南飞凡深一脚浅一脚，挪蹭出了小院。

这个时间的飞流村，仿佛已经陷入沉睡当中，周围极静，因此任何一点声音，就显得特别明显。

"奇怪了，总觉得忘了什么事。"南飞凡打了个哈欠，别看他今天没有做多少体力活，可脑力才是最大的消耗，再加上没吃晚饭，他觉得浑身没力气，只想快点回到招待所去早早睡下。

但心底有个声音在反反复复地给出预警，这让他产生了一丝怀疑，觉得肯定是自己忽略了什么。可能还是很重要的事，要不然他也不会犯别扭。

快到大食堂时，南飞凡打了个激灵。他用力拍了下脑门，手掌与脑门相碰，发出了清脆的响声："小熙让我今晚去开会，完了完了，她特意跟我说的，嘱咐了好几遍，我怎么全忘了。"

南飞凡摸向裤兜里藏着的手机，果然发现有好多个未接电话，郭梓熙打了，杨素青和赵小飞也打了，不同的时间段，几个人不停地尝试着联系着他。

南飞凡连忙拨了一通电话给郭梓熙，电话音响了几声，那边刚接起，他的电话又没声音了。南飞凡一看，得，没电了，手机自动关机了。

"惨了。"南飞凡在那一秒，心里真是有些慌。

尽管这个时间，郭梓熙很可能已经回招待所的房间睡下了，他依然决定去村党支部看一看。

他不奢望今晚的碰头会还在继续，但万一大家都在，他答应过去却始终不见人影，那必然是要惹得一群人不高兴了。

嗯，在飞流村，这群年轻人是相当团结的，得罪一个等于得罪全部，若是得罪全部，基本上他也得做好卷铺盖走人的准备吧。

南飞凡哆嗦了一下，脚下的速度禁不住加快了不少。

此处距离村委会的小院还有一段距离，也不知从什么时候开始，原本陌生的村路竟然开始变得熟悉，即使是在深夜，南飞凡也清楚该在哪里转弯，又在哪里能抄一抄近路。

远远地快要看到村委会的大木门了，南飞凡却先一步在夜色之中看到了一抹轮廓。

他眼睛一亮，认出了那辆五菱面包车。

村子里开这个车的人只有杨素青，他去哪儿都开着，拉货、拉人，不算是好车，但他宝贝得很。

车子既然在，最起码说明杨素青肯定还在。南飞凡一想到这一点，立时生出了几分希望。

等到推门进了院子，他已是彻底安心，庆幸自己是来对了。

办公室那边开着灯，窗子也没关，里边吵吵闹闹的声音传了出来。

赵小飞的大嗓门简直能掀翻房顶："南飞凡肯定是故意耍咱们呢，答应好了却不来，给他打电话也不接，咱几个等他这么久，好不容易他回了电话，秒挂然后关机是什么意思？欠收拾了吧？"

"有可能手机没电了。"郭梓熙也在，她的声音里同样透着无奈。

"哪有那么凑巧？不回电话的时候就躲着不接，回了电话直接没电？

223

我可不信，他肯定是故意的。"赵小飞越说越气，冲动地站起来往外冲，"我去宋爷爷家亲眼看看，要是他还在，我敬他爱学肯学，原谅他一回；如果他不在，哼哼，那必定是跑出去瞎玩了，回头我怎么收拾他，你们也无话可说了吧？"

"赵小飞，你现在的模样就很像拦路的土匪，别这样闹，多难看呀，人与人之间还是要多一点信任的，我觉得南飞凡不会为了躲咱们这个小会就使出那么多心眼，他不是那种人。"郭梓熙平时跟南飞凡接触得更多一些，她是所有人里最愿意为南飞凡解释的那一个。

杨素青叹气："本来是想趁着今天人全，一次性把接下来要做的事给交代清楚，结果还是少了一个。"

"要我说，南飞凡来不来也没关系，他不是咱们村的，他来飞流村为的是学艺，不管学不学得成，迟早是要走的。青哥，你还是别对他抱太大的期望，不然回头失望了心里得多难受。"赵小飞的劝说里带着几分大家都能理解的感叹，"当初说好了大家一起做些事，现在你们看看，也才过去三年，满满一屋子人只剩下咱们六个，这说明什么？你们仔细想想。"

杨素青恼火起来："赵小飞，你怎么说话呢？又在动摇军心了是吧？来来来，正好今天人全，大家都在，你直截了当地说自己的心里话。"

赵小飞梗着脖子愤怒地低吼："还能说什么？不就是城里边挣钱多，日子好，花花世界迷人眼，大部分人都禁不住诱惑呗。比起踏踏实实地给这个老村子做一些事，他们还是更想要为自己奋斗出新的生活。"

杨素青也听出了赵小飞不是恶意，他神情快快，却话语坚定："我今天把话撂在这儿，咱们飞流团队是原来的三十几人也好，还是现在的六人也罢，哪怕最后飞流团队只剩下我一个，我也会留在这儿，把答应的事完成。那么多爷爷奶奶心里头指望着我，我也割舍不下他们，不就是扛吗？我杨素青扛得住这帮老宝贝儿。"

南飞凡正站在办公室外听着里边的对话，这一句"老宝贝儿"戳中了他的笑点，一个没忍住笑出声来。

屋子里瞬间鸦雀无声，杨素青大喊："谁？"

赵小飞靠近门口站着，听到声音他直接开门，比南飞凡更快回应："小南来了。"

"你怎么才来？我不是告诉你，开会时间定的是晚上七点吗？"郭梓熙的语气里带着些责备。

"宋爷爷安排了一点内容让我学，好久没有背诵了，一下子太入迷忘了时间，然后手机又没电，自动关机了。"生怕他们不信，南飞凡还把手机拿出来展示，看着果然是没电了，无论怎么按都没反应。

"学什么呢，就那么入迷？"赵小飞心里头有火，仍是不依不饶。

"只是一些最基础的东西，是宋爷爷嫌弃我底子太薄，要求我必须用最快的速度补起来，直至达到他的要求。"更具体的东西南飞凡就没有说了，他返回时，为表尊敬，连宋彬老人给他的那本启蒙读物也没带，真正是把礼数两个字，深深地刻入内心了。

赵小飞依然觉得不甘，甚至还想再怼几句，郭梓熙及时出口拦住了他："很晚了，大家明天还有事，不能回去太晚。既然人到齐了，青哥快点开始安排吧。"

"行。"

杨素青示意大家各坐各的位置，郭梓熙过去找了个杯子，给南飞凡倒了一杯茶端过来。

"来晚了还给那么好的待遇，小熙啊，真不是我说你，你总是心太软，太容易被人蒙蔽，以后要是找对象，可得擦亮了眼，不能只信别人嘴上说什么，而不去看他做了什么。"

面对赵小飞的故意挑拨，郭梓熙的回应是："先管好你自己吧，赵小飞，只要你不来骗我已经是谢天谢地了。"

"有吗？我可是个大好人，飞流村排名第一的淳朴善良好青年。"

面对他的自吹自擂，比较熟悉两人做派的大家都懒得再开口接茬，免得引出更多的口舌之争。

南飞凡坐下来，好奇地打量着所有人。郭梓熙、赵小飞、杨素青，他是认识的，另外三个面孔很陌生，一点印象也没有，之前应该没见过。

杨素青依次做介绍。头发微卷，染成小黄毛的年轻人是郭元，虽然姓郭，但跟郭梓熙没有亲戚关系，他的爷爷奶奶都是村里的老匠人，不过已经离世了，爷爷奶奶的作品有些放在陶瓷博物馆，也有一些残品放进了老城墙，郭元是年轻一代里继承了陶瓷技艺的人，他在市里有工作室，平时在那边待着，打算创作时就会回村里的老房子；还有一层身份，郭元是大食堂最大的投资人，每年都要往村里打钱，为飞流村作出了巨大的贡献。

国字脸，留寸头的是陈优，小名石头，熟悉的人都会喊他陈石头，同郭元一样，陈优也继承了家中的陶瓷技艺，用他的话说，练的是童子功，从小在姥姥姥爷身边长大，两三岁就跟在姥姥姥爷身后，端盆送水，和泥捏人，是实实在在传承到了最古老的技艺，加上自己也感兴趣，如今已小有成就。他看上去也最像是传统的手艺人，身上套着一件脏兮兮的厚外套，衣服上全是泥水印子，一看就是刚在工作室内搞创作呢。飞流村的三座窑，其中一座是他和郭元共同投资修建的，平时要用，一般也会跟郭元分摊成本。

还有一位表情沉默的女孩，坐在角落里，当南飞凡进门时，挑着眼看了他一眼，而后就又把注意力放回到手机上。从闪动跳跃的屏幕能看出她是在打游戏，耳朵里还塞着蓝牙耳机，也不知道声音放得多大，能不能听到外边的动静。经过介绍，南飞凡得知她是杨欢欢，杨素青的亲妹子，刚从大专毕业，学的是护理，回村是为了短暂的休息，顺便配合徐医生给老人们做身体检查。这种活动每个月有一次，如果杨欢欢放寒暑假，一般都要来帮忙。

"田小亮他们是周日的火车，几个人去了同一个工地，那边也有邻村的老乡照顾，基本生活可以保证，虽然很累，可干上两年，回村建房娶媳妇的钱也就有了。想想这个，也是很不错的了。"既然是要聊飞流团队未来的发展，对于老成员的去处，杨素青觉得有必要做出简单的安排。

赵小飞嗤笑："人家是奔着好日子去努力的，咱们也用不着跟着操心，管好飞流村这一亩三分地的事儿就得了。"

杨素青抬手就是一巴掌。

"赵小飞，你的怨气太浓了。"

赵小飞满脸不服气，不过杨素青的话还是要听的，于是他闭上嘴，脸上的小表情透出的全是不服气，但他不说了。

杨素青的目光落在了南飞凡的脸上："其实今天的这个会，是特意为你准备的。"

"啊？"南飞凡发出了感叹的长音，而后才想起来中午时郭梓熙找他说的那些话，于是点了点头，"非常荣幸。"

"小南，我们这个团队的名字就叫作飞流团队，成立之初的目的也是专为服务飞流村而存在，目标是打造一个专业、高效的团队，具有服务精神和奉献精神，因此，加入咱们的全都是年轻人，最小的是杨欢欢，加入时才十七岁，最大的阿东也不过三十五岁。"

类似的讲述，从郭梓熙的口中听说的，和现在从杨素青这边听到的，感觉完全不一样。

杨素青对飞流团队从成立到发展的过程进行了阐述。

网络的普及，一部手机已能连通外界，这是一个经济高速发展的新时代，他们的飞流村虽然位置较偏，却不是闭塞的。很早以前，村里的年轻人已经意识到村里的老匠人具有珍贵的价值，更明白以陶瓷文化传承的古老村落，背后隐藏着多少商机。

被一村子的年轻人努力保护着的老匠人，是促进飞流村经济发展的关键。

不少人认定了这里有着得天独厚的条件，因此，他们成立团队的同时，也做出了一系列实质的努力，比如筹建大食堂、陶瓷博物馆、老城墙展

227

示柜等设施，又比如健全了养老帮扶制度，重点关照那些子女不在身边的老人，保障他们日常生活的同时，尽可能地丰富他们的老年生活。

一开始，这些事做得还是非常好的，那时候人多，大家齐心协力，很迅速地完成了基础框架的搭建。

团队后来为什么突然分崩离析了呢？

杨素青其实也明白症结在哪里，他从回忆中强行拉回思绪，继续说了下去："如今大家各奔东西，虽然大多数人都不在，可每一年也都或多或少给村里作贡献。我们尊重每一位团队成员的选择，走出去的人有更好的天地，而我们这些留下来的人也要把该做的事做好，大家都同意吗？"

大伙纷纷点头，类似的精神动员，即使杨素青不说，他们也都心里有数，从不曾动摇。今天之所以说这些，主要还是因为有南飞凡在。

杨素青目光深沉地落在他身上："小南，我今天想要问清楚，你未来一年是打算留在飞流村吗？"

南飞凡先是一怔，很快点头。

他肯定还没有想那么长远，不过现在跟在宋爷爷身边，他充满了干劲，也给自己设定了短期目标：那就是得到宋彬老人的认可，被他收为弟子，学到本领，正式将对瓷器的痴迷转变成专业的水准。单是想到未来极有可能把爱好变成一生为之奋斗的事业，南飞凡的心情都是激动的。

不能离开飞流村，短时间内绝对不能离开，即使他们赶他走，他也不会走的。

"如果你长住在此，那么你就是飞流村的临时村民，按照惯例，我们想要当面得到你的答复，那就是你是否愿意加入飞流团队，为飞流村做一些力所能及的贡献？"

话音一落，似乎所有人的目光都聚集过来，大家只是用一种意味深长的目光凝望着他，没有人催促，或者怂恿、威胁。哪怕是一贯话很多的赵小飞，同样在等待，手不自觉间握成了拳。

"加入了以后，我需要做什么？"南飞凡没有立即回答，只是认真地大声地问。

"你加入后，每一周的排班表里就会有你的名字，忙时跟着大家一起忙，闲时可以做自己的事。当然，因为纯粹是自愿的，在时间的安排上会比较灵活，如果实在是抽不出时间来，我们会有其他人分担工作，不会勉强。"杨素青说出这番话的时候，引来了其他人诧异的眼神。

不承想，杨素青说话竟也会如此迂回柔软，飞流团队一下子流失了七位成员，这让整体二作安排变得十分被动。

村里能干活的年轻人只有那么多，能吸收进来的人，早就已经是团队的一员了。现在哪怕是多争取一位，对于杨素青来说，都十分困难。

"听起来很不错的样子。"南飞凡装模作样地点了点头，"我需要考虑一下。"

所有人还以为只要一说出来，南飞凡必定会兴高采烈地点头答应呢，却没料到，他居然还说要考虑，瞬间，大家全绷不住了。单纯的赵小飞第一个拉着脸，正想开口怼几句，被郭梓熙眼疾手快，一把扯住了。

"你们开会准备的吃的也太少了吧？而且还全被你们给吃完了，一点没想着给我留，这还算是相亲相爱的一家人吗？"南飞凡指着桌上剩下的烧鸡骨头，理直气壮地大声嚷嚷。

郭梓熙没好气地瞪了他一眼，从桌子下边拿出给他留的烧鸡、猪蹄和大包子，甚至还有一瓶可乐，大家有的他都有。

南飞凡一瞬间眉开眼笑："哇，有家人真好啊，我都饿坏了。"

"你要加入吗？"郭梓熙咬着后牙根冷冰冰地问。

南飞凡的目光此时落在了郭元和陈优身上，他开了可乐，殷勤地给每个人的杯子里加了些，状若不经意问："元哥，石头哥，麻烦问一下，你们最近还有开窑的计划吗？"

"怎么，你也有作品？"郭元问。

"宋爷爷那边做了几只壶，已经烘干了，随时能入窑。虽然没有用上紫砂，算不上名贵，但也值得烧出来看看成色，我有预感，宋爷爷出品必属精品，出窑的时候肯定令人惊艳。"

陈石头稍作思索，郭元看了看他，两个人默契沟通完毕，这时才由郭元开口："下个月准备烧一窑，回头我去问问宋爷爷要不要把那几个壶放进来，这都是小事，咱们飞流村的村民本就习惯了互帮互助，回头你有作品也可以一起送过来，件数少的话不用分摊费用，算是对你初学阶段的小小支持。"

南飞凡顺坡下驴，猛地一拍大腿，激动地说："飞流团队实在是太有爱了，我要加入，我必须加入，请问需要什么审批流程吗？要我写申请书也是没问题的。"

这态度，与刚刚截然不同。

那份激动，那份热切，或许才是他真正压抑着的想法。

郭梓熙又翻了个白眼，没好气地说："你就装吧。"

要了吃的要承诺，全要到手以后，才露出心满意足的表情，还当他们看不出来吗？

南飞凡不好意思地傻笑了起来，他生怕说得太多，引火烧身，索性专注地啃着烧鸡，嘴里一直感叹着好吃。

杨素青这会儿是真高兴，他的笑容压都压不住，一想到又给团队补充了新鲜血液进来，将来村子里的工作就一定能继续下去。事到如今，他别无他求，只愿维持现状，坚持一天是一天，坚持多久是多久。

南飞凡囫囵吞完了自己的晚餐，疲惫一扫而空。他将杯中的可乐一饮而尽，这才心满意足地说："青哥，恕我直言，我认为如果咱们的飞流团队仍然按照以往的模式发展，迟早有一天这个团队会解散。"

房间内安静得可怕。

几道杀气腾腾的目光集中了过来，一直以来情绪较为稳定的杨素青都冷下脸，看样子随时会翻脸。

南飞凡本来还想卖个关子，等着大家来问他，再好好地解答，无意中看见那一双双冒着火气的愤怒眼神时，他立即改变了主意："我的意思是，我们必须清晰地分析现状，找出真正的问题所在，然后尝试着去解决，积极做出调整……"

赵小飞不耐烦地打断了他："空话套话谁不会讲？关键是咱们剩下的人越来越少，需要办的事却越来越多，这是个死循环。"

"咱们还有三十九位老人要养着，他们中大部分人有退休金，但那点钱可以说是杯水车薪，仅够维持日常的生活，却谈不上生活质量。更不用说，咱们飞流团队成立最初的目标其实定得非常高，我们希望这些老人在养老的基础上，仍能像城里的老艺术家那样，用一种悠闲安然的心态去搞创作，只求质量不图数量，创作进一步突破，将超越自我的作品烧制出来。"杨素青发现，每次自己提起这些，都会生出浓浓的向往之感。

"如果爷爷奶奶们还能为飞流村培养出第三代、第四代制瓷、烧瓷的匠人，那真是天大的好事。"郭梓熙有些恍惚地接了话，曾经大家定下来的目标，如今竟会有陌生之感。当日大家一起发誓时铿锵有力的声音仿佛还在耳边，事实上，大家努力了三年多，并不见很大成效。

有些事，不是没有做。有些想法，仍在苦苦坚持。不过，现实却打了他们一记响亮的耳光，提醒着他们，想做的事根本没那么容易。

"咱们飞流村的村志上，记载的可是超过百年的历史，这十几代人想的、做的、念的都是同一件事，那就是制瓷。我想不明白，为什么先人们在各种艰苦条件之下能完成的事业，到了现代化的新时代里，咱们反而走不通了。中国人对于瓷器的认可和喜爱可是深入骨髓的，只可惜，已经没多少人愿意花高一点的价格来买老手艺人的作品喽。"赵小飞越说越觉得灰心，一直以来，他都是这个团队里对于未来前景最不看好的那个，他曾经也跟爷爷一起学习制瓷，四岁开始，断断续续也坚持了二十几年，自小爷爷奶奶就说，要他把家里的手艺给好好传承下去，还夸他有天分，有想法，一定能青出于蓝而胜于蓝，变成赵氏这一脉最大的骄傲。

小时候家里人真的很会夸、很敢夸、很能夸，以至于赵小飞读完初中，还对此深信不疑。他比任何人都认真，每天都在有计划地朝着那个仿佛他只要努努力就能到达的未来前进，直到他长大成人，步入社会，突然发现所谓的成功并不如想象的那么容易，他们这些手艺人所面临的一个比以往任何时代都要艰难的局面，而赵小飞绞尽脑汁也无法破解。

"换换脑筋，换换思路。"南飞凡指着自己的脑袋，手指头转了个圈，眼神里满是笃定。

"你少在这儿故弄玄虚了，咱们几个在飞流村待了多少年，但凡能想到的办法，那不都是一样样地尝试过了嘛……"赵小飞的话，直接被南飞凡给打断了。他认真地说："如果只是抱怨，我觉得实在是没有那个必要。大多数时候，抱怨是无能者力不从心的表现，不得不靠言语上的宣泄，才能掩饰自己的无所作为。"

"你小子是在嘲笑我吗？"赵小飞怒了，一个箭步向前，就要朝着南飞凡冲过去。

没到跟前，他已经被杨素青给拦了下来。

"青哥，你又要护着他吗？"赵小飞一蹦三尺高，如果不是真的被激怒了，他是绝不会这样子朝着杨素青大吼大叫的。

杨素青瞪他："人家说了几句大实话，你急啥。"

"我……我……"赵小飞顿时哑口无言。

"行了，别急吼吼地跟自己人吵这些无聊的事，又不是小孩吵架，非得吵出个输赢不可。"杨素青这边把赵小飞给打发了，略显凌厉的眼神落回到南飞凡的身上。他微笑，语气比任何时候都要轻柔，但话语里的严肃却比任何时候都要深刻些："小南，你既然说了这么多，想必是心里头有了些想法，今天趁着大家都在，不如直接说一说，咱们飞流村最缺的就是像你这样拥有奇思妙想的年轻人，给咱们村找一条出路。"

"什么样的出路？"南飞凡忽然反问。

不等杨素青回答，他的目光从每个人的脸上掠过，严肃且认真地问："在你们心里，最期待飞流村发展成什么样子？或者说，飞流村的未来，你们幻想着的是怎么样的一个场景？"

关于这一点，其实每个人的心里都有着不一样的构想。

郭梓熙喃喃回答："村子里的路修平整，房舍也都修葺妥当，下雨的时候再也不用担心老人们会摔倒，最好是城里边啥样，村里边也是啥样。"

郭元和陈石头对望了一眼，忽地，两个人一起笑了。

一个说："倒是没有多了不得的念想，只觉得当初飞流团队创建时的设想都能一一实现，咱也就对得起村里了。"

另一个点头叹气："其实咱们一开始的想法都很好，但到了后来，也不知道为什么，大家越走越没有信心了。"

"信心"二字一说出口，所有人不约而同再次沉默。

那一张张面孔透着的是极为浓郁的不甘，除此之外，更多的是迷茫。

尽管飞流村的年轻人越来越少，可留在村子里的这些，无一不是在憧憬着美好的未来。正是因为日复一日、年复一年地踏实前行，才会在没有达到预期的目标时深感困惑。那就仿佛大家一起设定要达成某个目标，经历了漫长的时间去准备，最终才发现大家距离那个目标还有极远的距离，而这距离，似乎并不是简单地依靠"齐心协力"四个字就能消除的。

那种感觉实在是太复杂了。

后来竟也没有合适的机会能坐下来平心静气地聊一聊，毕竟每个人的心里都有自己的想法，一群有想法的人凑到一起反而没能把他们最在意的村子发展好，这件事实在是意难平。

南飞凡见大家都沉默，他轻轻笑了，拍了拍手，借由着巴掌的清脆声响，将大家的注意力全吸引了过来。

"我之所以说这些，仅仅是希望给大家一个思考的空间，咱们的初衷是好的，也付出了巨大的努力，但为什么我们没有实现？是我们不够努力吗？"南飞凡使劲一拍大腿，把大家惊得一愣一愣的，他铿锵有力地替所有人答，"当然不是！"

全场人的目光很自然地被他吸引过来，南飞凡清了清嗓子："我觉得，咱们首先要做的，不是盲目地投入一腔热情，而是要进行一次大盘点，摸清村子里的真实情况、现实问题，优势、劣势一并分析，最后再结合咱们可利用的优势，设计个切实可行的方案出来。"

"好像，也有道理。"杨素青认真地点了点头。

郭梓熙捏着眉心："类似的事，咱们之前已经做过了，真的有用吗？"

"有用。"南飞凡比所有人答得都要大声，他的眼神里有些无法用言语来形容的坚定，并且一直以来，他都在尝试着将这份坚定传递给其他人。

郭元摇了摇头："我最近一段时间要处理的事比较多，实在是没办法参与村子里的事，所以，如果你们想要做什么，就尽管去做，我精神上支持。"

"意思是你只出精神，其他的什么也不管呗。"赵小飞语带嘲讽。

郭元耸了耸肩膀："事情太多，人也太忙，就算心里十分想要给咱飞流村鞠躬尽瘁，那也得掂量掂量自己的能力，不是吗？"

陈石头与郭元一向是同进同退，郭元那边迂回地拒绝，陈石头也开了口："八月份，我和郭元有个展，需要不少作品，到现在还没凑够，所以这几个月我会非常忙，估计也没时间管村里的事。"顿了顿，陈石头补充，"不过村里有需要时，我也不会袖手旁观，该我来做什么，你们尽管开口。"

杨欢欢打游戏的手顿了一下，她摘掉耳机："我最近要考试，能回来的时间有限。"

"行了，还剩四个。"郭梓熙双臂抱在胸前，此刻已是不分喜怒。

赵小飞下定了决心，他迟疑着举起了手："我……我要去城里两个半月，过几天就出发了。"

迎着杨素青满是不赞同的眼神，赵小飞梗着脖子："这事去年我已经跟大家提前报备过了，还有什么好稀奇的？我……我是要去厨师学校学手艺的，干厨师虽然累，可活在世上，谁也离不开衣食住行，这才是真正能傍身的手艺，是可以养活自己的营生。我也不小了，转眼就要三十岁了，家里爷爷岁数也大了，我不为自己考虑也要为他考虑。"

"赵小飞，你爷爷奶奶费尽心思培养你，让你长出了一双巧手，你却准备让它去颠勺？你可是真行啊！"杨素青怒极反笑，朝着他竖起了大拇指，那神情说不出地狠。

赵小飞缩了缩脖子，坚持着说："三百六十行，行行出状元，谁也没规定一双能捏泥制瓷的手，就不可以去颠勺炒菜啊。况且，技多不压身嘛，这个年代，多学一点，多会一点，总是好的。"

杨素青听到这儿，实在是听不下去了，他使劲地摆摆手，打断了赵小飞的信口胡说："你愿意干什么就干什么，我管不了你的闲事也不想去管，不过有句丑话我说在前头，赵小飞，世上可是没有后悔药可以吃的，你现在是不知道自己从小到大所学的东西有多牛，所以你才能说放弃就放弃，心里头一点负担也没有。如果哪天，你的手毁了，你的天赋消失了，你辜负了赵爷爷赵奶奶的期待，并且感觉到了真真切切地后悔，那时候就算是再难受，丢掉的东西你也找不回来了。"

"真的会有那么一天吗？"赵小飞嗤笑了一声，淡淡地说，"我倒是真的有点期待了。"

晚上的小聚，不欢而散。

南飞凡还有一肚子的话想说，可随着赵小飞的离开，郭元和陈石头也找了个借口走了，杨欢欢倒是没提出离开，杨素青看她一直在角落玩游戏，看着不顺眼把人赶走了。

办公室内，变得空空荡荡。

杨素青无力地坐在木椅上，身体随着倚靠的动作，朝后仰去。

"散了，最后还是散了。"他的眼角有一行泪水不受控地淌了出来，连杨素青自己也没想到，有一天，他居然因为摆不平村里的这点事，气得直掉眼泪。

"青哥。"郭梓熙很想劝一劝，实在又想不出妥帖的话语来。

"爷爷奶奶们以后该怎么办呢？"杨素青捂住了脸，只感觉掌心迅速变得湿漉漉。

"别人是走是留，我真的管不了，但有一点我很肯定，青哥，我是绝不会走的。"郭梓熙掷地有声。

"小熙，你何必呢？"杨素青哽咽着，"你不是村民，没有义务留在村子里做那么多。"

"你说的道理我都懂，可是我觉得，这件事是我应该去做的，因为它是一件正确的事，非常有意义，非常非常地有意义。"最后几个字，郭梓熙重复了好几次，且每一次都是用那种毫不迟疑且无比坚定的语气。

南飞凡忽地笑了起来："小熙说得对，这事儿肯定是极为有意义的，这一点不用任何人说，我们心里都非常有数，正是因为这样，你们之前才会苦苦坚持了那么久，坦白说，做得是真不错，你们改变了飞流村，飞流村也在为你们而改变。"

发现自己又凭借着几句话，把杨素青和郭梓熙的注意力全拉到了自己身上，南飞凡按捺住心里的得意，缓慢地继续说了下去："还是那句话，咱们只要在吃饭的时间去大食堂走一走，看着爷爷奶奶们的笑容，咱们就很清楚这事儿必须做。既然定下来的目标不曾动摇，那咱们要改进的便是方法，这个你们同意吗？"

"这还用说？"杨素青嗤笑一声，"我比谁都更清楚这一点。"当然，他也无比坚定。

南飞凡笑容转深："那我们就来认真讨论一下接下来的安排吧……"

门外有了动静，已经离开的赵小飞不知道什么时候站在门口，眼眶通红，整个人的身体都紧绷着。

"小飞，你回来了？"杨素青掩不住惊喜。

"我忘了拿手机。"赵小飞笔直走到自己之前坐着的位置，一通摸索之后果然从角落里拿出了自己那台破烂得不成样子的手机，他放在手里头掂了掂，似是漫不经心一般，语气多了几分微微的讥讽，"青哥，有些事不行就是不行，你已经尝试三年了，自己的事全耽误了，怎么还是不死心呢？"

郭梓熙的脸色变得很难看，她斥责出声："赵小飞，你晚上在哪儿喝了吧？怎么老是说胡话？"

"小熙妹妹，你搞清楚，究竟是我在说胡话，还是你们在做白日梦？你们真以为心怀悲悯之心，做这些事就是正确的吗？我告诉你们，错了！大错特错！"赵小飞刚刚其实没有走，他当众耍脾气是一种态度，希望这些好朋友都能清醒一些，别再执迷不悟下去。连郭元和陈石头都已经委婉地拒绝了，其他人更是各有打算，唯有杨素青执迷不悟，总觉得自己有使不完的力气，拖着拽着坚持着，非要把已近暮年的飞流村再变回生机勃勃的模样。

那可能吗？就好似村子里的老人们，他们一路走来，从年轻到年老，也经历了种种，哪个不是有点本事在身上的？可那又能怎么样？当他们老了，价值消失，便理所当然地逐渐被社会淘汰了，最终因为各种原因回到了他们出生的地方，日出而作日落而息，直到生命的尽头。

赵小飞觉得，或许这就是万物的命运。

他心里骂着杨素青和郭梓熙这些人就是圣母之心，谁家的老人谁来照顾，这不是天经地义的事吗？为什么非要揽到自己身上来？

他脑子里全是胡乱的想法，越觉得气闷，语气便越是不耐烦。

"行了行了，该说的、该劝的，我也是讲了一次一次又一次，你们不听我有什么办法，反正我是铁定要出去的，外边的世界那么大，我得好好去看看。"他嘴里嘀嘀咕咕说个不停，像是村里那只爹了毛的橘猫，明明没人劝说他什么，他就是恼火得不得了。

小旋风似的卷进办公室，再裹着怒火离去，只留下南飞凡等人盯着他厚实的背影，久久不知该如何去评价。

"小飞今天很不对劲。"杨素青收起了所有的责备，有些诧异地开口说。

"上火了。"郭梓熙随意应了声，"回头火气消了，还得回来。"

"我瞅着这次应该是认真了，短时间内应该回不来。"杨素青摇摇头。

"反正是他自己闹脾气，回头再来道歉，我绝对不搭理他。"郭梓熙咬紧了牙根。

不知道为什么，被赵小飞突然来了这么一出，大家的情绪反而更加放松了。

接下来便按照南飞凡的想法来做盘点了，内容主要是三个方面：人、财、事。

人，指的是飞流村目前要赡养和照顾的老人，其中有多少是有自主生活能力，有多少是需要重点照看，每个老人都要建立信息卡，以便准确地掌握相关信息，个性化地制订帮扶方案。

财，指的是飞流村目前可持续性收入有哪些，能够动用的资金有多少。另外需要支出的项目也得理理顺，分出轻重缓急来，一一解决。

事，则指的是飞流村目前所需要应对的具体事项有哪些，不管大小，全部罗列出来，然后，依然得分出轻重缓急来，该去优先解决的要优先解决，不能再把事堆在那儿，像一团乱麻似的，这样子只会让所有事都处于混乱的状态下，反而没办法解决。

人、财和事全部理顺之后，接下来便是分析现状，寻找出路。

现代社会，网络发达，通信便捷，效率极高。互联网联通了千家万户，市场远比想象中的要大。

瓷器厂的流水线上生产出来的产品早已走进了千家万户，是大众喜爱的日常用品。

对于大师们手工创作的瓷器，则更多是具有相当的收藏价值，其中，越是名家的作品越是受到追捧，不愁销路。

飞流村这些退休的老匠人，创作能力当然是极强的，出自他们之手的作品，精美绝伦，艺术价值极高，这一点毋庸置疑。而之所以会出现作品无法变现的窘境，实际上还是与知名度有关。

没有人帮他们做宣传，没有人帮助飞流村和飞流村的匠人们创建品牌，更没有人系统地替飞流村的未来发展做出整体的规划。以至于，只要跟飞流村有接触的人都知道，这个村子蕴藏着巨大的可待开发的潜力，而真正破局的关键点在哪里，则是他们飞流团队首先要思考的。

在南飞凡侃侃而谈时，杨素青眯着眼睛，认认真真地在听。

"你说的这个，也是我一直在思考的。"他叹气，"可是，事情并没有那么容易，我们面临的困境有很多，最难的点在于缺钱，更缺人。成年的劳动力大部分出村去了，虽然是背井离乡，做的也是底层的工作，但是辛苦一整年，终究是有收获的。"

只要有一个人赚到了钱，他回到村里来，便会带走一大批人。

这也是为什么飞流团队成立了三年之后，人却越来越少。

严格来讲，郭梓熙和南飞凡都不是飞流村的村民。

杨素青苦笑，若是没有他们在，其实自己早已是光杆司令了。

"飞流村有飞流村的好，飞流村的好可是在城里找不到的。"南飞凡充满信心地强调。

大约是被那一抹自信笃定感染到了，杨素青鬼使神差地开口问："小南，你有什么想法？"

当了一个多小时的旁观者，南飞凡等的就是这句询问，他下意识地挺了挺腰身，笑容满面地说："我的想法嘛，其实可以总结成八个字：开源开放，盘点盘活。"

郭梓熙听得正认真，甚至不知从什么时候开始，她手上还多了一本日记和一支笔，边听边记，无比认真。当南飞凡又停了下来，她有些懊恼，不高兴地瞪了他一眼，嘴里便催促："说啊，怎么又停了？就知道卖关子。"

南飞凡失笑出声："我不是卖关子，我只是在等青哥回应。"

杨素青眼神幽深，一些读不懂的情绪藏在其中，他开口淡淡地说："小南，平时真没看出来，你懂的居然这么多。"

南飞凡摇了摇头："我那都是纸上谈兵，能不能真正起到作用，还得青哥跟着一起琢磨。"

"你从哪儿学来的？"杨素青问。

"最开始只是结合自己的一点想法，联系了飞流村的现状，以及我对于制瓷这一行的了解，最终有了这些大胆的想法。还是那句话，青哥、小熙，我坚持认为咱们飞流村最有价值、最独一无二的优势，就是村里的这三十九位老人。如果想要转变思路，迅速改变，当然要围绕这些老人来做一做文章。"

南飞凡说得轻松，杨素青听着却是满脸警惕，他没好气地瞪了他一眼："我警告你，少动歪心思，爷爷奶奶们年纪大了，经不起折腾。"

"有些行业的从业者，年纪越大，越是珍宝。"南飞凡激动地搓了搓手，"再说，我没事怎么会折腾爷爷奶奶们，青哥你把事情给想歪了，根本不是那么回事儿。"

"我也知道你不会，但不叮嘱一句，我不放心。"杨素青揉了揉胸口，缓解掉突然出现的心悸。他正了正神色，也从办公桌内抽出一本笔记，拿出纸笔准备记录。

见南飞凡还在发呆，杨素青轻轻捶了捶桌面："小南？"

"噢噢噢，我刚刚走神了。"南飞凡神色复杂，停顿了一会儿，他才说，"青哥，其实我也只是提出一些粗浅的看法，不一定对，你是飞流村的村支书，经历的事肯定比我要多些，所以，如果我的想法太幼稚，很可笑，你就当我是胡说，不要太在意。"

"自信点。"杨素青上去就是一巴掌，重重拍在了南飞凡的肩膀上。

这一下，力道用得不轻，南飞凡的心脏猛地跟着一揪扯，那点犹豫瞬间被拍飞掉了。

他开口，讲出了自己的想法。

开源开放，盘点盘活。这八个字是从他来到飞流村以后，慢慢总结出来的。

三年前，飞流团队组建时，这些村里的年轻人是实实在在地为这个村子的未来而努力，建大食堂、陶瓷博物馆、老城墙的展示柜，以及招待所等等，这一系列举措，其实已经是在朝着一个共同的目标而努力，那就是把飞流村的特色与市场结合起来，村里有收入，带动村级特色产业，形成良性的循环，达到自给自足的目标后，再看看能不能增加就业，把这一潭死水给盘活起来。

真正出问题的地方，还在于与市场的结合的部分没有做好。

"既然这个点是重中之重，也是我们没有做好的部分，那咱们就不能有畏难情绪，反而要先把这个痛点给解决。"

郭梓熙本来还想说一说他们过去的尝试，以及一次次失败的经历。只是话到嘴边，又不知是出于什么样的考虑，她竟然讲不出口，最终还是咽了回去。

"怎么解决？"她问。

"拍视频、开直播、做活动，请名家访谈，邀请记者来采访，等等等等，任何形式都不放过，逐一尝试。"南飞凡讲到这里，眼神忽地怪异，他上上下下地打量着郭梓熙，眼底的笑意简直要掩藏不住了。

"你别这样看我，很吓人的。"郭梓熙丢了一记白眼过去，满满全是警告。

"小熙，你的个人形象非常好，我觉得，不管是官方的对外宣传，还是网络上的视频、直播，你都可以轻松驾驭。"南飞凡越说越激动。

郭梓熙摇头："不行，这个我不行，我社恐，对着镜头尤其说不出话来，面部表情僵硬得很。"

"互联网是最快的推广渠道，比任何传统媒体都要迅速，若是咱们能找到那个点，一夜达到全网爆火也不是梦。这简直是一步登天，完美地将我们的问题全解决了，难道这么好的前景你也不愿意吗？"南飞凡是懂得如何说服人的。

他字字句句全说在了郭梓熙的心上，其实不用进一步诱惑，她就已经双目放光，心底里的坚持已渐渐松动了。

南飞凡觉得单单是这点还不够，他叹息着继续说下去："现在飞流团队满打满算只有咱们三个人，这就意味着如果想把这件事做好，咱们三个都要完全参与，谁都没有退路。"他双手交叠，语带感叹，"换句话来说，咱们三个应该是这些老人最后的希望，我们之中任何一个人放弃，可能飞流团队也就彻底解散了。接下来，如果资金难以维持，大食堂会面临关闭，老人们则要各回各家，各自生活。就好比，飞流团队出现之前他们的生活状态。"

或许，还会更糟糕。

毕竟那些完全没有亲人照顾的老人，是曾经感受过集体的温暖的，当他们慢慢习惯了安然闲适，再让他们回到无人问津的日子，这种落差感才是最难接受的。

"就算只剩下我一个人，我也要坚持到底。"杨素青咬着后槽牙，他无比肯定地承诺。

"你一个人的力量毕竟是有限的，能发挥的作用也就那么大。这事儿还需要大家齐心协力。"南飞凡并没有泼冷水，反倒是颇为乐观地笑着说，"咱们这支团队今天散得只剩下三个人，可一旦有起色，你们信不信，赵小飞他们全都会回来的。"

郭梓熙认真地思考之后，她点头说："我也觉得只要有点起色，赵小飞那个家伙一定第一个跑回来，或许今天也是在闹脾气，等会儿青哥去哄哄他，没准他直接好了。"

"这一次，没那么容易哄好。"杨素青摇头，"他不是在跟我们生气，也不是在跟飞流村较劲……"

郭梓熙把话头接了过去，语气里带着深深的理解："应该是失望吧。"

"失望？"南飞凡不理解地在两个人的脸上看来看去。

"他是努力尝试过的，也任劳任怨地做了很多，但到最后还是不行，所以，觉得很失望，更多的还是自我怀疑。"杨素青嘴上是在说赵小飞，何尝又不是在说他自己？过了最开始激情满满向前冲的时候，在以后的生活里，他同样是在自我否定与重建信心之间反复游移，矛盾的拉扯感无时无刻不存在，他一路走得艰难，但不曾对自己定下来的目标产生怀疑。

他自己是如此，可赵小飞他们，自己就没有关注过了。

"哄不好，索性不要哄，让他出去闯一闯，万一闯出点名堂呢？那不也很好嘛。"南飞凡对此相当地乐观。

怕大家继续在这件事上伤神，南飞凡继续说起了自己的计划。

拍摄视频与开直播是比较主流的互联网宣传方式，而南飞凡的计划，是要充分利用飞流村人与物的优势。

人，就是目前硕果仅存的三十九位老人，他要给他们拍摄各自的人物志，寻找亮点，将他们各自的风格剪辑出来，然后上传到网络上去。

物，则是指陶瓷博物馆内的几百件藏品，他要以此为噱头，狠狠地吸一波流量。

"你要做什么？"杨素青有了不好的预感。

"开直播，分享大师作品，把陶瓷博物馆里的展品作为展示亮点。"南飞凡在提出建议的同时，也在思考，"咱们这是个单独品类，感兴趣的人肯定不如大众品类那么多，但能够吸引来的必定是对制瓷、收藏、研究这方面感兴趣的群体—我在网上看过了，说这是精准划分出的小群体，哪怕只有一两千人，那也是相当珍贵的。"

"能行吗？"杨素青看向郭梓熙，欲言又止的模样。

郭梓熙接收到了他的目光，轻轻地叹了口气："我们之前也开过直播，主题也是展示飞流村的历史，而且也拍摄了视频，但上传之后，反响平平，基本上没有人关注这个。"

尽管不想去承认失败，可这就是摆在眼前的事实，也是众多尝试之中最让他们气馁的一点。

"没有产生影响力的主要原因还是咱们选的点不够精准，没有引起更广泛的兴趣。"南飞凡极为肯定地说。

"喔？那你知道怎么选准确的宣传点？"郭梓熙掩不住期待。

"不知道。"南飞凡诚实地摇了摇头。

这动作，连一直端着好脾气稳定场面的杨素青都愣住了。

南飞凡嘿嘿一笑："每个地方有每个地方的具体情况，在没有彻底摸准之前我可不敢放大话，不过在网络宣传方面我还是小有心得的，我琢磨着能不能利用这一点，带入咱们飞流村的亮点，顺势把这事给做起来。"

"来来来，仔细说说。"杨素青来了精神，顺便还吩咐郭梓熙再开一瓶可乐，要冰的，赶紧给南飞凡的杯子满上。

那一晚，南飞凡被留到了凌晨两点。

他是掏了家底的，一直以来他很少提起自己的事，却在飞流村最难过的时候一并讲了出来。

隔天一大早，天蒙蒙亮，杨素青就迫不及待地开着他的面包车，朝着市里的方向开去。

郭梓熙则来到了宋彬老人的家中，她除了要接他去大食堂吃早饭，还要找机会帮南飞凡请个假。

"什么？才学了一天，小南就躲回市里边去了？"宋彬老人没听完郭梓熙的话，已是暴跳如雷地开始怒吼。

"宋爷爷，我说的是，南飞凡为了认真跟您学习，今天回城里去搬家了，青哥跟着一起去的，傍晚的时候就回来了。"郭梓熙耐心地又把说过的话重新讲了一遍。

村里的老人普遍性子急，那股子恼火劲儿一上来，便什么也听不进去了。

对待这些固执又可爱的老人家，耐心是极为关键的。

她扶着宋彬老人慢慢在村路上走，给他讲南飞凡目前的生活状况，他不是本地人，在市里的房子也是租的，不管住不住，每个月都得给房东交租金。况且，他是因为意外才留在了飞流村，没带多少行李，日常需要的随身用品更是能凑合就凑合，现在连合适当前季节的衣服都没了，这样子一直凑合也不是办法，先把家给搬过来，以后才能踏踏实实地留在飞流村学习。

"啊？"宋彬老人惊呼一声，站在原地，"他要搬过来了？"

"对的呀，他要踏踏实实地在咱村待着。另外，小南还说了，一定得用诚意打动您，非要把宋爷爷的压箱底绝活给学到了不可，他可是特别想要成为您的弟子呢。"郭梓熙巧妙地替南飞凡解释，在村子里待得久了，跟老人们相处得比较多，她早已无师自通，学会了相关的技巧。

"想学到，也没那么容易。"宋彬老人的眼底满是笑意，但还是骄傲地抬起了下巴。

"当然不容易喽，他自己心里也是有数的，所以今天才会回城里，把东西全收拾妥当后，他心里安定了，也不会被这些琐事困扰了。"

宋彬老人应了一声，便不再纠结，只等着南飞凡回来再说。

市里的房子才住了没多长时间，南飞凡也没多少行李，收拾起来很是简单。他恋恋不舍地看着屋子里的操作台，无比惋惜。当初决定租下这房子，主要原因还是看见有这些东西，他还琢磨着大展拳脚，好好地磨炼一下技艺呢，结果一次都没用上，便匆匆忙忙地搬走了。

杨素青敏锐地察觉到了南飞凡的情绪变化，顺着他的目光望过去，心里也就有数了。

"回到飞流村，你好好地跟宋爷爷学，等学得差不多了，我就在村里给你弄个工作室，找木匠给你打一张大桌子，该配齐的用品咱都有，保证比这些还要好用。"

南飞凡目光灼热，一秒钟变成了夹子音，他殷勤地跟在了杨素青身后："青哥，这可是你说的，我记下了，不能反悔的。"

杨素青打了个冷战，恨不得抬腿踢他一脚："你用正常音调讲话，一个大男人嗲里嗲气地不嫌恶心。"

南飞凡这会儿已经没了对出租屋的留恋，一个行李箱，一个大的旅行包就是他的全部家当。

等到两个人处理好了一切返回车上时，南飞凡提议去批发市场，他想买一床新的被褥给宋爷爷带回去，另外还得去药店买点治疗风湿病的膏药，以及一副新的象棋，因为村子里有几位爷爷奶奶有风湿病，阴天下雨的时候关节疼，他碰巧知道有个牌子的膏药很好用。至于象棋，则是给活动室增添点新的娱乐项目，尽可能地丰富老人们平时的生活。

一路上，杨素青都在笑。

南飞凡被他笑得发毛："什么情况？你笑什么。"

"我是在想，前些天我带周多多回村时，你还在笑这辆车拉回去那么多杂七杂八的东西，可现在，也没过去多长时间呀，你怎么也学上了？"杨素青调侃着。

南飞凡一本正经："在飞流村待了一段时间，有些改变不可避免。我总结了十二个字：观察青哥，理解青哥，成为青哥。"

杨素青呆在那里，似乎没想到他会这么说，但好像也不是那么意外。他失神了好一会儿，忽然之间笑了起来。

南飞凡也跟着笑："我出来的时候，小熙也让我给珍奶奶买点药，她最近睡眠不是很好，浅眠、多梦，还很容易惊醒，徐医生说是气血不足，小熙就想着能不能给补一补。"

"村里好几位奶奶都有这个问题。"杨素青皱着眉，他总是这样，因为对老人们的了解比较深，往往是不由自主地从一个问题想到了很多的问题，进而更加焦虑起来。

"飞流村不大，需要钱的地方多着呢，看来咱们得抓紧时间想想怎么帮村里开拓几条赚钱渠道了。"南飞凡替杨素青说了想说的话，车内陷入一片沉寂。

这的确是关键问题，但也不容易解决。

南飞凡突然问："宝玥斋这个地方，你知道的吧？"

杨素青虽然感到疑惑，但还是点了点头："那是村里长期的合作对象，专门做寄售生意的，爷爷奶奶们的不少作品就是从那里卖掉的。"讲到这里，他皱了皱眉，颇有些不高兴地补充了一句："售价都很便宜。"

"便宜到什么程度？"南飞凡好奇地追问。

"市场价格的十分之一或是二十分之一。"说到这里，他都觉得屈辱。杨素青深吸一口气，"这也是我坚决不答应赵小飞将陶瓷博物馆内的珍品拿出来寄售的原因，那些作品可都是耗费了多少个日日夜夜才制作出来的，若是遇到了真正懂的收藏家，每一件都能卖出天价，绝对不止宝玥斋给出的那一点点钱。可是，虽然我们很清楚这一点，但又有什么办法呢？我们没办法直接找到客户，而宝玥斋手里握着的是最优质的客户资源，没有宝玥斋这样的平台作为媒介，再好的作品也没有展示的空间。而那些来村子里收瓷器的小商小贩更不能相信，他们只会拼命地挑毛病，想尽办法压价格，有一年，有个收货的嘴特损，说出来的话相当不好听，把一件各方面都挑不出毛病的好作品给贬得一文不值，当时就把创作作品的爷爷气得直接摔了，他宁可毁掉也绝不会让自己的作品卖出那样的白菜价。那个瓷器贩子却反过来说，爷爷的作品根本不会有人要，有人愿意出点钱来买单已经不错了，竟然还敢挑三拣四，活该一辈子做个玩泥巴的老农，永远也不会被人认可。"

"怎么可以这样子胡说八道！"南飞凡单是听着，已经气炸了肺，"这话也太欠揍了。"

"你也是这么觉得吗？"杨素青来了精神，一双眼睛看起来亮晶晶的。

"你不会真的动手了吧？"南飞凡哭笑不得。

"嘿嘿。"杨素青只是笑，并不回答这种敏感问题，他很快另找了话题，没在这件事上继续说，"从那之后，飞流村定下了新的规矩，收瓷器的小商贩进村一概不理，我们可以开鱼塘、种脐橙、种稻种菜，想各种办法来补贴，唯独不能贱卖了老人们的作品，因为那实在是一种侮辱。"

"宝玥斋那边是怎么回事？"南飞凡心里有了数，带着把事情弄清楚的心思，他继续问下去。

提起宝玥斋，杨素青还没开口说话就已经连续叹气了。

"宝玥斋那边虽然要抽成，并且抽得也很多，但他们毕竟是提前定下了规矩，并且一直按照规矩来办事。我们对于作品的售价始终抬不上去感到非常失望，换个角度想，每一行都有每一行的规矩，这一行尤其如此，一直以来合作的几个寄卖行，售卖与抽佣也是类似的规矩。"

"等会咱们去宝玥斋看看？"南飞凡解释，"我没有别的意思，只是想看看市价而已，咱们飞流村以瓷闻名，将来的发展肯定是要从瓷上入手，多了解了解市场肯定没坏处。"

杨素青点了点头："上次被小熙送来寄卖的作品也不知道怎么样了，咱们去看看也好。"

宝玥斋距离南飞凡租住的房子并不远，不过杨素青依然开上了他的小货车。

他们到了门口，杨素青冲着门前妆容精致的旗袍小姐姐大大咧咧地笑："阿雾，今天是你在值班哪，咱们可是有些日子不见了。"

阿雾本来在玩手机，听到杨素青的声音立即抬起头，脸上挂着甜甜的笑容："青哥，咱们可是有日子没见了，今天你是来送货的吗？能让青哥亲自出马护送，肯定是要紧的大件儿啊。"

第十二章 | 与宝玥斋的较劲

阿雾边说边迎了出来，也不嫌小货车的玻璃有些脏，好奇地朝车内张望。

车内除了南飞凡的行李箱，其他什么都没有。

尽管前后座都是空荡荡的，阿雾仍然不死心，她的目光落在了后备厢，疑心杨素青把东西放在那儿了。

瞧着她迫不及待的样子，杨素青笑得没心没肺："我今天来市里是要办点事，没有带别的。"

阿雾脸上的失望化都化不开，她拖长了音调，声音听起来嗲嗲的："来都来了，怎么不顺手带几件呢？大家可是很期待呢，已经很久没有看到从飞流村送过来的作品了呢。"

"上个月，小熙送来的两件卖出去了吗？"杨素青笑着问。

"有客户很喜欢作品，价格方面谈不拢，这几天我正琢磨着给你打个电话聊一聊，这不是巧了嘛，你居然就来了。"阿雾身姿婀娜，走起路时更是风情万种，浑身上下透着一股说不出的妩媚。这种丝毫不矫揉造作的美是浑然天成的，不只是吸引男人们的视线，就连门前路过的女孩们也有些脸红地用眼尾余光瞥她。

南飞凡依稀有印象，上次郭梓熙来办事时，这位姐姐是坐在店面内接待客人的，那时候站在门口的是另外一个盘着丸子头，眼睛大大的小姑娘，对于阿雾的印象仅仅是在郭梓熙进入宝玥斋时，她去迎接的一瞬间，他瞥见了一眼而已。

不过，有些人哪怕只是那么惊鸿一瞥，也足够留下深刻印象了。

"这位是？"阿雾的目光像是温柔的纱，轻轻覆在了南飞凡的身上。

杨素青清了清嗓子："他是宋爷爷的徒弟。"

249

这种介绍，完全是意料之外，又精准地戳中了南飞凡心底最敏感的那个点。他竟感觉脸颊控制不住地发烫，不由自主地心虚起来。

"是宋彬老先生的徒弟吗？"阿雾面露惊喜，语气瞬间热络了许多，"没听说宋老先生还有亲传弟子呀，瞧我这脑子，怎么越来越不中用了。"

"最近才收的，当成关门弟子在培养，宋爷爷亲自带着呢。"杨素青跟在阿雾的身后，被她殷勤地招呼进了门。

一问一答之间，想要透露的信息已全钻进了阿雾的耳中。

等进了宝玥斋，几个人围着厚实木茶桌坐了下来。

阿雾在烧水泡茶，她本就美丽，动作更是优雅，暗红色的茶汤被她分到每个人面前的小小茶碗中，瞬时香气四溢。

几轮寒暄之后，阿雾已是一副热络模样，她将宋彬老人夸成了世间无双，而对于南飞凡的未来，更是充满了期待。

"小南将来有什么作品问世，还请优先考虑宝玥斋，我们这边一直以来与飞流村有着良好的合作关系，宝玥斋的信誉你完全可以相信，而且我们也坚信，小南作为宋老先生的关门弟子，必是能青出于蓝胜于蓝。"阿雾的夸赞，滔滔不绝。

南飞凡始终微笑着，好似一位害羞又腼腆的大男孩，只顾着不好意思了。

可是，令人没想到的是，在喝完第三杯茶，阿雾也讲得有些累了时，南飞凡突然问："阿雾姐姐刚才说，有客人看中了宋爷爷的作品，这事怎么说？"

"呃。"阿雾诧异地望向杨素青，显然是没想到这件事会由南飞凡开口来问。

杨素青笑容满面："以前宋爷爷那边没人照看，他想要做点什么，肯定是村里边派人帮忙张罗。现在不一样了，不是有小南了吗？于情于理，作为宋爷爷的徒弟，小南都要把与宋爷爷有关的事给承担起来。"

南飞凡与杨素青一个眼神的交会，彼此已经懂了对方的意思，两个年纪相仿的大男生动作一致地垂了垂眼眸。

而后，南飞凡更加认真地说："我对于咱们这个市场还是有一定了解的，最近三年比较有影响力的拍卖会我也一直在关注，宋爷爷的年纪大了，作品一年比一年少，但技艺精湛，水准反而不断在突破。我认为，以后宋爷爷的作品不能再像从前那样子草率处置。"

阿雾听着听着，已是察觉出了不对劲，稍一琢磨，已经明白了他话里话外的意思，顿时笑容僵住了。

"我有点没听懂，小南，你这是有点想法了？"阿雾是跟南飞凡讲话，目光却是落在杨素青那边，仿佛是在疑惑，这究竟是什么意思。

杨素青耸了耸肩："宋爷爷说了，他的事，都交给小南，所以，小南决定吧。"

阿雾听得似懂非懂，但最后也是明白过来了。

她绷着脸，将账本拿过来，翻到给宋彬老人登记的那一页，指着两件目前寄卖中的作品说："这就是宋老先生放在我们这里寄售的两件作品，一件是春彩牡丹瓶，另一件是古法工艺紫砂壶，按惯例这样子的作品是很好卖的，有不少收藏家更注重作品的品质，而非创作者的名气。但不得不说，上次小熙过来，把这两件作品的定价，定得太高，并且没给出商量的余地，因此才迟迟没有成交。"

底线的价格，用铅笔浅浅地标记在一侧。

南飞凡看了眼，心里已经有了数。

紫砂壶的价格与市场价相对持平，春彩牡丹瓶则明显定得低了些。如果单纯是为了能够成交去考虑，郭梓熙给出的价格非常合理，并不是阿雾口中无法成交的阻碍。

大家都是这方面的行家，也清楚阿雾之所以这样子强调，真正的目的就是压价。

"如果着急卖的话，我认为在这个价格的基础上下调百分之二十比较妥当，根据我的经验，最多半个月，这两件一定能卖掉。"阿雾的眼神里有着自信的笃定。

南飞凡摇了摇头："我们要调价。"

阿雾的神情是相当地意外，她还以为南飞凡很不容易接触呢，没想到才说了没几句他便妥协了。

不过，那一抹笑容来不及浮现，南飞凡补充的话让她又一次变了脸色。

"小熙上次来定的价格有点低了，我们想要上调百分之三十。"

哪怕阿雾再好的脾气，听了这话也是绷不住了："小南，你是不是搞错了？原本的价格都卖不出去，你还要涨价？"

南飞凡毫不迟疑地点头："价格定低了，当然要涨上去。"

"原来的价格，客户都不愿意出钱买，你不跌反涨，这是不着急卖吗？"阿雾的语气非常僵硬。

"既然宋爷爷同意送来宝玥斋寄卖，当然是希望能够成交的。不过，希望成交不代表作品要贱卖。阿雾小姐您是最懂行的人，应该能够理解，一位创作者呕心沥血完成的杰作被低估、被轻视，那种感觉实在是非常地难受，即使成交了，恐怕欣喜感也不会剩下多少。"南飞凡感慨得直摇头。

"可是，你们村里不是很需要钱吗？"阿雾心急之下，竟然把心里藏着的大实话给讲出来了。

"两件作品都是宋爷爷私人所有，跟村里有什么关系？"南飞凡"诧异"地望向杨素青。

杨素青非常及时地露出一抹尴尬的笑："以前宋爷爷总是卖作品来贴补村里的开支，村里之前得到了宋爷爷不小的帮助，但这种事绝对不可能永远持续下去。今年起，村里已经表过态了，往后宋爷爷的作品在寄卖后所获得的收益，村里不会再使用，之前的那些也全算借款，我们会打好欠条送到宋爷爷的家里，等以后村里的财政不那么紧张了，必须连本带利地给老人补回去。"

"那现在这两件，村里是什么打算？"南飞凡在谈正事的时候，语气不疾不徐，仿佛胜券在握。

"村里什么打算都没有，公家的事是公家的，私人的事是私人的，以后这两者得分开才行。"杨素青说完，还歉意地朝着阿雾笑了笑。

南飞凡仿佛很是满意自己听到的，他点了下头："既然是这样，我就能代表宋爷爷了，这个价格，直接涨了吧。"

阿雾的模样有点呆，大约这些出乎意料的事对她的冲击比较大，以至于平时颇为能言善辩的她，此刻竟然有些恍惚。

而南飞凡已经拿过了计算器，开始计算起了价格。

等数字一出来，他对眼前的价格也就满意多了。

紫砂壶的定价应该是比市场上同类的作品价格要高一点点，不过还算是合理，若是遇上了真心想要拥有一把名家打造的精品好壶的买家，多的这么点价钱，完全是可以接受的。

春彩牡丹瓶的价格则是偏低了，即使涨价之后，所售的价格依旧不能与这件作品本身的艺术价值对等。

若是按照南飞凡心里真正的想法，这件作品的价格是要上涨一倍或者一点五倍，才能勉强配得上它的精美绝伦。

他也不过是觉得今天是初来乍到，不好一下子把事情给做绝了，免得一不小心就把跟宝玥斋维系多年的关系给破坏了。

"阿雾姐姐，您看一下，这个价格怎么样？"南飞凡把账本推了回去。

阿雾心里边不愿意，反驳的话到了嘴边，有些讪讪地咽下去。

"你是宋老先生的徒弟，你就代表他老人家的意思，既然你一定要改，那就改吧。"阿雾轻柔地叹了口气，带了几分委屈，把话提前说明白，"咱们宝玥斋开门做生意，赚的是寄卖商品成交后抽取的佣金，有些话提前说明白了，咱得按照规矩走，如果半年之内，这两件卖不出去，你们是要交日常维护的费用的，如果满一年还是卖不掉，按照我们店里的规矩这两件作品得退回给你们，当然，所交纳的费用也是不退的。"

停顿了一下，阿雾用替人考虑的语气轻声地说："一件作品，从构思到创作，最终以成熟作品的状态呈现给大家，这期间必然是要经历一段很艰难的过程，我深知其中的不易，也佩服这些创作者所付出的辛苦。但是，创作是创作，售卖是售卖，这是一件作品所要经历的不同的阶段。而在每个阶段，我们最好还是尊重其中的客观规律，这样才能将利益最大化。"她将双手优雅地交叠，轻轻放在自己面前的桌子上："涨价的事，我希望你们能再好好考虑一下，等考虑妥当了，再给我打个电话吧。"

杨素青突然打断了她的话："不需要考虑，全听小南的。"

南飞凡同样很是意外，他没想到杨素青会如此信任自己，甚至在两个人事先没有提前沟通的情况下，他便坚定地站在了自己的这边。

即使如此，他也绝不能辜负这份期待，南飞凡坚定地说道："回去考虑再久，我们仍要涨价。阿雾姐姐，还是那句话，您是行家，寄售、拍卖、鉴定全都不在话下，一件作品的价值如何，您只要打眼一瞧，心里就已经有了数。既然如此，请给我师父创作的作品一个较为公正的对待，好吗？"

"他的作品送到宝玥斋，宝玥斋用最快的速度给卖了出去，难道这不是最公正的对待吗？"阿雾诧异地问。

"真正的公正，应该是一件优秀的作品，以一个足以匹配上的价格，交给一个值得托付的人。对于创作者来说，这才是他们期待得到的公平对待。"南飞凡喝了杯中茶，他站起身，轻声告别。

阿雾将两个人送到了门口，临别前，她咬住嘴唇，半是提醒，半是感慨："我也知道宋老先生的作品售卖的价格偏低，但这也是没有办法的事。我也承认他的作品具有相当的艺术价值，是极难得的佳作，问题是，一件商品的商业价值，除了商品本身之外，能够溢价的部分在于品牌，或者说是创作者个人的商业价值。而这些，宋老先生并不具备，他只是一位隐藏于民间的老匠人，住在村里，寂寂无闻，那么，他的作品能够拿到这样的价格，已经很不错了。"

末了，她决定加了一剂猛药："恕我直言，也就是我们宝玥斋积累

254

了大量的优质客户愿意为此买单，换成别的地方，放个三五年也未必真的有人掏钱来买，希望二位仔细考虑。"

阳光极烈，晒得久了，裸露在外边的皮肤微微刺痛。

南飞凡跟在杨素青身边，一起回到了小货车上。

车门一关，杨素青刚要说话，南飞凡提醒："咱们先走。"

后视镜内，阿雾站在宝玥斋的门口，清风徐徐，吹动了她鬓角垂落下的一缕细发，平添了几分灵动之美。只是她的那一双眼极为有神，即使不说话的时候仿佛也在无声诉说着故事，与她身后装修得古香古色的宝玥斋一起，竟像是一幅画。

脏脏破破的小货车很快驶远了，依然能看到阿雾一直站在门口，就那么静静地望着小货车走远。

南飞凡长吐了口气，指了指身后，有些无力地说："那位，有点厉害啊。"

杨素青与阿雾接触的次数比较多，对于她的来历是很清楚的，现在索性跟南飞凡讲一讲。

宝玥斋在景德镇周边，算得上是相当有名气的寄卖行，当然，不只做寄卖生意，他们也有不少稳定的货源，尤其不缺乏名家作品，时不时地搞一搞拍卖会、展览会、交流会，用二十多年的时间，在业内做到相当的地位。

阿雾十八岁时就在宝玥斋内帮工，干的是杂活，后来专程去学了茶艺，二十二岁已在店内独当一面，温柔细腻，手很灵巧，又对瓷器、古董和历史、文化方面的知识兴趣浓厚，偏偏她学的东西都能通过好口才表达出来，这就让她在事业上有无限的上升空间。阿雾二十八岁的时候嫁给了宝玥斋的老板，男人大她二十四岁，阿雾对这段婚姻非常满意，夫妻俩一起出现时，她总笑盈盈地被头发花白的丈夫揽在臂弯间，一副娇羞小女人的幸福模样。现在，阿雾三十岁了，她是宝玥斋的老板娘，也是宝玥斋的实际掌权人，生意做得风生水起，宝玥斋的名气比从前还要盛上几分。

"不只是有点厉害，应该说是非常厉害。"杨素青纠正了他的话以后，才笑着说，"我是真没想到，你和阿雾第一次见，就那么地——直截了当。这事，我还想听听你的说法，为什么突然要涨价？"

"我又不知道阿雾姐姐竟然是宝玥斋的老板娘。"南飞凡说完，立即又笑着摸着鼻子说，"不过就算是提前知道，该说的我还是要说，涨价这个事，势在必行。"

"用不了一周，阿雾会打电话过来，告知寄卖品定价太高，无人问津，要求我们调整定价，或是领回寄卖品。"杨素青叹了口气，"我们合作的其他寄卖行，多多少少都与宝玥斋有些关系，如果是被宝玥斋退回来的作品，其他寄卖行也不会再收了。"

南飞凡的脸上终于浮现出了一抹慌："今天的事，我做错了吗？"

"做对做错的谈不上。"杨素青摇了摇头，思考了一会才回答，"宋爷爷的作品，本来也能卖到不错的价格，后来寄售的时间越来越长，阿雾总是说售价太高卖不动，宋爷爷知名度不够，没人认可作品，而每次送出去的作品，售价一直在往下走，不管作品怎么样，下一件卖出的价格永远比前一件的要低些。"

南飞凡的眉头皱得更紧了，一个模糊的念头在脑海中浮现，他正琢磨，杨素青继续讲下去："阿雾知道飞流村的老人们之所以寄卖作品，是因为想赚些钱贴补村子里的亏空。村子里当时还有四十多位老人，有几位需要全天候照顾，很需要这些贴补维持日常生活，那个钱，可以说是救命钱。因此，负责创作的几位爷爷奶奶也不介意，作品出炉之后就分送出去寄卖，价格能卖高些当然高兴，但如果卖得低了，他们也不介意，只要能解了燃眉之急即可。"

"爷爷奶奶们年纪大了，很多事看得开，并不代表他们心里边真的不介意。每一件作品的诞生都不容易，能拿到寄卖行的作品则更是不容易。市场有时候其实是一种认可，成交的价格对于创作者来说更是一种肯定，这几乎是业内人士公认的事。一次两次当然是没问题，长此以往，大家的心思慢慢跟着淡了，创作的积极性也就小了。"南飞凡仍是在斟酌着字句，他不敢说得太难听，毕竟还得顾及杨素青的心情。

"我做得不够，让老人们跟着操心了。"杨素青长长地叹了口气。

飞流村最初的转变，面临各种困难，缺人、缺钱、缺机会、缺想法，唯独不缺的就是麻烦。他急得不行，为了寻求突破，他是上蹿下跳，能利用的关系，能立即执行的想法，几乎全都用上了，勉勉强强地维持着现状，但也仅此而已。

杨素青不知想到了什么，使劲地捶了下方向盘，恰好砸到喇叭的按钮上，小货车发出一声嘶鸣，莫名带着几分悲怆感。

"凡事从零到一的阶段是最难的，因为那是要将头脑里的想法，具象到现实世界当中，其间要付出多大的艰辛，我简直难以想象。"他的手臂探了过去，安抚地拍了拍杨素青的肩，"青哥，过去的事全过去了，我们始终是要朝前看的，以后努力把事情做得更好些。"

"你说得对。"杨素青轻轻地点头。

南飞凡生怕他再次想起其他，直接说起了自己的打算："我能看得出宝玥斋那边仍不想给高价，正如你所说，阿雾已经将态度表达得很明白，她愿意代卖飞流村送过来的作品，但不愿意把作品的价格抬上去。宋爷爷的这两件其实是个起点，如果我们抬价成功，意味着以后咱们再送过来的瓷器，价格只会越来越高。为了避免这一点，她应该会采取措施。"

"你是打算放弃售卖作品吗？"杨素青的表情绷着，许久，才勉强下定了决心，"不卖就不卖吧，本来也不打算再卖了，爷爷奶奶们岁数大了，创作的速度本来就不快，留存的作品也只会越来越少，我们应该珍藏起来。"

南飞凡还是摇头，脸上没了往日的温和笑容，整个人变得有些怅然："市场的认可在某种程度上是对于创作者最好的验证，怎么能放弃这一块呢？那是绝对不能放弃的。"

"可是，你刚刚对阿雾说话的态度……"

南飞凡打断了他，认真地说："我知道，在整个景德镇，甚至扩展到周边的一些地区，宝玥斋的能量都非常大，甚至有可能是宝玥斋那边给了某种暗示，一些与他们较为熟悉的同行就会沆瀣一气，不肯再收咱们的作品。但阿雾和宝玥斋并不能代表市场的全部，在互联网高度发达的今天，所谓的行业内封杀就更是笑话，只要作品足够好，本身有着强大的魅力，那自然而然地就会有关注度。"

"哪有那么简单。"杨素青并不乐观，但心里也不知道为什么又有一种赞同感。

"相信我，一定可以。"南飞凡笃定地强调。

"今天咱们已经把宝玥斋的老板娘给得罪了，看来也只能先这样，边走边看吧。"

五菱小货车带着两个心事重重的年轻人去了批发市场，买好了需要的东西后，他们又去了药店，好不容易凑齐大家需要的东西，时间已经过了中午，两人的肚子一起咕噜噜地叫了起来。市里的饭店价格很贵，两个人吃一餐，少说也得百来块钱，南飞凡舍不得，杨素青更是不愿意，两人一合计，干脆找了个路边的小卖店，一人一桶方便面，捧在手里吃得也很满足。

下午要出发返回飞流村了，南飞凡正想上车，忽然想起了什么，又把车门给关上了。

他跟杨素青说还有点东西要买，就在拐角的店里，他自己过去就行。可实际上，走得远了，南飞凡迟疑着拿出手机，想了又想才下定了决心，拨通了那一组久久没有联络的号码。

电话铃声响了很久，也不见人接起。

自然挂断后，南飞凡换了个号码。

这次，才响了三声，电话立即接起，一个熟悉的嗓音掩不住愤怒："你小子还知道打电话回来？一声不吭就离家出走，你可真是翅膀硬了，既然如此，这个家有你没你也是一样，你还打电话回来做什么？我们只当

258

没生过你这个儿子。"

"爸……你消消气……"

啪——电话直接挂断，半分犹豫也没有。

南飞凡摸了摸鼻子，知道这次绝对是把二老给惹火了，其实严格来说，他也不算是离家出走。离开之前他是给他们留了言的，只不过当时爸妈给他打电话，他想的是二老肯定是要想办法把他劝回去，于是就一个都没接，冷处理到了现在。

没过去几天，南爸南妈就不再打电话了，也没有发任何信息过来，偶尔南飞凡通过手机给南妈妈报平安，南妈妈也不回复。一家人始终处于这样子的对峙状态。南爸南妈在用一种沉默且失望的态度来应对儿子的叛逆，至于南飞凡，其实在飞流村生活的这段时间，他对于自己与父母的关系有了更多的思考，在大食堂与老人们相处时，南飞凡总会想到自己的父母，他们是世界上最盼着自己好的人，他们急切地希望自己能够拥有稳定的生活和平凡简单的幸福。

南飞凡所期待的未来，从来不是简单的稳定，以及世俗条条框框里所认可的成家立业、结婚生子。

他有自己的爱好，也期盼着能把爱好发展成事业。为此，他一直在努力探索，寻找出路，尝试各种可能。只是，他所做的这些事与父母心中对于成功的固有印象是不同的，哪怕尝试着让父母理解，效果依然不好。

南飞凡看着手机，面露苦恼之色。

不远处，杨素青在喊他，车窗半摇下，朝着他使劲地挥挥手。

"这就来。"南飞凡也只能先收拾好失落的心情，快步小跑着过去。

等再次上了车，他已变回往常笑嘻嘻的大男孩模样，从包里掏出本笔记本，根据清单一样一样地核对着。

"想要买的东西很多，可惜钱太少了。"南飞凡嘴里念叨着，满是感叹，"人民日益增长的物质欲望与经济实力无法匹配，这简直太难受了。"

杨素青瞥了他一眼："你还想买什么？"

259

南飞凡掰着手指头开始念："老花镜、降压药、拐杖、腰垫、坐垫，等等吧，想要的太多了。"

"给宋爷爷的？"杨素青了然地问。

"宋爷爷需要，其他爷爷奶奶也都需要。"南飞凡已经迫不及待想要看到那几个喜欢打麻将的老人，在看到换了新凳子，铺了厚实的坐垫，身后还有舒服的腰垫时，舒心快活的样子。

杨素青失笑出声："怎么来村里长住的年轻人到最后全变成一副模样。"

"什么模样？"南飞凡好奇地问。

"就是你现在的样子，总想为了他们多做一些，再多做一些，看不得他们受苦，接受不了他们遭罪，明明是跟你毫无血缘关系的一群乡村老人，可你打心眼里认定了他们是宝。"杨素青顿了顿，"郭梓熙刚来的那年，冷冷淡淡的性子，她想在村边上租个房子，只租半个月，方便她上山去写生。还是赵爷爷提议让她住在村招待所，说一个小姑娘单独住不安全，不如住招待所内，凡事有个照应。"

"赵爷爷考虑得很周到。"南飞凡赞同地点头，他也认为这事做得非常妥当。

"赵爷爷还担心去写生点的那条路太偏，就让赵小飞每天护送着小熙过去，天黑前再去接回来，尽管小熙拒绝了很多次，赵小飞仍是每天风雨无阻地跟前跟后。也就是在与赵小飞逐渐热络后，郭梓熙才得知咱们飞流村的往事，以及这些老人背后的故事。"前边遇到了一个红灯，杨素青将车子停稳，才多了几分好笑地说，"也正是因为了解得太清楚了，郭梓熙的心便留在了这里，再移不开了。"

听到这一段，南飞凡的精力明显更集中，他目光灼灼，认真听着。

"小熙喜欢的是画画吧？"这也是南飞凡一直想不明白的地方，一个爱画画的郭梓熙，却选择留在了以制瓷为特色的飞流村，尽心尽力，自己也贴了不少钱，在飞流村的村民都坚持不下去而选择离开时，她仍坚定地留在团队内，从不放弃。

"小熙擅长的是画画，她深爱着这世间一切的美好。她从很小的时候开始学习绘画，但似乎学习艺术的人，都会在某个时刻遭遇所谓的瓶颈期，困于局中，无法与自己和解。为求突破，她来到飞流村，想要借这边郁郁葱葱的群山之中的原始风貌，找到超越自我的契机。但她没想到的是，真正帮助她突破的并不是自然风光，而是飞流村的老匠人们创作出的一件件精美瓷器作品。你大概不知道，有很长的一段时间，小熙就待在瓷器博物馆内，每一件作品她都精心地研究过，最初仅仅是绘画，很快她不满足于此，开始琢磨更深层次的东西。她直言不讳地说，在飞流村内，她找寻到了自己在艺术领域缺失的那一部分，而补足了缺口的同时，也让她对这座小村内的老人们产生了深厚的感情。小熙总是强调，她是为了报恩。"杨素青讲到这里，轻轻地耸了耸肩，"但我知道，报恩只是她想出来的借口而已，她是个善良的姑娘，舍不得丢下这些老人，干脆找个借口留下，去做想做的事，成全了别人也成全了自己。"

"飞流村真是个有意思的地方。"南飞凡的感慨，化为了这么一句。

"你才待了多久？远远没有感受到这里的乐趣，等将来时间久了，我敢肯定你也不愿意离开。"杨素青更想说的是，南飞凡比郭梓熙还更痴迷于制瓷本身，于他而言，待在飞流村的日子就像是鱼儿回归大海，必定是十分畅快的，时间越久，那种沉迷于其中的感觉便越浓。

给宋彬老人做弟子这个目标仅仅只是开始。

未来的未来，必定会有更多更美好的东西，在前边等待着他呢。

一路上，杨素青把车子开得飞快，两人回到飞流村时，太阳还有些炽烈。

村口，周多多跟着爸爸和几个堂叔在修水渠的排水口。这一处早已被石块、淤泥和杂物堵塞，雨季到来时，若是降水多一些，村子里必定会漫水，最严重的时候，村里的大街上全是水，又脏又臭，好半天都排

261

不干净，每每这时，村里的老人就都不出门了，眼巴巴地瞧着、等着、盼着，什么时候路上的烂泥都变成干土了，他们才能正常出门，而这个过程，往往需要持续两到三天。若是碰上阴雨连绵的时候，日子就更惨淡了些。

在多多爸回村后，有人贴心照顾的周爷爷和周奶奶很快身体转好，周多多更是欢天喜地，每天跟在他爸的身后，满村地疯跑。

这可羡慕坏了其他几个父母不在家的同龄孩子。

多多爸回村之后几乎没闲着，除了修缮自家的老房之外，也帮着村里其他老人修房修院墙，听周爷爷周奶奶说起去年夏天村里被淹时，二老足足十天没能出门，吃喝全靠着村里的年轻人帮忙送，多多爸二话不说，直接联系人着手开始修理。

杨素青和南飞凡回村见到的正是一群赤膊上阵的男人忙得热火朝天的景象，大食堂那边准时送了凉茶过来，两个帮工的大姨笑呵呵地在一旁瞧着，议论的话题围绕着今年夏天会不会再次被淹。

飞流村是沿着山势走向而建，但村子里大部分的房舍是建在一片平地上的，甚至这处还显得有一点点的低洼，别看不深，雨水大的时候积水现象是真的严重，路一侧的排水沟是唯一缓解的途径。

现在多多爸领着人把排水沟挖开了，今年的雨季肯定容易过了，大家对此都非常地期待。

"辛苦了。"杨素青跳下车，笑容满面，他也不拘束，直接脱了外套，往车上一丢，跟着大伙忙了起来。

南飞凡有心想帮忙，只是他的伤腿限制了他，没法跟着跳上跳下，也搬不了重物。

正局促着，杨素青提醒："小南，你先去宋爷爷那边说一声，顺便把东西带过去。"

南飞凡应了一声，返回车上提了大包小包，便一瘸一拐地朝着熟悉的方向而去。

不知不觉间，脚踝的痛处好了不少，仍有不适，却没有之前那么难受了。

他在飞流村的日子似乎也在这静谧无声的岁月里，渐渐变得好起来了。

宋彬老人背着手站在大门口，远远看见南飞凡过来，他转身直接往院子里走，等到南飞凡拖着脚步进院，老人已经在躺椅上悠闲地躺平，眼睛紧闭着，仿佛还在梦中。

"宋爷爷，我回来了。"南飞凡兴冲冲地进了门，探头一看，发现老人好像还睡着，他瞬时收了声音，连脚步也放得轻轻的。

手上拎着的东西全摆在了门口，南飞凡走出门去，先清扫院子，再整理杂乱物品，而后才回到简易的操作台边，回忆起了老师之前教给他的操作步骤。

制作一块泥坯是成功的第一步，其重要程度等同于修房子先打下的地基，若想日后万丈高楼平地起，这地基便是支撑所有的重中之重，绝对马虎不得。

真是可惜，他才志得意满地向前迈了一步，直接就被现实狠狠打击，一个趔趄趴在地上，不得不重新审视起自己。

考虑到一些原材料的价格较高，南飞凡不敢随意浪费，他选用的是经过细筛之后的黄土作为原材料，整个泥坯的塑造过程较为枯燥，细心掌握土与水的比例，用和面的手法反复揉搓，直至它变成光滑的泥团。放在阴凉处静置一会儿，南飞凡开始反复地摔打，排出其内部的空气。

这实在是个很麻烦且枯燥的过程，最重要的是还需要不少技巧，南飞凡反复念着动作要领，苦练基本功，完全没注意到宋彬老人是什么时候站在他身后的。

老人看了好一会儿，突然开口："手法还是不对。"

南飞凡吓了一跳，手上的动作一顿，泥块飞起来他忘了去接，眼看着要落在地上。

宋彬老人伸出手，也不知道他是怎么做到的，手一翻，接住泥团，他的年纪大了，手腕却是无比地灵活，泥团在他手上巧妙地翻滚之后，啪的一声脆响，落入盆内。

行家一出手，就知有没有。

老人轻描淡写的一个动作，瞬间与南飞凡的手法产生了质的区别。南飞凡愣愣地站在那儿，好半天才回过神，他又抬起双手，满是不解地看着自己的手指。

"怎么？"宋彬老人能猜到他此刻心底涌过的千般思绪，却只当不知道，还笑眯眯地明知故问。

"为什么，我摔出来的声音是闷闷的，您摔的时候，没见怎么用力，就那么脆那么响。"南飞凡心慌意乱，不知道该怎么去形容那种感觉。他从老人手里接过泥团，虚虚比画了几下手法，用力直摔下去。

大盆里传来砰的声音，很闷。

从声音上即能判断出，力道没有传到泥块的中心去，停留在了表面，这就导致泥团中间的气体没能完全排出来，错过了最佳时间，泥块会变硬，整团泥也就废了。

"手肘向内，手腕向下压，肩膀带着腰，力道要自下而上，这不是靠着蛮力能办到的，得找到那股巧劲儿。"宋彬老人说着，还不忘做了个示范。

南飞凡细细揣摩。

等老人做完以后，他跟着学。双腿微屈，气沉丹田，目光凝重，郑重其事。

砰——

那块黄泥在盆里打了个滚儿，顺便转了一个圈，看上去已经快变得跟块石头似的硬邦邦的了。

"风干太久，不能用了。"宋彬老人摇了摇头。

"怎么办？"南飞凡顿觉哭笑不得。

"重新来。"宋彬老人回答得非常利索。

南飞凡直接叹了口气，心情平静的同时还有点想笑。

不过学艺阶段本就是如此，别人做起来得心应手的事到了自己这里就变得难度很大，想要做到得心应手，必要的练习是绝对不能少的。

宋彬老人午睡结束，打算出去遛弯儿，或者干脆去大食堂看看有没有人在下棋。

南飞凡眼巴巴地看着老人的背影，到嘴边的挽留的话始终没能说出来。他重新筛了黄土，加水和泥，揉搓成团。他心里头有个声音在告诉自己，想要磨炼技艺，必须有这么一个勤学勤练的过程，即使老师教得再好，若想要全部领悟，那也得自己下一番苦功夫。

人在专心的时候，时间就过得特别快，转眼一晌过去，南飞凡还在摔泥坯，不过，他的进步也是肉眼可见的，一块黄泥，摔在坚硬的大盆里，清脆作响。每一次，都是排空泥坯空气的过程，最终这块泥会变成胶状，任意挤压拉伸，揉塑成各种造型，在烧制之前，基础的准备工作也完成了一小半。

南飞凡没忙着催促宋彬老人继续往下教，他每天大清早就过来，拎着从大食堂打的早餐，进门先烧热水，让老人能用温水洗漱，而后才一起简单地吃个早饭。

筛土，加水，和泥，揉团，摔打。

他反反复复地做着同一件事，逐渐找到了其中的乐趣，愈发地乐此不疲。

休息的时候，南飞凡则是自己琢磨着修墙、修栅栏、修窗子、修桌椅……宋彬老人住的这里，屋舍和院落都已经太老，虽然他一直在这儿居住，但精力已是明显地大不如前，日常生活大半要依赖村里对老年人的关爱，基本的生活问题能解决，却也无法奢望更多。

南飞凡这个年轻人忙里忙外，他想到什么直接去做，从不拖延。再加上南飞凡的扭伤逐渐好转，行动利索的他能干的事也就更多了。

杨素青和多多爸等人把村路两侧的沟渠全打通了，这一星期的辛苦，让即将到来的雨季变得不那么可怕。忙完一边的活，大家来不及休息，多多爸又提议垫一垫村路，尤其是那几处特别严重的地方，哪怕暂时没能力修缮平整，可减少隐患还是能做到的。

有人愿意帮忙，杨素青哪里肯拒绝，顿时高兴得不行，每天早出晚归，热火朝天地继续赶工。

大食堂那边负责一日三餐，只是菜色越来越素，连续几天的炒粉，连个鸡蛋都没加，一大盘一大盘的素粉，杨素青看在眼中，急在心里。

哪怕不去过问，他也知道是怎么一回事，村里的账面上剩下的钱实在是太少，现在既不能卖脐橙，也不能卖鱼，更没有农副产品出售来贴补，没有进项又有那么多支出，最终实在支撑不下去时，伙食的水准就一日不如一日了。

这天晚上，飞流团队的三人聚集在了一起，几乎是异口同声的，杨素青、南飞凡和郭梓熙同时提出了大食堂那边的现状。

"咱村食堂的标准一直也不算高，但勉强能保证供应肉、蛋、奶和青菜，这些都是日常所需的营养。现在真是一天不如一天，如果每天都只能给他们吃炒素粉，那大食堂存在的意义是什么？还不如让他们自己回家做着吃，没准比在大食堂吃得还营养一些。"郭梓熙最近一直在忙着画画，她要参加一个画展，需要提供两幅新的作品，因为要得比较急，就一直在忙着自己的事，一日三餐也只是在招待所内用小锅煮点清汤面吃，没怎么去大食堂那边。

也是在完成一幅画作之后，她才想起来去大食堂那边看看老人们。

去的时候，大家在吃午餐。

看着老人们碗里的寡淡无味的食物，郭梓熙的脸色就不对了，她去后厨找帮厨的大婶问了问情况，大婶也觉得很委屈。

如果有好的食材，她怎么可能藏起来不给做，实在是最近什么都没有，负责采买的人在会计那里拿到的钱实在是太有限了，哪怕再精打细算，也只能带回来那么一点点，而且还必须分成七天的份额，这样一来就更少了。

　　郭梓熙当时就要找杨素青问问是怎么一回事，偏偏那时杨素青去拉石子了，没在村里。找不到人的她直接去村委会小院堵住了刘会计，非要他给出个说法不可。

　　刘会计同样委屈，他是村里的会计，负责村里的财务工作，这个不假；可账面上没钱，他当然就没办法给大食堂那边拨款改善生活。这事不管是谁来找他，他仍是一样的说辞。

　　老人们吃不好，他看在眼里，心中有数。但这个钱，是村里的公账，不是他的私账。朝他来嚷嚷，毫无道理。

　　郭梓熙脸色极差，找不到杨素青，她也没闲着，直接给宝玥斋打去了电话。

　　阿雾恰好在店里，直接把电话接了过去，由她来回答郭梓熙的问题。宋爷爷的那两件作品现在肯定是卖不掉的了，原本有意向的买家在得知他们等着想要的作品不仅没有降到心理预期的价位，反而上涨了不小的幅度，直接放弃了。虽然宋彬老人的作品足够吸引人，但在同等条件之下，再多找几件替代品也不是做不到，超出预算的部分，没有人愿意来买单。

　　阿雾的语调温温柔柔，讲话并不尖锐，全程也没有扬起音调，她就像是一汪清泉，隐于林间，温柔之中隐藏着一丝不易察觉的清冽。

　　"小熙，这几年的合作算得上是很愉快的，飞流村能提供优秀的作品过来，而宝玥斋也能及时地销售出去，哪怕在单品的价格上没有达到预期，可这毕竟算得上是稳定的销售渠道，不是吗？抬高售价，赚取更大的收益，这当然是我们所希望的。但你是清楚的，愿意来寄卖行选品的客人，几乎没有新手小白，在这些老主顾的眼中，每一件商品的价值是有定数的，或许偶尔为了得到某件特别看得上眼的物件而去溢价，可绝对不会盲目地对每一件商品都去选择溢价购买，尤其是已经看了很久的作品，突然无声无息、没有缘由地抬高了那么多的价格，这样子做，只会失去原有的感兴趣的客人，让你们的作品变得无人问津，这种决定并不明智。"

郭梓熙从头到尾地听完，疑惑无比之深，完全没明白阿雾在说什么。

什么提高售价？什么得罪客人？

但她听出了阿雾的不满，这位宝玥斋的老板娘正在用一种极其温柔的方式来表达着她的不满。

匆匆挂断了电话，郭梓熙直奔村委会小院，她需要一个解释。

杨素青在傍晚时才匆匆返回，南飞凡也是在下课后看到了手机上的信息，才来到这里与大家会合。

郭梓熙本也不是暴躁冲动的性格，在等待的时间里，她一直在思考着整件事，并且用自己的方式去分析判断。

就算等来了杨素青和南飞凡，她也没急着愤怒，而是选择从大食堂最近的伙食水平下降作为切入点。

她明亮的双眼在悄悄地观察着他们两个，灼烫的目光似是要看穿一些东西。

"经费紧缺的问题，我已经在想办法解决了，但还需要几天的时间。"杨素青捏了捏眉心，"陈石头那边答应了会先打一笔款过来，先帮村子渡过难关，留给咱们足够的时间去想办法。"

郭梓熙轻轻反驳："一直依赖着石头哥和郭元哥的帮忙也不是办法，他们两个人的工作室去年才算是勉强步入正轨，现在能不能做到收支平衡也不好说，一直让他们来贴补村里，这个实在是说不过去。"

她的眼神里多了几分深意，语气里却没见多少异常。

"我记得宋爷爷有两件作品在宝玥斋，前些时候老板娘还说有位收藏家特别喜欢，应该是有意向要购买。"

南飞凡下意识地望向了杨素青，杨素青那尴尬的笑容已经暴露了一切。

关于宝玥斋的事，他俩都忘了跟郭梓熙说一声，这一周实在是太忙了，三个人各有各的事情，以至于完全没有时间坐在一起聊聊宝玥斋的事。

现在郭梓熙提出要去宝玥斋走一趟，杨素青赶忙阻止："小熙，咱们以前在宝玥斋寄售爷爷奶奶们的作品，成交价格实在太低，为此村里的很多人都是有意见的。尤其是有的老人是有家人和孩子的，他们一直拿作品出来，家人已是非常地不满，觉得都是咱们村子在占便宜，后来还闹出了几场不愉快。赵小飞之前一直也在说靠卖掉瓷器来解决村子里的困难，但这样子做真的是好办法吗？未必吧。"

"我不想长篇大论地去研究这事儿做得对还是错，我只知道，大食堂那边已经无法供应正常的一日三餐了，村里拿不出采买的费用，那就必须想办法把这部分的钱补齐，总不能让那些七八十岁的老人每天每顿只吃一碗素粉吧？"郭梓熙的情绪已经有些激动了。

"我明天就去找郭元和陈石头，无论如何，先把眼前的难关渡过。"杨素青神情坚定。

"与其如此，还不如先去宝玥斋，将那边的货款结回来，未来三个月就不愁了。"郭梓熙不同意，依旧坚持自己的看法。

"小熙，宝玥斋那边是有问题的……"

杨素青还没组织好语言，郭梓熙却是抢先一步地问："什么问题？售价太低？所以，你就做主，直接抬高价格，破坏掉与宝玥斋稳定的合作关系？"

"你知道了？"这下，不只是杨素青傻住，南飞凡也颇为意外地把注意力集中过来。

郭梓熙冷笑："怎么？我不该知道吗？"

杨素青有些不好意思地抓了抓后脑勺："这事儿我是打算告诉你的，可最近的事太多，一直忙一直忙……简直是忙晕了头了……"

"你是真的忙，还是没想好要怎么说？又或是，你根本不打算告诉我？"郭梓熙的小脸紧绷着，只要跟她有点交往的人都能判断出她这会儿是真的生气了。

这个年轻的女孩子并不是会大喜大悲的性子，反而越是到了紧要关头，她越沉得住气。

杨素青与她有好几年的交往，瞧着郭梓熙的表情，心里顿时咯噔一下。

"小熙，你真的误会了。"

郭梓熙玩味地念着这两个字："误会？"她索性拉过一把椅子，坦然坐下，"你现在不忙了吧？"

杨素青还没反应过来，郭梓熙已经把手一摊，直接发问："来吧，我就在这儿，你有很多时间去解释。或者说，你可以告诉我，我究竟是哪里误会了？"

她真的很生气，内心深处有一股火焰在熊熊燃烧，愤怒变得不容易控制，一种被背叛的心酸感无论如何挥之不去。

望着这间空荡荡的办公室，昔日飞流团队的人都已陆续离开了，她这个"外人"竟始终在坚持。

她不曾怀疑那个在飞流村消耗了数年时间的自己，却对眼前经历的一切，感到不可思议。

杨素青的额头冒出了冷汗，他望向了南飞凡。

南飞凡清了清嗓子："涨价是我的决定。"

"什么？"郭梓熙眼神锋锐，嗖地落在他身上。

南飞凡把那天的事说了一遍，没有添油加醋，也没有逃避责任，包括其间与阿雾的对话，更是一字一句地重复一遍，直接把郭梓熙惊得瞪大了眼睛，嘴里喃喃不停："你为什么？你凭什么？你怎么敢？"

"我有我的原因。"南飞凡强调。

这几天，他把前因后果想得很透彻，也不介意当面给大家理一理其中的逻辑。

郭梓熙想到这一整天来的各种焦虑，忍不住抓起一本书，使劲地砸向桌面。巨响之后，鸦雀无声。

"你是什么原因，我根本不想听；南飞凡，我只问你，你才来多久？你对飞流村有多深的了解？你对自己是有多强大的自信？你又做过多厉害的成功项目？你什么都没有，你怎么敢作出那么武断的决定？"

一连串的发问，将南飞凡怼得哑口无言，他的脸颊泛红，呼吸急促，明明想要反驳，却一点声音也发不出来。

郭梓熙手上的书再次砸向桌面，她真是气急了，才会用这样的方式来发泄情绪。

南飞凡立即闭嘴，像个小学生似的坐得笔直，一双眼睛静静地望着她。而杨素青则是在频频皱眉，并没有要呵斥或是阻止的想法。

郭梓熙的疑问，何尝不是杨素青想问的？这个解释，必须由南飞凡亲口说出，并且还得是能够说服大家的理由。

"宝玥斋那边的关系一直是我在维护，与阿雾之间的约定是我费尽心思谈下来的，我知道这里边或许是有一些问题，可真的要用那种方式直接破坏掉好不容易建立起的合作关系吗？"郭梓熙的嗓子哑了，肩膀无力地耷拉下去，看上去很是有气无力。

"我能说说我的理由吗？"南飞凡等了一会儿，确定郭梓熙的情绪稍微缓和了些，他才小心翼翼地开了口。

"哼。"郭梓熙轻哼，火气仍是很大。

"飞流村是个宝藏村，这是大家公认的事。但为什么是宝藏村呢？说得直接一点，咱飞流村要人有人，要技术有技术，要传承有传承，陶瓷博物馆内摆着的那么多的作品就是证明。因为村子里财政紧张，咱们想着靠出售一些作品来摆脱眼前的困境，这没有错。可正因为心态上有求于人，所以才会在无形当中看轻了自己，导致作品的定价偏低。宝玥斋做的是市场，他们压低进货价，以方便作品顺利卖出，这也没有错。"南飞凡轻轻叹气，把手一摊，"正是因为这两种心态共同存在，寄卖方与售卖方都想着能卖一件是一件，购买方则永远倾向于用最少的价格来收到心仪的作品，慢慢地，大家都知道飞流村送来寄卖的作品在品质和艺术上很有保障，并且价格是能够商量的。”

郭梓熙面露尴尬，即使再恼怒，她也不得不承认南飞凡说得没有错。

“小熙，我很爱陶瓷，是打从内心深处喜欢这件事。我知道一件优秀的作品所代表的真正价值，不，准确地说，我是非常笃定这件事。”他目光坚定，“或许正是因为如此，我判断宝玥斋不会放弃飞流村的老匠人们，阿雾舍不得。”

“你判断？你不觉得自己说的，太武断了吗？你是从什么角度作出的判断？如果你的判断失误，谁来买单？”郭梓熙并不想如此刻薄，可她是真的无法按捺自己的情绪。

“我踏入宝玥斋后，仔细地看过他们店里目前存放着的寄卖品，大多是中档以上的货品，价值不菲。单从作品的质量上来衡量，能达到宋爷爷那样水准的作品，并不多见。店里店外，也有一些能够与之媲美的作品，但因为创作者个人名气，标注的售价大多是在六位数以上。这么一比较，宋爷爷的作品定价是非常低的。”南飞凡越是分析，语气便越是肯定，“之所以一直没卖出去，根本原因正是在于这个价格，说白了，想要收藏的买家也是在等着售价调低，并非是无心购买。”

杨素青若有所思，郭梓熙有几次想要反驳，但不知为什么，那些话全堵在嗓子眼里说不出来。

“其实与阿雾那边的关系会不会因此而决裂，这个事不在于咱们是否提高售价，而是看最终商品能不能卖出去。若能顺利卖掉，宝玥斋拿到的佣金也会更多，她为什么要拒绝呢？”

商人以逐利为目的，之前阿雾一直要求调整售价，真正的目的还是成交。只要能成交，阿雾的想法其实是价格越高越好，她甚至不会在乎这件寄卖品会不会立即卖掉，有时候，耐心地等待，会带来更多更好的回馈。

“之前价格低还卖不掉，你把价格提高了，反而能成功卖掉了？”郭梓熙在南飞凡的解释之下，回归了冷静。

感受到她的语气转为平和，南飞凡也变轻缓了些："阿雾说了，宝玥斋那边对于每件寄卖品都规定了一个时间，若是在这个时间内没有卖掉，那就要退回去，把位置让给其他作品。说起来，那两件作品放在宝玥斋也有几个月了，若是涨价后卖不掉，作品就要退还给宋爷爷吧。"

"的确是这样。"

郭梓熙点头，若不是因为这个，她怎会那么着急？

"那是不是说，若有人喜欢宋爷爷的作品，在我们这边坚持不降价的情况下，他要么放弃，要么购买，只有这两种选择？"听到这里，杨素青仿佛听出点门道了。

南飞凡的眼睛里透出熠熠闪亮的光："理论上是的。"

"有意思了。"杨素青跟着连连点头，"那确实值得等一等。"

"等什么？"郭梓熙这会儿有点迷糊，整个人似懂非懂的。

"等成功，或者等失败，这就是一场博弈，谁赢谁输，必定还是有个说法的。"对此，南飞凡很是肯定。

杨素青终于下定了决心："宋爷爷烧一炉瓷越来越不容易，以后他的作品也注定不会有那么多，每一件能拿出来售卖的都是稀缺的珍品。从这个角度出发，压低售价并不是明智之举，小南这次的决定的确是仓促了些，不过，即使是回来商量之后，我仍是赞同他的决定。"杨素青攥紧了拳头，语气沉重，"赶在这个时候来做这个事，的确是很困扰。可是，正确的事只要下定决心去做就可以，恰当的时间，恰当的决定，没谁规定必须怎样。"

"你也是赞同的？"郭梓熙听出了弦外之音。

"是的。"杨素青肯定地答，"宝玥斋给得太少了，我每次跟宋爷爷交代，他老人家虽然没有表示过其他，可我能看得出他的失望。"

"那好吧，这事儿暂且不再议论，留到以后慢慢来看。"郭梓熙话锋一转，提到了目前为止要去面对的另一件事，"我这个月卖了两幅画，一共是两万两千块钱，我自己留两千作为生活费，其他的交给村里，解

273

决大食堂目前面临的资金问题。"

"那怎么行？"杨素青第一个不同意，"你这几年画画卖的钱几乎都贴给了村里，上次就说最后一次了，绝对不能让你来承担这个事。"

"不是贴，是借。"郭梓熙纠正，"村里每次都写借条给我，而且还标注了利息，我觉得很公平。"

借条是一口气攒了不少，什么时候能还上却遥遥无期。

"这一次，还是由我来想办法吧。"杨素青摇晃着脑袋，"我今晚回去肯定会认真思考，顺便跟陈石头他们聊一聊对策，虽说这些人暂时不在村子里，但他们仍是飞流村的一员，村里的事不会不管。"

郭梓熙递了个眼神过去，没吭声，但该表达的也全表达出来了。

杨素青哑住，心头压着很多沉甸甸的东西，让他心中充满五味杂陈的异样感觉。

"这事儿先这么定了，回头写欠条的时候，你记得签字。"郭梓熙站起身，直接走了。

南飞凡跟着出了门，他总觉得郭梓熙的情绪不太对劲，想着过去问一问是怎么回事。不管怎么说，也要关心一下的。

"等会儿，别走。"杨素青拦住了他，"我找你还有事。"

"啥？"南飞凡诧异地问。

"你跟我来。"杨素青拽着他的胳膊，直接往后院走。

那边有个很小的门，也能离开村委会小院。之所以选这里，杨素青也是为了躲着点郭梓熙，显然他不愿意让她知道。

"怎么个情况？"南飞凡跟着走出老远了才问。

"小南，你跟着宋爷爷学手艺，最近学得还顺利吧？"杨素青话锋一转，问出了相当好奇的问题。

"还在苦练基本功，算不算顺利我也不清楚，反正能感觉到自己每天都进步了一些，我也满足了。"讲起了感兴趣的话题，南飞凡滔滔不绝。

"想不想去看看村里的老窑？"杨素青语带诱惑。

不得不说，这话一下就戳中了南飞凡心底最在意的点，他立时来了精神，很是热切地问：“想，当然想，做梦都想。可你们不是说，村里的窑都有主儿，平时不让碰的吗？”

“不让随便用，没说不让看，我是想着，你是真心想跟宋爷爷学艺，而宋爷爷也是诚心诚意地想要教你，基础部分的学习和练习是很快的。捏好的瓷胎总要烧一烧才能变成艺术品，烧制的过程可是十分重要的。”他用手肘轻轻顶了南飞凡一下，“要想烧瓷，怎么能离得开老窑？早点带你去瞅瞅，你心里也有数。”

南飞凡兴奋不已，可走了一会儿，又觉得好像哪里不对劲。

他停住脚步，直接不走了。

杨素青走出挺远才发现他没跟上来，当即停下，诧异地回头看：“小南，你怎么不走了？”

“青哥，你现在的样子可一点儿都不正常，要是不说明白了，我不跟你去。”事出反常，必有猫腻。南飞凡好歹在飞流村也住了那么久，跟杨素青接触得多些，有些异常是瞒不过他的。

“瞧你这人，一天到晚把学制瓷挂在嘴上，要是没有我牵线，宋爷爷能那么痛快就收了你？现在还没怎么样呢，你倒是先想着防备起我来了。”

面对杨素青扬起声音的控诉，南飞凡稍稍有些内疚：“青哥，你对我的照顾，我可是在心里全记着呢。不过，我还是想不明白，你是想要做什么？”

“先看了咱村的老窑再说。”杨素青卖了个关子。

他朝着南飞凡招招手，也不准备在这儿解释，心中是吃定了南飞凡的性子，他怎么舍得放弃这么好的机会呢？

那可是老窑啊，换成任何一个痴迷于制瓷的人，这都是拒绝不了的诱惑。

第十三章 | 我们是飞流团队

杨素青带着南飞凡去看的那座窑，位于飞流村的正下方。那里几乎没有民宅，两侧是田地，面对着一大片脐橙林子。平时要是没事，村里人几乎不会往这边来。

"大橙子，你在家吗？"站在门口，杨素青扯着嗓子开喊，久久不见人答应，他却没推门进去，而是站在木门口继续叫门，"杨成！杨成！"

黑漆漆的院内，突然响起狗叫声，此起彼伏，听声音最少得有三只。

南飞凡立即明白为什么杨素青没有直接往里闯了。

"好像没在家。"他讪讪。

几乎是随着话音落下，就听到有人轻声呵斥着狗子们不要叫。没多久就听到了脚步声直奔门口而来。

"谁？"那是一个极其不耐烦的暴躁声音，仿佛是被谁扰了好梦，满是不耐烦的语调。

"我！"杨素青应着。

"哥？"木门吱呀一声被打开，一个男青年顶着乱糟糟的头发探出头来，身上随意套着一件宽大的衣服，像个孩子似的直用手背来擦眼睛，努力想让自己清醒，"你怎么来了？"

杨素青不客气地推开他，直接进了门。那副天经地义的模样，就跟回到自己家一样随意，任何人都能看出，他与眼前的年轻人关系不一般。

果然，杨素青介绍："这是我弟弟，名叫杨成，跟你同年的，应该小你几天。"

"你好，我是南飞凡，你可以喊我小南。"

面对南飞凡的笑脸，以及送到了面前的大手，杨成只是瞥了一眼，并没有要去握住的意思。

甚至连招呼都没打，他就转身追上了杨素青："哥，你有事？"

"没事不能来看看你？"杨素青反问。

"倒不是不能看。"杨成打了个哈欠，"很晚了，有啥事明天再说呗，我困。"

"你困你去睡。"杨素青冲着南飞凡招招手，意思是让他跟自己来。

残旧的小房子内只点了一盏灯，显得极为昏暗。

杨素青打算进去坐，绕着右侧的小路向房后走，哪怕是在夜里光线最暗的时候，他却仿佛老马识途，准确地避开了所有的障碍物，一路向前穿行。

杨成瞬间清醒了："哥，你想做什么？"

"看看老窑。"杨素青回得坦荡。

杨成向前冲，想要把人拦下，但这路实在是窄，两侧堆满了各种杂物，中间就留了一条小小的过道，还有个南飞凡挡着，他要一口气冲到最前边去还真有些困难。

"黑灯瞎火的，看老窑做什么？好久没开窑烧瓷了，那边乱糟糟的不成样子。"杨成的语速又快又急。

"乱就乱呗，不打紧。"说话的工夫，杨素青已经到了房后的一片空地，那里还有一道木栅栏拦着，栅栏门处还挂着锁链，落了大锁。

杨素青一看过不去了，眉头深深地拧了起来："杨成，你锁着门做什么？快打开。"

杨成这会儿总算是跌跌撞撞地追到最前头了，他的额头冒了汗，因为频繁地抓头发，那一头本就又长又乱还有点天然卷的头发变成了顶在头上的鸟窝，颇为滑稽。

"哥，后边是老窑，平时不让人进的。"他隐晦地拒绝。

杨素青没好气地瞪了他一眼："我家的窑，我还成了外人，不让进了？"

"不不不，我可不是那个意思。"杨成急得嘴都变笨了，叽里咕噜地说了一通，却也说不出个所以然来。

杨素青不耐烦地打断："行了，少废话吧，赶紧打开门。"

"钥匙在屋里。"杨成撇了撇嘴。

"那就去取。"

见杨素青是真的恼了，杨成也知道他的脾气，心里边哪怕有再多的想法，这会儿也不敢再多说什么。

不一会，钥匙取了过来，杨成攥在手心里，眼睛咕噜噜地乱转，心里明显还有打算。

杨素青低吼一声："杨成。"

被喊到名字的杨成狠狠一个哆嗦，他表情无奈，又是那副不情不愿的样子，不过也知道这事拗不过杨素青，便只能去开锁。

"你搞什么鬼？"杨素青是真的有点恼。

"哥，我是怕谁突然闯进来，弄坏了老窑。"杨成满是委屈地说。

"你就会胡说，能有谁会突然闯进来？杨成，你这一天天地躲在屋子里不出去，实在不是个事儿，赵小飞现在出去学厨师了，要不你也考虑考虑，出去学个手艺？倒不是为了挣钱，主要你得见见人，一个大小伙子，整天就一个人躲屋里，这也不是个事儿。"

"你别唠叨了成不？我也不是小孩，我知道自己在做什么。"杨成的抱怨声也没停，杨素青说一句，他回一句。

两兄弟相处的氛围，是那种亲人之间的温馨亲昵，并不是真的在吵架。南飞凡一直惦记着等会儿要看到的老窑，他一个劲儿地搓手指头，心思已经全飞到这件事上边去了，此刻的他完全没心思去听杨素青和杨成在聊什么。

"老窑一直没用，有几处已经坍塌了，今年年初我一直在尝试着修缮，你也是懂行的，这个事不是说修理一下即可，最主要的问题在于长久地闲置，什么东西一旦不用，它就很容易坏，老窑同样如此。"杨成在开锁的时候仍是絮絮叨叨个不停，他刻意把动作放得很轻缓，仿佛是在故意拖延时间。

杨素青看出了其中的不对劲，他狐疑着问："杨成，你搞什么？"

杨成瞬间僵硬得像一块石头，他表情扭曲，整个人讪讪的："其实，我就是想说，好不容易才把老窑修理妥当，我很担心它又坏了，所以时不时就用一用。"

"用一用？"杨素青隐约明白了什么，"你在做什么？你在烧瓷？"

他整个人几乎是当场跳起来的，当即不再慢悠悠，一把推开了杨成，快速朝着最里边走去。

杨家的老窑依山势而建，经过几代的改修，如今的规模已是颇为壮观。老窑外围用红砖垒砌得极为工整，左侧是四个大字——杨氏老窑，右侧的神龛内供奉着风火仙师童宾，童宾是明代人，是奉皇帝之命烧瓷器的匠人之一。传说，一次皇帝下的指标太过繁重，眼看着任务无法完成，众人都得掉脑袋，童宾在烧瓷的危急关头，跳入窑火，一窑完美的瓷器得以烧成，众人也得以幸免。从此以后，烧瓷匠人就开始奉童宾为窑神，掌控熊熊的窑火，祈祷烧瓷的顺利。

老窑的周围，放满了煤块、木柴、助燃剂……

有一些南飞凡认识，还有一些他不认识。在老窑的下方，南飞凡还看到了大功率的鼓风机，此刻正在运转着，吹得一炉窑火，旺盛燃烧。

"你什么时候开了一窑？"杨素青脸色铁青，极为不高兴地质问。

杨成抓了抓头发，本来是想小小声地回一句，转念一想，他又没做啥错事，不就是开了一炉嘛。他不求人不靠人，不坑人不骗人，用的是自己的时间卖的是自己的力气，这有啥好心虚的。

于是，杨成挺了挺身子，理直气壮地说："我费了那么大的劲儿才把老窑给修好，开一窑过过瘾，这也情有可原吧？"

"你都不知道提前说的吗？说干就干，你把我这个哥哥放在哪里？"杨素青也急了，在外人跟前的礼貌和修养，到了自家弟弟这里全部收起。此刻，他只是个被气坏了的大哥，从地上抄起了一根粗棍，直接冲上去开揍。

杨成拔腿就跑，一边跑一边不服气地嚷嚷："你又不喜欢烧瓷，你也不会制瓷，说白了这座老窑就只有我能用，你气啥？你有啥好气的？我都不理解你为什么要气！"

杨素青不回答，只是继续追，他是准备先把人按住以后，再好好跟他讲讲"道理"。

南飞凡觉得这种家事，自己还是不参与为好。他来到老窑边，找到了观察口之后，认真地看着窑内正在烧制的瓷胎，窑内还有大片的空地，并没有摆满，那大片的空间实在是非常浪费，作为正在努力学习的创作者，南飞凡忍不住想，这一窑还可以放进去不少作品，若是提早知道，他一定争取把宋爷爷的那几把壶和自己的几件习作也一并放入，哪怕烧出来看看效果也好。

这还是南飞凡第一次有机会近距离地观察一座有着悠久历史的老窑，他仔仔细细地观察，每一处细节都不肯放过，就连填柴的灶坑他也趴下去，非要看个清楚不可。

杨成给老窑加了温控计，还加了温控报警系统，这都是原来老窑没有的"装备"，如今改建完成，老窑有了新气象，热腾腾地烧着，看得人眼前一亮。

另一边，杨素青还是逮住了杨成，连拍了他好几巴掌才解恨："做事能不能提前商量一下？我没说不让你修老窑，但至少得让我知道这件事。还有，你知不知道咱村有多少人等着开窑呢？你悄悄就开了，烧你做的那几件锅碗瓢盆，你不觉得浪费吗？"

"哥，我这次做的是人物和鸟兽，才不是什么锅碗瓢盆，用的是很复杂的工艺，不信开窑的时候你来看，保证惊掉你的下巴。"

啪——

又是不客气的一巴掌扇了过去，哥哥对弟弟有种天然血脉上的压制，杨成挨揍后，抿着嘴唇不说话了。

"你支持村里所有的人，人家需要什么帮助你都肯答应，怎么到我这里什么都不行。想要修好老窑是我的心愿，我自己整整干了三个月，还加装了不少好东西。这些事我也没麻烦别人，你为什么还那么生气？"杨成委屈地撇着嘴，双手护住脑袋，避免自己再挨揍。

"我生气是因为你做这些吗？"杨素青一副恨铁不成钢的表情，他又一次扬起手，吓得杨成赶紧躲，那委屈巴巴的表情又让杨素青心里一阵恼怒，他咬着牙，一字一顿地强调，"我生气是因为你做事不提前知会，一个人闷头傻干，也没考虑到别人。咱们飞流村实在太需要新增一口窑……"

"即使知道咱村缺窑，为什么你不来牵头修咱家的窑，我修好以后你又来怪我。"杨成说完，唯恐又挨打，赶紧一闪身躲到了南飞凡的身后。

"你以为我不想修吗？我这不是……这不是……"他愤愤，终究没有把后面的话说出来。

兄弟两个斗牛似的互瞪，大有谁也不服谁的架势。

南飞凡扎着马步，弯下腰朝下方看。他轻轻低喃："哥们儿，这玩意谁设计的，够精妙的啊。"

杨素青与杨成动作一致，一起扭头，就见南飞凡用一个近乎可笑的姿势在看着炉底的位置。"两台鼓风机，一主一辅，分别放在两侧，这样子就在炉内形成了一种小的空气对流，帮助炉内的燃料充分燃烧。还有那个温度计，明明只是普通的温度计，但它放置的位置，恰好能作为参考值来判断炉内的温度，虽然做不到精准控制，但相对的准确也是另一种不错的参考。嗯，花小钱办大事，简直太聪明了。"

杨成一下子像是觅到了知音，嗖地蹿到他身边，使劲抓住了他的手臂："哥们儿，你真是行家，才看了一会儿就看出这么多了？"

南飞凡满眼笑意，热络地拉住了他："走走走，相逢即是有缘，咱们得仔细聊聊。对了，你这一窑烧的是什么？我刚才从观察窗口往里看，感觉好像是人物和动物的造型？"

杨成立即竖起了大拇指。

杨素青才想跟上，可是眼看着南飞凡和杨成哥俩好似的搂在一起，一个认真说，另一个认真听，时不时还交换意见，瞬间热络得像是已经熟悉了很久的老朋友似的。

这种气氛之下，再吵架也没有必要。

杨素青干脆搬了个凳子，往炉前一坐，瞅着那一窑火焰发起呆来。

没过多久，杨成走过来，蹲在他的身边小声解释："哥，你是觉得我一个人开一窑比较浪费，所以最好是咱村的老师傅们把攒起来的作品全拿来，找个时间统一烧制，等于是成本不变的情况下，收益却增加了。我认可你的想法，以后也愿意配合。不过，今天这一窑之所以匆匆忙忙地开了火，更主要的原因是我想要试试这套低价买来的替代品，能不能起到预想中的作用。"

他指着鼓风机、温度计、助燃剂和一些以前老窑没有的照明设备，说："这些真的很便宜的，能不能用我心里也没谱，但总是要试试的嘛，万一能成呢？"

"有用吗？"杨素青忽地问。

杨成来了精神，使劲直点头："有用，真的有用，窑内的温度控制得较为理想，升温较快，等看见成品之后，就知道有没有成功了。"

"这一窑，还要烧制多久？"杨素青来了些兴趣。

杨成心里算计着时间，而后回："五十个小时左右。"

"这几天你都在守着这一炉？"尽管心里已有了答案，杨素青还是问了。

"对，守了三天了。"杨成的双眼之下有着一层浅浅的乌青，精神状态却很好，他对于这一窑的成功非常地期待。

"奇怪，我每天都从门前过，怎么没看见老窑的烟囱有在冒烟？"杨素青喃喃。

说起这个，杨成不好意思地笑了起来。

"我在烟囱那里做了些改装，加了过滤网，减少烟灰外溢，这也是为了环保，不能污染咱飞流村的生态环境嘛。"杨成很会找说法。

可惜，这事儿直接被无情地拆穿了："是怕污染环境，还是担心被我发现？"

"瞧你说的，咱都在一个村里住着，这种事怎么瞒得住？"杨成的眼神又在乱飞了，一看就知道是在心虚。

杨素青嗤之以鼻："你不是为了瞒住，你想的是能瞒一天是一天，能多晚发现就多晚。"

从杨成瞪大的眼睛就知道，杨素青猜对了。杨素青嗤之以鼻，对这件事没兴趣继续评价。

南飞凡蹲在老窑面前，对于扑面而来的窑灰，他竟是有些痴迷地赞叹："这火是真好。"

杨成点头："老窑的内部也全都用古法修整过，又用现代的办法做了密封，必须让它升温快，持久，省燃料，排放少。"

南飞凡听了这些目标，他竟有种不可置信的感觉："能行吗？"

"当然行，这不是做出来了吗？"杨成拍了拍杨氏老窑的大招牌，正要继续自吹自擂，忽地接收到了来自杨素青的异样目光，他顿时弱了气势，放低声音，"虽然老窑修缮完成了，但仍需尝试，我的这一窑瓷可以说是非常地重要，它必须成功，绝不能失败。"

为了达成目标，杨成一个人守窑，日夜颠倒，不辨时间。所有与之无关的一切全放弃不管，全心全意，只专注于这一件事。

他本来是想着成功之后，再去找杨素青炫耀的，没想到的是，最近忙得不行，几乎没什么时间管他的杨素青，竟然搞了个突然袭击，把他逮了个正着。

"哥，我有信心，一定能成的。"杨成小心翼翼地说，"回头咱家的窑能用了，你要怎么安排，我全没有意见。"

"真的？"杨素青虽然用的是怀疑的眼神，可他那根本压不住的上翘嘴角，还是暴露了他的真实情绪。

"当然是真的，你是我哥，我糊弄谁也不会糊弄你的，对不对？"顿了顿，杨成突然收起了一本正经，笑嘻嘻地说，"我相信，我自家亲哥可不会亏待我这个没啥能耐的弟弟的，咱要求不算高，用窑的规矩跟石头哥家里的老窑一样即可。"

瞧着杨成那狡黠的笑容，杨素青没好气地瞪他，后者则是用笑嘻嘻的表情来回应，反正只要把要紧事表达明白了，他也就心里安定了。

"南飞凡，你看完了没有？"杨素青决定不搭理杨成了，他扭头望向另外一个。

南飞凡之所以一直没吭声，倒不是他多有边界感，刻意避着杨家兄弟俩的口舌之争，而是他这会儿的注意力全集中在杨家老窑上边，围着这座窑左三圈右三圈地绕了几绕，粗浅看过表面的东西，接下来便是深入了解。

爱瓷之人，怎么可能错过如此好的机会？

他如今对周遭的一切繁杂事务都没兴趣，进入了那种连自己都无法去形容的状态。

杨素青喊了他三次，南飞凡茫然地抬起头："什么事？"

发现是这么个情况，杨素青简直要叹气了。

"小南，很晚了，我们该回去了。"他今天之所以带南飞凡过来，主要目的就是利用家里的老窑把南飞凡的兴趣狠狠勾起来，确保未来很长一段时间，南飞凡会留在飞流村，这样子，他与这里的羁绊会越来越深，以南飞凡的性格，他肯定要铆足劲儿多为村子里做一些事。

万万没想到，杨成一声不吭把老窑给修好了，这是不在预料当中的状况。杨素青想了想，觉得从整体上来看也是好事，此刻的飞流村太需要这些设施来保证正常运转了。

等了一会儿，不见南飞凡回答。

杨素青望过去，就见他在应声之后，转了个圈，又去老窑后侧的小鼓风机附近看火苗了。

杨成跟在一旁，给南飞凡解释其中的原理，他在选定这个地方做辅助位置之前，那也经过了认真的计算，以及不断的尝试。其间失败了很多次，这成功来之不易。

南飞凡是半个行家，一瓶子不满半瓶子晃荡，可他很会共情那样的艰辛感，给予了杨成充分的肯定。

杨成被他几句话讲得眼泪汪汪，这会儿实实在在是有种觅到知音的感觉，他和南飞凡死死地攥着对方的手，一个花样百出地夸，一个泪眼婆娑地听，这画面多少有点儿滑稽，一时间，杨素青也不知道该如何评价。

"走不走了？"他催促一声。

南飞凡猛地抬头，像是下定了决心似的："青哥，我能不能在这儿再多留一会儿？你有事儿的话可以先走，我跟杨成再聊聊。"

这种要求，并不意外。

杨素青也没眼看那两人一扫陌生感，腻腻歪歪地贴在一起的样子，也不知道在聊些什么。

"行，我走了。"他还有一堆事要做，没时间可以浪费。

又是三天过去，大食堂已是连最基本的粥饭都供应不上了，老人们开始询问是怎么一回事，村里是不是遇到了什么困难，可以说出来，他们一起帮忙解决。

杨素青下定决心，报喜不报忧："村里的项目款没有结算回来，采买那边放不开手脚，不过大家放心，已经想到解决的办法，明天咱们伙食就能恢复从前的标准，三菜一汤，有蛋有肉。"

他虽然年轻，但在村里是很有威望的，听他这么讲，大部分老人都放宽了心。

也有一些老人，对村子里的具体情况更关心，也更了解，他们反而察觉到了其中的不对。

午饭过后，大家各自散去。

赵爷爷那桌，大家依然坐着。

杨素青想走，珍奶奶的拐杖一抬，直接把人给拦了下来。

"您老还有事？"

珍奶奶懒洋洋地开口："先坐着。"

杨素青不傻，大概猜到了是怎么回事，又没有合理的解释，因此就想着要找借口开溜。

问题是，几位爷爷奶奶像是商量好了似的，他只要一动，立即有人开口讲话。杨素青也不能没有礼貌地直接走远，搭话的工夫，大食堂内已经没有什么人了。

赵爷爷开了口："小青，村里这次遭遇的困难，你打算怎么解决？"

杨素青露出满眼困惑的神情，假装没有听懂："什么困难？谁说有困难？完全是没影的事，咱村可是好得很呢。"

珍奶奶睨了他一眼，而后叹息着说："看，我说什么来着，你们是问不出来的，这些孩子早习惯了报喜不报忧。"

"他们是把咱们当成不中用的糟老头子糟老太太，觉得咱们帮不上忙还老添乱呢。"宋爷爷颇为感伤。

"别，你是不中用的糟老头，我可还是有本事的老太太。"珍奶奶坚决不同意这种说法，她拍了下桌，声音扬起了几分，"小青，你来说，是不是真的嫌我们老了？"

"没有的事，这可不能胡说，那不是冤枉人嘛。"杨素青求生欲极强，使劲地摇晃着脑袋。

"如果不是村里的财政出现问题，大食堂这边的伙食不会变得这么差，你当我们是老糊涂了，真看不出来吗？"赵爷爷先是没好气地嘟囔了一句，紧接着才说，"不只我们能看得出，走的那些也能看出来，他们不爱多问，是怕给你们压力。可是，我觉得，飞流村不是你们年轻人的村子，也是我们这些老家伙的；咱们这些老头老太太不是你们的责任，但你们还是义无反顾地承担起来，这份情义，我们老的看在眼中记在心里；既然大家都是村子里的一员，在遇到困难的时候自然是有人出人，有力出力。"

"小青，事情明明白白地摆在那儿，你想瞒也瞒不住，还不如讲开了，我们给你出出主意。"

你一句我一句，每每杨素青想找敷衍的借口，竟都会被打断。

说到最后，杨素青低下了头，干脆不出声了。

"你这孩子，怎么不说话呢？究竟是怎么一回事啊？"珍奶奶拍着大腿，实在是着急。

"欠款，没要回来，所以最近比较难。不过，真的很快了，不信……不信你们问小熙。"从门外走进来的郭梓熙瞬时成为杨素青的救星，还不等老人们开口，杨素青敏捷地站了起来，朝着门外而去。

与郭梓熙擦肩而过时，他不忘留下一句："这里交给你了。"

望着他那欢天喜地的背影，郭梓熙略显无语。

珍奶奶他们一起围过来，郭梓熙还不能说什么置气的话，她扶着腿脚不利索的周爷爷，把大家安顿回椅子上，这才讲起了最近发生的事。

村里的财务状况的确是有点紧张，并不是没有解决的办法，就在刚刚，陈石头和郭元的工作室已经将一笔款打了过来，另一笔较大的款项也在这几天到账。

"晚上，大食堂这边就能恢复正常了，只不过还得参考徐医生的意见，晚餐清淡，不能大鱼大肉，免得增加肠胃负担。不过，我琢磨着，明天中午肯定会做好吃的，到时候爷爷奶奶们一定要早点过来吃一顿热乎乎的午餐。"

老人们将信将疑，只是看着郭梓熙说得那么笃定，心里边才稍稍放心下来。

南飞凡搬着一箱东西，兴冲冲地也进了门。郭梓熙学着杨素青，也装作要接电话，向外走去。

又是一个擦肩而过，郭梓熙用只有两个人能听到的音量提醒："这里交给你了。"

"啥交给我？你说清楚啊！"南飞凡诧异地问。无奈郭梓熙已经走远，甚至还不忘留下一句她有急事，便火烧眉毛似的跑得没影了。

南飞凡还搞不清楚状况，为了避免不小心说错话，他明显拘谨了几分。

"小南，你拿的什么？"宋彬老人自从开始教南飞凡学习制瓷技艺，与南飞凡要更亲近一些，说话也随意，跟对待自家亲孙孙没两样。

"宋爷爷，这是一套直播的工具，有补光灯、机位架、录音笔等等，再找一个平板电脑或者手机，咱就能搭建成最专业的直播间，面向整个互联网开启直播。"

"啥是直播？"赵爷爷问出了第二个问题，他嫌弃电子产品伤眼睛，因此很少看手机，对于互联网上相关的知识了解不多。

珍奶奶嫌弃地白了他一眼："连直播都不知道，你可真是跟不上时代的老古董。"她把南飞凡拉到自己跟前，笑眯眯地问："小南啊，你打算做什么样的直播，是要表演才艺？唱歌还是跳舞？还是搞笑搞怪的？"

珍奶奶感兴趣，宋彬老人也就专注了许多。

南飞凡直接宣布："最近宋爷爷准备教我塑造壶身了，比起之前的基本功，这部分内容其实是最经典的，既展现技艺，又具有相当的观赏性。因此，我来跟宋爷爷商量一下能不能开个直播，您不只能教我，还能教许多对于制壶感兴趣的人。"

"艺不轻传。"宋爷爷想也不想，干脆拒绝，"这些家传的本事，都有不同的规矩，怎么能随便就教给别人呢？"

"话也不是那么说的。"没等南飞凡去说服，珍奶奶第一个不同意，"现在各种直播间里，可是有好多厉害的大师在做教学，再说，你讲的全是基本功，网上更详细的都有视频教程，何必藏得那么紧，好像什么稀罕物似的。"

"那也不成。"宋爷爷绷着脸，手背在身后，完全没有商量的余地。

他一离开，南飞凡立即抱着箱子跟了过去。

通过一段时间的相处，宋彬老人的脾气他已十分清楚，知道这事不能急，非要把道理讲清楚，老人认可以后，才能够继续进行。

对此他还是有些信心的，毕竟宋爷爷十分讲道理。

珍奶奶笑着："年轻人，就是干劲足。"

赵爷爷想起了赵小飞，对于他跑出去学厨师的事仍是耿耿于怀。连新来的南飞凡都知道制瓷这门技艺有多么重要，一抓到机会立即跟在宋彬老人身后，能学到多少是多少，是感恩且珍惜的。他家那个臭小子呢，放着家传的本事嗤之以鼻，跑出去学什么厨师。倒不是说未来做厨师不好，可这些事在赵爷爷看来，那就是舍本逐末，舍近求远，真是丢了西瓜捡芝麻。

"你啊，老了，跟不上年轻人的思路，那就不要去跟了。小飞也好，小青也好，这些年轻人想的都是与时俱进，不管是对是错，也不管将来能得到什么结果，能够向前迈出这一步，勇于去尝试，这就是非常好的。"珍奶奶轻声地劝。

赵爷爷随意地点了点头，然后突然想起了什么："老宋要是不爱教小南，我也可以教。"

珍奶奶听见这话，扑哧一笑："你不是说艺不轻传嘛，这会儿怎么又动了心思？"

"我是说艺不轻传，但遇上真心上进想学的年轻人，不传出去就要砸自己兜里了。我们赵家这一脉是有点不一样的东西的，原还指望着小飞能好好地学，可你看那孩子……唉……"赵爷爷又在长吁短叹了。

珍奶奶轻拍了他一下："你这老头，不能心思太重，心脏不好，还整天操闲心。"

"几辈人传承下来的好东西，如果断在我的手里，我就是罪人。原本我劝自己，这辈人不管下辈事，我尽力了，问心无愧即可，也不需要耿耿于怀。但我今天看见小南那孩子，不知道怎的，我这心啊，好像又跟着活络起来了呢。"

赵爷爷满是狐疑的语调，逗得珍奶奶又一次笑了起来。两个人结伴在村路上慢慢走着，这一条路，他们这些人从年轻走到年老，外面的繁华世界见识过了，暮年又回到了生养他们的小山村，日子过得不算好但也绝对不差，可就是生命即将走到尽头时，心底里涌动的遗憾才会变得那么多。

"时间还早呢，慢慢来，咱们不急。"珍奶奶笑了起来。

"不急，不急……"赵爷爷嘴上跟着附和，表情可不是那么一回事。

珍奶奶就又笑了起来。

听说杨成那边开了一窑，宋彬老人整个下午都心不在焉，随便给南飞凡安排了些练习事项，他没有着急去睡午觉，而是不停地在院子里散步转圈，就连午睡的时间都错过了，这显得非常不同寻常。

南飞凡一心二用，在练习壶身雕刻的同时，眼尾余光时不时地落在宋彬老人的身上，悄悄观察他的一举一动。

"小南，他那一窑烧到什么程度了？"大约实在是憋不下去了，宋彬老人来到了南飞凡的跟前，装作很不经意地问。

其实他大概没有意识到，从大食堂吃了午饭回来，一直到现在，时间才过去一个多小时，他却已经围绕这个话题问出了很多的问题。

"杨成说再守一两天就差不多了。"南飞凡有问必答，却也没着急说更多。

有些事，需徐徐图之，绝对不能着急。

他不急，宋彬老人心底是火烧火燎地急，老人又转了两圈，猛地一拍大腿："这孩子才学了个皮毛，怎么就敢莽撞开窑，简直是胡搞八搞，浪费材料。不行，我得去看看。他糟蹋了一窑材料也不要紧，可千万别把杨家的老窑给弄坏了。"

眼见他急匆匆地就要走，南飞凡连忙跟上："宋爷爷，我陪您去吧？"

"那也行。"宋彬老人没有拒绝。

他们走后没多久，郭梓熙就推开小院的门走了进来。她喊了两声，发现家里没人，给南飞凡打电话也没接，她只能联系杨素青。杨素青那边恰好在杨氏老窑，直接告诉她大家都在，有事的话来这边会合即可。

等到郭梓熙赶到时，愕然发觉所谓的"大家都在"，指的竟然是老、中、青三代。宋爷爷、赵爷爷、珍奶奶这些老人，多多爸爸牵着周多多的手，还有就是杨素青、南飞凡、陈石头他们。

已经多久没见大家凑得这么齐了？难道是有什么事要发生吗？

郭梓熙一肚子的话只能暂时咽回去，她往杨素青的跟前凑了凑，小声地问："什么情况？"

杨素青的目光依旧集中在老窑上，同样是压低了声音回答："大家在研究杨成改建的老窑。"

杨成表情讪讪，站在木柴堆旁边，没看出来脸上有一丝丝高兴的神情。南飞凡挨着杨成，时不时地劝解几句。

郭梓熙越看越迷糊："改建出问题了？为什么大家的表情都这么严肃。"

杨素青刚想回答，大家就听见老窑后方传来了郭元的声音："这设计，真是太绝了，就靠着两台鼓风机，窑内的燃料得到充分燃烧，温度很持久，烧出了一炉好火。"

"这么改能靠谱？"陈石头没有要质疑的意思，因为大家全能听出他话语中的期待。

"靠谱！靠谱得很！杨成，真是个天才。"郭元讲得好大声，即使耳力再不好的老人也听清楚了。

杨成的脸此刻涨得通红，一扫之前的颓废，他使劲地搓搓手，在原地转了个圈圈。

291

"我……我就是试试，也没多少钱，想着万一不成就拆了，恢复原样也容易。"他在点火开窑的时候已经知道自己成功了一半，最后能不能达到了预期的效果，他心里头是真没底。

陈石头和郭元一直在持续进行创作，他们不断地改进工艺，从不曾放弃，是飞流村目前最专业的人士。能够得到他们的肯定，杨成十分激动。

"窑内没有装温控计，因此不能准确判断老窑内部的温度，以及温度的曲线变化。不过，我从经验上来判断，窑内的温度应该是达标的。"郭元说着话，再次朝窑内观察，口中还喃喃地说，"老窑能不能用，最终还是要看里边的成品，这一窑我可是太期待了。"

"我瞧着一定成。"宋彬老人是制瓷的老师傅了，即使是还在烧制过程中的瓷器，他只要远远地看一眼，也能作出大概的判断。

"再有一天就差不多了，等开窑的时候，我们再来一趟。"珍奶奶的提议，得到了所有人的认可。

宋彬老人还说着："小成啊，下次再准备开窑，你可一定提前说一声，我那儿还有几件好东西呢，想跟着一块放进去。"

赵爷爷一听，立即跟着开口："小成，也给我留个位置，我一直有个想法，最近得试试。"

珍奶奶捂着嘴笑，赵爷爷老脸一热，赶紧拉她下水："你也很久没动手做点什么了，一身本事是不是全还给爹妈了？"

珍奶奶的制瓷技艺是她父母教的，她父母的技艺也是跟着他们的父母学的，一脉家传，传承了不知道多少年了。珍奶奶年轻时在陶瓷厂可是厉害的业务骨干，不只是制瓷能力足够强，最主要的是沟通能力特别好，能有效地把各个部门的工友给联络起来，但这么一来，自己的创作时间便很有限了，以至于在退休之前的那十来年的时间里，珍奶奶几乎没再碰过陶土。

退休以后在市里待了几年，帮女儿带带小外孙，跳跳广场舞，渐渐地成了一位普通的老太太，直到她的老伴去世。

珍奶奶像是大彻大悟了似的，对于很多事的理解与过去全然不同，不顾孩子们的反对，珍奶奶搬回飞流村，她的老伴被安葬在了村后的墓园，珍奶奶想去看他时，走个十几分钟路就到达了。这种距离，让她既踏实又安心。

其实飞流村的养老生活是非常简单的，物质上的享受远远比不过城里，然而当规律简单的生活完全习惯了以后，珍奶奶的身体渐渐变得强壮，精气神也比过去要好了不少，如今已是神采奕奕，非常有活力。

赵爷爷突然提起让她创作瓷器，珍奶奶明显有点愣神，她摊开自己不再灵活的双手，记不起来上次摸陶土是在什么时候了。

"还能行吗？"她不是没有过类似的打算，只不过心里头实在是非常地自我怀疑。

"有什么不行的，恢复恢复，手指头就想起来该怎么做了，你是从小开始学的，练了一遍又一遍，做了足足几十年，就算是脑子忘记了方法，你的身体肯定还记得。"赵爷爷满口鼓励，其他人同样跟着点头。

还有几位平时话比较少的爷爷奶奶，今天也有了开口的兴致，纷纷地劝着。珍奶奶很是心动，笑呵呵地应声，眼睛一直朝着杨成放工具的架子上看，如果不是现在人多，她怕是马上要过去试试手了。

郭梓熙本来是急匆匆地要说点什么，一瞧见大家是这个状态，她突然不想说了。

陈石头揽着杨素青的肩膀在轻声说什么，杨素青不住地点头，没过一会儿，他把郭元、杨戎和南飞凡全喊了过去。见郭梓熙还在愣神，杨素青催促："小熙，还不快点？"

郭梓熙快速地应了一声，有些不放心地看着周围聚集的老人，若是没个人在这儿看着，万一出点什么事可不好。

像是看出了她的想法，杨素青说："小南和杨成跟大伙有重要的事要说，你来听听，不会讲很久。"

郭梓熙想着自己也有事要说，直接应声，也跟着到了门外。

"小南，你把自己的想法给大伙再讲一讲，挑重点讲得详细一点。"杨素青说完，还不忘拉了南飞凡一把，将他拖到了众人视线的正中央。

南飞凡清了清嗓子，一时间不知道从哪里说起。

他局促的时候，杨素青又是不耐烦地推了他一把："一个大男人，跟自己村里兄弟们说点正事，这有啥好害臊的？"

"我没害臊啊。"南飞凡更加不好意思了，其实他只是还没想好从哪里开口。

被杨素青这么一打岔，思路倒是通了。于是就开始从最基础的部分讲起，他准备开直播，拍视频，宣传飞流村，宣传陶瓷文化，聚集一些制瓷专业人士、陶瓷爱好者和收藏家，稳定小半年之后，再做其他打算。

"后续还有什么打算？"陈石头来了兴趣，好奇地问。

南飞凡想了想："第一阶段的目标只是聚拢人气，这件事做得好，才会有未来。"

如果做不好，基本上也是到此为止了，说再多有什么用？

陈石头却是很执拗地继续问："我想多听一听。"心里有了数，才能决定他以后用什么态度来对待这件事。

郭元是了解合作伙伴的，听到这儿也跟着附和："是啊，前边已经说了这么多，后边又有什么说不得的？大伙儿肯定都想认真地做点事出来，有个明确的方向，才更好配合。"

"我们是飞流团队啊。"郭梓熙轻喃。

这简单的一句话，倒是让大家全顿住了，每个人都有点眼眶发热的感觉。

当初成立飞流团队，吸纳的是村里的年轻人，希望借由着这股活力满满的新生力量，结合飞流村的特色产业，将这个大家都打心眼里热爱的村子，从日渐衰落的困境中解救出来。

在整个团队几乎要解散的关键时刻，突然站出来了一个南飞凡，他的脸上犹带着少年明朗的稚气，但又信心满满地告诉大家，这件事他要尝试着做。

那颗沉寂了许久的心，骤然激烈跳动了起来。

陈石头点头："说吧，我也很感兴趣。"

南飞凡收到了大家的目光，神情严肃了几分："瓷器，尤其是手工打造的瓷器，在整个行业里是比较小众的，所以我们不能奢求直播、视频和宣传这些会立刻达到一呼百应的效果，那种期待并不现实。不过，既然我们的定位是小众市场，哪怕我们聚集来一千个粉丝，那也是相当大的成功。我打算，若是能顺利达成这样的目标，就开始尝试着卖一卖货，宋爷爷那边有很多作品，我也能帮忙，杨成又把老窑修好了，等到几个环节顺利配合妥当，我们肯定能顺利完成变现。"

"变现！"

这两个字，宛若具有某种神奇的魔力，在每个人的脑海里反复地来回轰炸。

郭元艰难地笑了笑："其实，类似的事我们也做过，取得的效果并不怎么好。首先，在网络平台，我们的作品无法与瓷器厂流水线上生产出来的商业产品做出明显的区分，手工制作的瓷器无法在网络上展现自己的魅力，即使有人感兴趣，也不会轻易在直播间内下单消费。正如小南刚刚所说，手工打造的瓷器更多的是以艺术品的形式展现在大众面前，有人愿意高价收藏，有人无比欣赏喜爱，可这一部分人的购买习惯一定不是守在直播间内盯着主持人的介绍，就算是直播间的氛围再火热也不行。同理，拍视频、做宣传的手法也不管用，这些我们在很早以前就尝试过的。"

南飞凡对此并不气馁，反而准确地指出了郭元等人在直播过程中存在的问题，尽管他没有去关注，但这件事哪怕是猜，也能猜出来一些。

"你们做直播、拍视频，宣传的是作品，所有的点也是围绕着作品本身，这样子的作品即使传到网络上，只要对此没有购物需求的粉丝都只会一扫而过，不会产生更大的触动。换句话说，投放的目标群体不够准确，因此反响平平也在意料当中。"南飞凡说完，又觉得自己可能讲得有点过分，他生怕惹得大家不高兴，赶紧补充说，"而我做这些，侧重的宣传点不是作品，而是人。"

"人？"郭梓熙反应非常快，"你是说，你想宣传咱的爷爷奶奶们。"

南飞凡笑吟吟："那么大的宝藏，不去深入挖掘，是不是太可惜了？"

杨素青凑了过来，郭元和陈石头也是那种一脸好奇的样子。

南飞凡来到飞流村后，还是第一次被大家这样子关注着，他顿时又有些不好意思了。

抓了抓头发，南飞凡也没有卖关子，继续说了下去："其实这个思路还是从宝玥斋那边得来的，阿雾不肯给宋爷爷的作品涨价，并不是因为作品本身不够好，真正的原因是宋爷爷的名气不够大。名气这玩意儿，说白了，不就是知名度嘛。若是我们把宋爷爷的知名度提上去，这个难点会不会迎刃而解了？"

"你真是……思路清奇，我怎么都没想到呢。"郭元啪地一拍脑门，甚是懊恼的样子。

只是，其实也不是说他没想到，而是根本没敢往那方面去想。

一位匠人的名气是天长日久积累下来的，更是靠一件件作品打出去的口碑。有就是有，没有就是没有，强求不得。

听听，南飞凡在说什么？他要把这些老匠人给捧火？

这种想法，本身就很离谱，听着就像天方夜谭。

"我们现在准备在直播间内全方位宣传和展示宋爷爷的精湛制瓷技艺，若是被认可了，或许会有人找来飞流村，到那时，宋爷爷还可以开个短期培训班，给人做做指导，收几个心仪的徒弟传承衣钵，又或者干脆开个长期的培训班，让那些真正对制瓷感兴趣的人，有更进一步学习的机会。"南飞凡表情有些失落，"我还没来到这里之前，一直都是自己在摸索着自学，查了很多书籍，也费了不少的劲儿，还是学了个乱糟糟，完全不成章法，我后来才意识到，中华瓷艺，源远流长，博大精深，不是一个外行人凭借着一腔热血，想学就学、想研究就研究的。想要摸索到核心，最快的途径是有一位名师肯教授。我来到飞流村，找到了我所仰慕的老师，甚至大食堂那边还有那么多位厉害的老师等着我去求学，这得是多大的机缘？不亚于武侠小说里的男主，在掉落悬崖之后，偶然遭遇名师，得到了梦寐以求的绝世武功。我是这么想的，喜欢瓷器的其他人也是这么想的，当他们发现，有一扇门可以直通梦想之地，我觉得即使飞流村在地图上非常不起眼，他们也有办法找过来。"

南飞凡讲完这些，发现周围没人说话，大家全安安静静地看着他。

"怎么了？是不是觉得我有点异想天开了？"他叹气，"不一定能实现，可是总是有个美好的向往，才会积极向前，奋发图强，不是吗？"

陈石头突然说："期待你的成功。"

郭元也说："如果有需要帮忙的地方，可以告诉我们，咱们都在一个村子里，肯定要互帮互助。"

杨素青绷着脸，努力不让自己的情绪宣泄得太厉害。

郭梓熙忽地幽幽开口："南飞凡，我相信你。因为——"

她拖长了声音，望向了所有人，而后深吸一口气宣布："宝玥斋那边打来了电话，说宋爷爷的作品都卖出去了，是按照南飞凡第二次的定价成交的。也就是说，在我定下来的价格基础上，我们足足多卖了百分之三十。"

"什么时候的事？"杨素青的震惊，代表了所有人此刻的心情。

"就是半小时前吧，我急匆匆地过来找你们，想要说的就是这件事。"郭梓熙的眼睛闪闪发光，目光全落在了南飞凡的身上。

"怎么会这样？这事不像是阿雾会做出来的，跟我熟悉的宝玥斋不相符啊。"陈石头和郭元一直在创作作品，他们不只跟宝玥斋长期往来，与市内一些较为有名的寄卖行都保持着不错的关系。

各家行事风格其实是差不多的，阿雾尤其精明，赔本的买卖她一定不会做，这次既然愿意把售价抬高，其间肯定有些内情。只不过，如果真想搞清楚，还需要些时间。

"阿雾还说，希望村里再送几件宋爷爷的作品过去，如果没有的话，其他老人的作品也可以，他们那边会定个令咱们满意的价格。"郭梓熙已经掩不住激动，"宝玥斋会在下午将款项打过来，村里的财务危机暂时解决，未来很长一段时间都不用犯愁了。"

南飞凡忽地插口："我建议，不要再把任何作品送去宝玥斋。"

"为什么？"杨素青虽然也没有寄售的念头，可听了这话，依然感到疑惑。

"晾一段时间再说，不能急。"南飞凡神秘兮兮。

"不卖就不卖吧，咱们也不能一直让宋爷爷吃亏。"杨素青对此没有太多意见，他只是单纯地好奇南飞凡的决定。

"既然是艺术品，当然不能跟烂大街的白菜土豆一样随处可见。得来不易，才觉珍惜。"南飞凡故作高深，惹得大家一通没好气地鄙视。

有了宝玥斋的这笔款，飞流村面临的压力减缓了不少。郭梓熙卖画的钱，早已提前一天打给了村子的账户，她没打算拿回来，只说回头跟其他的一起算，就不再提起了。其实大家都很清楚，累计欠了那么多，要想还的话，哪有那么容易呢？

一个小型碰头会结束之后，大伙各忙各的。

宋彬老人不打算走，南飞凡也理所当然地留了下来。两个人忙东忙西，杨成跟在一旁，他们走到哪儿，他就跟到哪儿，满是羡慕。

虽然不知道为什么杨成会是这样的态度，不过南飞凡既然感觉出来他是想要亲近宋彬老人，当然得给他制造机会。

一开始宋彬老人不搭理他，但也不赶人走，把无视两个字贯彻得彻彻底底。

没一会儿，在见到那满满一架子的材料摆得整整齐齐，有好些是许久没见过的好材料，宋彬老人瞬间生了几分心动。

"宋爷爷，要不您给咱们露一手？"南飞凡跟老爷子相处有一段时间了，瞬间已懂了他的心思，连忙给搭了话。

"不好吧，这些材料，还挺难找的，我做不好，可别给糟蹋了。"宋爷爷说着这种言不由衷的话，眼神飘忽着。

杨成这时候的反应速度就非常快了，连忙说："宋爷爷，这些材料您来用才是最恰当不过了，放我手里是真糟蹋了，不瞒您说，别看我收集来了不少，可每次要用的时候我心里是真没底，成功率太低，真是可惜。"

"宋爷爷，您给杨成示范一个？"南飞凡跟着打圆场。

杨成抱拳："还请宋爷爷给示范一个。"

宋爷爷摆出有些为难的神情："要不，咱就示范一个？"

两人同时说："必须！"

宋爷爷瞬间有种众星拱月的虚荣感，把袖子往上撸了撸，就在桌后坐了下来。

从取土、加水、和泥开始做，给泥团排气的过程如此丝滑，比南飞凡和杨成那磕磕绊绊的手法要强多了。才摔了几下，泥团明显变得顺滑，他依然不疾不徐，继续排气，等待着泥团变得更硬一些。

"宋爷爷打算做什么？盆，碗，瓶？"杨成才说完，就见宋爷爷把泥团放到一边，又倒出了更多的陶土，这一次，他还混入了不少其他材料，就连高岭土也细细地筛过，分批次掺了进去，不必特意去计算各种材料的比例，一切信手拈来，控制得恰好。

这就是从业五十年以上的老匠人用一生的时间所掌握的精准手法，根本无法用言语能形容的那种神奇。

"应该是大件。"南飞凡判断。

他不由得兴奋起来，自从跟在宋彬老人身边学习，他接触最多的便是壶，各种各样造型的壶。宋彬老人极为钟爱，做了一把又一把，偏又舍不得拿好的材料，因此家里摆了那么多，实际上却没有上窑烧制为成品的价值。

南飞凡早就期待着能拿些真正的好材料，让宋彬老人好好地发挥一次。瞧瞧，一直酝酿的想法，这不就有机会直接实现了嘛。

宋彬老人只顾着埋头创作，南飞凡和杨成不敢打扰，只在一旁打打下手，然后瞪圆了眼睛盯着看。

陶胎的准备工作非常烦琐复杂，其中最基础也是最重要的一项，正是摆在桌案上的这些大大小小的"泥团"。

宋彬老人揉了一个又一个，每一团都加进了不同的材料，转眼间已有了十四个之多。而杨成之前所积攒的那些原料，此刻基本上宣告殆尽，老人不出手则已，一出手便很吓人。

"宋爷爷，您打算做什么呀？"他实在是忍不住好奇，凑上来小心翼翼地问。

"心疼了？"宋彬老人似笑非笑地睨着他。

杨成不安地抓了抓脑壳："您来用这些原料，那是它们的福气，这个我根本不心疼。我只是觉得好奇，因为看到现在，我也不知道您是打算做个什么。"他的手指头一指面前大大小小的"泥团"，别看颜色形状差不多，实际上因为里边添加的原料不一样，最终呈现出的效果也是截然不同的。而这么多"效果"若是集中在同一件作品上，可以想象各个部位的细节得有多么精准的考量。一般在设计这种类型的作品之前，杨成做的第一件事就是在日记本上反复设计、计算、研究，怎么也不可能做到像宋彬老人那么随意。

"等做完以后，你就知道我要做什么了。"老人卖了个关子，并不着急揭晓答案。

他又团了两块"泥团"，这才长舒了口气，找来了保鲜膜小心翼翼地将十几个"泥团子"全裹了起来，然后分别放在箱子里，让杨成拿去阴凉的地窖里。

"今天不做？"杨成颇为意外。

"不做，存起来吧。"宋彬老人面露疲惫，挥挥手催着他赶紧做事，然后自己就背着手离开了，看样子是回家了。

"这就结束了？"杨成哭笑不得。

南飞凡通过一段时间的学习，对于其中的门道却是懂了许多，他一边帮忙收泥团，一边小声地说："宋爷爷怎么说，咱们就怎么做，在制作陶胎之前，这些`泥团'可是非常重要的，它们直接决定了作品最终呈现出来的效果。"

"道理我也是懂的，可我今天也是非常地期待，还以为宋爷爷直接给咱露一手，狠狠地震撼我们一下子。"杨成才说完，又不好意思起来。

南飞凡微笑，心头头已经有了更好的想法："我正愁第一次直播没有内容呢，这不就来了。我看啊，等到泥团可以用的时候，咱们就来一场线上直播，让网友们共同见证一件伟大艺术品的诞生。"

"这也行？"杨成面露震惊。

"怎么不行，非常好的主题，很适合做个开门红的话题，我有信心。"南飞凡微微转头，望着那一炉熊熊燃烧的窑火，无数念头在心底里跳跃着，他心急得想要一股脑全抓住，情绪在激烈地震荡着，但具体要怎么做，心里还是没有计划。

第十四章 | 全村的宝贝

杨成回到窑火旁，盯着里边熊熊燃烧的火焰，久久回不了神。

南飞凡凑过去，正想问点什么，远远地又传来了脚步声。

还没迎出去，就见赵爷爷和珍奶奶结伴走了进来，两个老人脸上挂着和气的笑容，见了杨成还主动地嘘寒问暖起来。

杨成不安地看向了南飞凡，而南飞凡则是更加迅速地走过来，扶住了珍奶奶的手："怎么回来了？是忘了带东西吗？"

珍奶奶摇了摇头，她望向赵爷爷，以眼神催促。

赵爷爷轻咳数声："小南，杨成，你们过来这边，咱坐下来聊聊。"

等到大家坐好了，赵爷爷又有些不好意思地对珍奶奶讲："要不，你来说？我嘴笨，怕说不明白。"

珍奶奶这才叹气："都是自己村里的孩子，是咱们看着长大的，就跟自家的孙孙一样，有什么不好说的呢？"

"我们已经很久没有烧瓷了，最近有个想法，看看能不能试一试。"赵爷爷索性直截了当地说了起来，当察觉到来自年轻人的疑惑眼神，老爷子干笑，"手艺人，见到老窑就迈不动道儿，再说，咱们飞流村正是缺人缺物更缺钱的时候，也不能只由着小青领着你们胡干啊，咱们是村子里的一员，总是想出一份力的。"

珍奶奶跟着点头，完全同意赵爷爷的说法："之前的事就甭提了，大伙各有各的心思，心思不齐就说不到一起去。可现在，这帮老的也都想开了，咱都这么大岁数了，该出力就得出力，总不能到了不能动的时候还去后悔当时为了点破事赌气，却连正事也没做成吧？"

南飞凡倒是没想拒绝，不过摆在面前的现实问题也是不容忽视："杨成这边预备的原材料不多，而且大部分都被宋爷爷给用掉了。"说着，还把宋彬老人刚刚在操作台上一通忙碌的事情给说了，虽然他揉下了很多"泥团"，但每一团都有用处，南飞凡可不敢做主，代替老人将这些东西让出去。

杨成同样担心："宋爷爷说了，等他的泥坯子醒好了，就会来给我们露一手。而且，他脾气真是不怎么好，要是被人知道咱们悄悄用了他的东西，肯定是要发大火的。"

这话听得赵爷爷和珍奶奶满是诧异，异口同声地问："我们什么时候要用老宋的东西了？"

杨成苦笑更深："不动宋爷爷的泥坯子，我这儿也没有材料给二老了呀。之前准备的东西本来也不多，而且还都是花了很多年慢慢寻找，最终积攒起来的；现在用也就用了，可如果是还想再有，那得费上很多功夫，还必须有些运气，更得有钱，反正不是一时半会儿能凑全的。"

赵爷爷和珍奶奶从见到杨氏老窑燃着一炉火开始，心里头便抑制不住地激动，可他们犹豫的时间太长了，宋彬老人把原材料用完了，他们这边才下定决心，结果当然是什么都没赶上了。

"村委会小院后边不是有一些原材料吗？小青说了，谁要用谁就去取，回头把作品分一些给村里，拿去市里寄卖掉之后的钱来抵材料费。"珍奶奶很快想到了飞流村的好政策，老人的眼睛里再次浮现出了期待的光。

杨成还是摇头，他带了几分嫌弃的意味："我哥在村委会院子里存着的那些，全是最基础的厚材料，陶土啊，高岭土啊这些，单作为催化剂、氧化剂的金属成分，又贵又难买，更别提在瓷器上晕染的各种颜色的漆，还有一些杂七杂八的东西，那肯定全是没有的。"像是担心珍奶奶还来跟自己争辩，杨成特意强调，"我每个月过去看好多次，如果有，我肯定比谁都更早知道。"也会更早下手拿走。

珍奶奶没好气地瞪了他一眼，嗔怪地说："你这孩子……"

"奶奶，您如果想要练练手，来我这儿准没错，基础的原料咱这儿应有尽有，随便您用多少我都不心疼。但是，我觉得您一定是需要点特殊的原料，赵爷爷也是，你们若是想要展示一身的绝技，首先原材料得特别全，否则的话……"杨成犹豫，选择着措辞。

南飞凡接口："否则的话，肯定是不尽兴的。"

杨成赶紧点头，忙不迭地说："对对对，就是不尽兴。说真的，好些年没见到赵爷爷和珍奶奶碰这些了，我也的确是很期待呢。"

珍奶奶有些无措地望着所有人，赵爷爷想了想："我这就给赵小飞打电话，列些材料，让他把东西凑全了带回来。"

"帮我也带一份？我回去列个单子，放心，这个钱我自己来出。"

听了珍奶奶的话，赵爷爷孩子气地瞪她："你这老婆子，这么点小事咋还见外上了呢？我那孙子不也是你从小看着长大的，跟自己的孙子有啥差别，你有啥事直接张口就是了，他肯定给你办得妥妥的。"

珍奶奶听完，这才心满意足地笑了起来，虽然今天过不了手瘾，他们还是在老窖跟前又待了好一会儿才离开，就连杨成都能看出来，他们的精气神比以往任何时候都要足一些。

等两个老人走远了，确定他们绝对听不到这边的聊天，杨成才问："小南，咱村里的这些老头老太太，劲头儿怎么突然间都变得这么足？"

南飞凡摇了摇头，这事儿其实他也闹不懂，但又能明显地感觉到，这些天天晒太阳打盹儿的老人，与以往的确是不一样了。但如果问他改变源于哪里，南飞凡也说不太明白。

不过有一点却是能肯定的，不管是老人还是年轻人，如果能拥有充满希望与期待的人生，那总是要比无所事事地混日子要好得多吧。

杨成和杨素青其实并不是拥有血缘关系的亲兄弟，但又的的确确是生活在同一屋檐下的兄弟俩。

这事说起来还蛮像悲情小说。在二十几年前的一个风雪交加的夜晚，杨家人已经睡下了，只有杨妈睡到半夜了还爬起来，来到了老窖边，让杨爸赶紧去睡一下，她后半夜守着家里的老窑，绝对不会让窑火熄灭了。

烧瓷是家传的手艺，杨妈虽然是半道出家没学到精髓，但是守个窑按时添柴，不让窑火熄灭，这活儿是经常干的。

杨妈干完家务活后早早睡下，又按照约定的时间准时醒来，就是为了让杨爸休息下。守了一整天的杨爸的确累了，他简单收拾了一下，正打算回屋里去，突然就听到了大门外传来了小孩的哭声。

在这山里头，总会有些山妖精怪的传说，杨妈也听到了，只觉得浑身鸡皮疙瘩都冒了出来，脑子里全都是些老人们讲过的故事。

杨爸却是不信的，手边明明传来了孩子的哭声，并且声音断断续续，越来越虚弱了。

他不顾阻拦，直接冲出了院子，循着声音找过去，回来时，就抱着个被小花被包着的孩子。小孩最多也就是两三个月，胖乎乎的小脸，胳膊和腿都跟小莲藕似的，肉肉是一节一节的那种，一看就喂养得很好。只是不知道为什么，居然被人丢在了他家门前对面的树下，天冷风大，孩子醒了见不到大人，自然就嗷嗷大哭起来。

哭了很久也没人听到，他使劲地挣扎，连缠在自己身上的小花被都踢松了，被杨爸抱进院的时候已经冻得快要哭不出来了。

飞流村的村民，家家户户都认识，谁家添了小孩那更是了如指掌。这个陌生的小娃娃绝对不是村里的孩子，至于他是从哪儿冒出来的，杨爸杨妈也说不清楚。

那时候，晚婚晚育的杨爸杨妈也才有了自己的儿子杨素青，把两个孩子放在一起，大小差不多，看上去跟双胞胎似的。

杨妈母爱泛滥，哪里舍得让这个跟自己孩子差不多大的小娃娃真的冻伤冻死，既然抱进屋了，那就先好好养着。于是，杨妈解开衣服给孩子喂了奶，然后又搂着孩子坐在炉子旁，用体温把孩子焐热。

这个孩子就是长大后的杨成。

杨成很小就知道自己不是杨家亲生的孩子，小时候跟村里的孩子打架，他们便在身后追着他骂野孩子。那时候都是杨素青跟个小疯马似的追着那些孩子替他找回公道，杨爸杨妈见根本隐瞒不住这事，索性就跟杨成把他的来历给说了。

说归说，但也直言不讳地告诉杨成，他只是跟杨家没有血缘关系，却是他们夫妻俩养大的孩子，并且家里人从没有区别对待，就连家传制瓷烧瓷的手艺，俩兄弟也是一起学的。等到杨成长大了，若是想去找自己亲生的父母，杨爸杨妈绝对不阻拦，不过在离家之前，杨成得好好地跟着他们过日子，揪个不是亲生的借口出去胡混，那是绝对不行的。

小孩子只是小，并不是不懂事。杨成在搞明白来龙去脉以后，反而一点也不纠结了，找亲爸妈的想法更是完全没有。他那么小就被丢在杨家的家门口，这说明，生他的爸妈肯定不得已，才选择抛弃他的。

不管是什么原因，也不管他们有什么难处，把个娃娃在大冬天里给扔了，这是事实；如果当年没有杨爸杨妈在，他肯定是死在当晚了。

那么，就当他死在那年了吧。

活过来的这条命，是杨爸杨妈给的，那他杨成就是杨家的孩子，这事儿板上钉钉，谁来了也改变不了。

他和杨素青就这样子一起长大了。

虽然兄弟俩都是从小跟在父母、爷奶身边学习制瓷之道，谁也没想到，对瓷器深深感兴趣的人会是捡来的杨成，亲生的儿子杨素青则是更喜欢学习学校里的文化知识，从小立下的志愿是做个科学家，去修大火箭，然后跟着火箭一起到月亮上找嫦娥吃月饼。

只不过万事万物都有各自的发展规律，人生不如意事十之八九，真正能够实现理想的人，其实在生活里还是少之又少的。

杨素青长大后没有做科学家，他只考上了国内一所并不怎么知名的二本大学，学的是法学专业，毕业之后完全没有要去大城市闯荡的心思，而是坚决地回到了飞流村。

杨成长大后也没有像父母所希望的那样继承家传的技艺成为艺术家，

也没有像村子里其他人那样进入陶瓷厂工作，他蜗居在杨家的老宅子里，大门不出，二门不迈，跟村子里的人也不来往，时间久了，很多人甚至忘了村里还有这么一号人物呢。

突然间，杨氏老窑和杨成一起再次成为村里人关注和讨论的点，这不仅仅杨成不习惯，杨素青同样也觉得诧异。

飞流村的改变真真切切就在眼前，谁也不知道将来会变成什么模样。

宝玥斋的账款，很快打到村里的账户上。于是，当晚的餐桌上就多了卤肉拼盘、花生米，以及炖得软嫩酥烂的牛腩。老人们牙口不好，这些肉类都已是入口即化的程度，吃着软糯糯的，配着白馒头、素粉、小面条，那都是极好的。偏偏这几样主食当晚都有，也安排了小米粥和白米稀饭，反正随大家取用，喜欢吃什么便去打什么，不浪费即可。

村里的食堂有多久没有如此丰盛了？老人们心照不宣，但也没人提起什么。

杨素青来的时候，有几个平时交退休金入伙的老人还特意来到他跟前，说起了要补交餐费的事。杨素青没有拒绝，喊来了会计，让他帮忙记下来。

郭梓熙一见大食堂又恢复如往昔，她笑了笑，低着头在食堂最里面的一张圆桌上静静地吃着简单的饭菜。

南飞凡在门口寻找了一会，才锁定了郭梓熙的位置，他兴冲冲地走过来，把餐盘放在了她的旁边，顺势坐下。

"我找了你好久，去哪了？"他挖了一勺牛腩，小心地拌在米饭里，说话的时候也没停止这个动作。

"画画。"郭梓熙简单回答。

"我下午一直在杨成那边，他那一窑瓷明天傍晚就差不多了，真是紧张得很。"像是关系极好的老朋友那样，南飞凡自然而然地与她分享着一天的见闻。

郭梓熙有些心不在焉，只是听，并没有与他热切讨论。

南飞凡很快发现了不对："小熙，咱们不是已经把村里的事解决得差不多了吗？你怎么还是不太高兴的样子？"

"没有不高兴。"郭梓熙快速地喝光了碗里的白粥，为了保持身体活力，也为了健康考虑，她晚上这一餐总是简单解决，不会多吃，更不会暴饮暴食。

南飞凡的勺子一顿，吃东西的动作直接停了下来。他疑惑地盯着她白皙干净，却也看起来没什么喜怒变化的小脸："小熙？你，真的没事？"

郭梓熙叹了口气："宝玥斋那边又打了电话过来，希望咱们能送一些作品过去，可是，青哥说，咱们没有作品可以送，将来也不会拿老人们的心血去贴补村里，让我直接回绝掉。"

南飞凡瞬间理解了："你是怕直接拒绝，会断了与阿雾那边的交情？"

"她是商人，利字为先，如果不是为了拿到飞流村源源不断送出的作品，又怎么会把关注点放在我们身上。"顿了顿，郭梓熙补充，"我们这一次拒绝了阿雾，阿雾最多损失一个赚钱的机会，她从别人那里拿货，也就能补上这个缺口了；但对于我们飞流村来说，宝玥斋这个寄售点是稳定、长期且可靠的合作对象，这一次不合作了不要紧，下次有需要的时候若是再想恢复合作关系，那是难上加难。"

"有道理。"南飞凡跟着点头，他也在琢磨着郭梓熙所说的话。

郭梓熙却掩不住满脸的惊喜："你是真心觉得我讲的有道理吗？"

"是。"南飞凡点头，"所以咱们得想个解决的办法出来。"

"青哥说没有办法，村里没有作品，也不可能去找爷爷奶奶们要作品，就算这事儿会得罪宝玥斋，那也没有办法。最多就是让我去其他寄售点把没卖出去的货品赎回来给阿雾送过去，这个解决办法也不靠谱，因为我们每次送下山的寄售货品，一般是阿雾那边先挑，挑剩下的，才会介绍着送去别的地方，之前就被她拒绝了的作品，再拿回去肯定会被认出来，以阿雾的性子也不会要。这么做，只会让她觉得自己受到轻视，

308

反而更加生气了。"郭梓熙想到刚刚与杨素青聊天的情景，她也有些无奈，这么简单的道理她不信杨素青听不明白，只是他给出来的解决方法，实在是让她感到失望。

"普通的作品的确是没有的。"南飞凡在飞流村待得越久，村子里的现状也更加地了解，"更重要的是，杨氏老窑那边修好了，杨成对老窑做了改进，窑火特别地旺盛，这让不少人生出想要创作的冲动，赵爷爷和珍奶奶今晚还过来说起这事儿了呢，杨成那边的原材料不足，做一些简单的作品当然可以。咱们的老人可个个是身怀绝技的大师，他们不出手则已，一出手绝对要奔着高端去，一位大师有创作欲望却受困于没有原材料，这事儿可是不得了。"

郭梓熙愣了一会儿，才反应过来南飞凡话里的意思，她颇为惊喜地瞪圆了眼睛："你是说，赵爷爷他们又有创作作品的打算了？"

"是。"南飞凡点头，"等会儿我还得去找青哥商量商量，看看缺少的那部分原材料要怎么解决，若是由村子里统一购买的话，肯定更划算。"

老人们年岁大了，一些生活上的问题，很依赖于年轻人的帮助。南飞凡琢磨着，只要他们充分发挥出创作才能，便已是令人感到惊喜了，其他的小问题，村里还是要酌情在能力范围内予以解决。

"这事儿不容易。"郭梓熙没那么乐观，虽说村里的经济状况有所好转，但大规模地支出，尤其是像原材料这样子的消耗性材料，长期稳定地供应，其实很难实现。

像陈石头和郭元那样子的团队，他们一边在创作作品，一边也在寻找销路，利用贩售作品来维持整个创作团队的运营。

坚持了这些年，也依然是举步维艰，苦苦支撑。

在追逐梦想的道路上，各自有各自的坎坷，大家都很苦，不过有些人咬着牙坚持，不愿意把苦这个字挂在嘴上。

"我知道不容易，但很有必要去试试。"南飞凡使劲扒拉着饭菜，此刻脑子里有了新的想法，美味的晚餐已经不能吸引他的注意。

他快速地吃完，直接往外走。

路过宋彬老人的身边时，还不忘倾下身子告诉他等自己一会，吃完了晚饭，他会送老人回去。

这一习惯性的贴心举动，引得不少人羡慕不已。

"宋老头的运气是真好，来大食堂打盹儿都能捡到这么好的徒弟。"

宋彬老人骄傲地抬高下巴："我还在考察他呢，要不要收他做关门弟子，还得他好好表现才行。"

这时候，可是有人半真半假地开了口："宋老头，你可别夸口，要是你真的对小南不满意，我们也可以教一教。"

"不就是制瓷烧瓷嘛，我们家有些染色的工艺也是一绝，不比你们宋家的差。小南要学，我也愿意教。"

"我这边雕花工艺当年在咱厂也是独一份，小南要学，我也教。"

……

一人开口，多人附和。

今晚伙食好，人来得全，大家兴致高。

杨氏老窑重新点了火，这把火仿佛燃在了老人们衰老的身体里，不知不觉间，血液跟着沸腾了起来，大家都凑在一起，用最漫不经心的语气在小声低语。

在飞流村，要是建桥修路、种果树、种庄稼、养鱼这些事，他们老的干不了，岁月无情，人要服老，他们早过了拼力奋斗的年纪，这会儿身体跟不上，头脑反应速度更是不行，可如果要制瓷烧瓷，就难不倒他们了。他们可以做得慢一点，慢工出细活呢，搞创作的时候根本急不得，得有那种不慌不忙、慢悠悠的劲儿才成。

宋彬老人一听说这么多人跟他抢，瞬时有些慌："你们好好养着，别跟着凑热闹，学艺的人一帆风顺了不好，容易骄傲，更容易焦躁，我在教我徒弟的时候，你们少插嘴。"

"那还不是你徒弟呢。"赵爷爷笑眯眯。

"我们都不老，要说带个徒弟，最多操点心，但也很有乐趣。"珍奶奶补充。

宋彬老人瞬时如临大敌，气呼呼地瞪着这些半于玩笑半认真的老伙计，手一个劲儿地甩甩甩："打住打住，你们该干吗干吗去，一开始小南要学的时候你们怎么不吭声啊，不就是怕家里那点手艺被外人学去，回头没办法跟家里头交代嘛。你们也不想想，家里头谁还在乎这个，家里的孩子既不想学也不想传承，只有老的眼巴巴地捏在手心里，这边不舍得，那边舍不得，最后啊，人没了，眼一闭，全带到棺材里去。"

他说得好大声，老人们全在听着，久久，没人开口。

宋彬老人说的话很难听，但谁也不能否认这些就是大实话。他们的技艺是多少年摸索出来的经验，更多的还是几代人慢慢从无到有研究出来的。可是，现在是个高速发展的时代，一切都在改变，有些东西在日复一日中向前发展，技术不停地更新迭代着；也有一些东西似乎随着时光停在了原处，再慢慢地被尘埃埋葬。

"我算是想得很明白了，难得小南和村里的这些孩子还愿意学习咱的老手艺，只要他们诚心想学，我肯定很乐意好好地教一教。不只是他，还有线上的那些网友，若是他们对制瓷烧瓷感兴趣，我也乐意教。若是陶瓷的爱好者越来越多，多到全中国都是，那还愁咱烧出来的作品没销路？"

"是这个道理啊。"邻桌的一个头发花白的老人，喃喃地轻声说着。

老人们凑在一起轻声地交谈着，关于传承与发扬的事，其实他们很少聊，总觉得岁数大了，这辈人不管下辈事，儿孙自有儿孙福，再加上杨素青又积极地在村子里操持，因此他们便心安理得地养起老来。

直到今天，大家认认真真地说了起来，不少老人沉寂的心，突然间振奋了起来。

"南飞凡这个徒弟我是要定了，你们想抢也可以，想要教他也可以，我知道他不会不认我，我也不介意他多几个师父，就这样吧，我得回去了。"宋彬老人做出这个极其重要的决定之后，整个人轻松了不少，他笑呵呵地背着手起身，踩着悠闲的步伐朝外走。其间，听到了珍奶奶喊他宋老头，宋彬老人站定，认真地提醒："明天中午我也来打麻将，记得给我留个位置。"

"明天中午，杨成烧的那一窑要开，你不过去看？"珍奶奶诧异极了。

"明天上午就能开，他这一窑烧的瓷比较少，作品也很简单，挨个看看成色，确定一下老窑是不是能用，这个过程快得很，结束之后就回来吃午饭，打麻将。"宋彬老人说完还搓搓手，一副十分期待的模样。

南飞凡这时候已是一路小跑着回来，满脑袋的汗珠，可见他是真的全力赶回来的。

见了宋彬老人，他无奈道："不是让您等我一会嘛，怎么又自己偷偷跑？"

"家里到大食堂的这段路，我每天都要走上好几遍，放心吧小南，绝对不会丢的。"

老人的打趣，听在南飞凡的耳中可全不是那么一回事。他极为熟练地挽起了宋彬老人，放慢了步伐，与老人的步调保持一致。

刚刚去找杨素青，虽然是简单交流，杨素青那边给出的反馈也是很坚定的：难得咱飞流村的老人们生出了冲劲儿，他必定全力支持到底。制瓷所需要的较为稀缺的原材料，得特意去寻找，但在这盛产瓷器的地界，要什么材料找不来呢？最后的问题肯定是落在价格上。

杨素青最后还说，这事儿得去找陈石头想办法，他的工作室一直有自己的购买渠道，回头以飞流村的名义去谈，肯定能在品质优良的基础上拿到最优惠的价格。

南飞凡还问了这笔垫付的钱要从哪里出，毕竟村账上的公款还是卖了宋爷爷的两件作品换来的，数额不算大，根本不可能应付村里所有的开支。

"我来想办法。"杨素青眉头紧皱，然后就把南飞凡给撵走了，他则是一脑袋扎进村委会的账本里琢磨出路了。

宋彬老人的兴致一直很高，一路上话也很多，等到了门前，他没像往常那样催着南飞凡快点回去休息，而是把人给让进了院子，说是要再聊一聊创作的技巧。

南飞凡一方面担心会打扰老人的休息，一方面又按捺不住渴望，喜滋滋地进了门。

宋彬老人往木椅子一坐，腰后抵着的是记忆棉的垫子，这是前阵子南飞凡进城时特意帮他买的，最近一段时间，老人用得很好，他的腰已经很久没觉得酸疼了。

南飞凡一进屋就熟练地找到了折叠凳，搬了过来，坐在了老人的身边。顺便还拿出了笔记本，笔也捏在了手指间，就准备在摊开的空白页上好好把要点记录下来。

宋彬老人一看这架势，顿时笑了起来："小南，接下来的话，你可得记好了，一样不能错。"

"您说，我全记住，绝不会差。"南飞凡露出了认真的神色。

"拜师之礼，依循古制，需准备芹菜、莲子、红豆、红枣、桂圆、干瘦肉条。芹菜寓意勤奋好学，莲子寓意苦心教育，红豆寓意鸿运高照，红枣寓意早早学成，桂圆寓意功德圆满，干瘦肉条寓意弟子心意。"宋彬老人摇晃着团扇开念。

南飞凡明显愣了，似乎没反应过来。

宋彬老人没好气地瞪他："想什么呢？还不快写。"

南飞凡忙不迭地应声，手上奋笔疾书，可脑子又不受控地胡思乱想。

"还要准备两瓶白酒，不用太贵，只要是白酒就成；另外，茶叶也准备一些吧，这个也用得到。"

要是到了这会儿，南飞凡还没明白过来宋彬老人的意思，那他可是个彻头彻尾的傻瓜了。"宋爷爷，您这是……"

宋彬老人笑呵呵："收徒。"

收徒？

老人的一句"收徒"，不亚于平地起炸雷，响彻天地。

南飞凡还没从巨大惊喜冲昏头脑的震撼中回过神来，就被告知明天是黄道吉日，正好通知全村人，把这事儿给办了。

南飞凡本来还诧异着为什么这事儿突然间如此着急，转念一想，他本来就期待着事情快点搞定，难得老人主动提出来，他就更没有拒绝的道理。

激动的心，颤抖的手。

这一夜，南飞凡都不知道自己是怎么度过的。

隔天一大早起床，他立即去找杨素青，把宋彬老人的吩咐给说了。杨素青在得知老人打算今日办收徒礼，便也知道这是件大事，虽然很仓促，但绝对不能失礼。

今天再进城去采办肯定是来不及了，不过好在距离飞流村不远的六铺头有小超市，老人吩咐准备的东西，那边都能找到。除此之外，南飞凡还要专门准备拜师礼和红包，在办仪式的时候随之奉上。拜师礼不需要多贵重，封的红包也不需要多大，这些只是代表着尊重。

南飞凡当然会认真遵从，他给老人选了一套衣服，一些营养品，一束鲜花，红包也是买了大红的纸张包好，再用金色丝带系了个十字结，连同所有东西全摆在竹筐里，再在上边盖了一张大红纸；这是需要用扁担挑着送去老师家里的，扁担一端的另一只筐里装的是鸡鸭鱼和鸡蛋，依旧也是用红纸盖住。

"嘿，虽然很急，但真的挺像样。"杨素青非常高兴。

"宋爷爷说拜师礼是择了吉时的，咱们快走，千万不能误了时间。"南飞凡心急火燎，他预计一会儿回村要准备的必定还有很多，今天可是自己最重要的大日子，必须早早地忙碌起来，亲自盯着。

"大家都在呢，你别慌。"杨素青开着小车，带着东西往回走。

等到了村口，远远就见多多爸爸带着多多，两人正在村口的大树上挂鞭炮。

"这么长的鞭，哪儿弄到的？"杨素青停下车，诧异地问。要知道，非年非节的日子，这种长鞭可不好买，再加上南飞凡拜师的事比较急，几乎是昨晚上定了，今天上午就要办，因此只能是一切从简，并不能奢望能样样周到。

"去年我堂弟家里娶媳妇办喜事，当时买的鞭炮还剩了两挂，我今早特意过去拿来的，这不就用上了。"多多爸爸从树杈上跳了下来，然后说，"另一挂鞭，挂在了宋叔家门前的树上，我问过我爹，他说老辈子在拜师的时候就这样子搞，肯定是没错的。"

南飞凡满是感动，他何德何能，让飞流村的人对他这样好。拜师的事儿他甚至都没去周家说，多多爸就带着周多多帮忙操持上了。

像是看出了南飞凡的疑惑，多多爸爸解释："宋叔一大早就来我家，跟我爸妈说了要收徒的事，虽说确实挺突然，但这可是件大好事，当然得好好准备。"

"宋爷爷去说的？"南飞凡的眼眶都湿润了。

杨素青倒是能够理解："现在是新时代了，宋爷爷心里头可能并不在乎礼节是否周全，可这事要通知他的老伙计们，也要请爷爷奶奶们来做个见证。"

"全村都知道了？"南飞凡异常惊愕，这事儿有点超出意料，他本来还打算一会儿挨家挨户地去说一说呢。

"对，都知道了。赵小飞已经领着人去宋叔家里准备上了，有那些年轻人在，这点小事很快都能做好。"多多爸爸满眼的赞赏，他是真心觉得这些年轻人实在是好样的，放眼十里八村，也很少能找到像他们这样齐心协力的了。

"赵小飞回来了吗？"南飞凡更惊讶了，他望着杨素青，"他不是去市里学厨师了吗？"

"我昨天打电话让他抽空去买点原材料，这小子今天可都送回来了，还真是积极啊。"杨素青感叹。至于南飞凡要拜师的事，杨素青是没说的，就连他也是今天一大早才得了信，根本没时间通知村外的那些人。

赵小飞能在这时候赶回来，算是赶了个巧。

"青哥，咱们快点出发吧。"南飞凡迫不及待地催促，他的心早已一刻不停地飞了回去。

杨素青这边开着小货车，从村口到宋彬老人的家也就是一脚油门的事。

远远地已经看见平时清静安宁的小院此刻有人进进出出，有老人指挥着年轻人贴对联，也有年岁不大的老人打扫着院子。

才出去几个小时，里里外外早已是大变样。

小院内，长桌抬了出来，空盘摆上，就等着摆上南飞凡带来的几样拜师礼。

他一进门，立即有人过来接了过去，在其他老人的指导之下，什么盘子装什么东西，又该摆在什么样的位置，那是安排得明明白白。

宋彬老人的妻子去世得比较早，因此只有他一个人坐在大椅上。

村里的老人几乎全都到了，围着长桌坐好，笑眯眯地望着南飞凡跪下去，拜师奉茶。

宋彬老人接了茶，轻轻一抿，然后把茶杯放在了桌子上。他给南飞凡预备了礼，是一套精巧的刻刀，还有几支毛笔，放在一个盒子里，外边还不忘绑着喜庆的红绸带。东西是老物件，并不是新的，可那些工具在浸染了岁月的痕迹之后，竟是出奇地好看，有种说不出的厚重感，瞅着就爱不释手。

"给……给我的？"南飞凡惊讶极了。

这场拜师宴来得仓促，他以为是要一切从简的，根本没想到最后会如此地隆重。更别提还来了那么多的老人，几乎是将飞流村所有的老匠人全邀请过来了。

如果仔细观察，会发现在座的这些老人，其实每个人的座位都是很有讲究的。几位年岁最长的挨着宋彬老人，其他年纪稍轻一些的则是坐得远一些。

但也有一位看起来只有五十出头的老人是坐在主位的，他生了一双飞扬的剑眉，眼神极为锐利，一看就知道是那种骄傲且脾气不是很好的厉害人物。

南飞凡以前在村里没见过他，不过他来了以后，直接落座在了宋彬老人的身边，并且与其他几位年长的爷爷奶奶说话都很随意。

飞流村内遵循的是村子里惯有的规则，一个人在村内受尊敬的程度，不仅仅是从血缘和年纪上排资论辈，更多的还是这个人为飞流村作出了怎样的贡献。

比如杨素青、赵小飞、郭梓熙这群年轻人，尽管是90后的新一代年轻人，可只要他们来，村子里不分老少，都是十分尊重的。

在拜师的大日子里见到了陌生面孔，尽管心里有疑惑，南飞凡依然没表现出来。

行过大礼，喝了拜师茶，回赠了徒弟礼，一系列步骤有条不紊地进行，并顺利结束。

礼毕，南飞凡被眉开眼笑的宋彬老人扶了起来，这时早有人去外边知会了一声，门口的鞭炮被点燃，噼里啪啦地作响，村口那边早安排了人等着，呼应后也点燃了鞭炮。

气氛顿时热烈到了极点，几位帮厨的大婶已经急匆匆地往大食堂赶了，稍后的聚餐仍是在大食堂，因为是私宴，所以是个人出钱，菜色会比平时丰盛很多，还特意请了流动酒席的大厨过来帮忙做特色菜，因此今天要做的准备实在是多。

宋彬老人招招手，让南飞凡去了自己跟前，并搭着他的胳膊站了起来，这才吩咐："昨天我与大家说的事，你们考虑得怎么样了？"

南飞凡不知是怎么回事，好奇且诧异。

周爷爷和周奶奶挨着，他们的目光却落在了赵爷爷那边，珍奶奶与她的麻将搭子们也都望着赵爷爷。赵爷爷不慌不忙，望着一旁坐着的那位面目威严的男人："江瑜，你宋叔的想法，昨天电话里也讲过了，你觉得怎么样？"

江瑜轻轻蹙眉，面露难色，停滞良久，才开了口："宋叔的能力有目共睹，一身的绝活轻易不施展的，今天已经正式收徒，拜师礼都行过了，以后宋叔认真地教，小南认真地学，小南哪怕只学到宋叔的十之五六，那也足够受用了。再说了，师父领进门，修行在个人，咱们这一行，真正关键的点在于一个'悟'字，名师是一方面，自己肯下苦功，去思考、尝试、改变、进步，这样子才能走出一条属于自己的路。如果从一开始心理上就依赖老师，这路不就走偏了嘛。"

"说的是有些道理的。"赵爷爷轻轻点头。

周爷爷面露迟疑："咱们这些人，各有各的擅长，每个人的点还真不太一样。单跟一个人来学，能学到优点，也能完美复刻了师父的缺点。从这个角度来说，如果多个人来指点，小南的未来不可限量。"

江瑜依然摇头："每个人的时间都很有限，大家也不可能啥也不干只带他一个，我觉得，先让小南跟宋叔学着，未来的事未来再说，先看看他能不能坚持下去。"末了，还状若无意地强调了一句："有些事情是要看天分的，并不是说一腔热血就能学好学明白，小南练的不是童子功，他半道出家，年纪也大了，这一行能走多远，还是先看看再说。"

宋彬老人的脸色已经沉了下来。

赵爷爷打起了圆场："宋老头，今天是你收徒弟，我们知道你心情好，想着给小南多争取点资源，江瑜说得有道理，啥事都不能急，急则生乱，古人还说欲速则不达呢。所以，今天咱们也讲究个方式方法，民主投票。昨天晚上宋老头提出来的建议，相信大家都已经听清楚了，也认真地考虑过了。"

不少老人都跟着点头，意思是这事儿他们心里有数。

唯独南飞凡一头雾水，他完全不知道发生了什么，更不知大家达成了怎样的默契。眼看着老人们注意的焦点全落在自己身上，南飞凡顿时不知所措起来。

好在，赵爷爷那边掌控全场："现在，愿意受一杯谢师茶的，你们往前边点站，让小南看清楚了。"

不等老人们有反应，赵爷爷吩咐赵小飞："愣着做什么？备好茶！"

赵小飞赶紧应了一声，杨素青和郭梓熙在后边把热水、茶碗全预备好，他只需要去端即可。

赵爷爷在说完之后，便朝着珍奶奶笑了笑，两个老人一起往前一步，站在了宋彬老人的左右。

周爷爷和周奶奶很快也站了出来，另外那三位经常与珍奶奶一起打麻将的老人，也紧随其后站了过来。跟宋彬老人比较熟的另外两位老人也过来了，最终，留在那一排准备喝一杯谢师茶的共有九人。

"九九归一，长长久久，很好，很不错。"宋彬老人见南飞凡傻愣着不动，立即给他使了个眼色过去。

可往日鬼精鬼灵的南飞凡，今天表现得异常地迟钝。

宋彬老人那边使了几次眼色，他还是不懂，最后气得老人低叫："小南，你愣着干什么？快敬茶！你还有那么多的师父茶没有敬呢。"

南飞凡如梦初醒："师父茶？什么意思？我刚刚不是敬过您了吗？"

此刻，宋彬老人那小小的身体里仿佛迸发出了巨大的能量，他上前去，小跳而起，直接给了南飞凡一巴掌。

这场面有点滑稽，但又有些莫名的温馨。就仿佛是自己家里的长辈，在面对反应迟钝的小辈时，那种又爱又恨，着急了还得上去拍一巴掌。

南飞凡如梦初醒。

杨素青和郭梓熙已经端着茶杯过来，在这重要的日子里，他们要将仪式感拉满了。

"南飞凡给周爷爷敬茶。"

当他将茶杯双手奉上时，周爷爷笑吟吟："你应该喊我周师父。"

南飞凡整个人一震，他再傻，这会儿也明白是怎么一回事了。这些老人是想着一起收他做徒弟，让他将所有人的手艺传承下去。

当下有些不敢置信，更多的还是无比地感激。南飞凡只觉得鼻端堵着一股涩涩的酸意，他才讲了一句话，眼泪竟夺眶而出，无论如何也止不住。

实现梦想的路，就在自己的眼前。他从来不知道，自己竟然能有这么好的机会来完成这一切。

南飞凡要给周奶奶敬茶时，不等他开口，周奶奶提醒："我叫陈素英。"

大约是那几滴眼泪，冲开了禁锢心灵的枷锁，南飞凡一瞬间通透，明白了周奶奶的意思。

"徒弟南飞凡给陈师父敬茶。"

周奶奶笑吟吟地接过，将准备好的徒弟礼也交了过去。

平时在生活上，她嫁夫随夫，冠了个周字。若是收徒，传的是她陈家的制瓷手艺，当然要用她陈家的名号。传承上的事，相当严肃，不只是她，只要是正儿八经的手艺人，对这些都十分看重。

一轮茶敬下来，南飞凡收了一堆的礼物，都是从他新拜下的师父那里得来的收徒礼。反观他这边则显得诚意不足，因为今天举办这个仪式，主要是为了正式拜入宋彬老人的门下，因此南飞凡理所当然地只给宋彬老人准备了拜师礼，其他师父，事先他并不知情，因此也有些措手不及，只能硬着头皮先将仪式和礼数走完，稍后的拜师礼必须再找时间给补上，这事比较重要，他绝对不能忘。

南飞凡还在那边琢磨着这些事，谁也没注意到突然回村的赵小飞始终用一种异样的眼神看向南飞凡，肉嘟嘟的脸上因为无法压抑的情绪，而显出了一丝紧绷。

拜师的仪式全都完成，大食堂那边的餐食也准备好了。

宋彬老人全程红光满面，掩不住激动，今天不只是南飞凡的大日子，也是他的。人生七十古来稀，到了他这个年纪，很多事情早已看淡，对于未来也没有更多的指望。日子就那么不温不火地过着，直到有一天，好似命中注定一般，他遇到了南飞凡。

这个年轻人身上的活力感染到了他，这个年轻人眼底永远闪烁着的期待，也让他仿佛一下子回春，对于生活与未来，更添了许多不一样的思考。

周奶奶和珍奶奶坐在一起，正在商量着南飞凡未来的学习方向。师父多了，要学的东西既多且杂，每一位师父对于制瓷、烧瓷、绘瓷、雕瓷、染瓷都有不一样的看法和理解，即使是同样精通的类别，感悟和技巧也是不一样的。独家秘诀多了，一下子汇集而来，那就需要拥有能够去区分、甄别的智慧，适合自己的才是最好的，在学习之初，本就要有容纳百家的雅量，以及开放的思维逻辑去慢慢融合，最终为己所用。

南飞凡本来在大食堂内帮着招待各位老人，他时时关注着自己十位师父的需求，因为他们年纪都很大了，各方面都不是很方便，南飞凡觉得从今以后，师父的事就是他的事，是他义不容辞的责任。

一个不经意间，仿佛又有种被人注视的感觉，循着那道目光，南飞凡与赵小飞的目光落在一起。赵小飞冲他招招手，意思让他过去。南飞凡虽然疑惑，却还是照着做了。

赵小飞把他一路带到大食堂后侧，那里是背阴处，平时堆着杂物，没什么人过来。

南飞凡才想问有啥事，赵小飞突然上前，一把抓住了他的衣领子。

"你小子太有心机了，说吧，你是怎么说服那么多爷爷奶奶收你做徒弟的？你是不是讲了什么话骗了他们？"

赵小飞压抑的声音里有遏制不住的愤怒，连拳头都握起来了，似乎随时准备攻击过来。

"你这是发什么疯？我怎么会骗爷爷奶奶们？"南飞凡一脸莫名

其妙。

赵小飞吼得比他更大声："你没有骗他们，他们怎么会一起收你做徒弟？这事儿我是听都没听过，那么多师父，就就就就……就教你一个人？怎么好事都让你一个人占了？"

说起这个，南飞凡忽然又不那么生气了，并且还有一点点的不好意思。他抓了抓头发，笑呵呵地说："也不是很多，宋爷爷本来是要收我，已经进入考察期了，至于其他师父为什么突然决定一起收了我，其实我也不知道是怎么回事。可能——觉得我这个年轻人既踏实可靠，人品又好，一看就是好孩子，所以，看对了眼，直接就要了。嘿嘿。"

他使劲地抓了抓后脑勺，一副十分不好意思的憨厚模样。

赵小飞气得差点吐血，眼神里都是想刀人的凶光。

"小飞，往后的时间还长着呢，今天只是收徒，将来我能不能稳受得住这份厚爱，能不能让几位师父完全认可我，愿意把压箱底的绝技教给我，这还需要很长时间的考验呢。说真的，今天这事我也是很意外的，心里头当然非常高兴，可高兴之余，更多的还是担心。"南飞凡长长地叹了口气，神情间的纠结绝不是在作假，明显是有些焦虑的，"师父们愿意教，我也很愿意学，不过，小飞啊，我跟你不一样，你是家传，从小在学，基本功扎实，小时候学会的东西，直接刻进骨子里，想忘都忘不掉。可是我呢？半路出家，靠的是爱好，是热情，是一种莫名其妙的坚定，自信地往前冲。能得到如此好的机会，我首先的感觉是意外，其他的就只有压力。咱们是兄弟，我也不瞒你，刚刚在给师父们敬茶的时候，我一直很担忧地在想，要是我学不会、学不好，没有达到师父们的标准，我该怎么跟大家交代呢？"

赵小飞不知不觉听得入了神，尤其是南飞凡纠结的那个点，直接让他嗤笑一声，直接摆了摆手："还没开始学习，你倒开始先怕这怕那了，这种心态能学得好才怪。你小子，既然有这份运气，索性啥也别想，闷头往前冲不就完了。"他压低了些声音，没好气地咕哝："都是两个肩膀扛一个脑袋，别人学得会，你也能学得会，怕怕怕，有啥好怕的？与其在那儿琢磨行不行、能不能，不如多去动脑子练练功，这些东西，功夫下足了肯定能看到效果的。"

"小飞，谢谢你这么鼓励我。"南飞凡满是感激。

这话好像一下子戳到了赵小飞的痛处，他面露惊恐，噔噔噔地后退了好几步，满是不可置信地懊恼着跺脚："我劝你做什么？我对你可一肚子火呢！不揍两拳，心里头的恨都消不掉。"

"我做错什么了？"南飞凡诧异地问。

"你！"赵小飞这边才抬高了音量，整个人的情绪肉眼可见地低落了下去，他胡乱地挥挥手，"算了算了，说了你也不懂，实在是烦死了，哪儿哪儿都不顺。"

赵小飞突然拔腿就跑，转眼就消失在转角，不见了踪影。

南飞凡跟出来时，慢了几步，他琢磨着肯定是追不上了，谁想到，大食堂的院子内，赵小飞被杨素青给抓住，正在挨训斥呢。尽管满脸不服气，赵小飞依然不敢顶嘴，因为任何人都能看出来，杨素青是真的恼了，赵小飞那边的狡辩换回来结结实实的一巴掌，这或许是来自血脉的压制吧，杨素青在村里的地位很高，村里的年轻人归他管，村里的长辈也归他管，时间长了，他若是真的要发火，一般人还真顶不住。更别提从小就没能赢过他的赵小飞了，一瞧见杨素青的情绪不好，赵小飞直接收起了小脾气，摆出委屈巴巴的模样来。

南飞凡跑到跟前时，还能听到杨素青训斥的声音："今天咱村办大事，我没时间跟你计较，你不准走，等下午不那么忙了，过来找我。"

"青哥，我都很久没回村里了，一回来就忙东忙西，还背了那么多原材料回来，没功劳也有苦劳吧？"赵小飞苦着一张脸，嘴上在抱怨着，可嘴角上翘的弧度却怎么都按不下去。

郭梓熙瞥见大家都在，也迅速小跑着过去。她到时，南飞凡刚好也赶到。

有些日子不见，几个人看着彼此，竟是异口同声地说一句："你瘦了。"

郭梓熙最近忙着准备她的画展，每天勤跑写生点的同时，还得忙着联系市里，帮飞流村筹集渡过难关所需要的资金。吃不好睡不好的同时，还需要消耗极大的体力。她会瘦，简直理所当然。

杨素青忙的是类似的事，村里村外，家长里短，大事小情……大家全指望着他，也全依赖着他，事情一多，忙起来没日没夜，消瘦是理所当然的。

南飞凡之所以瘦下去，则是过于沉浸在学习的乐趣当中，一天三顿饭，如果没人喊，他是根本记不住的。

至于赵小飞会瘦，这可真是耐人寻味了。要知道，赵小飞一向喜欢美食，平时最大的乐趣就是吃，胃口大，食欲佳，再加上又是个好动的性子，一天到晚闲不下来，他之前也总把减肥挂在嘴上，实际上是越减越肥，根本没成功过。这次回来，可是瘦得极多，脸颊都凹陷下去了，衣服穿在身上显得空荡荡的。

"市里的伙食不好吗？"郭梓熙问完，还不忘补了一刀，"你是跑去学厨师了吧？怎么？自己做的菜太不好吃，都给自己吃瘦了？"

此言一出，大家全笑了起来。

赵小飞情绪激动地嚷嚷："谁说我做得不好吃？这不是纯属造谣吗？不行，今晚我必须亲自下厨，好好证明一下自己。"

郭梓熙话里有话，打趣地问："出去没多久，你就学真本事了？"

赵小飞高高地抬起了下巴："那是，你也不看看我是谁，我可是赵小飞，学啥像啥，就是速度。"

郭梓熙被他自吹自擂的模样逗笑了，她转过身去，笑得更大声了。

"行了，咱们的事晚上再说，现在都去大食堂帮忙，今天可是要紧的大日子。"杨素青严肃地说，"今天不只是小南的好日子，也是咱们飞流村的大日子，许久没这样子庆祝过了，爷爷奶奶们兴致高，大家伙儿跟着多注意一点，午餐完毕后，也要把腿脚不灵便的爷爷奶奶们送回家里去。"

应承的声音不只是南飞凡和郭梓熙，陈石头和郭元也不知什么时候走了出来，多多爸爸抱着手臂憨厚地笑，明显是准备参与其中了。

杨素青看得眼睛一热，他苦苦维系的团队前些日子快要解散了，但突然之间，大家又都回来了。

他的心也跟着热了起来——哪怕只能坚持一天。

第十五章 | 第一次直播

　　宋彬老人准时来到了杨氏老窑，与他同行的是几位要好的老伙计，可一到了地方才发现，这边已经站着十几位，那些腿脚灵便的老人不用人接，提前很久到了，老窑的棚子内本来空间还算宽敞，一下子来了这么多人，看上去竟有些拥挤。

　　好在对于这种情况是提前有准备的，两侧有长木板做成的简易长凳，也有一些塑料椅子，这些都能临时坐着休息。

　　不过，显然老人们关注的重点都在老窑，窑火将熄，随时可以开窑。

　　杨成一刻也停不下来，搓着手，来回地走。

　　等到宋彬老人走进来时，南飞凡也陪在身边。

　　"呦，都在哪，你们不是没兴趣嘛。"之前在大食堂，宋彬老人的存在感不高，毕竟是连打个麻将都得要赖才能混上桌的。可自从准备教南飞凡学习制瓷之后，大家对他的关注度是越来越高，平时总有人随便找些借口过来，聊几句后就转到南飞凡身上。

　　其实宋彬老人很清楚，这些人不是真的关心南飞凡能不能学好手艺，而是南飞凡来拜师，给沉寂很久的飞流村突然注入了一股活力。那些渐渐沉淀下来的心一下子被搅动起来，便再也无法平静了。

　　宋彬老人被南飞凡搀着出场，他脸上的得意劲儿就甭提了。

　　珍奶奶没好气地白了他一眼："宋老头，你如果再嘚瑟，以后牌桌上就永远没有你的位置。"

　　这话比什么都好使。

　　宋彬老人一秒收了那种欠揍的笑，整个人正常起来。这下，全场笑了起来。气氛本来就好，老人们个个笑得开心，大家的情绪就更好了。

　　九点十五分，开窑的吉时。

杨成和赵小飞合力，撬开了老窑。

赵小飞在城里学了三个月的厨师，把手都切烂了，还是学不进去，他在厨艺上是真的没有天赋，也没有热爱。他发现自己爱的还是制瓷，思来想去还是想回来学制瓷。他瞒着杨素青、赵爷爷悄悄地退了学费回来了，把赵爷爷气得不行，差点心脏病发了，杨素青知道后，直接上门把赵小飞给揍了一顿。赵小飞自知理亏，也不敢提再跟着赵爷爷学技术的事，只跟杨成一样在老窑这边干活，力争表现好一点，希望赵爷爷和其他爷爷奶奶，能看到他的表现，转而接受他，和教南飞凡一样，收他为徒，教他技艺。

未散的火气夹杂着热浪扑面而来，离老远都能感受到那股热度，周围的温度跟着提高了好几摄氏度。

"可以。"赵爷爷的兴致很高。

"去看看杨成弄了些什么在里边。"珍奶奶招呼着杨素青过来，她扶着他的手腕，小心翼翼地凑了过去。

杨氏老窑的规模本就不小，内外做好了分区，有的地方能摆放大件，有的地方能摆中型的，其中的空位就是见缝插针地安放小件的地方。如果满满当当地烧一窑，大大小小的作品最少能同时烧制百来件。而中间作为格挡的分区全是活板儿，都能够拆除掉。

"拿几件出来先看看吧。"宋彬老人催促。

杨成找来钳子，小心翼翼地夹着底座，把最靠近窑口的一套杯子给拿了出来。

这是套十色杯，顾名思义，做的是茶杯的造型，配着一把细腻的白瓷壶。造型很简单，但在釉色上下了功夫，每一只杯子的颜色都不一样，有烧得透亮的中国红，也有沉稳大气的枣红色，帝王绿、琉璃杯，十种颜色，流光溢彩，一看就知道是练习作，杨成创作这套茶具的主要目的在于调整每个杯子的颜色和光泽度，一般来说一把壶会配四到六个杯子，他一口气烧了十只杯，也是担心里边有损耗。

"有点意思。"珍奶奶夸赞。

"那只壶，底薄，壶壁又厚了，瑕疵太多，怕是拿不起。"赵爷爷这边话音落下，杨成拎着壶柄才抬高，壶底就直接断裂，一分为二。

把壶身的断裂处反过来观察，果然跟赵爷爷说的一样，壶底薄如蝉翼，透得很厉害，壶身比底部要厚几毫米，别看差异不大，可它已经严重破坏了壶身结构的平衡，没在烧制的过程中直接碎裂掉已是不错，能坚持到出炉，到了杨成的手上才碎裂，算是给了杨成一次深刻的教训了。

"那十只杯子的大小、造型、釉色都很不错，小青他家本来就是最擅长上釉，杨成是把家里的本事给学明白了。"行家眼里看的门道，与旁人是不同的。珍奶奶这声夸，藏的是上一代人独有的感慨，能听懂的都懂。

杨素青目不转睛地看着，他虽然对制瓷烧瓷不感兴趣，可赏瓷、品瓷的眼光是从小练的，并不比任何行家差。

在杨成取杯子的同时，杨素青看到了一个细节，于是压低了声音和郭元、陈石头嘀咕："上釉的时候，粘连到底部了，等会起货的时候容易黏坏了底，小成的这十只杯子怕是剩不下几个。"

郭元点了点头，他朝着陈石头看了一眼："哥，你来过搭把手？小成守着这一窑好多天了，能多保住几个都好。"

陈石头轻轻一点头，便迅速来到杨成的身边，得到了同意之后，才拿起撬刀开始找合适的角度。

杨成满是懊恼："我在上釉的时候特别小心，就怕烧完了以后黏着底儿不好起货，结果却是怕什么来什么，连壶带杯，一件没落，全没跑。"

陈石头一心二用，依然十分认真在寻找着机会，他平淡地说："你很久没开窑了，摸不清在高温反应之后，上的釉会向下流一些，在杯壁上会形成漂亮的细纹，可是杯子底部的这些就很难处理。"

郭元跟着点头："说白了，就是开窑的次数少，经验不够，这种小问题很容易克服，多烧几窑，经验累积够了就知道怎么弄了。"

一声细微的声响传来，虽然极小，但在全场高度紧张，每个人都在盯着陈石头的动作时，这声音传开时便不可避免地伴随着叹息声。

陈石头一翻手，将那只漂亮的帝王绿茶杯翻了过来，杯子的小底座缺了一小块，别看只是这么一点点，这个杯子就算是瑕疵品，完全毁了。

"还是不行。"陈石头摇了摇头，将杯子递给了杨成。

杨成有些心疼，但又有点骄傲。他拿出了软布，爱惜地擦了又擦，直到把这杯子擦得内外锃亮，这才放在灯光之下，珍视地看了又看。

"我这手艺，真不算是退步，能达到这个品质，我还是很满意的。"说完，就把帝王绿的小茶杯交到了赵爷爷的手上。

赵爷爷同样给予了充分的肯定："下一窑再做套十色杯，其实还可以再加上六种渐变色，凑成十六杯，回头找个橱窗一字排开摆进去，也算是很经典的作品展示了。"

杨成眼睛一亮。

"真是漂亮。"陈石头在两人聊天时已利索地将中国红的杯子起货成功，底部完美，杯壁漂亮，外部无瑕疵，内侧则是一圈好看的细纹。正常的光线下已经是精妙绝伦，放在灯光之下就好似是一颗红宝石，美到令人窒息。

"这手艺，哪天做个大瓶，绝对是珍品了。"赵爷爷看完，递给了珍奶奶。

周爷爷和周奶奶虽然来得晚，这会儿也凑到最前头了。老夫妻一看到这只杯，立时眼角泛红。

他们看向了杨素青："你的爷爷奶奶、爸爸妈妈都很擅长烧制这种纯正的中国红，拿着放大镜来看也寻不到瑕疵，以前谁家准备婚嫁，若是能得这么一对大红瓶，与龙凤花烛摆在一起，那也算得上是大户人家了。"

"大瓶不好烧，可你们家最拿手的就是这个，好好好，杨成是个好样的，把家里人的手艺传下去了，是杨家的功臣。"

杨成因为一只小茶杯被夸了老半天，他的脸颊已是染上了颜色，整个人像是喝醉了酒，有点儿晕乎乎的。

"爷，奶，我以后一定努力。"杨成郑重承诺。

烧成了一只杯，和烧成了一对瓶，那可不是同一个概念，他觉得肩上压力极大，但似乎隐约又觉得，自己是有能力做到的。

为了那个未来，杨成下定决心要去努力。

接下来的时间，继续看窑内的作品，在普通人眼中，这一窑已是相当不错，十色杯最终有五件成品，以鸟兽为主题的小件也算是不错的创意。

只是在烧制的过程当中有损耗，平均二十件里只有一两件算是看得过眼的，体型稍大的作品全军覆没，每一件都有问题，几乎还没出窑就破损掉了。

杨成气馁地蹲了下来，满面愁容地看着一地碎片。

陈石头和郭元也在左右，他们一眼就看出了问题："应该是步骤上出了问题，回头再做的时候，你喊上我们一起，咱们好好捯一捯。"

赵爷爷背着手站在一旁，听到这话，插嘴说了一句："做小件和做大件完全不一样，从和泥、阴干，到制作瓷胎，每一个步骤都有独特之处。小成的这一窑，小件儿做得都很好，大件儿是一件没成，明显就是用做小件的方法，去完成大型作品的创作了，会出现这种情况就很正常了。"

周爷爷也是行家中的行家，他早在杨成小心翼翼地从窑里端出那些早已是一塌糊涂的碎片时，就看出了问题所在。问题实在是太多了些，他哪怕想要给予更进一步的指导，这会儿也说不清楚。

于是，周爷爷说："稍后给小南上课，你也跟着听一听，听完了再找机会试一试。瓷之道，贵在恒心坚持，一时的成功与失败都不能说明什么，你和小南一样年轻，要把心沉下来，一点一滴，稳步向前，地基打好了才能修出万丈高楼，所以说，不能急，一急准出错。"

说着，他还用拐杖轻轻戳了下地上乱七八糟堆在一起的瓷器碎片，因为是在窑里就已经炸裂掉的，所有碎片最终在高温下又烧了几十个小时，因此是黏在一起的。

杨成规规矩矩地站好，虽然还很低落，但已经能把低落的情绪全收起来了。

南飞凡和郭梓熙在另一边调整手机的角度，他们是在准备等会儿的直播，好在机位和灯光这些是提前一天就准备好的，还有其他小伙伴在帮忙整理稍后要用到的背景，尤其注重细节，每个步骤都一丝不苟。

宋彬老人被安顿在操作台后坐好，桌上摆着的是跟了他一辈子的工具，整齐地放在身边，随取随用。

老人今天换了一套中山装，可是有些年头了，还是那年他被邀请去北京参加一个交流会，还要跟着一群行家去见大领导时，厂里特意帮他做的。几十年过去了，这套中山装也只有在重要的场合，他才会拿出来穿一下，看上去还是八成新，保护得非常好。

答应南飞凡在直播间内教大家制作瓷器之后，宋彬老人就一直兴致勃勃地做着准备，首先想到的就是这一套衣服，他还特意去理了头发，挺直腰板，精神气还很足。只是站到镜子面前时，那张脸终究还是老了，岁月侵蚀成了沟壑，眼皮向下耷拉着，连眼睛都变成了灰黄色，他不禁感慨，人老珠黄这四个字还真是写实的说法，他年轻的时候总被人夸眼睛大，眼珠子又黑又亮，瞅着有神，上了岁数，稀里糊涂间就变成今天这副模样。

宋彬老人坐在椅子上稳了稳心神儿，他以为自己已经不会为了任何事而紧张，真正坐在这里时，才发现自己在面对未知的事物时，还是有种天然紧张的感觉。尤其是被那手机镜头对准之后，总觉得是被几百人一起盯着，老人一举一动看着十分僵硬，有时候他还想冲镜头笑笑，咧开的嘴角像是强行把弧度勾上去，怎么看都觉得不自然。

"爷爷，您什么都不要想，就跟平时给小南上课时一样，想怎么教就怎么教，不需要刻意地去琢磨怎么展示。"郭梓熙把宋彬老人的大茶缸端着送了过来，热腾腾，香喷喷，暖乎乎……

茶是喝惯的茶，工具也是用顺手的，再看看周围的环境，杨氏老窑这边他以前经常来，那时候还年轻，跟杨家的人关系也好，一天有事没事都跑个几趟，这座老窑，残破不堪的时候他用过，修缮完好以后他用过，现在又进行了改装，火力更猛了，他以为自己年纪大了，以后是年轻人的天下，所以心里的火苗半熄不熄，日子静悄悄地过着。直到此刻，他仿佛一下子被几个年轻人给拖回了干劲十足的岁月，心脏的跳动逐渐加快，他抬眸望向南飞凡。

接收到了他的目光，南飞凡回之以安抚的笑："师父，您只当镜头不存在，安心创作就好。"

"不用说什么？"宋彬老人诧异地问。

"想说就说，不想说就沉默，您靠的是手上的本事来征服直播间里的观众，其实说什么也不是很重要。"南飞凡语气真诚。

宋彬老人似懂非懂，过了好久才缓慢地点了下头，平静了一会儿之后，在郭梓熙再次问他是否可以开始时，宋彬老人点了点头："可以了。"

今天是直播的第一天，事前没有预热活动，更没有任何宣传，所有参与的人都是摸着石头过河，靠的是一腔热血，并不专业。

"大家都登录账号，进直播间，如果有人进来，一定要帮忙烘托气氛，争取把人给留下来。"南飞凡不忘再次提醒。

在场的就那么几个人，留下看热闹的赵爷爷他们不会玩抖音，手机也是标准的老年机，除了打电话接电话也没别的功能，因此连进直播间凑人数都不行。

"咱们，开始吧。"随着郭梓熙的声音落下，直播间正式上线。

南飞凡也紧张，磕磕巴巴地说着开场白，那是昨天晚上他认真准备，背了又背的字句，只是在面对镜头时，脑子一片空白，背得很流畅的部分也是断断续续的，总有种前言不搭后语的感觉。

郭梓熙听不下去了，她有些烦躁地开口："直播间内都是咱自己的人，连一个粉丝都没有进来，你还紧张什么呢？"

"没粉丝？"南飞凡错愕。

郭梓熙摆摆手："没有，所以，你也甭紧张，该干吗干吗，今天的任务不是吸粉儿，只要能顺畅完成直播即可。"

南飞凡突然就放松了下来，他抹了把脸上的冷汗："还真是有点儿慌。"

"等以后有成千上万的粉丝时你再慌，现在嘛，好好上课吧。"说着，郭梓熙径直走开，也招呼着陈石头他们远离直播区，该干吗干吗，完全没必要过多关注这师徒俩的教学过程。

杨成和赵小飞虽然站在镜头之外，却是极其认真地关注着。

宋彬老人直到此刻才真正进入教学的状态，他今天准备创作的是一只雕着龙凤呈祥的大瓶，高三十几厘米，烧制完成后的理想状态是明黄瓶底，龙飞凤舞，瓶身薄如蝉翼，整件作品放在灯光之下，呈现出一种如珠似玉的光泽感。

工艺相当之复杂，一只瓶便能展示飞流村现有的技艺水平。

宋彬老人一上来便放了大招，南飞凡这些孩子能学到多少并不重要，他的目的是炫技，既要震慑住这群聪明的年轻人，更得给直播间里观看的粉丝一点绝活。

老人的每一个步骤都带着些云淡风轻的感觉，那是叱咤江湖的绝代高手归隐田园后，重出江湖时，总能在不经意间展露的一丝身手，轻而易举地震慑全场。

南飞凡学得非常认真，赵小飞的眼睛瞪得很圆，能看出他全身在蓄力，整个人进入强烈专注的状态里。至于杨成，他除了在学习，还负责帮忙取原料、拿东西，因为对于陶瓷创作的流程非常熟悉，宋彬老人那边偶尔缺些什么，甚至他都不用开口，杨成总能第一时间领会，冲到摆放原材料的架子上，准确找出装材料的盒子，并且将东西送到老人的跟前。

南飞凡更是能充当半个助手，老人把步骤演示一遍后，他在自己做的同时，也会要求南飞凡一起参与。尽管他的手法粗糙，与宋彬老人那种轻巧细致的手法不一样，可两个人有教有学，南飞凡在老人的指点之下，每个动作都有明显的进步。

另一边，郭元和陈石头终于考察好了杨氏老窑的内部构造，也拍了照片，准备回自己的工作室那边把图纸画出来。他们对于宋彬老人目前的教学也很感兴趣，毕竟能近距离观察大师的创作，是很不容易的事。郭元在路过镜头前时，无意间看了一眼直播间的人数。他记得很清楚，半小时前还是个位数呢，其间也没有做什么特别的事，南飞凡本来要兼任控场主持的角色，可他自从知道直播间内没有粉丝之后，直接就把这件事抛到脑后去了。换句话说，目前在这个地方，教的人是认真在教，学的人也是认真在学，最开始被大家很当成一回事的直播工作，最后直接被忽略掉了。

郭元瞪圆了眼睛，刚想说什么，坐在一旁的郭梓熙连连打手势，意思是让他千万不要提醒。

郭元是个明白人，秒懂了她的意思。笑了笑，招呼陈石头一起离开了。

这场直播，有那么点意思了。

今天的直播预计是三小时，实际在真正下播的时候，已经足足六小时过去了，门外一片漆黑，夜幕早已降临。

宋彬老人回过神来，捶了捶酸痛的后腰，脸上露出了满足的神情。

"这些泥要送去窑里沉淀一段时间，下节课我们前半段学习用紫砂泥制作，后半段还是用黄泥练习雕刻功法。制瓷烧瓷是个慢功夫，每一个步骤都需要时间去沉淀，想一步到位是绝对不可能的，欲速则不达的道理在这里体现得淋漓尽致，所以，孩子们，学艺不仅要手稳、眼稳，心更要稳，人生路很长，不必急，不要慌，把基础打牢了，一通百通，也没什么难的。"

宋彬老人的话可谓是语重心长，他并不是故意在讲一些人生大道理，只是在教的过程中，情绪酝酿到了，便有感而发。

没想到，直播间的公屏上突然留言激增，不少人纷纷发表看法。

老人拿起自己手机时，突然就看到了那么多人在同时说话，字有点小，他看不清楚，于是赶紧去找眼镜。

看了之后，老人惊讶地张大了嘴。他怀疑是自己眼花，赶紧揉揉眼睛，这次确定了，直播间里居然有八百多人。

"不是说没粉丝过来看吗？"宋彬老人此刻手足无措得像个孩子。

南飞凡同样意外："什么时候进来了这么多人？"

直播间一直没有关，宋彬老人和南飞凡的对话，落在屏幕外的粉丝耳中，立即引起大家的笑声。

郭梓熙做了个手势，意思是直播还没结束，请所有人不要议论。

宋彬老人被扶回椅子上坐好，这次，老人正襟危坐，对着手机的镜头，僵硬地挥了挥手。

看老人讲了一下午削瓷的基础知识，对于这一行稍有了解的人都知道，什么是大师一出口，句句是干货。

八百多粉丝的直播间，至少有一百位粉丝在同时刷屏，发言呈滚屏状，如果想要一条条地看清楚，就需要按住屏幕慢慢往回拉。多数是在夸宋彬老人技艺扎实，还有人对于附近摆放着的几件作品极感兴趣，希望能将镜头拉近，让大家能更近距离地欣赏。

宋彬老人表达感谢之后，南飞凡先送他回去休息。杨素青的小货车停在外面，因为除了年轻人以外，赵爷爷、周爷爷和珍奶奶也全程陪伴，一直到下播。大食堂那边留了饭菜，杨素青刚好把他们一起送过去，省得再走这段路了。

杨成则是捧着手机去给大家近距离地拍摄瓷器，网友们要求得非常细致，边边角角全得看清楚，看完了这件看那件，还时不时地提出一些问题。比如作品叫什么名字，创作者是谁，会不会对外出售，价格是多少……

这几件作品全是临时从陶瓷博物馆借来充门面的，为了避免产生不必要的纠纷，直接选了南飞凡几位师父的作品，今天直播的是宋彬老人，那镜头内出现的就是宋彬老人最得意的几件代表作；而如果下次换成了赵爷爷，自然也会取来赵爷爷的作品。

如此安排能够最大限度地为老匠人们提供一个展示的平台，它不受干扰，尽可能少地避免掉人为干预，用较为直观的方式搭建起欣赏者与作品之间的平台。

虽然才是第一天，不知效果怎样，可就目前直播间内仅有的几百名粉丝的反应来看，大家明显是感兴趣的。这种小众的直播间是受平台扶持与关照的，大数据更是将之推送给了那些有可能会喜欢制瓷的粉丝，因此能刷进直播间的粉丝很快便能融入直播间的氛围，这大半天下来盯着直播看到结束的人就有几十位呢。

如今到了作品展示环节，气氛较之刚刚的教学阶段，竟是更加地热烈。

杨成对于几件展示作品是提前做了功课的，他介绍的时候更是赞不绝口："朋友们，今天不只是你们有眼福，我也有眼福。面前的这五件作品平时是收藏在我们村的陶瓷博物馆内，轻易是见不着的。"

他仔细介绍起了陶瓷博物馆，尤其强调了不对外开放，这个原因也很容易理解，因为飞流村陶瓷博物馆从创建时起，主要功能是收藏，村里没有能力建立起相应的设施做到有效保护，更没有相应的人员来负责。要知道能选进陶瓷博物馆的作品必定是珍品级别，若是换算成人民币，那肯定是个相当惊人的数字。若是保护不得当，出现了任何问题，对于村子来说是极大的损失，更是没办法给创作者及其亲属交代，因此索性不开放了。

粉丝们对于飞流村、陶瓷博物馆、珍品等关键词产生了浓厚的兴趣，公屏上不断有人在询问着更具体的问题，杨成一一给出了回答。

也有不和谐的声音出现，说这个直播间最终的目的依然是打广告带货，别的直播间好歹要预热一段时间后再来收割，他们倒好，只找了个老头假模假样地教了一下午，老头离场，主播就出来喊三二一上链接了。

336

杨成原本不想去理会这种声音，可那个人像是着魔了似的，疯狂复制刷屏，干扰到了其他正常参与互动的粉丝。杨成心里有点生气，声音也扬起了不少。

他敲了敲罩在每件作品外部的透明保护罩，指着里边的作品说："朋友们，直播间内卖的是商品，可你们看看，稍微懂行的人都能确认咱们直播间内摆着的这几件是艺术品，不管在哪里，艺术品都不可能通过线上上链接的方式草率出售吧？"

公屏上清一色的"哈哈哈哈哈"，大家都在笑，也有人附和着。

杨成收起玩笑语气，一本正经地开了口："咱们这个直播间主要的功能是展示，如果说能起到一点点教学作用，让喜欢创作陶瓷艺术品的朋友们有所启发，那便是意外之喜。咱们以后每次开播请出来的老师，全都是我们飞流村的老匠人，他们全都到了颐养天年的年纪，是出于对艺术创作的热爱，才愿意重新来到屏幕前，与大家一起进行互动，这个机会，十分难得。我虽然是主播，但其实我也是在悄悄学习，大半天下来，受益匪浅。"他指了指自己身后的杨氏老窑，掩不住骄傲地说："朋友们，我现在要下播了，真的迫不及待地想亲自去试一试，所以，咱们星期三下午不见不散了。"

第十六章 | 生命的另一种延续

阿雾是在飞流团队陪着老匠人们开直播后的第三个星期来到村里的，她以前虽然来过，但对于这边的印象不深，觉得飞流村算得上是山清水秀，但实在是贫穷，设施也很差，与她一身的精致完全不匹配。

今天之所以会来，是因为有着特殊的目的，她势在必得。

村路两旁，种满了树，本着务实的原则，可以卖木材的品种和果树交叉种植，这样子既有果树开花时的风姿摇曳，也能有效地固化土地，防止水土流失，等到了年限，再把木料一卖，对于村里来说，又是一笔不错的收入。

只是这村路，还真是颠簸。

阿雾从车上下来时，脚尖踩着地面，脚跟一下没站稳，狠狠地一趔趄，如果不是及时扶住了车门，她大概是要表演原地扭伤了。

皱着眉盯着坑坑洼洼的地面好久，她问司机："不能开得更近一点吗？"

司机歉意地摇头："前边有一段路很窄，车子很难通过，必须走过去。"

话音未落，一辆小货车裹挟着横扫一片的气势，与小轿车擦身而过。

所去的方向，正是村委会小院的位置。

阿雾抬手指着："你不是说那边车子过不去吗？"

"咱车的底盘低，真过不去。"司机叹气，"走这种路，小货车肯定是蹭蹭乱窜，比咱有优势。"

阿雾叹了口气，拎着精致的包包，拖曳着飘逸的长裙，缓慢地向前走。还没走几步，她又是一个趔趄，细细的鞋跟卡在石缝之间，另一只脚因为站不稳，踩在了长裙之上。

她清晰地听到了真丝布料被撕裂时发出来的声音，很悠扬，宛若小提琴拉出来的悠扬绝唱。

阿雾有些心疼。

就在这时，小货车在正前方表演了狭窄村路上的潇洒掉头，一脚油门，发动机喷着油味儿，直冲到了阿雾的面前。

杨素青摇下车窗，身子探出来："稀客稀客，哪阵风把阿雾吹到飞流村来了？"

阿雾叹气："我来找你，有些事想聊聊。"

"那敢情好。'杨素青笑着露出了一口大白牙，"上车，我载你去办公室。"

阿雾盯着那辆实用性超强的小货车发着呆，据她所知，杨素青的这辆车超级实用，用它拉人、拉货、拉家禽、拉鱼苗、拉小猪崽……她是万万想不到，自己有天竟然会坐到上边去。

她本能地排斥。

可是，到了这种地步，心里再不情愿，也是要坐的。要不然，漫漫前路，坑坑洼洼，她踩着高跟鞋根本没办法走。

"上来吧，前天刚擦的车，干净着呢。"杨素青拍了拍车门，语气里掩不住炫耀。

阿雾求助似的望向自己的司机，后者则是眼神抱以歉意，今天这部车子实在不适合走村路，即使是车速再慢，依然会频繁剐蹭底盘，更别提正前方的必经之路上还有两条轮胎压出来的长坑，杨素青的小货车通过时只是略显颠簸，便能直冲而过，换成其他的车，怕是直接卡陷到里边去了。

司机考虑再三，决定不要冒险。

自然只能委屈阿雾走路，或者强忍着坐上杨素青的货车了。

车内有股子异味，那是前几天拉鱼苗时留下的味道，已经散了很多天，味道可以忽略不计。可对于阿雾来说，这样的环境还是过于刺激了些，她忍无可忍，取出香水，冲着前后左右各喷了几下。

"精致。"杨素青竖起大拇指,夸得真真假假。

阿雾气闷,也不理他,扭着脸看向窗外。

好在这段路很短,五分钟不到,杨素青已将车开到了村委会小院内。

阿雾一秒都不能等,立即下了车,使劲地拍着裙子,尽管没看见有明显的灰尘,她依然很别扭。

"里边聊吧。"杨素青笑着。

"小熙呢?她不在村里?"阿雾原地站定,没有立即进去。

"小熙在画室那边忙,她最近很用功,似乎是有很重要的事在忙。"

杨素青的解释,阿雾也没听进去,转而又问:"南飞凡也不在?"

"小南在忙着准备下午的直播,平时他也不会来村委会待着。"

阿雾瞪了杨素青一眼:"帮我把他俩约过来吧,我有事找他们。"

杨素青叹气:"我才是村支书,飞流村的事,我说了算。"

郭梓熙和南飞凡都是借住在村里,对于飞流村的事只有积极参与,并没有决定权。最近一段时间,他们的确是为村子里忙前忙后,可这也不能理所当然地让外人觉得,有啥事就应该去找他们吧。

阿雾轻轻扶额:"瞧我这记性,确实忘了。"

杨素青抱着手臂,一时间也看不出阿雾刻意摆出这副姿态来是为了什么,他倒是不急,耐心地等待着。

阿雾等了一会儿,不见杨素青有反应,心里暗骂他真是越来越精明了。

"青哥,其实我今天专程跑一趟,用意你也能猜得到吧?"说罢,就用着她那双亮闪闪的漂亮眼睛,紧盯着杨素青。

后者迟钝地问:"你来之前也没打个电话提前说一声,突然就来了,我哪里猜得出你的来意?"顿了顿,不等阿雾变脸色,他温和地说:"都不是外人,不需要藏着掖着,有什么事就直说吧。"

"我来,当然是为了谈合作,咱飞流村最不缺的就是老艺术家们,我宝玥斋是最好的寄售渠道,强强联合,大家都能有更好的发展,这一点你是同意的吧?"

杨素青毫不迟疑地点头："是的，没错，的确是这样。"

阿雾笑容转冷："既然你同意，那为什么最近都没有再往市里边送作品寄卖了？是哪里出了问题吗？"

对于这种问题，杨素青依然不觉得意外。

"我们村的爷爷奶奶们年纪已经很大了，作品只是业余爱好，最近大家都不想动，那就没有了呗。"

阿雾漂亮的脸上现出了一抹怒色："我以为咱们相交多年，已经是朋友了。"

"能跟阿雾做朋友是我的荣幸，只要你愿意，我们当然是朋友。"杨素青虽然平时话不多，但需要打太极的时候，那也是不含糊的，很是懂得四两拨千斤的技巧。

"既然是朋友，对待彼此的基础是真诚，这个你也是同意的吧？"阿雾眼中划过了一抹怒色。

杨素青又在叹气了："阿雾，你究竟想说什么？"

阿雾恼怒极了，温温柔柔的音调里透着气愤："你们飞流村的直播间红红火火地搞起来了，老匠人们每两天上一次直播，直播间里摆着的珍品两天一换，高矮胖瘦、款式不带重样的，品质比你送来寄卖的好了不知道多少倍，怎么你现在来告诉我村里的老人们去养老，没有出作品了？"

"你还是直播间的粉丝吗？"杨素青没有被拆穿后的不好意思，反而对阿雾居然还在关注这些颇为震惊。

"我一直非常关心飞流村。"阿雾没有把话讲明白，但又好像把什么都说了。

"最近大家的确是在忙着直播间那边，不过，几位爷爷奶奶只是在教一些简单的基础知识，实际操作也是在等泥坯完成之后才能正式开始，要是想要成品，最起码也得需要半年以上的时间。"杨素青想起了宋彬老人总是挂在嘴边的欲速则不达的道理，正打算给阿雾好好讲一讲呢，就见她已是很不耐烦地摆了摆手。

杨素青止住所有话，笑得和气："阿雾，如果有寄卖的需求，我们必定第一时间考虑与宝玥斋合作，毕竟咱们彼此信任，不是吗？"

阿雾懒得与他打哈哈，索性直接问："你们直播间里展出的作品，我希望能看一看。"

"这个，当然没问题。"杨素青答应得很痛快。

阿雾挑起那双漂亮得不像话的眼睛："我一直在关注直播间，每样作品我心里都有数，你别随便拿些东西来糊弄我，我的记忆力可是相当好呢。"

做的就是古董鉴定、艺术品售卖的行当，阿雾早已练就慧眼一双，自信过眼的物件，就直接放进心里，无论如何也不会忘。

"欣赏可以，但是咱们有言在先，那些全是非卖品，即使看到了也不会拿出来卖的。"杨素青觉得有些话还是说在前头比较合适，免得等会儿闹出误会，解释不清楚的话，反而会让大家心里头不舒服。

阿雾果然急了："为什么不卖？你们有新的合作方了？青哥，说好了所有的作品优先供给宝玥斋的，你们应承过的事，可不能反悔。"

"答应的事当然不会反悔，不过，有些作品属于非卖品，比如直播间里拿出来的那些，就是不会拿来出售的。"

阿雾震惊："你们不是很缺钱吗？为什么不肯出售？"

杨素青依然摇头，这次没有解释。

村里一早定下来的规矩，也没有太多原因。这个世界上，有些事不是能用钱来衡量的。

"我与小熙之间有过约定。"阿雾并不让步，她专程为了这件事跑过来，怎么可能轻易被说服，"南飞凡去店里的时候，针对未来的合作，我们也有初步意向。青哥，这么久以来，宝玥斋的诚意给得很足了，就算是后来你们突然要涨价，我这边顶着压力，依然给予了尊重。"

如果接着讲下去，能说的肯定又是很多很多。

杨素青听得眉心胀痛，也知道阿雾今天既然连招呼都没打就过来，肯定是下定了决心，不达到目的决不罢休。

他索性直接放弃交涉，只是压低了声音安抚："阿雾，不要激动，你关心的事，稍后等人来齐了再聊。现在，我陪你在飞流村走一走吧，如果我没记错，上次你来飞流村也没时间多看看，其实我们飞流村有不少特别的风景，独一无二的，你肯定会喜欢。"

阿雾满是为难，她穿的可是细高跟，走村路相当地困难，能不动还是不动的好。

"放心吧，路不好走的时候可以坐我的车子，不会让你不舒服的。"杨素青展现出了无比地热情。

在如此盛情之下，阿雾也只好答应下来。

若是不提这百来年的制瓷历史，飞流村与中华大地上存在着的千万个村落一样平凡而普通。民宅屋舍大多已建了几十年，一眼望去，浓浓的陈旧感，顺着山势而建，村中的高处与低点形成了一条线，一条小溪潺潺流淌，浓密的树木将飞流村包裹于其中，一派静谧安然的景色。

杨素青知道阿雾对什么感兴趣，更懂得带她去看什么，能够轻易堵住她的抱怨，进而引起她的浓厚兴趣。

他们去看了郭元和陈石头的现代化新窑，也去看了老城墙的陈列柜，沿着村路往下走，路过了几户人家，杨素青一一介绍。若说是张奶奶王爷爷赵大叔刘大婶，阿雾一个不认识，也根本记不住哪个是哪个，可如果说起缠丝青瓷瓶、玄青冷瓶等等，阿雾便自然地亮了双眸，神情转为专注。

"他们……那几位大师，他们就住在这里？"阿雾有些不敢置信。

为了表示尊重，她把情绪强按了回去，故作漫不经心地轻轻挪开了眼神。

"是啊，在此出生在此长大，年轻的时候进了城，暮年时回到这里，后来，他们沉睡在了后山，距离飞流村很近很近，获得永远的安宁。"

杨素青的音色里有着淡淡的哀伤。

阿雾接收到了他的情绪，她有些诧异，目光落在了他身上。

杨素青深吸一口气，停滞半晌，再浅浅地吐出来："我回到飞流村并没多久，而在这几年的时间里，我除了在努力改变飞流村，另一件不得不做的事就是，送这些曾在世间留下浓墨重彩的一笔的艺术家离开。"

顺着杨素青指着的方向，阿雾看到的是一片郁郁葱葱，隐约还能看到专程种的成片的菊花，每一朵花看得并不清晰，但当它连成了片，便是一片芬芳。

"那些花是大家渐渐种下来的，每次送走一位老人，我们都会撒下一些花籽。时间长了，花儿越来越多，渐渐连成了片，或许有一天，那里会生成一片花海，这是他们用另一种方式留在了这人间，很美很浪漫吧。"杨素青耸了耸肩，"你不要用那种崇拜的目光看向我，这个点子不是我想出来的，我只是延续了其中某一位老人生前提出的愿望，后来大家都觉得很不错，也就慢慢坚持下来了。"

阿雾站在路边，朝着那个方向看了很久很久，她有些沉默，仿佛整个人与这山这水融合在一起了。

"怎么了？"杨素青问。

"其实真正能让他们仍然留在人间的并不是那些花，而是他们生前创作的作品。"阿雾纠正。

"是啊。"杨素青赞同地点头，他懒懒散散地伸展着手臂，做出拥抱群山的姿态，"你的宝玥斋将作品卖给了欣赏它们的收藏家，只要这些作品还在，就总会有人记得这些厉害的匠人。如此，对于他们来说，也就够了。"

人活一世，草木一秋。

大多数人来了，走了，很快会被世人遗忘在记忆的最深处，如此而已。

这些创作者却又有些不同，他们努力为这世界留下了很多很多不一样的色彩。于平凡人而言，这些也够了。

杨素青回过神来时，发现阿雾正看着自己，她的眼睛亮晶晶的，好像藏了千言万语，偏偏不愿说出来。可有时，沉默也是一种特别的力量，胜过滔滔不绝。

　　"走吧，咱们继续在村里转转，最近几年村子里的变化很大，日子过得一天比一天好，大家都很有奔头。"杨素青开始打官腔。

　　阿雾瞥向他："你们村里的年轻人也都出去打工赚钱了吧？村子这边不都是你和小熙几个人一直支撑着吗？我可听说，每到农忙时，你就带着人去各个村子里求人，还自称是90后里脸皮厚如城墙的男人，扛造。"

　　杨素青的脖子一梗。哪怕平时承受能力再强，说到这份儿上，面子也是过不去了。

　　他连声嚷嚷："谁说的？简直是胡说八道！根本没有这回事。"

　　阿雾轻捂着嘴，笑得那么好看。

　　在杨素青连番追问下，阿雾才回："还能是谁在说，当然是小熙、小南他们了，大家都很心疼你，一个人撑着一个村，不容易。"

　　杨素青有些意外小伙伴们在背后居然这么说自己，不过仔细想想，倒也不觉得意外。有些事，一句两句也说不明白，自己人这边都是如此，作为外人的阿雾就更是迷惑吧。

　　"说一个人撑着一个村肯定是夸张了，我只是在能力范围之内做能做的事，但行好事，莫问前程。"他望着郁郁葱葱的远山，想的是只要良心过得去，便不计较过多。

　　阿雾并不想让他舒坦，话题到此为止还不满意，反而继续追问："你一个人的能力终究是有限的，这么沉重的担子，你能担到什么时候呢？"

　　杨素青的嘴角抽搐了几下，他被问住了。

　　又是一段令人窒息的沉默。

　　那山间的风一下子变得令人有些恼火，吹乱了阿雾的裙摆，更让杨素青的心脏揪着刺痛了起来。

　　"能坚持多久就坚持多久，我并不是一个人，还有郭梓熙、郭元、赵小飞他们呢，我们是飞流团队，既然是团队，大家肯定是要同心协力的。"

阿雾笑出声："你们的团队，不是已经散了吗？"

杨素青一下子变了脸，再好的脾气，到这会儿也撑不下去了。

阿雾收敛了表情，停止了你来我往的对话，她抬起手，从高处指向飞流村："你们的飞流村想要发展，我的宝玥斋同样要一路向前，现在，飞流村与宝玥斋是各有各的困境，解决的出路却是巧合地落在了同一个点。"

杨素青聚精会神地听着，不等他问，阿雾已继续说了下去："你们这个直播间最近吸引了一批陶瓷爱好者的关注，渐渐地也有了一些名气，尤其是拿制瓷烧瓷作为亮点，穿插展示珍宝级的作品，这更是把一批收藏家的目光吸引了过去，其中就有我一直在合作的客户，他是位富商，深爱着瓷器，于他而言，定期来购买，既是满足了爱好，更是投资的手段。无意间刷到了你们的直播间，并且确定了宋彬老人是他所购买的一件作品的创作者之后，他就上了心。"

讲到这里，才算是说到关键。

杨素青没有打断，等着阿雾继续讲下去。

"其间，这位富商一直试探着打电话问我，是否还有宋彬老人的作品寄售，我否认之后，他便提起了飞流村，并且告诉我，你们飞流村还藏着好多好多的珍品，他还表达了意愿，希望能有机会当面欣赏直播间内展示过的作品，若是你们愿意出售，他会给出个不错的价格，让咱们三方全都满意。"

飞流村这边的作品一向是放在宝玥斋内寄售的，客户要购买也得通过宝玥斋，因此阿雾说，这件事是三方的事，倒也没什么不对。

杨素青几乎完全没有犹豫就直接拒绝了："那些不卖。"

又一次被拒绝，阿雾也没了耐心："没有不卖的作品，只有谈不拢的价格。"

杨素青刚想继续否认，阿雾斩钉截铁地打断他："我刚刚已经强调过钱不成问题。"

"非卖品，给再多也不卖。"

阿雾的表情是一言难尽。

南飞凡在直播的时候就看到阿雾走了进来，他十分意外，但自己这边还有正事，不能第一时间迎上去，只是在学习的过程中，偶尔投个眼神过去，看看阿雾在做什么。

他哪怕是微微走神，也很快被宋彬老人给注意到了。在教学时，宋彬老人一向是相当严厉的，当即中断教学，让他从操作台离开，到一旁站着听课。

屏幕外的杨成则因此而走运，被宋彬老人叫过来，坐在操作台前，继续之前的雕刻教学。

杨成惊喜之余，还不忘给南飞凡投去一记嘚瑟且傲娇的眼神，并且赶紧坐下，取而代之，专心致志地学了起来。

南飞凡虽然站着，这会儿可不敢再分神，他依然得认真听讲，把老人所教的细节全部仔细地记下来。

直播间的公屏上此刻已是笑声一片，每次遭遇这种小插曲时，粉丝们的情绪都会特别高涨。

毕竟一直盯着陶瓷制作，其实也是一件比较疲惫的事，若是能通过一些事来调整下情绪，那也是相当不错的。

赵小飞依然忙前忙后，因为从厨师学校退学的事，最近家里人都很生他的气，就连一向惯着他的赵爷爷这次也说不管他了。杨素青上门帮忙说情，也被盛怒之下的赵爷爷给轰了出去。

没别的办法，赵小飞只能跟着杨素青回了他家的老宅，与杨成、南飞凡住在了一起。

几人年纪相仿，爱好相似，都能聊到一起去，杨素青对此很放心。

后面几天轮到赵爷爷来直播间内展示创作工艺时，赵小飞忙前忙后，赵爷爷也只当看不见，完全无视他。

尽管如此，赵小飞却仿佛一下子沉下心来了，他的话很少，每天早起、晚睡，几乎都是在跟南飞凡和杨成研究怎么搞创作，与南飞凡这种全凭着一股热爱去后天努力的学法不同，赵小飞、杨成都是村里人，从小跟在家里大人身边耳濡目染，并且也经过了几年的苦练，基本功无比扎实，即使是后来中断了几年，若是想要找回手感，也并不困难。

人往往有这样的时候，当面临全世界的不认同时，有的会一蹶不振，归于尘埃；也有的会憋着一口劲儿，蓄力积攒，奔着目标勇往直前。

赵小飞知道必须证明自己，究竟该如何去证明，他需要时间思考。

好在，和南飞凡等人一起，每天过得十分充实。做的是喜欢的事，还有志同道合的小伙伴在身边，日子倒也不难过，反倒是没了从前清闲时，经常会出现的那种迷茫不知所措的感觉。

身后的杨氏老窑已经清理妥当，正在做下一次开窑的前期准备。

老窑周围有不少人在，但大家各司其职，忙得不行，即使阿雾抱着手臂在那儿看了一下午，也只是惹来几道疑惑的目光，并没有人上前来过问情况。

终于要下播了。

宋彬老人如往常一样与直播间内的粉丝挥手告别，约定了下次教学的时间，还露出了一抹招牌式憨厚的微笑。

等到手机镜头一撤开，老人的脸上立即现出了疲惫的神情，他抬起手，擦了擦汗，坐在椅子上好半天不开口。

"师父，您没事吧？是感觉哪里不舒服吗？"南飞凡吓了一跳，赶忙凑过来，端着热水递了过去。

"别慌，我没事。"宋彬老人的声音里少了在镜头前独有的洪亮，他是真的累到了，这会儿浑身冒虚汗呢。

"直播的时间太长了。"赵小飞摇摇头。

"之前不是定好了，一次两个半小时，中间要有休息，而且要提前预备好吃的喝的，这边的温度也要注意，不能热更不能冷。"南飞凡有些不高兴，他心里一急，嘴上说得就更多更快了。

"小南，你别着急，我没事，喝口水缓缓就好了。"宋彬老人适时打断，没让南飞凡继续讲下去。

南飞凡放软了声音，小心地说："师父，明天咱们就只工作两小时吧，绝对不能再多了。"

对于飞流村的老人们来说，直播是新鲜事物，从前没接触过，也没怎么了解，但却非常地感兴趣。

他们在镜头这边创作、讲解，互联网、手机的另一端还有很多人在跟着学，不停地问。尽管有好几位老匠人一开始就在说"艺不轻传"，有点不习惯这样的教学方式，但真处于这样的场景当中，他们又很快爱上了。

而在现实当中，一位师父最多带四名学生，再多就照顾不妥当了。可是有了互联网这个媒介，一对多，不成问题，并且这些学生当中，大多为自主学习，他们在认真仔细观察老师创作中所展示的每一个细节的同时，也在思考着如何提高自己的作品质量，攒的问题很多，且问到的都是关键，在直播间的公屏上讨论时，往往一个人的困境也会是许多人过不去的难点，大家一起讨论，没准就有了解决的办法。

教与学的方式，与从前截然不同，却又因其趣味性十足，充满了魅力。

宋彬老人讲得正兴起，手中的作品也才捏到一半，初见雏形，他怎么舍得放下，当然只能延迟，一拖再拖。在工作的状态下，他情绪高亢，时间过得飞快，也不觉得有任何不适；可一旦下了播，支撑着的精气神散了，他的身体便一瞬间虚脱，坐在那儿缓了好一会儿才渐渐恢复了力气。

阿雾静静地看着这一切，耐心地等待着，直到房间内安静下来，才来到了他们跟前。

她微笑地看着宋彬老人，说："宋老先生的作品极具个人风格，从第一次见，我就十分喜欢，这几年里，经我手卖出的有十三件，件件精致，令人难忘。我应该一早就来拜访您的，无奈店内忙碌，迟迟未能出发，现在想想还真觉得后悔，感觉错过了许多。"

"你是？"宋彬老人极为疑惑。

阿雾的打扮与村里的女人完全不一样，她那种独一无二的气质更是令人难忘。宋彬老人绞尽脑汁也想不起来在哪里见过她。

他的目光，自然地落向了南飞凡那边。

后者则是迅速地到了跟前，小声解释："师父，这是阿雾，宝玥斋的老板娘，之前您的作品就是放在她那边出售的。"

宋彬老人恍然点头："原来你就是阿雾，感谢感谢。"

阿雾热络地握住了老人的手，眼底的真诚不似作假："我是先认识您的作品，最近在直播间认识了您，后来便想着一定得来飞流村一趟，当面与您聊聊。"

宋彬老人的神情依然很紧张，却能看出他很开心。虽然他自认是位不错的创作者，但在商业运营上却是一窍不通。作品大多是贱卖，如果不同意低价出售，作品就会积压在手里，再也卖不出去了。

这样的情况持续了很多年，不只是宋彬老人，村里的其他创作者的情况都差不多，他们所工作的陶瓷厂一度破产重组，有一部分人是被动离开返回村里，他们当时已经是五十岁左右的年纪，除了制瓷之外没有别的手艺，根本没办法在城市里生活；另外还有一部分技艺特别精湛的，又被返聘回了重组后的陶瓷厂，几年后，他们到了退休年纪，大多也选择回到飞流村。

哪怕是离开了原有的工作环境，依然舍不得放下手艺；在最初闲下来的几年里，他们大多还保持着创作的热情，一日不干点什么，浑身都不舒服。

那几年村里的三口窑几乎是日日不停，年轻人想的是靠着制瓷烧瓷能走出一条发家致富的新路，老人们则是期待着发挥余热，绝不愿意因为退休就被彻底地淘汰。

可惜，现实总是会以各种方式给人当头一棒，无情地嘲笑大家在做不切实际的痴梦。

瓷器烧制出来了，销路却成了令人头疼的大难题。

这种纯手工作品，成本高，创作不易，飞流村之前的三座窑都有一定的问题，窑内的温度达不到要求，又损毁了一大批作品。

即使是各方面都被认可的珍品，如何能将其卖出与之相匹配的价格又是摆在村民眼前的大难题。绝大多数被贱卖，其实能卖掉就已经很开心了，价格方面的问题根本没心思去考虑，反正他们这些老实巴交的创作者即使考虑再多也没用，卖不掉是真的卖不掉，作品哪怕再精美，商业市场若是不愿意接受，他们也只能长叹一声表达无奈。

村里的陶瓷博物馆内会有那么多藏品，正是因为这些老人与陶瓷一生结缘，在事业前行无路与无法割舍的热爱之间纠结时，还是陆续地烧制出了一些作品，飞流村将之收集起来，统一珍藏。

社会是向前发展的，在这个过程当中，总是有些意志坚定的人坚信，总有一天，如此美好的一切会以光辉璀璨的方式展现在大众的面前，让所有的人知道，在这大山深处的小村内生活着这样一群老匠人，他们传承着中华传统技艺，无怨无悔地奉献一生，亦是甘之如饴。

再后来，郭梓熙来到飞流村采风写生，她经常往返于小村与城市之间，拿着村里老人给的地址，一家家地去联系寄卖行，宝玥斋便是其中的一家，合作协议达成之后，卖了一些作品，但依然不够理想。而村里的老人也开始进入懒散的养老模式，憋在心底的精气神一散，想要再聚集起来已是难上加难。

如今，宝玥斋的老板娘就坐在那儿，宋彬老人以为自己会激动，但其实并没有，他只是略显手足无措地望向南飞凡，催着徒弟过来帮忙处理。

南飞凡接收到了老人求救的目光，赶紧过来，接下了话茬："阿雾，我师父累了，他现在要回去休息了。"

"我还想跟宋老先生聊聊作品的事呢，实不相瞒，宋老的作品相当受欢迎，接下来的合作要抓紧进行了，不要辜负了好不容易才培养起来的市场。"阿雾深信自己想要表达的意思，在场所有人都懂。

或许，在那一秒钟，宋彬老人也的确是懂了。他想到了这些年的艰辛，也想到几乎要放弃的自己。可村里的年轻人根本不容许他有一丁点儿的意志消沉，南飞凡皱着眉打断阿雾，把话题给接了过去；他还顺带招招手，杨成和赵小飞心领神会，到了跟前，一左一右扶着老人，连声说着"开饭了开饭了"，然后就准备把老人送回大食堂去。

阿雾有些恼怒，俏脸涨红了几分，正要说点什么，就见郭梓熙大步从外边走进来，她在房间内搜寻一圈，锁定了阿雾的位置，然后立即快步到了跟前："我刚遇到青哥，听他说你来了，就立即过来看你。"

郭梓熙热情地跟自己搭话，阿雾不好拂了她的面子，可也就是这个走神的瞬间，宋彬老人就被杨成他们带走了。

想到自己在这儿等了一下午就是为了跟这些老匠人建立直接的联系，她才铺垫个开头，居然就被人给打断了，阿雾明显是不高兴的。

郭梓熙只当没看出来，拉着人去里边坐下，招呼着南飞凡倒两杯水过来，看样子是准备促膝长谈了。

"小熙，你不应该瞒着我。"阿雾神色幽怨。

她年轻美貌，这一招不只对男人有用，对女人同样效果极佳。任谁听了，都要下意识地开始回想自己是否有什么地方做得不对。

郭梓熙思考了会儿，才想到阿雾是在说什么，她正色回复："我每次送去宝玥斋寄售的瓷器作品，都是由飞流村这边选出来的，我只负责送过去，其他的事不归我管，我也左右不了。毕竟，我不是飞流村的村民，所做的事仅仅是义务帮忙，不方便过问太多，那也太越界了。"

阿雾单手托着腮，昏黄的灯光之下，任谁都要赞一声此时此刻，此人此景，实在是赏心悦目。

"就算你没有决定权，也该给我透露一点消息，让我知道你们飞流村……还应该投入更多的关注。"

她的目光自然而然地落在今日搬来直播间内展示的十二把紫砂壶之上。这本不该是出现在飞流村的作品类型，即使是工艺精湛的制瓷大师，所擅长的作品类型大多是固定的，况且飞流村并不是紫砂产地，周围更容易收集到的原材料更适合创作者去创作瓷器种类相关的作品。偏偏这里竟然出现了十二把紫砂壶，一字排开，放在了木架子上，上方设置了温柔的光源，更衬得这些作品温柔细腻，爱壶之人若是一眼见到，必定会挪不开目光。

阿雾经营宝玥斋多年，好东西见了不少，眼力练得是相当地好，她一眼辨认出这些壶的真正价值，心中稍作评估后，心底升起来的那种失落感仿佛更浓了几分。这种感觉就好像是自己先发现一处宝藏，但又没觉得里边藏着多少值钱的宝贝，因此随手扔在一旁不去理会。突然有那么一天，发现宝藏的下方藏着的是一座富矿，无论怎么拼命地向下挖，似乎都挖不到底。

而她，一直站在宝藏的边缘处，对着最外围的东西指指点点……这让她怀疑起了自己的专业能力。

郭梓熙微笑地听着，难得见到阿雾抱怨，那是几年相处下来不曾见过的。看样子，阿雾是充分认识到了飞流村这些老人的价值，并且对整个群体进行了全新的评估，才会有此刻的反应。

"现在关注也不迟呀，有句话说得很好，想要拥有一片森林，最好的种树时机是在十年前，而另一个时机就是现在。只要你真心想要拥有，其实什么时候都不晚的。"

阿雾竟是若有所思地出了神，时间不知过去多久，送老人去大食堂的几个人已经返回来，他们要做的另外一件事就是小心翼翼地将直播间展示的十二把紫砂壶装箱，用全套的软垫保护，再用特制的垫子固定，然后装进纸箱，一一封好。

阿雾拦住了南飞凡："如果想要寄售，我们宝玥斋依然是最好的合作伙伴，价格方面好商量。"

南飞凡一下子明白她是理解错了，赶紧解释："这些是非卖品，我们只是送回陶瓷博物馆去而已，不是要拿出去寄售。"

"陶瓷博物馆？"阿雾有些好奇，"是咱们市里的哪座博物馆吗？你们不是说这些紫砂壶是宋老先生亲手制作的吗？怎么，他的作品还要给博物馆？还是说，这些本来就是博物馆的藏品，你们借出来，故意说是宋老先生的作品？"阿雾的话讲得又快又急，她平时不是刨根问底的性子，今天也不知道是为什么，好似根本没法控制住自己，想问就问，一口气全讲了出来。

众人诧异。

南飞凡想说什么，但又止住了，他望向杨素青，无声地询问着他的意见。当杨素青点头，南飞凡松了口气，整理语句，继续说了下去："我们是送回村里的陶瓷博物馆去，这批作品是我师父捐给村里的藏品，开直播的时候我们借出来展示，直播结束就得送回去。"

"你们村还有陶瓷博物馆？"阿雾又一次控制不住声音，音调扬得老高。

"飞流村有一半人家都会制瓷烧瓷，这是祖辈传下来的手艺，几乎就是与生俱来的本能，在村里建一座陶瓷博物馆，有那么奇怪吗？"南飞凡好笑地问。

"不是，我不是那个意思。"阿雾继续语无伦次，"我是想说，你们村里的陶瓷博物馆应该没有多少件藏品吧？对，肯定是没有多少的，毕竟这是一个村子，位置是在半山腰上，平时也没有游客，根本不会有人过去参观吧？"

室内鸦雀无声。

没人讲话，大家也没离开，只是所有人都用异样的眼神看着她。

阿雾一辈子都没经历过这样的时刻，大家看着她的眼神，仿佛她是傻瓜，问了一件极傻的事，简直无法容忍。

她清了清嗓子，暗暗懊恼刚刚嘴快，不该一口气说出那么多话来，反而露了底。

正琢磨着要怎么找补，南飞凡已再次征得了同意，简单解释："村子里的陶瓷博物馆的主要功能是收藏，并不是常规意义上的展示。毕竟，有些人，他们曾经来过这人间，而我们都不想忘记。"

类似的话，阿雾在杨素青那边听到过，往前追溯，仿佛郭梓熙也讲过。

她攥紧了拳头，此刻的心情一时没办法形容，不过，一直以来埋在心底里的好奇，仿佛越来越浓了几分。

阿雾紧赶慢赶了几步，跟到了几个人的身后，提出了自己的要求："我能去参观吗？"

她觉得自己与飞流村之间的关系，这种要求绝不算过分，杨素青他们应该会欣然同意才是。

没想到的是，一直以来较为沉默的杨素青，居然毫不犹豫摇头拒绝："非常抱歉，正如小南所说，村子里的陶瓷博物馆存在的目的是收藏，并不具备展示的功能，为了避免发生一些不必要的意外，那边从不开放。"

"连我都不行吗？"阿雾满是失望。

"不行。"杨素青依然摇头，哪怕一点商量的余地都没有。

阿雾心里不服，但她也实在是拉不下脸了，只得气愤地站定在那里，目送着几个人离开。

当晚，阿雾没有去大食堂吃饭，仿佛是直接离开了村子。

但很快，大家才知道阿雾没走，她在村招待所内开了间房，直接住了下来。

第十七章 | 飞流村的价值不该被忽视

隔天一早，被连夜打发下山的司机重新返回，送来了阿雾的行李箱，里边装了她的生活物品。

"我打算在村里住一段日子，算是给自己放个长假，好好地休养身心。"阿雾换上了运动装，经过指点，来到了大食堂。

她是那种天生的亲和力较强的类型，尽管昨晚明显被杨素青等人冷淡对待，她照样坐在了杨素青的跟前，像是什么事也没有发生。

一整晚的时间，足够她再次去了解飞流村的一切，包括村子内近二十年的大事小情，也包括坐在大食堂内这些鬓发斑白的老人。

杨素青敏感地觉得今天的阿雾有些不太一样，哪里不一样他一时也讲不清。

就见她很是优雅地给自己端了一碗八宝粥，只拿了一小碟泡菜和一个鸡蛋，在等八宝粥变凉的同时，她慢慢剥着鸡蛋壳，每个动作都透着一丝独属于阿雾的优雅。

"你们去宝玥斋寄卖作品，拿到的收入是为了养这些老人？"阿雾仿佛是不经意地问。

杨素青顿了下，立即答："寄卖的作品本就是爷爷奶奶们自己创作的，我们只负责跑跑腿，帮帮忙，一直是他们自己在养活着自己，跟着沾光的是我们。"

"开鱼塘种脐橙，拍视频搞直播，又是种庄稼又是种蔬菜，春、秋两季还要去山上采山货，我还一直琢磨为什么每次见你都是匆匆忙忙的，现在看来，哪怕飞流村再小，你们也总能找到事情做。"阿雾吃完鸡蛋，心满意足地长长吐出口气，"从这点上来说，飞流村的年轻人非常令人钦佩。"

南飞凡等人都在一张桌上坐着，原本大家是在闲聊，阿雾坐下以后才停止交谈，而在听到她说出那些话之后，连一贯性子比较冷淡的郭梓熙也把注意力落了过来。

阿雾要的正是这种效果，她话锋一转，突然又说："不过，你们现在所做的，其实还是头痛医头脚痛医脚，哪里有问题就去解决哪里，长此以往，所有人的状态都是在修补漏洞，而不是从长远的角度出发，真正将飞流村从自身的困境里解救出来，走上真正的坦途。"

尽管没人反驳，但听到这话的每个人心里头也是认可阿雾的说法的。

杨素青苦笑："村子的基础比较薄弱，我们也有必须去做的事，不能着急，更不能冒失前进。村子发展的机会肯定是有的，我相信，未来的某一天，当发展的时机到了，今天的飞流村面临的所有阻碍都会自然消失。"

"看你们的劲头儿，以及付出的努力，我相信你们肯定能实现理想。只是你们想过没有，你们还很年轻，有无数的机会去尝试，你们肯定有耐心慢慢地来，可是，他们呢？这些厉害的老匠人，年纪最轻的也有六十七岁了，他们能等得了那么久吗？"阿雾的话，停在那里，明显没说完，但没有着急继续往下讲。

杨素青等人听出了弦外之音，便下意识地等待。

好半天过去，杨素青有些急了，他正想要追问，南飞凡已经开了口："阿雾，你在城里做那么大的生意，见多识广，肯定能够给我们点指点吧？"

大家不由得一阵钦佩，暗暗地为南飞凡点赞。在南飞凡那里从来没有什么是不好意思说的，他并不在乎面子不面子的，该豁得出去的时候也绝不含糊。

阿雾扑哧笑出了声："指点可是不敢当，或许，我们可以讨论一下合作事宜。"

杨素青还以为她惦记上了陶瓷博物馆，便语气僵硬地强调："陶瓷博物馆内的藏品全部是非卖品，这个原则不会改变。"

"若是你们愿意开放陶瓷博物馆，我觉得这会是最迅速地将飞流村引入正常发展轨道的好办法。所以，这真是没得商量吗？"阿雾的眼睛闪闪发光，她还是期待着的。

"一点商量余地都没有。"杨素青闷头吃饭，迅速地吸溜完碗里的粥，他便不再理会阿雾，开始安排起了今日的工作。

老窑那边直播定的是每周的一、三、五开播，星期日也会播，是年轻人专场，主要是南飞凡、杨成这些人做练习，顺便跟直播间里的粉丝唠唠家常。他们不带货，不追求流量，更不期待热度，等于是开着直播间做自己想做的事，能有多少人一直在，大家嘴上说的是关注，但其实心里也不是特别在乎。日子就这么一天接一天地不温不火地过着，直播间内较为稳定的粉丝人数从最初的八百多人增长到了两千，飞流村出镜的几位老匠人也因为创作风格的不同，渐渐有了各自的粉丝，其中口才比较好、说话风趣的赵爷爷受到的关注度最高，直播间内几次突破历史最高粉丝数，都是赵爷爷直播的时候完成的。宋彬老人的脾气不那么好，他自己闷头做瓷胎的时候也没多少粉丝热情地说话，不过很快大家又发现，宋彬老人在怼南飞凡、杨成几人"活儿"做得不好时，简直是妙语连珠，字字句句不重样，还让人一点脾气都没有，时间长了，"嘴毒大爷"的名号不胫而走，每每宋彬老人忍无可忍地进入开怼模式，直播间内热闹得宛若过年。

杨素青在观察了一阵之后，觉得直播事业的确是应该坚持下去，他作为飞流村的支书，有责任也有义务给予最大的便利，除此之外，调拨人手、安排时间是重中之重。可这么一来，村里日常能用的人就更少了，而该做的工作可一点没少，因此要保证日常的生产和生活，那得把方方面面的安排先做妥当了才行。

阿雾被拒绝后并没有像昨天那样直接表露不满，她明显是做好了调整，心态放平了以后，也就耐心了许多。

等杨素青把事情布置妥当之后，她才开口："管一个村子和管一个家没有太大区别，钱能够解决日常生活里百分之九十五以上的问题，剩下的百分之五要么是生死大事身不由己，要么就是钱花得不够需要加价。"

"问题不就是没钱嘛。"杨素青对此颇有感慨，但凡村子里的账面上多一些能动用的资金，他也犯不着追着团队内的这些年轻人猛薅羊毛，让他们本来就满满当当的日常再附加一些额外的事。

"没有钱就赚钱啊，钱不是大风刮来的，村子里的经济也不能等它自然好转，这些都得有技巧，有想法。"

阿雾的话音才落下，郭梓熙扑哧笑出声。

阿雾问："我是不是目的性太明显了？"

郭梓熙点头："大家都看出来了。"

阿雾若有所思："那我换个方式来说一说自己的想法？"

郭梓熙也没拒绝，反正吃饭的时候无聊，有个话题打发一下时间也是蛮不错的。

"我给出的第一个解决办法是开放陶瓷博物馆，通过作品流转方式来一次性解决掉村内的财务困境，你们也明白，优秀的艺术品价值本就很高，这也是宝玥斋最擅长的部分，我能出力。"她的真诚，没有人响应。

阿雾在说，大家在听，并且只是听，他们不发表意见。

沉默地拒绝，震耳欲聋。

阿雾叹了口气，尽管不想放弃这最简单有力的方式，她也不得不在众人齐心协力的拒绝当中，选择另一种方式。

"致富途径除了出售已完成的精品，也可以考虑投资飞流村未来的可能性，依托互联网为媒介.整合旅游资源，把飞流村的特色项目推出去。"阿雾才说了个大概，就发现刚刚还在埋头干饭的一群人竟然齐刷刷地放下碗，动作一致地看向了她。

阿雾笑了，她知道自己说到点子上了："我计划在飞流村停留一周，深入调研，看看能不能寻到一个合作的点出来。"

她满是感慨地望向了身侧，几张大桌上，老人们正吃着早饭，他们笑眯眯，神情轻松，也不着急，一切竟有种岁月静好的感觉。但这些老人与平时见到的扎堆聚集的那些还是不同，他们聊的话题大多是围绕着村子、家庭，以及制瓷烧瓷。个个是专家，个个有本事，闲聊时漫不经心的几句话便可能是点睛之笔。

此刻，她是相当认同杨素青等人经常挂在嘴边的话。

于整个飞流村而言，最大的价值并不是陶瓷博物馆、三座老窑、老城墙展示柜这些。

真正值得人关注和延续下去的，其实是眼前这三十九位已近暮年，却仍是神采奕奕、精神矍铄的老人，他们在，飞流村的根基就在。

有些话，似乎不用说得很透。

一个眼神，一抹微笑，所有人便心领神会。

南飞凡率先开口："阿雾，如果有什么需要，你尽管跟我说，我会来帮忙。"

郭梓熙也跟着表态："阿雾，我的宿舍就在你隔壁，要是有事，直接来敲门。"

杨素青心里担忧，不过他没表现出来。只是，这种默认，有时候也是一种态度。

阿雾对此非常满意。

她的司机送来洗漱用品以后便离开了，阿雾觉得凭借自己的能力，独自在飞流村内生活一星期是完全没问题的。当她吃过早饭，走到宽敞的院子里，望向被笼罩在薄雾之中的远山时，她不由得深吸一口气，任由那股清新的凉意从鼻端窜入肺腑，异常地舒服。

南飞凡与赵小飞回到了杨氏老窑时，陈石头也在，他手上紧握着个大保温杯，就坐在门口的大石头上，顶着那张黝黑的脸，正眯着眼惬意地晒着太阳。

"哥，你怎么没进去？"南飞凡兴冲冲地迎上去。

陈石头被温暖的阳光晒得有些恍惚，他回过神："想着你们这个点应该在大食堂吃饭，干脆等一等，还能晒太阳补补钙。"

"走吧，进去聊。"南飞凡开了门，把手上的早餐递给赵小飞，让他进去喊杨成起床，顺便催促他洗漱。

今天可是有些重要的安排，时间上耽搁不得，必须抓紧。

杨成是标准的夜猫子，白天睡不醒，晚上睡不着，越夜越精神，不过，这种人最煎熬的也是清晨早起，他哪怕连掀开眼皮都觉得困难。一般来说，每天肯定要到午饭后，才是生物钟允许他清醒的时候。

可今天要去陈石头那边的老窑商量下一窑作品准备上窑的事，这里边还有他的二十四件，那是杨成辛辛苦苦做出来的，根据几位老匠人的指点，做了不少细节的改进。杨成比任何人都期待看到效果。

因此，即使他的身体万分不情愿，他的意志力依然催促他必须清醒。杨成费劲地起床，用冷水狠狠地洗了一把脸之后，整个人依然有些脚底没根，走路发飘。

陈石头伸手捏过一根油条，嘴上吃着的同时，人还围着杨氏老窑转圈。

转到第三圈，油条吃完，他擦了擦手："这次准备入窑的作品共有三百九十件，数量多，没有大件，分散好方位，肯定是摆得下的。不过，我们的窑是新改建完成的，虽然也实验过了，可一下子搞这么满满当当的一窑，我还是觉得有压力。"

顿了顿，他决定把真正的担忧说清楚："更别提里边有一百多件是爷爷奶奶们的作品，他们好不容易才愿意尝试着重新去创作，有不少是在直播间内做出来的，粉丝们可是帮忙数着、盯着、等着呢，万一要是哪里出了差错，或者是不小心给烧坏了，我怎么交代啊。"

他挠挠头，坐了下来："我的窑没改建之前，我心里头有数，烧多少，怎么烧，怎么摆，肯定是大差不差，多上点心也出不了大问题。现在，老窑上装了新装备，我还在摸索当中，心里边是真没有绝对的把握。"他指着自己眼底的一片淡青色，半是无奈地坦白："我是昨晚突然想起了这事，越想越担心，然后就失眠了。"

翻来覆去的一晚上，脑子里全是乱七八糟的念头。人嘛，正是如此，越是担心的时候，越觉得心乱如麻，而往往是这种状态之下，脑子里会不受控制地想东想西，并且想到的全是很糟糕的念头，它会一点点地蚕食掉信心。

陈石头刚刚坐在门口发呆的时候，还想着这事只能成功不能失败，否则，他们这些年轻人的信心打击一下还能恢复，而村里那些老人，可能是禁不起失败的。

听了陈石头的担忧，南飞凡笑了起来。

"别人我是不清楚，但我的那几位师父对于制瓷烧瓷，全都是学了一辈子，干了一辈子，他们成功的时候多，失败的时候也不少，要是因为几件作品就被打击到了，我觉得真是不可能。"

南飞凡的话，再简单不过。

陈石头抬手，啪地拍了下脑门："嘿，我这是在瞎担心什么呢？可不就是这么个理儿。"

南飞凡善解人意地笑了起来："你只是太重视这件事，也太在意咱飞流村的老人了。"

因为是搁在心里头的重要存在，反而会因为这种重视，而不由自主地生出患得患失的感觉。

接下来还是要讨论这一窑应该怎么弄，几个人列举了各种必须考虑的因素，又分别给宋彬老人、赵爷爷等有作品入窑的老匠人们打了电话，几番权衡，还是决定放在杨氏老窑。

主要是上次开窑时，赵爷爷他们对于杨成对老窑做的改动非常感兴趣，想要跟着尝试看看，能否借助这一窑烈火，将陶瓷作品催化到他们想要的状态。

"我来负责守着这一窑。"杨成听到这个决定后彻底清醒过来，他竟然很有点激动地搓了搓手，虽然二十四小时守窑是件苦差事，但架不住他就是喜欢啊。

人嘛，在面对自己真正喜欢的事物时，脑子一热是经常的事，再苦再累也没关系。等到事情成了，全身心都会被喜悦覆盖，至于那些吃过的苦遭过的罪，基本是过后就忘，并且再想起时也是甜蜜的回忆，再不会放在心上了。

"咱们这么多人呢，不能你一个人守，回头列好值班表，大家分工合作，不用太累。"南飞凡本就是如此设想的。

杨成又一次猛搓手，更加激动了。最近一段时间，他开始与人同住，家里每天都有不少人进进出出，一开始他还很不习惯，可度过了那种被打扰之后的烦躁期，他就觉得能跟志同道合的小伙伴同进同出，一同努力，感觉还是很不错的。

最近杨成每天都在创作，有时候犯懒不想弄，可一看到南飞凡和赵小飞都在勤勤恳恳地练习，手上越来越稳，基本功也是以肉眼可见的速度在进步，他心里边竟然生出了一种不服输的心思，总是不由自主地跟着一起去练。

隔天下午的直播，也是老匠人们为他们答疑解惑的最好时机，哪怕是再小的疑惑，只要问出口，老人们都会认真地给予解答。即使是自己没想到问，当别人在认真学习时，自己在一旁围观，也能学到不少知识。

高密集度地学习下来，杨成发现，不知从哪天开始，他的手指变得更加灵活了，过去在上釉和雕刻上有欠缺的，现在依然没办法做到百分百自信，但那种知道该往哪个方向努力，并且有十足把握自己肯定能够成功的自信，就这样一日一日地积累起来了。

杨成每天很忙很忙，但他忙得很是充实。

南飞凡等人应该也是如此，大伙都在全力以赴地努力，谁也不愿意错过这么好的机会，争先恐后地往前冲，因为就在那个他们暂时还看不见的地方，有着他们最最渴望的未来。

"我爷爷说，这次咱们准备把瓷胎送入老窑时，他过来帮忙安排位置，一点点地教咱们。"赵小飞如今对赵爷爷满是崇拜，"嘿，真没想到，怎么在窑里摆件儿都有学问，处处都得学明白了。"

"你还没去跟赵爷爷道歉吗？"南飞凡忽地想起了这件要紧的事。

赵小飞立即现出沮丧的神色："他一周来这儿最少四趟，多的时候天天都能见我，可就是不搭理我。"

"还气着哪？"南飞凡诧异极了。

现在赵爷爷也是他的师父之一，平时教学虽然严厉，但老爷子再亲切和蔼不过，对于小辈更是相当爱护，从不会给谁脸色。

赵小飞是他唯一的孙子，他疼着宠着都来不及，哪里可能会为了点小事真的恼火那么久。南飞凡怀疑是赵小飞没给老爷子台阶下，一直硬扛着，才会让关系始终僵着。

赵小飞满脸冤枉，没好气地摆摆手："甭提了，这次气大了，正眼都不给我一个。"

杨成笑着："爷孙俩哪有隔夜仇，你肯定是检讨得不够深刻，态度不够诚恳，而且我觉得，对付自己的至亲有时候要讲究点策略，比如说脸皮得厚，心态要稳，锲而不舍地坚持，必要时撒泼打滚也可以。"

赵小飞这段时间的变化真的很大，瘦了三十几斤，整个人看着小了一圈。他是下定了决心要改变的，每天天不亮起床，沿着村路山上山下地跑上一圈，然后再结结实实地忙上一整天。这样子坚持了一段时间，变化也跟着出来了。他越来越瘦，也越来越沉默。既然跟家里说的是不学厨师，重新去学制瓷，他就觉得自己总是要为决定做出些改变，让家人确信他与过去是不一样了。

可越是这样子，赵小飞反而越是沉默下来。

"是啊，赵爷爷是要面子的，你得多努努力才行，不要跟老人犯别扭。"南飞凡也来劝着，他实在不愿意看爷孙俩闹脾气，都是一家人，没有什么心结是解不开的。有限的时间，不该浪费在无限的内耗上，那实在是不值得。

赵小飞满脸忧愁："我爷爷的心脏不好，前几次我过去想哄一哄他，话还没说呢，他就脸色铁青呼吸急促，捂着胸口随时要气昏倒的架势，都这样子了我哪里还敢往他跟前冲，万一……可不能有任何万一。"

杨成顿时没心没肺地笑了起来，南飞凡也在笑。

赵小飞的小眼神那个幽怨啊，但又能怎么样呢？每个人都有自己的烦恼，他的麻烦在别人看来是咎由自取的大笑话，对他来说是必须重视的关键点。

"这样下去也不是办法，都气了那么久，也该缓缓了。老生气对身体不好，而且小飞也没做啥不能饶恕的事。他只是发现自己做的选择不太对，及时纠正，也算是止损了。"南飞凡其实是能理解赵小飞的，毕竟他也在经历类似的事。在劝解的同时，何尝不是在提醒自己？父母那边还在生气呢，他不能因为身在飞流村，就当他们不存在。

赵小飞此时看着南飞凡，只觉得怎么看怎么顺眼。

南飞凡赶紧躲一边去，拒绝接受这样子令人发毛的感激眼神。"等会我去找赵爷爷说一说这事。"

"能行吗？"赵小飞更加激动了，一下子从椅子上跳起来。

"行不行，先试试再说。"南飞凡在安抚赵小飞的同时，也在提醒自己，今天必须给父母打个电话试试。他在飞流村做的是正事，相信用不了多久，他也会在完成一个个预先设定的小目标后，取得让自己满意的成绩。这本就是一种人生的成就，与父母的期待并不矛盾。

阿雾在村子里的调研工作是有些令人迷惑的，她每天从村头走到村尾，用手里的相机拍山拍水，拍村子拍村民，也不见与谁多说话，前两三天的时间几乎是一刻不停地走，连郭梓熙经常去的采风点都爬上去了，据说那天阿雾在那儿站了很久很久，也不知道在想些什么。

到了第四天，阿雾没有退房，人却被司机给接走了，一整天不见回来。

郭梓熙在遇到南飞凡等人时，还把当时的情况说了说，有些诧异地嘀咕："她的葫芦里卖的是什么药？"

"或许是想要建立好关系，为以后的合作提前做铺垫？"杨素青试着解释。

郭梓熙摇了摇头："阿雾在宝玥斋是很忙很忙的，她除了看店，还得主持活动，周末也不休息，突然间把大量的时间放在飞流村，这很不寻常。更何况——"

她扭头，看了一眼身后的招待所，其实对于村里来说，有这样一栋三层楼的建筑用作日常接待，已经是很不寻常了，毕竟大多数村子里可是连个小超市都没有，村民要买点什么还得去邻村，或是去集市上才行。

可这栋招待所对于在城里生活的阿雾来说，几乎可以用残破来形容。上看下看，左看右看，都与阿雾目前的生活水准相差甚远。就算是她在飞流村真的有事，也可以办完事以后跟随司机返回市内，哪怕隔天再回来也没关系。

选择住在这里，于她而言，简直是在忍受衣食住行各方面的不便利，等同于在折磨自己。

那么问题来了，她牺牲那么大，真正的目的是什么？

若是从这个角度去考虑，用阿雾只是为了与村里的老匠人们搞好关系为理由，显然是说不过去的。

作为宝玥斋的老板娘，她完全不必把姿态放得那么低。

"总觉得她的目的不简单。"郭梓熙嘟囔。

南飞凡赞同地点头："虽然我和阿雾交往不多，对她的了解也没那么深，但我觉得，她从来飞流村的第一天起，应该已经想好了要做什么。"

杨素青原地转了个圈，目光从他最熟悉的风景上一一掠过，最终还是很诧异地问："咱们村最让她感兴趣的应该是陶瓷博物馆，但我也强调过了，收藏品一概不考虑出售，我想，在她了解清楚之后，也不会强人所难的吧？"

抛出去的问题，没人能回答。既然解决不了，大家也暂时放下不管。

当天晚上，这一次有作品进窑烧制的老匠人们在晚饭后来到了杨氏老窑，盯着年轻人把老窑内部再次清理了一遍之后，他们开始商量着各自作品在窑内的摆放位置。

杨成等人已经悄悄地把耳朵竖起老高在听着了，这可是极难得的机会。

这一批作品，釉色差异很大，大大小小的都有，烧制的时间、温度的控制、火候的把握，以及其间必须注意的事项，简直涵盖了方方面面。

南飞凡听到一半，已经在和杨成等人用眼神交流意见了。大家共同的疑问是，在各方面都无法做到统一的情况下，还能放在同一窑烧制吗？

心有疑惑，当然是要直接问出来的。

宋彬老人一听，立即被逗得哈哈大笑了起来，他解释："不同类型的作品，一般情况下，还是不要放在一起烧制，对于烧制过程中各种因素的把控，其实是个细致入微的过程。尤其是很多作品都有釉色上的最终需求，若是烧不出心中理想的颜色，对于创作者来说，终究是心有遗憾的。不过，咱们这一窑，从最开始已经考虑到了这点，在制作陶胎的过程中，已经最大程度地先达成了统一。等到进窑以后，再通过其他小技巧来控制温度。你们在一旁好好看着吧，稍后会挨个给你们讲讲，遇到重点强调的部分，一定细心多观察。"

南飞凡赶紧点头。

接下来，便是紧张忙碌的过程。

作品是编了号的，根据编号确定作者，而后次序打乱，按照相应位置重新规划窑内摆放。

小件的放在远离窑火的边缘处，以泥封之，做到二次控温。而对中、大件作品的保护则是更为严格。几乎是每一件都作出了详细的安排。

杨氏老窑边围满了人，老匠人在指挥，陈石头和郭元同样在思考，不时地做着交流，南飞凡等人在学习，郭梓熙则开了直播间。今晚是一场加播，主要就是向粉丝展示这一窑瓷器的全部烧制过程。毕竟其中不少作品是这些日子以来在直播间内制作出来的，对此产生浓浓期待的粉丝还真不少。

原以为像是这样子没有解说的直播不会有人感兴趣，但真正开播时效果竟是意料之外地好。公屏上全是各式各样的问题，大家对于这一窑非常地好奇，有些纯粹是外行，没见过现场开窑烧瓷，于是饶有兴致地围观着，还有些是对此了解的粉丝，问的问题相对专业些。最让人感到诧异的还是直播间内涌进来了不少相当专业的创作者与收藏家，他们更关注单件作品本身，甚至还有些悄悄私信询问是否出售，如何定价。

对此，郭梓熙只是时不时地出声提醒，告知这次直播只是以另一个视角直观展示瓷器烧制前的准备，这次进窑的不是规模化生产的作品，每一件都是单独的作品，因此大家异常忙碌，需要准备的部分实在是多，根本没时间一一给大家做解答。好在，几位老匠人也是想利用这个难得的机会，教给村里年轻人更多实战的经验，他们在讲解的同时，无疑也解答了直播间内粉丝提出来的部分问题。至于那些提出购买需求的粉丝，郭梓熙则很抱歉地回复，这个直播间不准备带货，只是向大家展示中国传统文化的魅力所在，让大家近距离欣赏瓷器之美，若是能有所触动，目的已经达到。

类似的话，几乎每次直播都要重复很多次，老粉儿们心里有数，但也有人坚持不信，认定现在不带货不卖货，也只是短期攒粉的手段，将来关注度高了，人数多了，该卖还是得卖。

对于那种不和谐的声音，往常南飞凡他们基本不予回复，解释几句以后，也就随他们去了。

轮到郭梓熙负责开播时，她关注的点就更不在这里，反正只要按照事先计划的那样把直播做好，她并不想去维持直播间内的氛围。

阿雾就是在众人忙碌的时候悄然而至，她将蓬松的长发挽成了优雅的发髻，斜插着一根碧玉簪，簪尾流苏轻灵摇曳。那一袭湖蓝色的旗袍勾勒出她婀娜的身姿，一颦一笑，皆是风情。

她自然而然地到了郭梓熙的镜头前，像是曾做过千百次一般自然，她开始向直播间内的粉丝讲解起了整个过程。

阿雾主持着宝玥斋的大小事务，本来就擅长组织活动，控场能力更是绝佳。

她的笑容落落大方，专业素养更是顶级，在她的穿插解说之下，即使是对烧制瓷器完全不了解的素人，也会被拉入中华五千年历史当中。这由各种土、矿物质等原材料创作出的瓷器，曾是东方大国的代表，在几百年前，就已经出口到了海外，是绝对的奢侈品。尤其是那些老匠人创作出的瓷，流派不同，各有千秋，从古至今，皆是如此。

"制瓷烧瓷，讲的是一个艺不轻传，若不是飞流村的老匠人有一颗包容的心，愿意将毕生所学以互联网传播的方式展现给大家，像是眼下这小小一幕忙碌的场景，很多人即使捧着钱过来，也未必能被允许看到呢。"阿雾的声音饱含着感情，即使是素不相识的陌生人，在听到这些之后，也会不由得生出肃敬之心。

宋彬老人和赵爷爷他们明显也听到了，在那一秒，大家齐刷刷地回头，目光全落在了阿雾的身上。

阿雾笑着招了招手："我想，直播间内的粉丝们此刻的心情必定也是如我一般，心怀着感恩，生活在这个和平的年代里，无论是想要学习哪个方面的知识，只要有一颗不断求索前进的心，便能在这样的直播当中，轻易获得珍贵的知识。这件事，仿佛是司空见惯，大家并不觉得怎么特别。然而，作为在陶瓷行业摸爬滚打了整整十四年的从业者，我可以很负责任地感叹一句，一切来之不易，但又实在令人感到欣喜和激动。"

老匠人们很快又进入工作的状态当中，在转头的瞬间，不少人的眼睛里泛起了亮晶晶的泪花。

在接下来的时间里，若是遇到老匠人们讲解知识，阿雾便停下，让镜头拉近；而若是到了较为枯燥的摆放环节，阿雾则会给大家介绍起飞流村，以及身旁的这些可爱可敬的老人。

接下来一个多小时的直播当中，阿雾以绝对实力向所有人展示了什么叫作降维打击，她对于飞流村的过去与现在无比熟悉，讲了一些只有村里人才知道的小故事，特别是几十年前的那段历史，在缺衣少食的年代里，一个无比平凡普通的小村源源不断地为国家的陶瓷厂输送了几百位优秀的员工，并在之后的十几年内，保持着这样的频率，让整个行业始终处于欣欣向荣的良性循环的状态之中，即使是后来机器制造的生产线被引入其中，改变了陶瓷业的生产模式，他们曾做过的贡献也不会被遗忘。

小小的飞流村内，有的老匠人精心雕琢的作品被选为国礼瓷器，赠送到了海外；也有的老匠人曾教授了几十位徒弟，当弟子们成为行业的中流砥柱，他们却急流勇退，回到了这座平凡的小村；也有一些匠人，一辈子都淹没在了时代的浪涛之下，他们空有一身技艺，却没有出名，没有暴富，更是连退休金都没有；从小村来，又回到了小村内，没有抱怨，没有争执，就像是一片落叶从枝头旋转落下，归于大地是一种宿命。

阿雾就这样将与飞流村有关的一切，娓娓道来。

此情此景，此时此地，那一张张淳朴的脸，朴实、黝黑、不善言辞。谁能想到，他们的一生竟也如此精彩。

那精美绝伦的瓷，正是出自他们之手。

这些人，若是换了个身份，被推到人前，必定是当之无愧的陶瓷大师。

与直播间内已经被带起节奏的粉丝们莫名激动起来的情绪不同，杨氏老窑内的老匠人和年轻人，竟是共同感到鼻子一酸，那种从内心深处涌动出来的情绪化为一种说不清道不明的委屈，他们被刺激得快要落泪了，可也只能在双眸潮湿之前，强行压抑下去。

直播是什么时候结束的，大家已经没有记忆了。

只知阿雾向直播间的粉丝挥手道别时，身后所有人都没有说话，自然也没有着急离开。

阿雾微笑着："抱歉，没提前商量就强行参与了一把，我没有抢风头的意思，只是觉得今天的流量这么好，平台方也在推送数据，帮咱们做了宣传，再也没有比这个更好的机会来宣传飞流村，以及像宋老先生、赵老先生这样优秀的老匠人了。时机来了，若不把握住，实在是太浪费了。因此，请大家原谅我的自作主张。"

"没……没关系的。"见每个人都在想着各自的心事，并没有人接话，作为一村的支书，杨素青站了出来，礼貌而不是客套地说出了心里话。

"你主持，真的很厉害。"南飞凡竖起了大拇指。

"如果阿雾一直在，咱们的直播肯定能留住更多的粉丝，刚刚直播的时候我还特意看了一眼，大家都在夸呢。"杨成顿了顿，觉得自己夸得不到位，连忙又补充，"既夸飞流村好，也夸师父们敬业，更要夸阿雾又好看又有才华。"

……

欢欢乐乐的氛围，无形中拉近了彼此的距离。

等到这一晚的安排结束后，老匠人们被送回家中安顿好，年轻人则齐聚大食堂，今天晚上是要好好庆祝一下的。

自制的烤肉架，一盘盘的肉串、青菜、土豆、玉米等等，最后竟然还端来了冰镇的啤酒，这可不是一般的阵仗。

负责组局的郭元向大家宣布："下周的周一是开窑的吉日，给窑神上香祭拜后，就要点火开窑了。这一忙，又是好几天，日夜轮换，必须时时盯着。大家到那时都会很忙，每个人都有分工呢，要是这样来算，真正清闲的也就只有今晚了。"

杨素青赞同地点头："明天上午的事已提前安排妥当，今晚该吃吃该喝喝，醉了都没关系。等到明天下午，各就各位，咱们齐心协力，让飞流村越来越好。"

"干杯！"众人大呼。

阿雾的发髻微乱，她站在其中，笑靥如花。

本来打算找个机会聊一聊正事，可气氛热烈，大家兴致很高，阿雾看着那一张张热情洋溢的鲜活面容，她缓缓地抬起手，捂住了心脏的位置。那里很激烈地跳动着，她竟记不起上一次被外人的情绪感染是在什么时候，当然那也没关系，她只需要记得此刻就好。

后来，还是杨素青自己凑过来，跟阿雾聊了起来。

"我知道，你绝对不可能留在飞流村，一直在直播间内做控场的主持人，那未免也太大材小用了。可是，我又忍不住想，如果你真的是我们飞流团队的一分子，那绝对是飞流村最大的助力。阿雾，我敬你，感谢多年来的关照，更感谢你在那么多粉丝面前，为飞流村，为我们的爷爷奶奶说了那么多好话。"杨素青将手中的酒杯，重重地与她手上的撞在了一起。

阿雾笑意盈盈，只是小口抿着酒，却并没有接下话茬。

杨素青干掉了整杯酒，才又继续说下去："阿雾，你是有什么事与我们商量吗？今天大家来得齐，你可以直接说。"

几乎是话音一落，阿雾便再次感觉到有那么多双眼睛，立时落在自己的身上。

类似的经历，在飞流村这边已感受过很多次，每每如此，她心里总是不由得感叹，这群年轻人是真的心齐啊，就好像大食堂内的那些老人一样，总给人一种齐心协力共渡难关的感觉。

难道这些，也如同制瓷技艺一样，能够无限地传承吗？

察觉到自己的思绪飞远，阿雾连忙强迫自己回过神，她静静地端坐："我这几天在飞流村内，看了很多，做了很多，想了很多……"

她话锋一转，语气严肃而认真："我是商人，做这一行的目的就是赚钱，谈不上情怀，关注更多的是未来的发展。那么，我从一名商人的视角来观察飞流村，得出的结论是，这里有着能够营利经营的各种条件，是值得我花费心思来投资的地方。"

"投资？"南飞凡揣摩着这两个字背后的含义，忍不住追问，"是我所理解的那种投资吗？"

阿雾只是微笑，没有急着回答。

"如果是希望对等付出，你投多少，村里给多少，那我劝你还是不用说了。咱们村啊，一穷二白，那绝不是说假的。我们只是为了吃饱穿暖，就已经付出了全部的努力。至于其他高大上的经营活动，我们也想啊，可这么多年也只是想一想，真要准备做什么，咱村的实际情况摆在那儿，实在是心有余而力不足。"杨成说得有趣，隐含的是拒绝。近些年来，也不是没人跑到村里来，忽悠着老老少少做这做那。吃过一次亏，那些人的大概路数便也清楚了。首先他们真正看上的是村里保存着的瓷器藏品，普通的看不上，能入眼的全是陶瓷博物馆内的珍藏物件，还不想真的付出同等价值来交换，那接下来能做的事就只能是邪门歪道一起上，坑蒙拐骗全都来了。

再没见识的村民，每个月都要经历好几次以后，该长的心眼也都长满了。

过后再有人主动找上门来说帮着飞流村找发家致富之路，村民们就只是笑，既不应承，也不拒绝，反正不论外人说什么，他们都不会跟着吭声，反正只要不贪心，骗子手段再高明，也骗不过他们的。

阿雾如今说的那些话，似真似假，大家也懒得去分辨了。

杨成用玩笑似的语气接了一句之后，大家继续喝酒，烤串使劲撸，但所谓的正事也没人搭茬，只当是没听到。

阿雾难得傻在那儿，满是不知所措。

她拉了拉杨素青的衣袖，杨素青眼神真诚："阿雾，我明白你的意思，但是，飞流村有飞流村的难，这事三言两语说不清。不过，我们都知道一件事，经济发展得有个过程，不能急，急也没有什么用，反而会出大错。"

阿雾的眉头紧皱着："你可以先听一听我的想法。"

杨素青举杯："酒桌上谈不了正事，咱们今晚只要高兴就好，别的不要说，都在酒里。"

阿雾顿觉气馁，不过她又想了会儿，也觉得确实没那么急，干脆不提其他。

南飞凡与郭梓熙都不能喝酒，他俩坐在桌子的一角，剥着煮花生，说着悄悄话。郭梓熙的画展正在筹备，南飞凡总觉得她一个人太辛苦，想着能不能从哪个点切入，分担一下压力。郭梓熙婉言拒绝，但又邀请他去参加画展，那时肯定有不少精于色彩、构图方面的专家过来，和厉害的人多交流，肯定能进步不少。

阿雾孤零零地坐在那儿，尽管没人主动与她闲聊，她也坚持着不走。

在南飞凡第三次与阿雾的目光在半空中不期而遇后，他暗暗叹了口气，小声地与郭梓熙耳语几句，而后两人拉开了一些距离，恰好在两人中间容纳出一个人的位置，邀请阿雾坐过来。

阿雾露出如释重负的笑意，她搬着凳子，来到了跟前。这下就变成了三个人一起剥花生，喝可乐了。

"今天直播间的人数突破了新高，好多人都在夸阿雾呢。"郭梓熙竖起大拇指开夸，"我之前也尝试过帮忙做一下主持，但真的到了镜头下，我发现这事儿不简单。单是对着那镜头，我都觉得表情僵硬，脑子空白，根本没办法从容面对。"

"我原以为自己的控场做得很好呢，今天跟阿雾一比，实在是差得太远。最让我惊讶的是，阿雾对于飞流村的历史真是非常了解，尤其是与瓷器相关的部分，她只要曾经看过就能做到过目不忘，需要用到的时候，信手拈来，关键信息绝不会错，能把事情做得如此细致，我真的是除了佩服，还是佩服。"

谁不爱听夸奖呢？尤其是南飞凡夸得那么认真，即使当时正在忙，他也观察到了每一个细节，并且给予了最真诚的肯定。

阿雾掩着唇，两个梨窝，浅浅浮现。有些女人，容貌天生，不去做什么，也能很轻易地成为众人关注的焦点，俘获大家的好感。

374

南飞凡笑了好一会儿，才带着几分不经意问："阿雾刚刚说想要花心思在飞流村内投资，我能不能问问，你是怎样想的呢？"

阿雾现出了几分诧异："你感兴趣？"

南飞凡立即点头："能让村子越来越好的点子，我都很感兴趣。"

阿雾颇为玩味地叹着："杨素青是村支书，他都不太关注的事，你只是在村内暂住着，再感兴趣也没有用吧。"

对此，南飞凡自然是不同意的，他摇晃着手指头，连连否认："不不不，如果你仅凭青哥说的那些话就得出了这种结论，我可以负责任地告诉你，你的结论肯定是有问题的。打个比方，就拿小熙来说吧，她一直是在飞流村内借住，招待所那边每个月还得付房租呢，可你能说她不是飞流村的村民，在村内就没有决定权了吗？"

南飞凡拿郭梓熙出来说事，阿雾倒真不能否认。

郭梓熙对村里的事情一直有话语权，飞流村对外事务的交涉，近两年几乎全是郭梓熙在处理，阿雾与杨素青仅仅算是点头之交，但与郭梓熙可是经常打照面的，她这次来到飞流村后，更是清楚地知道那些老匠人对郭梓熙有多喜爱，说是当成自家的亲孙女来看待都不为过。

南飞凡见自己已经说服了阿雾，便愈发振奋："咱飞流村是讲道理的地方，不管是谁，只要说的话有道理，大家也全认可，那就一定能推行开。"他打了个响指，眼神发光："关键问题是，你的点子足够吸引人。"

阿雾这会儿心底生出了一丝奇怪的危机感，飞流村的人不相信她，于是防备着她；而她看着眼前无比热切的南飞凡，居然隐隐也生出了几分防备，总觉得他的眼神里透着几分不怀好意，但如果真的仔细认真去看，却又开始怀疑是自己的错觉。

"阿雾，小熙，咱们都不喝酒，要不要进去找个安静的地方，试着聊聊？"

第十八章 | 向世界介绍飞流村

南飞凡的诚意，最终打动了阿雾。

郭梓熙双臂抱怀，没好气地哼了声，但还是跟着南飞凡一起离开。三个人没远走，不过是从喧嚣的小院走进了大食堂，挑了个靠内的圆桌坐了下来。

阿雾心底更加诧异，她对飞流村的设想，第一次表达出来，所面对的竟然是两位非本村的村民？

她一边觉得不妥，一边却有些无奈，慢慢地开始讲。

在阿雾看来，飞流村目前一潭死水的现状仅仅靠着村内的努力是远远不够的。杨素青是个不错的领导者，他几乎将村内所有能够利用起来的资源全想到了，也凭借着多年付出建立起来的威信，充分整合调动，尽可能让飞流村的经济运转了起来。但问题就在这里，那真是尽可能地在运转，每个月的收支都极度不平衡，一个不小心，当月大食堂的采购费用就没有了，不仅仅是伙食标准直线下降，甚至可以用有上顿没下顿来形容。

阿雾以商人的眼光来看待这件事，打心眼里觉得非常有问题，一个贫困落后的小村，一群热血澎湃的年轻人，几十位急需照顾的老人，以及没有主要进项的经济结构。这些要素组合在一起，哪怕是完全不懂经济运转规律的小学生也能明白，这事根本不能干。

但杨素青领着人，不只是干了，还持续地进行，干得不赖。

阿雾捏了捏眉心，尽可能地把各种异样的心情全赶出脑海去，而后才对上郭梓熙和南飞凡诧异的目光。

"飞流村之前所做的，应该是想通过农业种植、农副产品培育和小村特色经济发展三者相结合的方式，把村民的工作、养老、教育、业余生活等等完全结合起来，最终形成自给自足、良性循环发展的理想状态。"阿雾双手交叠，目光沉静，"这些是我在飞流村内调研几天后所得出来的结论，只不过，理想非常好，在实施的过程中，经济结构不够理想，而经济支出又太多，让最初参与的村民失去了信心，大批村民外流，村内最终变成了要人没人，要物没物的状态。"

南飞凡来飞流村的时间比较晚，对于之前的事，也只是听过一些而已。

郭梓熙是飞流团队成立时便在的，中间也离开过一段日子，忙活完了自己的事就又返回到飞流村。这样子进进出出了无数次，最终还是在这儿留的时间最长。她对于飞流村的一切都很熟悉，这些年，飞流团队在努力什么坚持什么，她也看得最清楚。

阿雾突然用总结性的语句讲出了那些话，郭梓熙一时间陷入思考，考虑之后，她发现阿雾讲得真对，每句话都说到了点子上，便轻轻地跟着点头。

"所以我才说，要解决飞流村的困境，其实只需要找到一条稳定长远的赚钱的路子，让飞流村拥有长期稳定的现金流。搞好一个村子和经营好一个家庭其实差不多，尽管每天都要面对杂七杂八的事，但有钱和没钱，差别是十分大的。"阿雾的话可以说是十分地真实，钱是什么？那是预期可调配的资源，支撑了几个人或者一群人的日常生活所需，它甚至能解决掉除了生死之外的百分之九十五以上的问题。

"你想怎么给村子挣钱？"郭梓熙轻声地问。

阿雾的眼睛一亮，她说了那么多，为的就是要先打动面前的听众，现在郭梓熙有了反应，她更觉得振奋。

"飞流村有飞流村的特色，想要赚钱，一定要从特色入手，就像你们目前正在做的那样。"

郭梓熙皱眉："村内的老匠人年纪都已经很大了，他们适应不了高强度的工作，也不可能为了搞活一个村子的经济，就要重操旧业，在安稳养老的年纪又要辛苦地去忙碌。"

阿雾没有打断，南飞凡在走神，郭梓熙也就继续说下去："他们可以为了自己的兴趣，偶尔做一些作品，去直播教一教课程，这些只是兴趣，是在身体状态不错、心情不错的前提下，去做的感兴趣的事，不可以也不可能变成任务。"

南飞凡接话："老人们没有义务为飞流村鞠躬尽瘁，飞流村也不需要这些七八十岁的老头老太太去促进经济发展。"

这些话得到了郭梓熙的认同。或者说，整个飞流团队，不管是那些因为生活问题离村出去打工的，还是留在村里另寻出路的，大家在这件事上都是相当认同的。

"你们之前拿来寄卖的作品不就是那几位老匠人所创作的吗？"阿雾并不是抬杠，她是在阐述事实。

郭梓熙摇头："寄售他们的作品是无奈之举，我们太想村子里的老人都能过上安稳平静的老年生活了，但并不能因为这个就理所当然地一直去压榨宋爷爷、赵爷爷他们。"

南飞凡补充："所有提供过作品的老人，村里都会为他们换算积分，这些积分可以兑换飞流村内的养老服务，这样子就算是用另一种方式来作出补偿了。"

"每次售卖，大家心里头都很不舒服，那种感觉就好像是一群无能的不肖子孙混得不好，最后必须回家啃老。"南飞凡说完，又瞧了一眼郭梓熙，"其实不只在啃老，小的也在啃，比如小熙，她为了村子卖了很多自己的画。"

如果不是因为飞流村的事，郭梓熙的画展所需的画早就够了。她明明准备得很充分，但村里遇到不能解决的麻烦时，她总会取最得意的画作拿去画廊寄卖。作为国内年轻一代里比较有名气的画家，郭梓熙的画有人愿意买，价格却不会太高。那么辛苦地画出来，她是在用画布和画笔表达一些东西，最终却直接变成商品交出去，对她来说也是一种遗憾。

南飞凡知道，杨素青也知道，可又能怎么办呢？

大家都在苦寻出路，在没找到合适的路之前，也只有这些人无私地付出，才能保证飞流村的老匠人们安稳度日，为此，大家又要感叹一声值得。

　　接下来的时间，阿雾又问了很多细节上的问题，最后她索性从包里拿出了记事本，在上边勾勾画画，添加了不少内容进去。

　　南飞凡好奇地凑过去看："阿雾，你还是不打算放弃吗？"

　　阿雾笑容灿烂，反问："这么有趣的事，为什么要放弃？"

　　南飞凡还想说更多，在外边喝酒庆祝的杨素青等人突然推门而入，个个绷着脸，不是很高兴的样子。

　　阿雾瞥了眼他们，并不觉得意外，指着圆桌的空位置说："坐吧，一起听听。"他们顿了顿，阿雾劝："我是带着诚意来的，解决的办法也有了，我相信你们都不傻，我所提出的合理化建议是否可执行，你们能够作出判断的。"

　　"我们绝对不会出售陶瓷博物馆的收藏品。"杨素青大声强调。

　　阿雾揉了揉耳根，纤纤玉指明显用了力道，以此来抵御魔音穿脑一般的大音量："知道了知道了，这事你强调五次了，我又不傻，能记得住。"

　　杨素青脸色涨红，陈石头和郭元一左一右地扶着他："刚才你们进屋后，青哥一口气灌了一瓶啤酒。"

　　作为一个不经常喝酒的人，杨素青的酒量实在是一般般，一瓶啤酒已经是他的极限，一口气灌下去，对他的冲击是相当大的。

　　"那么，要不要听听我的建议？"阿雾捏在手中的笔，啪地丢在了桌上。

　　清脆的一声响，成功让所有人噤了声。

　　每个人都在思考，就连醉眼蒙眬的杨素青也不例外。

　　阿雾双臂抱怀，身体自然向后倚："宝玥斋那边的事也很多，我是看在那些老匠人的面子上才愿意把时间分配出来留给飞流村，说真的，我并不缺赚钱的渠道，飞流村的事要参与进来也很是劳心费力，如果你们不愿意，我明天就走。"

她想起了那片种满了鲜花的墓地，不知怎的，心里总是忘不了这个画面。或许正是因为偶尔闪过的惋惜感，才会选择留在这里，尝试着做点什么。这种情绪对于阿雾这样的人来说，是很不同寻常的，甚至连她自己都没能完全搞明白是怎么个心态。只是，冲动，其实也只是那么点。若是杨素青等人排斥得厉害，她也不会放下一切，非要上赶着去帮忙。

"青哥，咱们肯努力去拼，但也要朝着正确的方向努力，才能做到事半功倍，爷爷奶奶们的年纪都大了，留给我们试错的机会实在是不多。"郭梓熙话中有话，即使是劝，也是小心谨慎着，没有把话说得太满。

"阿雾与我们一直合作良好，我相信她是真心实意帮咱们的。"南飞凡同样是如此。

郭元和陈石头那边就更不用说了，他们的工作室定期出售作品，用以维系日常的开销，其中，一些定价较高的作品多是走的宝玥斋的渠道，有几件还在展会上拍出了不错的价格。他们对于阿雾的信任基于良性的合作基础，尽管不明白一直跟客人总保持三分距离的阿雾为什么突然对飞流村的事上了心，可郭、陈二人的内心深处还是希望杨素青这边能耐心听一听阿雾的建议。甭管合作成不成功，飞流村和宝玥斋之间若能建立起稳定长期且彼此信任的关系，对于未来村内还在烧瓷制瓷的这部分人，肯定是大有裨益的。

基于如此，在阿雾等人进了房间后，郭元才劝起了杨素青，最终成功说动了他。

赵小飞最后一个到，手上拿着纸杯、茶叶和热水壶，给大家分别倒了水，然后在郭梓熙的身边挑了个空位坐下来。他以前是多么欢脱活泼的性子，一段时间过去已经极其沉稳，最近一段时间已经在杨素青的邀请下去村委会帮忙了，接下来的一年赵小飞会接触飞流村的一些工作，熟悉后，未来他会和杨素青一样为飞流村出更多的力。赵小飞知道自己能做的很有限，但他又坚定地认为，只要自己愿意踏踏实实地付出，村里人看在眼中，爷爷奶奶们也会心里有数的。有了目标以后，赵小飞做事明显有章法了许多。

当这一桌子人坐下来，大食堂内的气氛立即更加热烈了。

察觉到了大家期待的眼神，阿雾望向杨素青："你呢？怎么想的？"

无论如何，杨素青都是村支书，他不表态，阿雾就不能真的做什么。

杨素青胡乱地抓了几下头发，只留下一句"你等等"，之后他起身跑出去，在院子里的水管那里胡乱地洗了几把脸，在冷水的刺激下，那股醉意迅速地消散，他还觉得不够，索性连脑袋一起探入水下，淋了半分钟，这次彻底地清醒了过来。

等回来时，已是双眸有神，神采奕奕。

阿雾一看就知道他是认真了，飞流团队的所有人也都认真了。

她要的，不就是这个吗？

目的达成，阿雾笑容转深，也没有再说废话，直截了当地把自己列出来的五条计划一一说出来。

飞流村的主要优势就是陶瓷，更关键的优势是这三十九位老匠人，他们的手艺代表一个时代的最高水准，而这样的技艺，本就是稀缺品，极为难得。因此，阿雾的计划也是围绕着这三十九位老人进行。

她讲得很具体，从个人品牌打造到工作室运营，再到飞流村品牌的宣传。营利模式则是分为几块，线下课程培训、针对制瓷烧瓷的游学体验、直播带货等等，另外陶瓷博物馆也要有计划地对外开放，好东西放在库房里也只能拿来落灰，只有真正展示出来，才会对飞流村的发展有促进作用。展馆的设立和开发需要前期投入，这部分资金的来源还是需要去县里找直管部门商量商量。之后又讲了大食堂和招待所两块的运营，一旦前边所列的项目有了起色，作为村内唯一的吃饭住宿的地方，肯定是要派上用场的。

所有人都听呆了。

如阿雾开口之前所承诺的那样，所有的安排，都与飞流村的老匠人密切相关，真正需要他们做的事则非常少。哪怕是线下课程培训、游学体验这些，老匠人们也只需要排好班，出来跟慕名而来的爱好者们聊一聊即可，绝对是累不着的。

以赵小飞他们对于飞流村老人的了解，如果阿雾的设想真的能实现，老人们肯定非常乐于参与。他们每天的日子太无聊了，若是能在专业能力范围之内让日常生活丰富起来，怎么会不高兴呢？

比如他们目前在杨氏老窑做的教学直播，赵爷爷、珍奶奶这种在镜头前就非常腼腆的性子，也愿意硬着头皮去尝试，直到渐渐地习惯，甚至还有些乐此不疲的感觉。拜师那天没有收南飞凡为徒的老人们都有些后悔，当时他们也不是不想收徒，仅仅是觉得一个徒弟，那么多个师父，怎么看都觉得离谱。

谁能想到，后来安排起了直播，主打名师带徒的模式，南飞凡和赵小飞、杨成是徒弟，而南飞凡的师父们便理所当然地轮番上阵，一边教，一边自己创作，大大小小的瓷胎攒得多了，居然大手一挥，宣布开窑。

这个消息一传出去，许多老人就坐不住了。要知道，他们也是做了一辈子瓷器的老匠人，离开陶瓷厂之后，不少人都情绪低落，觉得这辈子也就是那样了。飞流村虽然提供了制瓷烧瓷的原材料，也承诺了如果需要使用老窑，可由村子统一来安排；可不知为什么，一开始还是兴致勃勃，后来也没过去多久，大家的兴致就一点点地消失了。

如今回忆起来，那些年并没有发生什么特别的事，更不曾有过半点惊天动地。

退休的生活，比一碗不加料的白水煮粉还要没滋没味，从日出到日落，周而复始，直到身边不停有人去世，而这样子的生活根本没办法阻止，不管愿意不愿意，它都裹挟着每个人向前，直到生命的尽头，迎来属于自己的归宿。

类似的心态一旦存在，日常生活愈发变得麻木，人生在世，哪有那么多崇高而伟大的理想？吃饭睡觉，穿衣取暖，基本生活能够满足，一日混一日，似乎也没什么大不了的。

偏偏村里闯进来了一个名叫南飞凡的小伙子，他拜了宋老头为师，而宋老头又张罗着一群相熟的老头老太太，让他们一起收了南飞凡为徒。

从他一个人教，瞬间就变成了一群人教。

大家最开始还觉得是南飞凡占了大便宜，很快就发现，真正占便宜的不只是南飞凡，还有他的那些师父。

每天有了目标，生活不再无聊。

大食堂内的麻将桌早已没人去碰了，没有教学没有直播的日子里，师父们还要凑到一起，探讨一下下次上课需要教授的内容，为了在直播过程当中不出差错，必须每样作品都提前做一次。最开始还是谁去教谁来准备，后来也不记得是从哪天开始，参与直播的老匠人们开始凑到一起，同一件作品大家一起做，哪怕是各有各的风格，各有各的想法，最后总能汇集在一处，拿出最稳妥的方案，用在直播当天的教学环节。

其实这就是在认真地备课，老人们可是将直播教学这件事看得无比重要，甚至觉得拿不出绝活来镇场子，当天的直播就算是白开了。

这也是为什么在极短的时间内，飞流村已经凑足了开窑烧制的作品，哪怕是有些没有参与直播的老匠人也都拿出了一些作品参与其中。

"你们所做的一切，已经充分地调动起了老人们的热情，这是第一步，也是最困难的一步，但你们已经做到了。"阿雾语带鼓励，她的双手握成了拳，身体向前倾，并不掩饰眼底里的野心和决心，"那么只要能下定决心，咱们联合起来，在一年之内，飞流村就能有个翻天覆地的变化，到那时，今日你们所犯愁的一切，都将不再是问题。"

大食堂内，突然迎来了诡异的安静。

没有人讲话，即使刚刚还在热热闹闹地议论，彼此之间有说不完的话题，但在这一秒，就再次陷入那种难以解释的氛围里。

阿雾叹了口气："话已经说到这个程度，如果你们依然心有疑虑，不如先考虑一下，或者你们可以商量商量，等拿到一个最终统一的意见时，我们再继续往下聊更具体的计划安排。"

南飞凡突然泛着大大的笑容问："阿雾，你做了这么多，又想要在飞流村内得到什么呢？"

阿雾抿住了嘴唇，漂亮的唇线呈现出一道弧度，依然是好看的。

郭梓熙思虑的是同样的问题，她紧跟着开了口："阿雾，你一开始已经在强调自己是个商人，并且还是一位成功的商人，这样的你，肯定不会无缘无故地耗费大量的心思在一座寂寂无闻的小村子吧？"

杨素青点头："你肯定有自己的打算，这个没什么，只要你能提前把条件摆出来，允许我们权衡利弊，我认为这样的合作才是平等真诚的。"

阿雾恍然，原来他们真正担心的是这个。

她垂眸想了下，才说："我要的是几个项目的合作权，还要一些股份，这些是比较具体的部分，每一块都需要仔细地研究后，再与大家慢慢商量。我之所以没有立即提出来，是因为我所思考的部分并不成熟，还没做事就先想着去分割利益，这不是我的风格。等我一项一项地把要做的事罗列清楚后，每一部分的收益该怎么划分，我会以合同的方式与飞流村签约。"

"条款方面，我们是要认真审查的，绝不会因为咱们的交情好，就随随便便地糊弄过去。"南飞凡强调。

阿雾用手指轻轻叩击着桌面："你们能认真对待，那是再好不过，我也希望我的合作伙伴能用最谨慎的态度来对待彼此间的合作。"

今晚的交流，只是最简单的一次开诚布公。未来若是能够达成合作意向，相信这样子的交流会非常地多。

阿雾见事情说得差不多了，也没了继续跟大伙闲聊的兴趣，她迤迤然起身，和大伙说了一声，就回招待所休息了。明天一大早，司机会来接她离开，下次再来时，阿雾会带律师和投资人过来，她准备先把陶瓷博物馆重建好，以后再来到飞流村的客人，就可以直接从这些作品中看到飞流村现阶段烧制瓷器的最高水准，有了直观的展示，对于后续宣传工作的开展会起到至关重要的作用。

小小的一座陶瓷博物馆，从无到有的过程，需要筹备的地方有很多。阿雾在心里边大概列举了一下需要重点关注的事项，有一部分是要杨素青等人去准备，还有一部分是她来对接。她反复琢磨之后，总觉得一时之间给个定论也不现实，干脆暂时搁置，从长计议。

等阿雾走了，飞流团队的小会议正式开始。

对于阿雾提出的想法，大家很感兴趣，不过担心更多一些。

杨素青面色微沉："阿雾今天闯进直播间时，我心里已经觉得有些不对劲。她以前对飞流村的态度是怎么样的，接触过的人心里都有数；现在呢，你们看看，她那么精致优雅的女人，居然肯放下架子，直接待在村里，还特意过来跟咱们亲近，这也太奇怪了。"

赵小飞接着说："宝玥斋是做珍品瓷器生意的，阿雾看上的肯定是陶瓷博物馆的那些好作品。我觉得她之所以会盯上飞流村，肯定是冲着直播间内展示过的那些作品来的。她刚刚话里话外的意思，不也是讲这个嘛。"

"建一座能够对外展示的陶瓷博物馆，对于飞流村来说非常重要，如果真的能建起来，未来还能做更多的事。"郭梓熙与南飞凡对视，眼神交流着彼此的看法，"阿雾刚刚说的是合作，也就是说在这件事里她有自己想要的东西，回头可以开诚布公地谈一谈，若是村里能接受，那就白纸黑字地罗列出来，签了合同以后，也不怕有别的变动。"

"我们是不是得找一位律师？"郭梓熙毕竟经常在外边跑，接触的人多，遇到的事也多，年纪轻轻，却有了一定的警惕性，也知道该从什么地方去规避掉可能存在的风险。

"请个律师还挺贵的吧。"南飞凡的担忧，令所有人面色一沉。

"全程跟着做法务咨询的话，最少得几万块。"郭梓熙讲完，也觉得这事儿麻烦了。

村里的财务，捉襟见肘，账面上有几万块钱，不过这钱是给大食堂的餐食费，是绝对不可能挪用的。其他地方，更挪不出这么一大笔钱。

钱啊钱，钱真是个好东西，可惜他们都没有。

"要想发展，就离不开与村外的人交往合作，单靠我们几个人也办不成多大的事。但我们也得提防着被骗被忽悠，该有的警惕心可不能少。其实我觉得，有点啥事总指望着花钱去找外人解决，也不是长久之计。"杨素青目光灼灼。

有的人听出了弦外之音，也有的人懵懵懂懂。

郭元沉思之后回应："如果咱们村里有人懂合同法，那是最方便的了。"

陈石头突然笑了起来，他一下就懂了杨素青想说什么，但也不着急发言，而是认真地思考起了合适的人选，想来想去，飞流村内也找不出能做这事儿的。

大家动手能力很强，与制瓷相关的步骤，每个人都能撑起半边天，可如果说动脑子看合同，这个事是真的不容易。

"该怎么办呢？请律师真的太贵，我们也不可能只请一次，以后每次有需要就想着付费解决，咱村哪有那个本钱？"杨素青咬了咬后槽牙，"再说，即使是请来的律师，咱们就能完全信吗？最起码自己得懂吧。"

郭梓熙抬起手，轻轻地按住眉心，显然是彻底明白他要说什么了。

南飞凡缓缓瞪圆了眼睛，这是真的在跟着杨素青的思路在思考，实诚的孩子没那么多花花心思，杨素青给出个思路，他便顺着这个思路去考虑。

直到，他听到杨素青用不疾不徐的声音继续讲着："我倒是有个提议，大家可以听听看。"

"什么提议？"南飞凡坐直了身体。

"律师是人，咱们也是人；律师是肩膀上顶着一颗脑袋，咱们也都顶着一颗脑袋。既然咱村需要懂法的专业人员，那咱们自己学就是了。

我已经查过了，合同法的字数也不多，认真学的话最多一星期就能明白个七七八八，咱也不是为了学好学精以后去做律师，只要咱们再遇到有可能承担法律风险的场合，有了规避风险的意识，那就很值。"

郭元点了点头，对于这点，他是非常赞同的："在现代社会中，知法懂法是一项基本的技能，并不是法律从业人员才能去学，普通人当然也可以。青哥的想法很好，我赞同。"

"求人不如求己，学会了是自己的，谁也拿不走，这就是技多不压身嘛。"郭梓熙那边跟着投了赞成票。

唯有南飞凡面露难色，他倒不是不愿意学，而是每一天的学习已经排得满满当当，从早到晚，每个小时要去做什么，他的计划本上全罗列得清清楚楚，如果再加上自学法律的课程，他怕是连六个小时睡眠都保证不了。

来飞流村之前，他的生活松散闲适，对于未来总有种迷茫的感觉，不知道自己的人生最后会变成什么模样。

现在嘛，大多数的时间里他在不停地做这做那，身体动起来了，反而不愿意把时间放在空想上。

"咱们必须都得学吗？"南飞凡笑容讪讪，"我是意思是，有必要大家全都参与吗？其实飞流村也不需要人人都懂得合同法吧？"

这话一出口，瞬时惹来了杨素青不满的冷眼："飞流村的确不需要人人懂合同法，可咱们飞流团队的每一位成员，必须懂，未来若是需要签署合同，我还打算大家一起阅读合同，集所有人之力，尽可能地规避合同中存在的风险呢。"

"我的时间真是排不开了。"南飞凡抬头望向天花板，神情之间透着几分绝望，"我的几位师父都很严厉，交代下来的学习任务，如果在考核时达不到要求，绝对是要挨批呢。我基础不好，一直在努力地学，况且，除了学习制瓷烧瓷，赵爷爷和珍奶奶还要我读历史，学习绘画，学习颜色，以各种方式提高自身的艺术修养等等，我还要学一门法律……"

杨素青笑着纠正："不是一门。"

　　"啥？"南飞凡震惊。

　　"咱们只是先学一门合同法，等学得差不多了，每周开会的时候，单独找些合同案例出来，大家尝试着讨论。如果这个想法是可行的，将来也可以把民法、刑法、民事诉讼法、刑事诉讼法、著作权法等等都学一学，总归是跟咱们日常相关的知识，咱们多知道些，万一以后用得着时，咱几个直接就给解决了。"杨素青越想越深，也是越来越兴奋，"这是个好点子，也就是咱们累一点，多忙活忙活；不过话又说回来了，虽然出发点是为了咱飞流村，但学到的就是咱自己的，提高的也是个人素质，怎么想也不吃亏吧。"

　　"网上有很多学习类的视频，我去下载一些，分享给大家。"陈石头最擅长的就是自学，他有不少自己的心得体会，思考着在日后的生活里怎样能为大家带来更多的方便。

　　郭梓熙同样赞同："我的作品要出售、展览，在这个过程当中，肯定避免不了签订合同，用法律来维护好自身的利益；以前我的合同也是自己看过后，再拜托从事法律工作的朋友再给过一遍。我觉得，如果我彻底学会了，将来遇到类似的事情时，直接自己就能做，再不用麻烦朋友了。"

　　"你要准备画展呢，画画的时间都不太够，还怎么去学合同法？"南飞凡诧异地问。

　　"时间嘛，挤一挤，挪一挪，总是有的。"郭梓熙对于时间上的问题还是比较乐观的。

　　见大家都是赞同的，南飞凡禁不住也咬了咬牙："你学，我也学，不就是用脑子嘛，我脑袋大，容量多，肯定学不坏。"

　　听了这话，周围响起了哈哈大笑声，欢乐的氛围弥漫开来，对于那个有着清晰目标的未来，每个人已是充满了信心。

第十九章 | 这就是传承

杨氏老窑再次开窑的那天，村里的三十九位老匠人全来了，他们在老窑前拍照留念，每个人的脸上都挂着一抹油然而生的笑容。这一天，对于飞流村的每个人来说都非常地重要。而对于他们这些早已归于平静，等待着走向人生终点的老人来说，在这个平凡而普通的上午，大家似乎又看到未来的另一种可能，它淡化了年龄带来的局限，也让每个人发现，原来在一些专业领域之为，像他们这些有着丰富经验的老人，竟是如此珍贵。

第一波慕名而来的求学者，也是在那个星期来到飞流村的。

有直播间作为指引，他们在寻找飞流村时少了许多波折，直接坐着城际公交来到附近，再拖着行李，踩着凹凸不平的村路，步行几公里，来到了飞流村。

周多多下午放学时，恰好遇到了他们，他跟同学一起停住了脚步，好奇地望了过去。

一个背着双肩包，身上穿着蓝色冲锋衣的年轻人小跑着过来，他从口袋掏出一根棒棒糖，递过去给周多多："小朋友，这里是飞流村吗？"

周多多盯着那根糖咽了咽口水，有心想要接，又想起来爷爷奶奶总是教育他说，不能要别人给的东西，陌生人的更是不行。他的心怦怦乱跳，但还是非常坚决地摇摇头。

年轻人满脸失望："不是飞流村？我们找错地方了？"

周多多抬手抹了一下鼻子，瓮声瓮气地回："不要糖，这里是飞流村，没找错。"

年轻人顿感惊喜，转头朝着同伴的方向使劲地挥了挥手："咱们到飞流村了。"

周多多把四个人给带到了村委小院，让他们在那儿等着，然后去找人。杨素青一早有事，进城去了；郭梓熙又把自己关在画室内，没有大事都不会出来。周多多先去找了他爸，多多爸又让他去老窑那边找人，就这样，本来是和杨成一起守着窑火的南飞凡，跟着周多多过来了。

"你是小南！没错，我认得你，你就是直播间里的小南，宋老师的亲传关门弟子。"那位穿着蓝色冲锋衣的年轻人一脸兴奋地大叫，他显然是一直关注着飞流村的直播间，对于南飞凡等人非常地熟悉。

"你是？"南飞凡诧异地问。

"我是孙万宇，这几位是我的好朋友，安晓、欧阳涛、甘宝临，我们是从上海特意飞过来的。嘿，这飞流村是真的不容易找，一进入山区，手机导航也不是很准确，这里还改过名字，外围的很多村落都不太清楚，嘻，可是让我们一通好找，真是怕找错了方向，或者飞流村根本不存在，毕竟是在网络上直播，很多人都有保护隐私的意识。"孙万宇讲起话来噼里啪啦的，就像谁点燃了一串鞭炮，身边的人只能听着，根本没办法中途打断。

"你们是？"南飞凡仍是不理解。

"我们是瓷器爱好者，超级热爱的粉丝，虽然在上海我们几个分别在各自的行业里谋生，但共同的爱好将我们联系到了一起。"孙万宇一把将身后戴着黑框眼镜，梳着丸子头，整体造型酷似阿拉蕾的女孩子拽到跟前，"她就是安晓，开了一间陶艺工作室，现在工作室白天营业，晚上就是我们几个的秘密据点。"

尽管孙万宇那前言不搭后语的话，很是让人费解，南飞凡还是从"陶瓷爱好者"这个关键信息里，猜测到了他们可能是从网上的直播间知道了飞流村，然后就义无反顾地踏上了追寻的道路。

还真的是既莽撞又冲动，凭着一股子热情，什么都敢去尝试。

南飞凡的心里边才冒出这个念头，突然又联想到了自己。几个月以前的他，不也是因为一个小小的契机就出了门，没有准备，没有计划，单凭只字片语的信息，他便跨越千里，后来又爬着山路，用最艰难的方式到达飞流村。

过程很曲折，但结果是好的。

稍微这么一想，再看着那一张张充满期待的年轻面孔，南飞凡便微笑了起来。

"你们来这儿，是有什么事吗？"

孙万宇习惯了代表大家出来沟通，来之前几个人已有了简单的安排，于是，他便当仁不让，热烈地表达了起来："我们超爱中国陶瓷艺术，除了欣赏之外，也尝试着自己创作一些作品，之前也没有谁指点，全靠热爱，想办法自己去尝试。我们也想过拜师，专业系统地学习，但在这个领域，讲究的是艺不轻传，拜访了很多大师，多数是连面儿都见不到；即使能在一些场合见到了，也根本说不上几句话，更别提咨询创作上的问题了。"

南飞凡挑了挑眉，不往下听，他其实也知道他们的来意了。

"安晓无意间刷到了你们的直播间，迅速地分享给了我们，后来我们就一直跟着在看，从你们第一期开播，到最近一期开窑烧制瓷器，我们都有观看的。"孙万宇一拍大腿，讲到这些事，那就更激动得不行，"我们几个一商量，天天隔着手机屏幕来观看学习，这也太浪费时间了，还不如亲自跑一趟，现场来看看。这是追梦之旅，可以放下身边的一切，不顾一切地前行。我们也犹豫过，但是，像是这样强烈的说走就走的冲动，人生在世，能有几回？我们都觉得，若是不按照内心所想的去追逐一番，未来一定会后悔，非常地后悔。"

南飞凡叹了口气，他知道孙万宇肯定还需要一段时间来平复自己，现在聊，肯定是聊不出什么来的。

夕阳西沉，天色渐暗，他提出了邀请："今晚你们还回去吗？天快黑了。"

孙万宇稍稍回神，热情渐熄，自然想到了现实问题："我们只想着先到飞流村再说，还真没考虑住宿吃饭的问题，要不这样子，能不能跟村里家里有空余房间的老乡商量商量，匀几间房间让我们住下，我们给住宿费的；如果能让我们入伙一起吃饭就更好，我们也出伙食费，绝对不是来白吃白住占便宜的。"

南飞凡发现自己开始喜欢这个有趣的年轻人了，他决定帮帮他们，于是，提起了一边放着的旅行箱，对几个人提议："目前飞流村内住的大多是老人，地方有限，不能给你们住。"

还不等孙万宇他们露出失望的神情，南飞凡便提议："我送你们去住招待所吧。"

"招待所？村里还有招待所？"不只是孙万宇惊呼出声，其他人也是觉得相当诧异。

"有的。"南飞凡没有解释。

村委小院距离招待所不远，从小路绕行，五分钟就到了。

进了招待所，孙万宇等人还回不过神，南飞凡则是看向前台，见付小妹不在，猜她应该是去大食堂帮忙了，于是赶紧打个电话，喊她回来。

付小妹听说招待所有人住宿，她一开始还不信呢。不年不节，也没有重要的活动，怎么会有客人过来？

小跑着回来一看，还真有四个人，她赶紧招呼着几个人过来办手续。

在听说招待所内住一晚只需要四十块钱以后，本来打算开个套间挤一挤的几个人立即改变主意，非常阔气地决定一人开一间，一口气先住上七天。

付小妹笑弯了眉眼，立时殷勤地带着几个人去三楼的房间，那边不仅房间大，阳光也充足些，好不容易迎来的客人，必须招待好了。

南飞凡安顿几个人住下，就想先返回老窑那边了。

孙万宇见他要走，赶紧追过来，拦了去路："小南哥，您等等。"

还是第一次有人喊自己哥，还是那么别致的称呼，南飞凡的心情更好了："还有什么事？"

"我们来这儿，想近距离地欣赏一下飞流村的瓷器，更想去拜访一下村里的老匠人，不知道能不能请您帮忙引荐一下？"

南飞凡并不意外他们提出这个要求，他望向窗外已经黑透的天色："现在？太晚了吧。"

爷爷奶奶们休息得早，哪有精力去接待他们，南飞凡觉得这事儿不妥当。

孙万宇连忙摇头："什么时候都可以，明天后天大后天，我们暂时在这儿住七天，在我们离开之前能拜访到就很满足了。当然，如果能早点，那就更好了。"他忍不住还是加上了自己的小小期待："从上海来这儿一趟实在是不容易，我们请长假就更难，但只要能圆了梦，那就真是不虚此行了。"

南飞凡想了想："这事儿我做不了主，得等青哥回来，问问他的意见。对了，青哥是咱飞流村的村支书，村里大事小事全归他管。"

孙万宇几人表示理解，其实还想说什么，又觉得第一天见面，提出太多要求实在是容易惹人反感，便先忍了下来。

南飞凡回到杨家老窑村，就跟杨成说起这件稀罕事来。

杨成惊奇地问："他们看了几场直播，就敢拿个地名和大概的位置找过来？"

南飞凡才点头，杨成又说："村外的年轻人都跟你一样勇吗？"见南飞凡没吭声，杨成还怕他不理解，欠儿欠儿地提醒：'我记得当初你也是自己找过来的吧？这事儿，可是你带的头。"

南飞凡摸了摸鼻尖，对此，他不予评论。

杨素青晚上回来时知道了村里边来了粉丝的事，本来准备回家休息的他，立即开着小货车直接冲过来。

见面也不废话，拉上南飞凡就走。小货车在路上还"捡到"了正在夜跑的赵小飞，以及站在村口跟老大爷下棋的陈石头，本来还想去接郭元，但得知他下午去了城里的工作室，今天晚上不回来，这才作罢。

没地方去，几个人就在小货车里开起了碰头会。

"这事虽然比较突然，但也不算是意外，大家都来说说吧，接下来要怎么应对？"杨素青把车速降低，免得一不小心就到了招待所，他们几个还没想出应对法子呢。

"好吃好喝地招待，当然，住宿吃饭的费用由他们自己出，咱村的商业配套终于也能挣着钱了，可喜可贺。"赵小飞是真的特别感叹，想到当年在改建村招待所和大食堂的时候，大多数的活儿是杨素青领着他们这些人义务帮忙的，时间紧任务重，还缺钱缺物料缺人，可甭提多难了。

克服万难地建成了以后，招待所没人住，大食堂则成了老人活动中心，基本上找不到半点商业价值。

这么多年，还没停业，主要是杨素青在坚持。作为前台的付小妹，总觉得管一家招待所，比在大食堂做服务员要好听些，便顺带着帮忙干了下来。

谁能想到，有那么一天，招待所居然真的正儿八经地开始接待客人了。

杨素青用恨铁不成钢的眼神瞪赵小飞："招待所就是给人一个落脚的地方，住进去也就住进去了，有付小妹招呼着，出不了大问题。我想要说的是，那几个年轻人是为了瓷器才找来飞流村的，对于他们此次来的目的，咱们村里应该怎么来应对？"

陈石头想了想："那就得看他们的目的是什么了，如果只是来拜访老匠人，欣赏瓷器，或是游览体验这些，那就比较随意了嘛。"

赵小飞接着说："我觉得，将来慕名而来的粉丝只会越来越多，其实这段时间，通过直播间私信联络咱们的也不少，但是青哥觉得村里各方面的条件都不成熟，没办法接待天南海北的游客，因此才婉拒了。可是，总有很多诚心诚意、意志坚定的，他们说来就来，背着包直接出发，真的来了，也不能不管。"

"粉丝愿意来飞流村，那也并不是坏事，肯定能带动飞流村发生更多改变。可惜了，咱们的陶瓷博物馆还没建成，那么多好东西都没法展示。"

南飞凡一想到这，心里就觉得特别惋惜，回头等到阿雾联系时，再问一下接下来的安排，有些事，宜早不宜迟，只要村里有了，肯定用处多多。

"关于培训班和游学体验班的事，是不是可以筹备起来了？"杨素青犹豫再三，提出了想法。

这事儿是列入计划当中的，原计划是在陶瓷博物馆完工之后，才会依照村里的设施去做这个。但那些痴迷陶瓷的粉丝毫无预兆地自己找上门来了，杨素青心里有个声音在大声提醒，这事儿对于飞流村来说，肯定也是个难得的契机。

"尝试着做一下短期培训也不是不可以，场地就放在杨家老窑，反正参与学习瓷器制作，实际操作是重中之重，倒不需要找个教室一板一眼地学习。"南飞凡边思考边说下去，"至于老师，咱们是最不缺的，去大食堂问问哪位老人有精力带一带新学生，我觉得肯定有人愿意。"

"要不要收学费？"赵小飞双目灼灼，重点落在了最实际的部分。

这次，不等杨素青开口，南飞凡的声音落了下来："学费必须收，爷爷奶奶们虽然很乐意参与，可时间长了，肯定会打扰他们正常的生活，若只是义务劳动，老人不说什么，他们的家人也会有意见，这不是长久之计。"

"有了学费，咱们就可以给爷爷奶奶们付劳务费，钱多钱少，都是那么个意思。"杨素青理解了。

南飞凡轻轻点头："初步的想法还是比较粗糙，不过很多事，单靠想的不太够，边做边完善，具体问题具体分析。我是觉得，这些都是飞流村的机会，做着做着，咱们的方向就有了。"

"有了方向，肯定能越做越好。"陈石头满是信心。

几个人简单地沟通完毕，确定了大概的思路之后，就由杨素青带着赵小飞、南飞凡去了招待所见四位粉丝，而其他人则是各回各家，没必要一股脑地全过去。

在付小妹的指引下，孙万宇四人去了大食堂吃晚饭，他们本是打算找个小超市买点泡面对付一餐，听说村里有个大食堂能提供晚餐，那真是喜出望外。到了大食堂，本想凑合随便吃点，谁知又被帮厨的热心大婶告知可以点餐，他们就被引进了小包间内，吃了一顿地地道道的农家菜。

饭菜的滋味极具农家特色，与在城市里吃惯了的食物完全不同，烹饪的方式没那么精细，但食材全是当地常见的，最厉害的是，他们还吃到了一条滋味鲜美的清蒸鱼，据说是村里的水塘里自己养的，肉质紧实，特别地香。

本来就因为赶路而疲惫满满的身体，在这一刻得到了放松，最令人惊讶的是，在吃完饭结算时，餐费一共才一百零八块，大食堂那边还给抹了零，只收整数。

这物价，这幸福感，这鲜美的滋味，组合在一起，变成了美好的夜晚。

不夸张地说，孙万宇几个人是扶着墙走出包间的，在这种位置偏僻、设施简陋的小山村内，能有如此的享受，那感觉相当地不错。

大食堂的院子内，杨素青他们围着一张桌子坐下，一边喝茶，一边耐心地等着四位粉丝吃完。

因此孙万宇一出来，立即看到了南飞凡，他惊喜地喊："小南哥。"紧跟着又看到了赵小飞，也是立即认出来："小飞哥，真好啊，这就见到了。"

赵小飞满脸震惊："你认识我？"

孙万宇点头如捣蒜："认识认识，怎么不认识呢？每次开播你都在直播间内帮忙，虽然不怎么说话，但我对你的印象很深，你是赵师父的孙子对不对？赵师父还在生你的气吗？"

这一连串的问题，赵小飞来不及回答，就听到了最后一句，他的脸色忽地变了。

杨素青和南飞凡那边已经大笑了起来，孙万宇和他的小伙伴们同样一脸促狭。

赵小飞苦涩又无奈："我被我爷爷狠批这件事，连你们都知道了？

究竟什么情况，难不成是在直播间里'公开处刑'了？"

说起来，他怎么一点印象也没有，明明每一期直播他全在的。

"这事以后再说。"南飞凡见画风不对，赶紧岔开话题。

他给孙万宇等人重新介绍了杨素青和赵小飞，又为孙万宇等人做了简单的介绍，一来一回，大家熟悉了。

不等杨素青找话题，孙万宇便热情地说明来意，他未来的七天都想待在飞流村内，不需要村里特别做什么，他们只是想着走走看看，亲身感受一下百年古村的魅力。

"只是走走看看？不想着学学、问问、聊聊？"杨素青故作诧异。

一瞬间，所有人的眼睛便闪闪发亮，莫名急切的情绪同时出现。

瞧着他们着急想说，又不知从何说起的小表情，杨素青暗自告诫自己必须忍住，千万不能笑出来，免得别人还以为自己是故意的呢。

"怎么学学问问聊聊？"最腼腆的那位男孩甘宝临上前一步。

"你如果一直在关注飞流村的直播间，就该知道咱们村最厉害的地方就是有着几十位精于制瓷烧瓷的老匠人，市面上较为主要的瓷器流派在飞流村内都找得到，一代一代传承下来，每一位陶瓷匠人的身上都有一些独特之处。你们既然是奔着陶瓷艺术而来，单是看村子看作品有啥意思，要真想学到东西，就得找到名师，好好地接受一番指点。"杨素青循循善"诱"。

安晓眨了眨眼："这个，也可以的吗？"

杨素青指着南飞凡："在他之前，完全没有这个先例，可是小南来了以后，所有事都为他破了例。我想，既然他可以，你们也可以吧。"

听了这话的南飞凡以眼神表达了抗议，在他眼中，杨素青此刻的神情就跟童话里蛊惑人心的老巫婆差不多，满心满眼的全是诱惑，还不忘顺手把无辜的他给拖下水。当然，知道杨素青是故意这么做的，南飞凡不能拆台。

他严肃地点头："我在飞流村拜了好多位师父，他们现在只教我一个，独苗，专宠，我每天从早到晚就是学。"

"我们知道的，直播间的宋师父、赵师父、珍奶奶、周师父、周奶奶全都负责教你，他们很严厉，如果你做得不好，或者屡教不改，肯定会劈头盖脸地说，丝毫不留面子。"安晓捂住嘴，一边笑一边评论，"不过，俗话说得好，名师出高徒，师父严厉点，你也就能少犯错，通往成功的道路也能更平顺了。"

南飞凡没好气地打断："这话听着怎么那么耳熟，我几个师父每次凶完我，都得讲一番大道理，美其名曰，给一棒子喂一颗甜枣。我现在彻底信了，安小姐肯定是咱们直播间的忠实粉丝，不知道制瓷烧瓷的本事学了多少，反正我师父们的那一套理论是学了个十成十。"

安晓又是捂着肚子一通大笑，笑过之后又有点感伤，掩不住羡慕地说："如果我也能有那么好的师父，就是打十棒子才给一颗甜枣，我也愿意啊。"

"你不是来到飞流村了嘛。"南飞凡突然来了一句。

"是呀。"安晓听得稀里糊涂，没明白南飞凡想要表达的什么，但又觉得很是不对劲。

她等待着。

果然，南飞凡并没有让她等太久，见她反应不过来，就直截了当地提醒："你既然来到了飞流村，肯定也有机会拜师的。咱们这地方，老师多，学生少，但凡有一颗好学的心，绝对不愁没机会。"

四位粉丝听得一愣一愣的，从他们屏住呼吸，满脸激动的神情来看，绝对是听进去了。

当天晚上，没聊太多，杨素青等人把四位粉丝送回到招待所之后，就离开了。

相较于四位粉丝的欲言又止，杨素青他们只需要假装什么都没发现就好，直到回到小货车上坐好，杨素青突然握拳，高喊了一声"耶"。

南飞凡疑惑，什么情况，突然那么开心做什么。

赵小飞倒是明白了是怎么一回事，他白了杨素青一眼："青哥，收着点，不就是几个来求学的年轻人嘛，你也不用高兴得那么早。再说了，人家会不会学还不一定呢，万一等会几个人一合计，觉得你就是想开班赚学费，一准认定你是个骗子，拍拍屁股就走了，到时候，你可是希望落空，哭都找不到调调。"

"呸呸呸，童言无忌，赶紧闭上乌鸦嘴。"杨素青气得差点儿蹦起来，他坐在驾驶座上，也要硬扭着身子，狠狠地抽了赵小飞一巴掌，嘴里还在念，"坏的不灵好的灵，坏的不灵好的灵……"

"灵不灵的，哪是我说的几句话能决定的。"为了避免挨揍，赵小飞直接从第二排换到了最后一排，远远躲开杨素青的魔掌。

南飞凡一般是不会参与这种战争的，他只是闷声笑，心情愉快得不得了。

甭管自己人再怎么闹腾，有一点是确定的，网络的直播间正在悄悄地发力，它将飞流村的优势亮点无限传播出去，又让许多陌生的人在日复一日地观看与了解的过程中，加深了对飞流村的印象。

或许现在的飞流村还不够完美，但在不远的将来，会有更多的瓷器爱好者，通过各种各样的方式来到这里，到那时，飞流村的一切都会变得不一样吧。

南飞凡想，他一定要更努力些，用不了多久，他一定能亲眼见证大家所期待的那个未来。

飞流村，永远坚持的飞流团队，何其有幸，他是其中之一。

这一晚，杨素青很忙，他一边琢磨着要怎样暗示那四位粉丝主动提出学习的要求，一边还得考虑找哪位老人承担短期教学的任务。想着想着，一夜过去，他只睡了三个多小时，却仍觉得精神抖擞，整个人都是神采奕奕的。

然而想得再多，事情的发展却并不会按照预设的方向而去。

他一早来到杨氏老窑，周爷爷和周奶奶就领着周多多等在那儿了。

两位老人向来是将杨素青当成自家孩子来看待的，讲话时也没有要迂回的意思，直截了当地说了来意。

"我们的身体恢复得很好，每天闲着也是闲着，要是能为村里做点事，那肯定是非常舒心的。"

"一周四次直播，但大家是轮着来，宋老头和赵老头倚老卖老，占的时间最多，这不公平。"

两个老人不愧是一辈子的夫妻，讲起话来跟说相声似的，你一言我一语，不允许任何一句话落在地上。

杨素青听了一会儿，才确定他们不满的原因是自己分到的工作太少，其他几位身体状况更好的老人分到得更多。

他禁不住失笑，心想嫌事儿少还不容易吗？

那边正好有四个慕名而来的粉丝正愁没师父教呢。

当下把四个人的事给周家二老说了说，一听是要现场教学，周爷爷周奶奶都很心动。不过他们还是询问得很仔细，希望知道对方想要学什么，他俩擅长的不太一样，必须问清楚后，才好确定分工。

这下可是难为到了杨素青，因为他还没来得及去跟孙万宇等人沟通，不过这个可难不倒他。先是像哄小孩似的把周爷爷周奶奶给劝住，他也知道两位老人之前生了一场大病，家里只有周多多一个孩子，多亏是村里的年轻人照顾，又有大食堂那边及时送三餐，村里唯一的村医更是每天都去周家看一看，生怕两个老人出了什么事，就这样养着，当他们开始转好时，杨素青买到了城里的特效药，赶忙送了回来，让他们吃上。

特效药的效果相当好，没出十天，周奶奶止了咳，周爷爷也有了力气，两个老的走出家门，第一次来大食堂内跟老伙计们一起用餐，没想到就听说了周多多落水的细节，他们当然知道那天孩子遭遇危险，可那时所有人都瞒着他们，只报喜不报忧，真没想到事情那么严重，周多多几乎是没了命，全靠着村里的年轻人，没有放弃，生生把孩子从死亡线上拉回来，第一时间送去市里就医……

老两口回家后哭了好一场，自那之后，已经下定了决心，一定得为他们的村子，为了那些可爱的年轻人多做一些事。虽然他们老了，可一身手艺还在呢。孩子们想要学，那他们就一定好好教，撑着精神，非得把一辈子学到的好东西全给传承下去。

　　南飞凡拜师那天，周爷爷周奶奶站出来，成了他的师父。现在，他们抢不到更多的教学的时间，就赶紧找过来争取了。

　　虽然南飞凡那边的教学计划和直播安排不容易变动，可如果能多四位徒弟，哪怕只是简单地教学，也是为飞流村出力的一种方式吧。而且杨素青也说了，这种方式未来会经常出现，咱们飞流村有百年历史，在这百年间，沧海桑田，变化无数，唯一没变的是一代代传承下来的制瓷工艺，那是飞流村的根，更是飞流村的希望。而他们这些人，如今要做的事就是把飞流村最引以为傲的东西发扬光大，不只是要传承给下一代，更是要名扬天下，让全中国的人都知道在这片土地上有一个不平凡的飞流村。

　　周爷爷和周奶奶互相搀扶着离开了，周多多蹦蹦跳跳地跟在后边，路过杨成身边时，守了一夜窑火的杨成撑着疲惫的身体，摸了摸周多多的脑袋："臭小子，以后不去上课的时候，记得来这边跟着一起学。"

　　周多多拎着根木棍正假装自己是三打白骨精的孙悟空呢，听了这话，立即一蹦三尺高，看上去真像是个泼皮孙猴，他尖叫："为什么我也要学，我才不学，我还要出去玩的。"

　　杨成冷笑，压低了声音："你要是敢不来，我就亲自去抓你，要是被我抓到，到时候会是什么下场，你心里头清楚。"

　　周多多惊恐地尖叫："你欺负小孩。"

　　杨成双手抱怀："我在村里当孩子王的时候你还没出生呢，现在虽然你长大了，可我还是大哥，你要是不听话，大哥出手教训，那不是理所应当？不信你回家问问你爸，看他向着谁。"

　　周多多幼小的心灵受到了难以言喻的打击，他看了看杨成，想起了学校里关于杨成的传说，那可是大家口口相传的超级大哥，据说飞流村出去读书的孩子，只要一提起是跟杨成一个村子的，保证没有外村的孩子敢欺负他，就是周多多自己，也时常要提一提杨成的，同龄的孩子一听就都乖乖听他话了。那种狐假虎威的快乐，他至今难忘。

万万没想到，他有一天居然被传说中的大哥给威胁了。

"周多多，你来的时候，记得把村里那几个跟你要好的孩子全带来，少了哪一个，我找你算账。"杨成继续威胁，眼神凶巴巴地一瞪，周多多秒怂，这回是连一个字的废话都没有，使劲点点头，拔腿就跑。

杨素青在一旁看着，等周多多跑远，他才没好气地冷哼："多大个人了，还要欺负小孩？"

杨成立即换上了憨憨的笑容，他抓了抓乱糟糟的头发，一边打哈欠一边解释："你不是一直强调咱飞流村的特色项目必须一代代传下去嘛，周多多和那几个留在村里的孩子，他们不就是飞流村的下一代？都已经到了开始学基础的年纪，现在不管教还要等到什么时候？"他瞥了一眼扛着箱子走过的赵小飞，非常作死地举例："难不成要像飞哥似的，小时候死活不听大人的话，等到长大碰了壁，才知道家人的碎碎念全是为了他好？"

赵小飞沉默地抬腿踢过去，早有准备的杨成迅速躲开，一溜小跑直接冲向屋子，当然嘴上也是不饶人地又来了一句："我也是好心，与其让周多多那几个浑浑噩噩地长大，吃亏之后才去思考，不如从现在开始严格管教。这事我已经想好了，这个恶人我来做，那几个孩子我来教。"

门，砰地关上。

为了防止赵小飞冲过去揍人，杨成还把自己卧室的门给锁了。

杨素青笑得尴尬，杨成毕竟是他弟弟，当着他的面儿直接去戳赵小飞的痛处，他面上多少有些过意不去。

谁知，赵小飞面无表情，扛着东西继续往前走，仿佛没听到那些奚落似的。

杨素青还在纳闷，突然听到远处的赵小飞瓮声瓮气地说："杨成嘴损，说得也没错，有些事就得从娃娃抓起，娃娃不懂学，大人要懂得教，等到娃娃长大时，有了一身的本事，不管他会不会选择在这个行业发展，只要他有这门本领，人生的选择就比别人多。"

听着这些话，杨素青发现自己已经没办法把眼前瘦了整整一大圈的赵小飞，与不久之前风风火火要出去学厨师闯世界的赵小飞联系在一起。他瘦了，沉默了，却也更懂事了。

杨素青的思绪没来得及飞远，赵小飞又说："我和杨成一起教。"

屋内，还没睡着的杨成并没有错漏如此关键的信息，他高兴地大喊："这可是你说的，我记下了。"

赵小飞才懒得搭理他，把肩上的原材料往角落里一放，自己则往里边走去，坐在空掉的位置上继续守着这一窑熊熊燃烧的好火。

一周过去，孙万宇四人结束了短暂的学习，恋恋不舍地离开了飞流村。

周爷爷周奶奶亲自去送，他们几个眼眶泛红，嘱咐着老人一定要保重身体，他们回到上海以后也会与他们保持联络，等到下半年休年假时，他们还会再回飞流村，继续跟在周爷爷周奶奶身边学习。

杨素青和南飞凡也陪着一起来了，相较于前边那几位的伤感，杨素青可是高兴得很，因为孙万宇他们不仅交了学费认真地学习，还在自己的社交媒体账号上全程展示了在飞流村的七天是如何度过的，内容涵盖了衣食住行，当然跟周爷爷周奶奶学习制瓷烧瓷是其中最重要的部分，尤其是还赶上了直播，他们说什么都要过去帮忙，还真正在现场欣赏到了飞流村珍藏的作品。这一看之下，便入了眼也入了心。

年轻人在认可一件事之后，自然会用自己的方式宣传。

他们在飞流村的七日学习经历，在互联网上火了一把。

当欧阳涛和甘宝临用手机拍摄的飞流村，被认真地剪辑出来，并配以音乐和文案，上传到网上时，不少人极为感兴趣，顺着只言片语找到了飞流村的直播间，又表明了想要来旅行、游学、度假的愿望。

尽管大家都觉得飞流村目前还没有接待更多游客的客观条件，但并不影响通过预约的方式，先允许一部分真正以学习交流为目的的直播间粉丝来到飞流村，人数限定为二十，因为招待所那边只有二十间房可以住。

瞧，一切安排，都是如此地井井有条，他们虽然没有经验，但他们努力将能提前想到的事，给出了相应的解决方式。

"脑中空想千万条，不如落地做一次。"

南飞凡的口号一经打出，立即得到了大家的认可，被列为飞流团队的座右铭。

等到再迎来几批前来学习交流的瓷器爱好者，关于飞流村的制瓷烧瓷的培训考察报告也正式出炉。根据科学的分析方法，将未来开展这项事业的可能性从各种角度研究了一遍，而后再出一份实践报告，作为飞流村未来发展建设的模板。这些事由阿雾远程遥控指挥，报告的模板也是阿雾那边传过来的，她耐着心指挥着大家一点点地学习，再严格考察，细节处绝对不放过。

飞流团队的所有成员没有谁经历过如此文绉绉的工作方式，一开始都十分排斥，然而阿雾那边非常坚持，为此还专门跟大家开了几次视频会议，从多个角度来解释这么做的原因。

最终说服大家的还是阿雾说的，飞流村的未来，不仅仅是村民们吃好、住好、生活好，如果目标仅仅停留在最基本的需求阶段，其实并不需要那么麻烦，有很多种方式可以一次性地解决问题。比如村民们可以集体出去打工，在工地上做最累最脏的体力活，每年赚回来的钱也不算少；年轻人南下进大厂去打螺丝，不分昼夜地坚持工作，同样能获得相当的报酬；甚至还有多种多样的方式，只要踏实肯干，在现在这样的社会，难道还愁生活不下去？可是，飞流团队预想中的未来，明显不是这样子的。

飞流村拥有其他地方所没有的特色，也拥有其他地方没有的优势。

老匠人和陶瓷技艺的传承，以及数代积累下来的行业自信，这些基础，远非一日之功，但就是那么幸运，飞流村将之保存下来了。

既然如此，当然得深挖特色，以此作为起点，坚持不懈。

阿雾强调，如果想要引入真正有实力的投资，那么飞流村首先必须拿出足够说服投资的依据。而那一份份考察报告书，无论是瓷器技能培训，还是瓷器技艺发展，不管是哪个方面，都有着相当重要的意义。

资本从不相信口头的形容，详尽扎实的资料才是他们要看的东西。

阿雾将方方面面解释完毕，又要团队成员给出个最终意见来。

杨素青等人能如何呢？当然是答应喽。

哪怕他们确实不懂阿雾考虑的方方面面，但阿雾的解释足以说服他们。

只要对飞流村有帮助，哪怕再麻烦再烦琐，他们也可以做下去。这就是飞流团队的精神。

当一群勤奋上进的人开始埋头努力，事情的转机，往往会以某种意想不到的方式到来。

第二十章 | 飞流团队的决心

那个下午，普通得不能再普通，门外阴云密布，一场酝酿了许久的大雨让灰蒙蒙的云层显得异常地低，摇摇欲坠，甚至随时可能会落下地面，可天空中能量的汇集总差了那一点点，空气无比憋闷。

宋彬老人在直播间内所展示的天青蓝宽嘴大瓶的创作工作即将到达尾声，别看只是这么一件作品，看上去普普通通，可老人在上边足足使用了十四种工艺，其中有四种还是飞流村所独有的，宋彬老人可谓是集合了村内最独特的部分，他望着桌上的瓷胎，满意地轻轻吐了口气。

"这个，放进地窖里养着，旁边放一盆水保持潮湿，不要吹风，不要见光，等下次准备开窑烧制时，一并送过去烧，我觉得，大概率是能烧制出天青蓝的。"

老人的话音刚落，正在学习的弟子们纷纷露出诧异的眼神。除了经常在直播间内学习的南飞凡、杨成和赵小飞以外，还有六名新来的陶瓷爱好者，他们已在飞流村待了三天，目前由珍奶奶和赵爷爷带着，每次飞流村直播时，他们也会来到杨氏老窑，站在镜头之外，认真地观察老匠人创作的全过程。

短暂的相处，让他们对飞流村建立起了相当的信心。

可宋彬老人说他能烧出天青蓝宽嘴大瓶，几位陶瓷爱好者还是流露出半信半疑的神情。

"天青蓝可是传说中的颜色，也曾经有一些陶瓷大师声称能够烧制，可最终拿出来的成品，其实与那种'天青色等烟雨'的意境相差极远。"

"是啊，如果真的能把传说中的色彩烧制出来，宋老师怕是要变成宋大师了。"

"刚刚宋师父自己也在说，大概率是能烧制得出，他没把话说死，万一烧制不出，也有借口开脱。"

"老城墙展示柜那里的确是有一块非常接近于天青蓝的瓷器残片，我是相信飞流村在很久很久以前，的确是有老匠人能够做到的。那么，或许这门独门技艺真的传承下来了呢？"

"若是可以，怕是早就开工烧瓷了，哪里会等到现在呢？我认为是不成的。"

……

今天来杨氏老窑的人多，陆陆续续又有村民过来，周多多和村里的几个孩子已经放暑假，他们已经被杨成和赵小飞带了一段时间，虽然仍是在打基础的阶段，可日常观摩是绝对不会缺席的，跟在宋彬老人这样的老匠人身边，能学到多少不要紧，关键是养成多学多看的习惯，渐渐地这份独属于飞流村的技艺，便会以最自然而然的方式传下去，所谓言传身教正是如此，那种局面也是飞流团队想要看到的。

那几位陶瓷爱好者小声议论着，尽管压低了声音，可整个空间也就那么大，还是让宋彬老人给听得清清楚楚。

南飞凡的脸色顿时变得很难看，赵小飞脾气暴，冲过去就想呵斥，可直播正在进行当中，杨成手疾眼快，一把拉扯住了他，低声提醒他不要冲动。

被质疑的宋彬老人呵呵笑了起来，他挑了挑眉梢，戏谑着问："怎么，不信？"

有人回："不信。"

也有人强调："您的制瓷技艺的确是高超，但任何事都有一个无法达到的极致，我认为传说中的天青蓝就是其一。"

宋彬老人眨了眨眼："要不要打赌？"

这话一出，大家傻住，好像不太理解他的意思。

"打赌，打什么赌？"

宋彬老人不再看他们，暗沉的目光，悠悠转向正对面的手机镜头，仿佛是透过屏幕，直接与抱着手机看直播的三千多位粉丝对上："如果这个瓶烧出来，是我所形容的颜色，就算我赢。"

赵小飞无比相信宋彬老人，可听到这里，心仍是不自觉地揪了揪。倒不是觉得宋彬老人是在说大话，实在是烧出天青蓝这种颜色的瓷器委实困难，在制作瓷器的过程中，原材料稍微有一点点比例不对，哪怕只是某种放多了几克，或是少了一种，都绝对烧不出大家所认可的烟雨朦胧的天青蓝。

宋彬老人讲得那么笃定，让赵小飞感到意外。

飞流村唯一珍存的那块瓷片也并非出自宋彬老人之手，他怎么敢如此笃定，当着直播间几千位粉丝的面儿打赌。

"要打赌，肯定是有彩头的，师父，您想要赌什么？"一直沉默的南飞凡并不如其他人一般激动，到了这种时刻，他既不赞同也不否认，更没有质疑的意思，而是那么自然地接了下去。

宋彬老人笑呵呵催促："你先去问问直播间内爱好瓷器的粉丝们，愿不愿意跟飞流村的宋老头打这个赌。"

南飞凡拿过手机一看，立即笑着说："师父，网友们说您肯定是吹牛，如果烧不出天青蓝的颜色，他们就要取消关注，再也不看您直播了。"

"年轻人，不要那么早就下结论，宋老头的力量你一无所知，小心这会儿嘲笑得狠了，将来被打脸时也是很疼的。"跟着年轻人玩了一段时间的网络，对于网络用语，宋彬老人掌握得异常熟练，他早已能跟网友们无障碍沟通，既活泼又有趣，收获了不少人的喜欢。

"师父，网友们说，如果您真的能烧出天青蓝，那之前那一窑瓷器直接挂上链接，无论咱们定多高的价格，他们都会买；如果不能，就要全送给他们。"南飞凡才说完，又故作惊讶地捂住了嘴，把手机递过去给宋彬老人看，"我刚才念的这一条似乎大家都很认可，瞧，已经刷屏了。"

宋彬老人想了想："上次咱们烧出来的成品，无瑕疵的也有几百件吧？"

南飞凡立即理解了师父的意思，跟着直点头："是够开专场卖一波的了。"

宋彬老人眯起眼睛，认真地对粉丝们发问："我把天青蓝的瓶烧出来，你们真的要把飞流村的作品全买光？"

于是，直播间的公屏上又开始出现五花八门的回应声，不过，刷屏最多的还是之前那句，只要烧得出，多少他们都买。

这哪里是在疯抢作品，分明是用最简单粗暴的方式，认可了飞流村的制瓷水平。

宋彬老人抬手一挥："赌了。"

为了表示公正，宋彬老人在这只瓷胎的底部，雕上了专属于他自己的徽记，向网友展示之后，收入了地窖当中，静养一周左右的时间，就可以准备开窑烧瓷了。

直播结束之后，大家还在讨论这件事。

南飞凡和杨成负责送老人回家，再返回时，杨素青来了，他是接到阿雾的电话后，才知道今天直播时发生的事。

最好笑的是，阿雾打电话过来，并不是质疑老人能不能烧制出天青蓝。她开口就是，宋大师的这件作品，务必交给宝玥斋来代为销售，她有信心，必定能售出个好价格，更能顺势将宋彬老人的名气推向另一个高峰。

杨素青搞不清情况，哪里敢代宋彬老人答应。他安抚阿雾之后，放下电话，赶紧找了过来。

进了杨氏老窑，没待一会，南飞凡他们全回来了。

"能成吗？"千百个疑问，汇集在一起，杨素青问出口的只剩下三个字。

"我师父说成，那就一定成。"南飞凡对宋彬老人相当地了解，毫不犹豫便给了肯定的答复。

杨素青搓了搓手，他其实也有信心，可不知道为什么，手心里的汗一直没停过，不受控制，嗖嗖地往外冒。以至于，他每隔一会儿，便得往裤子上蹭一蹭，才能稍微减轻那种黏腻的感觉。

"专场直播卖货呢？这又是怎么回事？你们之前商量好了，没跟我说？"杨素青又问起另外一件他关心的事。

南飞凡与杨成对望一眼，他们也不知道该怎么说。赵小飞接过话头："上次烧出来的瓷器，有几件品质不错的，被宝玥斋定了，回头阿雾会派人过来拿；其他的达不到寄售行的水准，就一直放在那儿还不知道怎么处理，宋爷爷知道这事儿后，一直念叨着要想个法子。"

谁能想到，老人的胆子那么大，说想法子，就直接来了这么一手，真是让所有人都感到意外。

"能成吗？"杨素青再问。

尽管没头没脑，大家也都明白，他问的是网络专场销售能不能成。这种售卖形式是以前没尝试过的，不过看着其他直播间也在各种带货，效果明显不错，也不知道在他们这边能不能适用。

"能不能成，光想没用，得去试试。要是不成，最多是另想办法销售，如果成了，也就成了。"南飞凡忽地激动起来。

其他人在心里默默重复着他所说的话，门外忽然响起了一声闷雷，当那炸裂天际的响声轰隆隆地掠过大家的耳朵时，大雨倾盆落下。

闷热的感觉，一扫而空。

雨水裹来的凉爽气息，仿佛把众人心头所焦虑的那些事全部一扫而空。

取而代之的是从未有过的轻松感。

"管他呢，先试，不行再说。"赵小飞左手拍右手，咬着后槽牙下定决心。

"那么好的东西，怎么会不行？绝对行。"

大雨下了一整夜，隔天上午，又淅淅沥沥地下了好久的小雨，阳光才透出云团，如千丝万缕的金线，洒向了人间。

宋彬老人站在自家的小院内，他将手掌搭在眼睛上，努力朝着放亮的天空望了过去。

清风徐徐，烟雾袅袅。

天空之中，一抹被烟雨滋润过的颜色，望着便有天高云淡之感。

"这不就是天青蓝嘛，哪有他们想的那么难。"老人的感叹，似有若无。

杨氏老窑那边，也开始了新一天的忙碌。

这座小村，每每大雨过后，便是真正的灾难。

杨素青开着小货车，看着异常泥泞的村落，也首次露出了迟疑的神情。大雨把本就凹凸不平的路面冲得更加破烂不堪，水洼一处连着一处，有些顺着路两边的深沟，向着山下排去，那些路面当中的积水则必须经过风吹日晒才能蒸发，村路才会变回原本的样子。

但不管怎样，今天是出不了村了。

在面对这种棘手情况时，杨素青果断决定休息一天，他自己不出门，也用手机通知了各家各户尽量不要出门，至于那几位腿脚不灵便的老人则是重点关照对象，他们的午餐和晚餐就由年轻人负责直接送去家里，坚决不允许老人们出门冒险。

最有趣的是，来村学习的瓷器爱好者虽然不是飞流团队的一员，他们却像是约好了一样，跟随杨素青等人承担起了照看老匠人的任务。

他们早已深深赞同，这些老匠人不仅是飞流村的宝贝，更是整个陶瓷行业的活古董，他们怎么舍得让自己求着喊着才找到的师父，双脚踩在泥泞当中，承担着极有可能会出现的风险呢？

送完了午餐，杨素青领着人开始沿街"扫水"，从地势高处向下扫，将老匠人们门前的积水全清理干净之后，再用厚土填埋好冲出来的大坑，尽可能地降低风险。

累得呼吸急促时，杨素青盯着路面狠狠发誓："今年赚到钱，第一件事就是把路修了。这破村路，我是一天也忍不了了。"

南飞凡听了只是笑："县里前些年已经帮忙修过一次，没过多久就又变成了这副模样，我觉得应该是地势原因造成的，再修一次，还是得坏。"

对此，杨素青心里早已有数，也在多方咨询后，想到了解决办法。

"我要提高道路施工的标准，修一条更结实耐用的村路出来。"这是他定下的目标，更是他的决心。

赵小飞扛着扫把走过来，听到两人的闲聊，忍不住插嘴提醒："修路有标准的，质量提高，得多花不少钱呢。"

"花就花，为了飞流村，花多少都值得。"

云雾破晓，希望乍现。

杨素青从未有一刻如此时，对未来充满了信心。

阿雾谈好了投资，杨素青也向县里、乡里分别汇报了情况，于是，在杨氏老窑重新燃起熊熊窑火的第三天，一行人浩浩荡荡地来到了飞流村。

这座沉寂了几十年的小村，忽地无比热闹。村头村尾，喜气洋洋，所有在家的村民都出来看热闹。杨素青与那些衣着得体的陌生人一起，从村头走到村尾，驻足于老城墙，采访了老匠人，又到了大食堂，与飞流村的三十九位老人一起吃了个热热闹闹的午饭。大食堂如往常一样，两荤两素一个汤，不是多丰盛的美食，却有家的味道。老人们喜欢，阿雾和她带来的那些人物也很喜欢。

一餐饭结束，车子启动，带走了飞流村的热闹。

阿雾站在村口，望着车队远去，她歪头朝着杨素青和南飞凡笑："看来，咱们的飞流村陶瓷博物馆很快就能与大家见面了。"

"阿雾把事情想得很周全，不仅带来了投资，还把县里的政策全拉过来，有你在实在是好，替我们把考虑不周全的地方全安排妥当，一切才会如此顺利，我必须代表飞流村的二百多位村民感谢你，也替我的三十九位爷爷奶奶感谢你。"杨素青春风满面，有多少年没有如此高兴过了，他想矜持一点，不要把情绪表现得那么彻底，可很快，他发现自己真的做不到。

412

今天来的这些人，有阿雾找来的投资人，也有县里主管部门的领导，在到来之前，他们已经有了初步的意向，到飞流村考察之后，三方都同意在老城墙正后方的一处空地上建起飞流村陶瓷博物馆，当场签署了相关协议，未来一个月，资金到位，政策到位，施工方也会到位。在一切条件全满足的情况下，宽敞明亮的展厅将拔地而起，或许它不会像市里的博物馆那样宏伟，可是对于飞流村来说，这便是一个醒目的标志，以今天为线，区分了过去和未来。

阿雾摇了摇头，风儿温柔地吹乱了她的发丝，为她增添了几分松弛的温柔。

"这件事能如此顺利，也是你们飞流团队配合到位，坦白说，我根本不敢想那么复杂的一件事，每一个步骤竟是如此顺利。所遇到的阻碍几乎算不上阻碍，似乎冥冥中早已注定，飞流村要以这样的方式，展示在所有人面前。"

"飞流村欠缺的有很多，人力物力财力；可飞流村的底蕴也是丰厚的，作品、匠人、文化、历史、传承……我也是按照你的要求做出进一步精确的盘点之后，才豁然发现，原来我们这里不比任何地方差。"杨素青振奋地攥了攥手指，此时此刻，他真的很想迎着风的方向，用力大喊出声，借此纾解压抑许久的情绪。

阿雾笑了起来："宝玥斋和飞流村的那份合同你看过了吗？"

她是商人，无利不起早的商人，绝不会在没有任何诉求的前提下去做任何一件事。

既然做了，还做了那么多，当然得提出要求。

阿雾并没有觉得有任何不对。

南飞凡单手插兜，站在不远处的他，在这时迈步向前："那份合同的条款，有几项需要增改内容。关于修改的意见，我已经标注妥当，稍后小熙会发到你邮箱。"

阿雾挑了挑眉，颇感兴趣地说："你们找了律师？"

南飞凡摇了摇头，对此并没有要去解释的意思，只是淡淡地回："飞流村要发展，也不能稀里糊涂地发展，我想，阿雾也希望能看到这样的飞流村吧。"

阿雾耸了耸肩，她抬手，将碎发轻轻掖到耳后。

司机已经在催促了，阿雾向前走了几步，手指搭在车门上。正要弯身上车，忽然动作停下，她转头，望向杨素青，也是在看南飞凡："有时候我真是很羡慕你们，年轻又有活力，团结在一起，为了共同的目标，哪怕再难再辛苦，也总有使不完的劲儿。这样的生活，在我二十几岁时，也曾幻想能够拥有一群志同道合的小伙伴，只可惜，行走一路，也注定了要单打独斗，一个人面对所有难关，一个人去扫清所有阻碍。"

南飞凡并不理解她在表达什么，可是，阿雾极力压抑着的感伤，他似乎还是接收到了。

"阿雾现在依旧年轻，而且我相信，未来，咱们依然是站在一起的伙伴，你早已是飞流团队的一员。"

阿雾愕然："我是吗？"

南飞凡使劲点头："你为咱们的老匠人们做了那么多事，你更是帮飞流村做了那么多安排，你当然是。"

阿雾下意识否认，可当她坐上车子，望着远山的方向，离那座小村越来越远时，一抹愉快的微笑不知不觉间噙在了嘴角。

参与并见证了一座具有悠久历史的小村重新焕发活力生机的感觉，真的比谈成一桩利润丰厚的大生意要爽得多。当然，她补充，作为商人，她也会获得相应的利益，这才是真正让她感到振奋的。

至于内心深处那个在轻轻反驳的声音，她认为并不重要，便干脆只当是没有听见，直接忽略掉了。

郭梓熙为画展所准备的最后一幅画，名字为《火》。她的画中，杨家老窑内正在烧制瓷器，几位老人弯着腰身，眼神殷切地盯着窑内跳跃的火焰，年轻人在一旁忙碌着，小孩子蹲在角落里玩陶泥，三代人都在同一画面之中，期盼着、等待着，那一座小山村注定要以浴火重生的方式，出现在世人的面前。

大部分的画作都已经送走了，装裱之后，它们会被挂在画廊内，会有很多游客来参观，透过一幅幅画作，他们会看到一座位于山间的小村子，它不仅有美丽的风景、可亲可爱的村民，还有厚重的文化，延续的历史，以及焕发生机的希望。

用画展的方式，完整地展现一座百年小村，这是郭梓熙用几年的时间，递交上的答卷。她不知道观众会为这个创意打几分，于她而言，将内心深处最期待的画面——以作品的方式来表达，便是她交上的最满意的答卷。

小画室内的瓷器都已经被送了回去，南飞凡端了一盆水过来，正在帮忙打扫。

"你的画展放在了深圳，真的太远了，我本来还想去看呢。"

类似的抱怨，南飞凡已表达了无数次，最近几天，他一直跟在郭梓熙的身旁碎碎念，而似乎是感受到了离别的悲伤，郭梓熙也由着他去了。

房间收拾完毕，南飞凡跟在郭梓熙的身后，再也克制不住情绪，他拉扯着她的衣角："小熙，你完成了写生，以后你还会回来吗？"

"即使画展是在深圳，你也可以来参加呀。"她跳过这个问题，回答了他上一个感慨。

南飞凡屏住呼吸，轻轻摇头："来回的路费也要几千块呢，我没有多余的钱用在这件事上。"

郭梓熙问："你和父母之间的关系缓和了吗？你还没有给二老打电话吗？"

提起这件事，南飞凡露出了真心的笑容："打过了，也说起了在飞流村的经历，我爸妈不信，我就把之前烧制出的瓷器拍了照片给他们看。

那一天，我先是惊艳了他们的眼睛，后来又惊艳了他们的朋友圈。自从知道我学到了真本事，我爸妈已经开始支持我成为瓷器艺术家的梦想。等到飞流村的陶瓷博物馆正式对外开放，他们就会过来看我，顺便欣赏一下我师父们的作品。"

"那很好呀。"郭梓熙真诚地夸赞，"你的梦想已经实现了大半，至于另一半，只要你坚持，我相信最后距离你最初的设想，一定会越来越近。"

南飞凡的双眸有光，但很快想到了什么，又渐渐地黯淡了下去。

他依旧坚持着问："小熙，离开飞流村以后，你打算去哪里？准备做什么？"

郭梓熙满是迷茫："肯定还是继续画画吧，走很多地方，见识很多风景，再用一幅幅作品来表达。"

南飞凡还想再次追问她会不会回飞流村时，杨素青突然走进了招待所。

弥漫在两个人之间的淡淡暧昧，因为第三个人的闯入，一瞬间消散得无影无踪。

杨素青笑着对郭梓熙说："你在飞流村住了这么久，我都已经习惯了，现在突然要走，心里头实在是不舒服。小熙，往后不管你去哪里，你永远是飞流团队的一员，这里也永远是你的家。等你什么时候想回来了，我们都在家里等着你。"

郭梓熙眨了眨眼："青哥，你把气氛弄得这么感伤，我都要哭了怎么办？"

杨素青立即哈哈大笑，拉扯着她的手臂往外带："哭什么哭，你去办画展，扬名天下，我们都替你骄傲为你自豪，等你忙完了就回来嘛，现在交通那么方便，你不管是坐飞机还是搭高铁，提前一个电话，出站时你青哥准保在外边等着接你回家呢。"

郭梓熙被拉着向前走，走出不知多远，她才回眸，看着那个红着眼睛跟在身后的南飞凡，想要说些什么，却又不知该说什么，只是一个恍惚，小伙伴们全聚集了过来，她后知后觉地想起，今天是离别的日子。

"我只希望，等你回来时，村里的路已经修好了。这样子，就不用心疼你的宝贝摩托车被这路剐蹭了。"杨素青帮着郭梓熙将行李箱捆在车子后座上，这是她要带在身边的行李，里边装的东西实在不多，记得几年前，郭梓熙来到飞流村时，带的也是这些。

时间真快，匆匆而过。

杨素青故作轻松，只是不停地把行李紧了又紧，生怕路上会出现哪怕一点点的松动。

"青哥，你们加油。"郭梓熙换上了酷酷的骑行装，戴好黑色的头盔，遮挡了离别的难过。

"小熙……"南飞凡上前，还想要再说。

郭梓熙打断了她，隔着头盔，她的声音听起来闷闷的。

她说："那张天青蓝的残瓷照片将你吸引来了飞流村，那么我就祝愿你学会烧制天青蓝的本事，让这段不期而遇变得更加有意义。"

南飞凡垂下眼眸，山间的风吹过她，再涌向了他，了无痕迹，不可捉摸，却终究没法用手抓住。

"再见，南飞凡。"车子的轰鸣声，让郭梓熙的声音听起来不那么分明。

在她离去的那一瞬，南飞凡冲上前，他有好多话想要说，但挑不出哪一句是最有价值的。

她像是一道黑色的闪电，转眼间离去老远。

南飞凡抿着唇，他想，他们还会再见吗？

茫茫人海，各有人生。

有些缘分，难以捕捉。

随着郭梓熙的离开，南飞凡以为自己要消沉很久，他有种失恋的感觉，尽管他和郭梓熙从未相恋过。

417

然而，随着陶瓷博物馆的破土动工，飞流村的生活节奏突然变快了起来，每天天不亮，便能听到机器的轰鸣声，带着气势万钧，从村头行驶而过，引得许多老人远远地围观。

杨氏老窑也迎来了履行赌约的日子，为表郑重，当天开播时，宋彬老人特意邀请来了村内的几位老伙计，由他们在一旁进行点评。

直播间的人数一上来，宋彬老人便理直气壮地问："那天跟我打赌的粉丝在不在？今天开窑，我的天青蓝能不能烧出来，你们可以亲眼见证。"

近几次直播，除了对着镜头创作，几乎每位老匠人都会提一提这个赌约。热心粉丝们关心的当然是传说中的天青蓝能否烧制出，在咨询其他老匠人的意见时，老匠人们明显是各有各的看法。

有人觉得可以，还不忘举例说明，并拿出天青蓝残瓷的照片作为证据；也有人觉得不可能，因为宋彬老人所传承的那一脉制瓷技艺，所擅长的并不是烧瓷上色，在过去几十年间，也不见他创作过任何一件类似的作品，试问一个没有相关经验的瓷器匠人，哪有办法做到一次完成呢？

两种说法，都有人赞同。正因为飞流村内部的意见也不统一，粉丝们的热情才空前高涨。

一开播，必定有人提起这次的赌约。

宋彬老人可是承诺了，要是烧制成功，网友们买下上次烧制的全部作品，并且由飞流村这边定价；如果烧制不成功，宋彬老人就要烧一窑，免费送给直播间的粉丝。至于送给谁，怎么送，也是提前安排的，在开奖当日，采用抽奖的方式来进行，抽到的人填上地址，飞流村这边还会包运费。当然，前提条件是宋彬老人输了赌约，才会有如此福利大放送的机会。

喜欢宋彬老人的粉丝实在是不少，天天喊着要高价购买的也很多，但飞流村的直播间一开始就是定位为展示和学习，根本不卖作品，粉丝再喜欢也没用。终于有了这样的机会，甭管真假，开窑之日，涌入直播间的足足有三万人，大家热热闹闹地讨论着，等待着最终时刻的到来。

直播间的公屏上，一句"老爷子，愿赌服输呀！"刷了成百上千条。

宋彬老人看见了，立即挺胸抬头，嗤之以鼻，学着网友的语气说："小朋友们，你们也要记得愿赌服输呀。"

这氛围，欢乐喜庆，跟过年差不多。说的是半真半假的玩笑话，但对于开窑的结果也是真的很期待。没办法，等了那么多天，好奇极了，若是没有个结果，怎么能甘愿？

"师父，要不是天青蓝，您未来半年都要为粉丝们免费创作瓷器了。"南飞凡苦着一张脸，夸张地拉长了声音，"半年啊，早也做，晚也做，填满整整一窑，想想都替你担忧。"

宋彬老人抬手就是一巴掌："臭小子，胳膊肘往外拐，你师父是会输的人吗？绝对不可能。"

"开窑喽。"杨成拖长了声音的吆喝声，传出了老远。

窑内温度慢慢降下去，一件件作品被取了出来。

开窑是一件大事，不管在任何地方，开一窑都需要很长时间，有的地方一年才开一窑，这也是常见的。而自从直播开始到现在，已经开了两窑，那种开盲盒的快乐，早已感染到了大家。

介绍前边作品的过程渐渐变得难熬，不少人催着想要看宋彬老人的那件作品。

陈石头和郭元在窑前忙碌，额头渐渐冒了汗。不过，即使再着急，这件事也急不得。毕竟每一件作品都凝聚了创作者的心血，若是因为操作不当而毁掉，那真是不能容忍的。

赵小飞望着不远处坐着的赵爷爷，祖孙俩没说话，赵小飞却似乎是得到了某种鼓励。他如今也成长为能够独当一面的年轻人，见时间差不多到了，便一步跨到了直播间前，开始做起了宣传。主要还是趁着人多定下下个月来飞流村瓷器培训班学习的成员，这次开的班足足有十四天，依然只招收有基础的学员，因为这一期的老师是赵爷爷，那些喜欢赵爷爷创作风格的学员几乎是一瞬间就把名额给"秒杀"到手了。

没有抢到名额的人，还催促着再出一期预约。

赵小飞歉意地摇头："飞流村目前接待能力有限，因为想让热爱这项事业的粉丝都有机会近距离与老匠人们交流，所以村里只想踏踏实实地做好每一期的培训学习，只求精，不贪多。"

另外还有人关注以前直播间内提到的陶瓷技艺——少儿游学之旅的安排，对此，赵小飞依然歉意地表示："小朋友年纪小，安全问题要放在首位考虑，在村内基础设施没有完善之前，也没有针对这部分学员开班的打算。"

学费，谁不想赚呢？

飞流村做这些的目的，从来都不是赚钱。

中华瓷器的历史，源远流长。为了能够将最好的制瓷技艺一代代地传承下去，他们是想多做一些的。

哪怕放在历史长河来看，这些努力或许是微不足道的，可那些相信星火燎原的匠人们，都有着自己苦苦坚持的信念。

"天青蓝要出来了。"不知是谁低呼了一声，瞬间线上线下，大家的兴致高昂到了顶点。

杨成搀扶着宋彬老人，杨素青维持现场秩序，吩咐无关人等离远一些，因为这次出来的是比较大件的作品，需要好几个人一起协力，才能将之完美地从窑内抬出。

"降温的物件呢？拿过来，赶紧拿过来。"

"快躲开，要开槽子了。"

"灯光呢？把灯光调整一下，打到这边来。"

有那么几秒，因为要挪动机位，所以直播间的画面抖动得很厉害，有不少粉丝连连抗议，这可是揭晓答案的重要时刻，直播绝对不能有任何差错，否则绝对有作弊的嫌疑。

南飞凡满头汗水，刚刚对着镜头与宋彬老人互动是安排好的剧本。

此刻，他才真正紧张起来。

天青蓝，那是他追逐的颜色。

竟然那么快，他就有机会亲眼见证它的出现。

"师父，万一不是天青蓝，我跟您一起做瓷器赔给网友。"一丝丝后悔涌上心头，南飞凡做好了最坏的打算。

宋彬老人扬手又是一巴掌，那是至亲长辈在气不过时，下意识的动作。

"绝对是天青蓝。"

随着宋彬老人笃定的声音落下，石槽从两边被撬开，一件黑漆漆的作品，周围冒着炙热的气息，静静矗立在那里。

老窑周围没人说话，直播间内闹翻了天。

"黑的，是黑的，不是天青蓝，不是啊。"

"啊啊啊，宋老头输了，他输了，他要输给咱直播间内的粉丝一人一件作品，哈哈哈……"

"我的天，宋师父这是往后余生，都要制瓷烧瓷，还不完的赌债啊。"

"所以说，老人教过咱们的，十赌九输，'赌'这个字，千万不能碰。"

南飞凡没敢吭声，他怕又挨一巴掌。

赵爷爷和珍奶奶忽地笑了起来，赵小飞看到这一幕，心里全是按捺不住的诧异，直觉告诉他这里边肯定有问题。

"小子们，师父给你们变个戏法。"宋彬老人拎着一个铁桶，不顾众人的阻拦，爬上了木梯。

他一直到了漆黑花瓶正上方的位置，调整了角度，将桶内的液体均匀洒下。

嘶嘶声作响，黑色的浓烟翻滚而起。

周围的人闻到了一股难闻的气味，呛得人都快晕过去了。

鼓风机开启，强劲的风力迅速将浓烟吹散了。

人们的眼前，忽然现出了一抹蓝，似雨过天晴，天际青蓝，那一抹动人的颜色，便似永恒般被定格在了那儿，不需千言万语，便道尽了世间一切的美好。

"天青蓝，真的是天青蓝。"南飞凡对于这颜色简直是无比熟悉，当它乍然出现，便俘获了他所有的目光。

他禁不住上前一步，贪婪地看着眼前的美好，不肯错过任何细节。

直播间内，炸翻了天。

不断有网友要求变换各种角度，调整灯光，或远或近，或全景或细节，全方位地欣赏这一件惊世之作，南飞凡接过镜头，抑制住激动，全部照做。

另一边，有几位头发花白的老人，头抵着头，竟是呜呜呜地哭了起来。

没人知道，等待这一场回归，他们用了多久的时间。

也没人知道，人至暮年，重燃希望，对他们来说有多么重要。

这一瞬，注定载入飞流村的村史，永远被大家铭记。

三年后，飞流村。

一千个日夜，对一座村子来说，并不算长。

但若是在这些时间里，有无数人在兢兢业业地奋斗着，那村子的变化，必然也是令人震惊的。

至少当郭梓熙将车停在村口时，望着那平整的村路，再也没办法与从前泥泞颠簸的景象联系起来。

飞流村陶瓷博物馆就建在最显眼的位置，如很早很早以前所设想的一般，一边的老城墙展示柜代表着过去的历史，而偌大的玻璃展厅内陈列着几代人的心血，代表着现在。至于未来，已经长高一截的周多多刚刚放学，他的身边跟着十几位同龄的同学，还有不少比他们小很多的孩子正在村中奔跑。

不知为什么，郭梓熙的脑海里冒出了一句话，这些孩子，会不会是新一代的飞流团队的成员？一定是吧，他们会长大，然后接过重任，继续向前。

手机里，南飞凡的短信出现，他问："猜猜我在哪儿。"

郭梓熙不须思考，妣向前奔跑，一直来到老城墙边，在那块存放天青蓝残瓷的展柜前，南飞凡满面笑容，朝着她使劲地挥手。

　　"小熙，欢迎重回飞流村。"